STS
山田社

STS
山田社

考試分數大躍進
累積實力
百萬考生見證
應考秘訣

3 4 5

根據日本國際交流基金考試相關概要

精修版

新制日檢 絕對合格 N3 N4 N5 必背單字大全

吉松由美・田中陽子
西村惠子・小池直子 合著

山田社

前言 preface

逆轉勝，搶分高手！
您一直想要的日檢單字書，
「精修版」N3,N4,N5 必背單字大集合，隆重登場了！

以絕對合格為目標，我們精修、精修再精修！
從初階～進階，從不懂～懂了，都在這 1 本！
如果一生只選一本，那就選這本吧！

★ 日籍金牌教師編著，百萬考生推薦，應考秘訣一本達陣！
★ 榮獲多位國內知名大學日語系教授一致好評、熱烈推薦！
★ 被國內多所學校列為日檢指定教材！
★ N3 ～ N5 單字最齊全，例句最到位！
★ 說明簡單易懂！馬上查、馬上會！伴隨你受用一輩子的單字寶典！
★ 自學、教學，人手一本，超好用！
★ 初階、中階、高階，各種程度皆適用！

內容包括：

1. **單字王**—高出題率單字全面強化記憶：根據新制規格，由日籍金牌教師群所精選高出題率單字。每個單字所包含的詞性、意義、解釋、類・對義詞、中譯、用法、語源、補充資料等等，讓您精確瞭解單字各層面的字義，活用的領域更加廣泛，也能全面強化記憶，幫助學習。

2. **例句王**—活用單字的勝者學習法：活用單字才是勝者的學習法，怎麼活用呢？書中每個單字下面帶出一個例句，例句精選該單字常接續的詞彙、常使用的場合、常見的表現、配合同級所有文法，還有時事、職場、生活等內容貼近所需程度等等。從例句來記單字，加深了對單字的理解，對根據上下文選擇適切語彙的題型，更是大有幫助，同時也紮實了文法及聽說讀寫的超強實力。

3. **得分王**—貼近新制考試題型學習最完整：新制單字考題中的「替換類義詞」題型，是測驗考生在發現自己「詞不達意」時，是否具備以不同的表達方式說出相同概念的「換句話說」能力，以及對字義的瞭解程度。這一題型除了須明白考題的字義外，更需要知道其他替換的語彙及説法。為此，書中精闢點出該單字的類義詞，對應新制內容最紮實。

4. 聽力王─新制日檢考試，把聽力的分數提高了，合格最短距離就是提升聽力實力，方法是：「多聽、廣聽、反覆聽」。為此，書中還附贈光碟，幫助您熟悉日籍教師的標準發音、語調高低及各種連音，讓聲音跟文字建立正確的連結，以累積您聽力的實力。

本書根據日本國際交流基金（JAPAN FOUNDATION）、日本國際教育協會編寫的《日本語能力測試出題基準》、新制「新日本語能力試驗相關概要」、近十年考古題及 2010 年起最新日檢考試內容等，經由多年編寫日語教材經驗豐富的日籍金牌教師群，精心編制而成的 N3,N4,N5 必考、必背共 3111 個單字，內容超級完整，無論是累積應考實力，或是考前迅速總複習，都是您高分合格最佳利器！

除了考試之外，日常隨身攜帶也是一本貼身好用的必備辭典。只要有這一本，就可以從初階用到進階，無論是初學者、高中、大學、博碩士及日語教師，都是人手一本，終生受用的日語達人寶典！

目錄 contents

詞性說明

呈現	詞性	定義	例（日文／中譯）
名	名詞	表示人事物、地點等名稱的詞。有活用。	門(もん)／大門
形	形容詞	詞尾是い。說明客觀事物的性質、狀態或主觀感情、感覺的詞。有活用。	細(ほそ)い／細小的
形動	形容動詞	詞尾是だ。具有形容詞和動詞的雙重性質。有活用。	静(しず)かだ／安靜的
動	動詞	表示人或事物的存在、動作、行為和作用的詞。	言(い)う／說
自	自動詞	表示的動作不直接涉及其他事物。只說明主語本身的動作、作用或狀態。	花(はな)が咲(さ)く／花開。
他	他動詞	表示的動作直接涉及其他事物。從動作的主體出發。	母(はは)が窓(まど)を開(あ)ける／母親打開窗戶。
五	五段活用	詞尾在ウ段或詞尾由「ア段＋る」組成的動詞。活用詞尾在「ア、イ、ウ、エ、オ」這五段上變化。	持(も)つ／拿
上一	上一段活用	「イ段＋る」或詞尾由「イ段＋る」組成的動詞。活用詞尾在イ段上變化。	見(み)る／看 起(お)きる／起床
下一	下一段活用	「エ段＋る」或詞尾由「エ段＋る」組成的動詞。活用詞尾在エ段上變化。	寝(ね)る／睡覺 見(み)せる／讓…看
變	變格活用	動詞的不規則變化。一般指カ行「来る」、サ行「する」兩種。	来(く)る／到來 する／做
カ變	カ行變格活用	只有「来る」。活用時只在カ行上變化。	来(く)る／到來
サ變	サ行變格活用	只有「する」。活用時只在サ行上變化。	する／做
連體	連體詞	限定或修飾體言的詞。沒活用，無法當主詞。	どの／哪個
副	副詞	修飾用言的狀態和程度的詞。沒活用，無法當主詞。	余(あま)り／不太…
副助	副助詞	接在體言或部分副詞、用言等之後，增添各種意義的助詞。	～も／也…
終助	終助詞	接在句尾，表示說話者的感嘆、疑問、希望、主張等語氣。	か／嗎

呈現	詞性	定義	例（日文／中譯）
接助	接續助詞	連接兩項陳述內容，表示前後兩項存在某種句法關係的詞。	ながら／邊…邊…
接續	接續詞	在段落、句子或詞彙之間，起承先啟後的作用。沒活用，無法當主詞。	しかし／然而
接頭	接頭詞	詞的構成要素，不能單獨使用，只能接在其他詞的前面。	御（お）～／貴（表尊敬及美化）
接尾	接尾詞	詞的構成要素，不能單獨使用，只能接在其他詞的後面。	～枚（まい）／…張（平面物品數量）
造語	造語成份（新創詞語）	構成復合詞的詞彙。	一昨年（いっさくねん）／前年
漢造	漢語造語成份（和製漢語）	日本自創的詞彙，或跟中文意義有別的漢語詞彙。	風呂（ふろ）／澡盆
連語	連語	由兩個以上的詞彙連在一起所構成，意思可以直接從字面上看出來。	赤（あか）い傘（かさ）／紅色雨傘 足（あし）を洗（あら）う／洗腳
慣	慣用語	由兩個以上的詞彙因習慣用法而構成，意思無法直接從字面上看出來。常用來比喻。	足（あし）を洗（あら）う／脫離黑社會
感	感嘆詞	用於表達各種感情的詞。沒活用，無法當主詞。	ああ／啊（表驚訝等）
寒暄	寒暄語	一般生活上常用的應對短句、問候語。	お願（ねが）いします／麻煩…

其他略語

呈現	詞性	呈現	詞性
對	對義詞	比	比較
類	類義詞	補	補充說明
近	文法部分的相近文法補充	敬	敬語

<table>
<tr><th rowspan="2">詞性</th><th colspan="5">活用變化舉例</th></tr>
<tr><th>語幹</th><th colspan="2">語尾</th><th colspan="2">變化</th></tr>
<tr><td rowspan="6">形容詞</td><td rowspan="6">やさし
（容易）</td><td rowspan="2">い</td><td></td><td rowspan="2">現在肯定</td><td>やさし + い
語幹 形容詞詞尾</td></tr>
<tr><td>です</td><td>やさしい + です
基本形 敬體</td></tr>
<tr><td rowspan="2">く</td><td>ない（です）</td><td rowspan="2">現在否定</td><td rowspan="2">やさしく —+ない（です）
（い→く） 否定 敬體
—+ありません
否定</td></tr>
<tr><td>ありません</td></tr>
<tr><td>かっ</td><td>た（です）</td><td>過去肯定</td><td>やさしかっ +た（です）
（い→かっ） 過去 敬體</td></tr>
<tr><td>く</td><td>ありません
でした</td><td>過去否定</td><td>やさしくありません+でした
否定 過去</td></tr>
<tr><td rowspan="5">形容動詞</td><td rowspan="5">きれい
（美麗）</td><td>だ</td><td></td><td rowspan="2">現在肯定</td><td>きれい + だ
語幹 形容動詞詞尾</td></tr>
<tr><td>で</td><td>す</td><td>きれい + です
基本形 「だ」的敬體</td></tr>
<tr><td>で</td><td>はあり
ません</td><td>現在否定</td><td>きれいで +は+ありません
（だ→で） 否定</td></tr>
<tr><td>で</td><td>した</td><td>過去肯定</td><td>きれい でし た
（だ→でし） 過去</td></tr>
<tr><td>で</td><td>はありませ
んでした</td><td>過去否定</td><td>きれいではありません+でした
否定 過去</td></tr>
<tr><td rowspan="5">動詞</td><td rowspan="5">か
（書寫）</td><td>く</td><td></td><td>基本形</td><td>か + く
語幹</td></tr>
<tr><td>き</td><td>ます</td><td>現在肯定</td><td>か き +ます
（く→き）</td></tr>
<tr><td>き</td><td>ません</td><td>現在否定</td><td>か き +ません
（く→き） 否定</td></tr>
<tr><td>き</td><td>ました</td><td>過去肯定</td><td>か き +ました
（く→き） 過去</td></tr>
<tr><td>き</td><td>ません
でした</td><td>過去否定</td><td>かきません+でした
否定 過去</td></tr>
</table>

動詞基本形		
相對於「動詞ます形」，動詞基本形說法比較隨便，一般用在關係跟自己比較親近的人之間。因為辭典上的單字用的都是基本形，所以又叫辭書形。 基本形怎麼來的呢？請看下面的表格。		
五段動詞	拿掉動詞「ます形」的「ます」之後，最後將「イ段」音節轉為「ウ段」音節。	かきます→かき→かく ka-ki-ma-su → ka-ki → ka-ku
一段動詞	拿掉動詞「ます形」的「ます」之後，直接加上「る」。	たべます→たべ→たべる ta-be-ma-su → ta-be → ta-be-ru
不規則動詞		します→する shi-ma-su → su-ru きます→くる ki-ma-su → ku-ru

自動詞與他動詞比較與舉例		
自動詞	動詞沒有目的語 形式：「…が…ます」 沒有人為的意圖而發生的動作	火　が　消えました。（火熄了） 主語　助詞　沒有人為意圖的動作 ↑ 由於「熄了」，不是人為的，是風吹的自然因素，所以用自動詞「消えました」（熄了）。 
他動詞	有動作的涉及對象 形式：「…を…ます」 抱著某個目的有意圖地作某一動作	私は　火　を　消しました。（我把火弄熄了） 主語　目的語　有意圖地做某動作 ↑ 火是因為人為的動作而被熄了，所以用他動詞「消しました」（弄熄了）。 

MEMO

JLPT N5 單字

あ

あ ア

N5-001

ああ 感(表驚訝等)啊，唉呀；(表肯定)哦；嗯 類 あっ(啊！) △ ああ、白いセーターの人ですか。／啊！是穿白色毛衣的人嗎？

あう【会う】 自五 見面，會面；偶遇，碰見 對 別れる(離別) △ 大山さんと駅で会いました。／我在車站與大山先生碰了面。

あおい【青い】 形 藍的，綠的，青的；不成熟 類 ブルー(blue・藍色)；若い(不成熟) △そこの海は青くてきれいです。／那裡的海洋既蔚藍又美麗。

あかい【赤い】 形 紅的 類 レッド(red・紅色) △ 赤いトマトがおいしいですよ。／紅色的蕃茄很好吃喔。

あかるい【明るい】 形 明亮；光明，明朗；鮮豔 類 元気(朝氣) 對 暗い(暗) △ 明るい色が好きです。／我喜歡亮的顏色。

あき【秋】 名 秋天，秋季 類 フォール(fall・秋天)；季節(季節) 對 春(春天) △秋は涼しくて食べ物もおいしいです。／秋天十分涼爽，食物也很好吃。

あく【開く】 自五 開，打開；開始，開業 類 開く(打開) 對 閉まる(關閉) △ 日曜日、食堂は開いています。／星期日餐廳有營業。

あける【開ける】 他下一 打開，開(著)；開業 類 開く(打開) 對 閉める(關閉) △ ドアを開けてください。／請把門打開。

あげる【上げる】 他下一 舉起；抬起 對 下げる(降下) △ 分かった人は手を上げてください。／知道的人請舉手。

あさ【朝】 名 早上，早晨；早上，午前 類 昼(白天) 對 晩(晚上) △ 朝、公園を散歩しました。／早上我去公園散了步。

あさごはん【朝ご飯】 名 早餐，早飯 類 朝食(早飯) 對 晩ご飯(晚餐) △朝ご飯を食べましたか。／吃過早餐了嗎？

あさって【明後日】 名 後天 類 明後日(後天) 對 一昨日(前天) △あさってもいい天気ですね。／後天也是好天氣呢！

あし【足】 名 腳；(器物的)腿 類 体(身體) 對 手(手) △ 私の犬は足が白い。／我的狗狗腳是白色的。

あした【明日】 名 明天 類 明日(明天) 對 昨日(昨天) △ 村田さんは明日病院へ行きます。／村田先生明天要去醫院。

あそこ 代 那邊，那裡 類 あちら(那裡) △ あそこまで走りましょう。／一起跑到那邊吧。

N5

あそぶ【遊ぶ】 自五 遊玩；閒著；旅行；沒工作 類 暇（空閒）對 働く（工作）△ここで遊ばないでください。／請不要在這裡玩耍。

あたたかい【暖かい】 形 溫暖的；溫和的 類 優しい（有同情心的）；親切（親切）對 涼しい（涼爽）；温い（不涼不熱）△この部屋は暖かいです。／這個房間好暖和。

あたま【頭】 名 頭；頭髮；（物體的上部）頂端 類 首（頭部）對 尻（屁股）△私は風邪で頭が痛いです。／我因為感冒所以頭很痛。

あたらしい【新しい】 形 新的；新鮮的；時髦的 類 若い（年輕）對 古い（舊）△この食堂は新しいですね。／這間餐廳很新耶！

あちら 代 那兒，那裡；那個；那位 類 あそこ（那裡）△プールはあちらにあります。／游泳池在那邊。

あつい【厚い】 形 厚；（感情，友情）深厚，優厚 類 広い（寬闊）對 薄い（薄）△冬は厚いコートがほしいです。／冬天我想要一件厚大衣。

あつい【暑い】 形（天氣）熱，炎熱 對 寒い（寒冷的）△私の国の夏は、とても暑いです。／我國夏天是非常炎熱。

あと【後】 名（地點）後面；（時間）以後；（順序）之後；（將來的事）以後 類 後ろ（背後）對 先（前面）△顔を洗った後で、歯を磨きます。／洗完臉後刷牙。

あなた【貴方・貴女】 代（對長輩或平輩尊稱）你，您；（妻子稱呼先生）老公 類 君（妳，你）對 私（我）△あなたのお住まいはどちらですか。／你府上哪裡呢？

N5-002

あに【兄】 名 哥哥，家兄；姐夫 類 姉（姊姊）對 弟（弟弟）△兄は料理をしています。／哥哥正在做料理。

あね【姉】 名 姊姊，家姊；嫂子 類 兄（家兄）對 妹（妹妹）△私の姉は今年から銀行に勤めています。／我姊姊今年開始在銀行服務。

あの 連體（表第三人稱，離說話雙方都距離遠的）那，那裡，那個 對 この（這，這個）△あの眼鏡の方は山田さんです。／那位戴眼鏡的是山田先生。

あのう 感 那個，請問，喂；啊，嗯（招呼人時，說話躊躇或不能馬上說出下文時）類 あの（喂，那個…）；あのね（喂，那個…）△あのう、本が落ちましたよ。／喂！你書掉了唷！

アパート【apartment house之略】 名 公寓 類 マンション（mansion・公寓大廈）；家（房子）△あのアパートはきれいで安いです。／那間公寓既乾淨又便宜。

あびる【浴びる】 他上一 淋，浴，澆；照，曬 類 洗う（洗）△シャワーを浴びた後で朝ご飯を食べました。／沖完澡後吃了早餐。

あぶない【危ない】 (形) 危險，不安全；令人擔心；(形勢，病情等) 危急 (類) 危険(危險) (對) 安全(安全) △ あ、危ない！車が来ますよ。／啊！危險！有車子來囉！

あまい【甘い】 (形) 甜的；甜蜜的 (類) 美味しい(好吃) (對) 辛い(辣) △ このケーキはとても甘いです。／這塊蛋糕非常甜。

あまり【余り】 (副)(後接否定) 不太…，不怎麼…；過分，非常 (類) あんまり(不大…)；とても(非常) △ 今日はあまり忙しくありません。／今天不怎麼忙。

あめ【雨】 (名) 雨，下雨，雨天 (類) 雪(雪) (對) 晴れ(晴天) △昨日は雨が降ったり風が吹いたりしました。／昨天又下雨又颳風。

あらう【洗う】 (他五) 沖洗，清洗；洗滌 (類) 洗濯(洗滌) (對) 汚す(弄髒) △昨日洋服を洗いました。／我昨天洗了衣服。

ある【在る】 (自五) 在，存在 (類) いる(在) (對) 無い(沒有) △ トイレはあちらにあります。／廁所在那邊。

ある【有る】 (自五) 有，持有，具有 (類) いる(有)；持つ(持有) (對) 無い(沒有) △ 春休みはどのぐらいありますか。／春假有多久呢？

あるく【歩く】 (自五) 走路，步行 (類) 散歩(散步)；走る(奔跑) (對) 止まる(停止) △ 歌を歌いながら歩きましょう。／一邊唱歌一邊走吧！

あれ (代) 那，那個；那時；那裡 (類) あちら(那個) (對) これ(這個) △ これは日本語の辞書で、あれは英語の辞書です。／這是日文辭典，那是英文辭典。

い イ

いい・よい【良い】 (形) 好，佳，良好；可以 (類) 結構(非常好) (對) 悪い(不好) △ ここは静かでいい公園ですね。／這裡很安靜，真是座好公園啊！

いいえ (感)(用於否定) 不是，不對，沒有 (類) いや(不) (對) はい、ええ、うん(是) △ 「コーヒー、もういっぱいいかがですか。」「いいえ、結構です。」／「要不要再來一杯咖啡呢？」「不了，謝謝。」

いう【言う】 (自·他五) 說，講；說話，講話 (類) 話す(說) △ 山田さんは「家内といっしょに行きました。」と言いました。／山田先生說「我跟太太一起去了」。

いえ【家】 (名) 房子，房屋；(自己的) 家；家庭 (類) 家(自家；房屋)；お宅(家；府上)；住まい(住處) △毎朝何時に家を出ますか。／每天早上幾點離開家呢？

いかが【如何】 (副·形動) 如何，怎麼樣

類 どう（怎麼樣）△ご飯をもういっぱいいかがですか。／再來一碗飯如何呢？

N5-003

いく・ゆく【行く】 自五 去，往；離去；經過，走過 類 出かける（出門）對 来る（來）△大山さんはアメリカに行きました。／大山先生去了美國。

いくつ【幾つ】 名（不確定的個數，年齡）幾個，多少；幾歲 類 何個（多少個）；いくら（多少）△りんごは幾つありますか。／有幾顆蘋果呢？

いくら【幾ら】 名 多少（錢，價格，數量等）類 どのくらい（多少）△この本はいくらですか。／這本書多少錢？

いけ【池】 名 池塘；（庭院中的）水池 類 湖（湖泊）△池の中に魚がいます。／池子裡有魚。

いしゃ【医者】 名 醫生，大夫 類 先生（醫生；老師）對 患者（病患）△私は医者になりたいです。／我想當醫生。

いす【椅子】 名 椅子 類 席（席位）對 机（桌子）△椅子や机を買いました。／買了椅子跟書桌。

いそがしい【忙しい】 形 忙，忙碌 對 暇（空閒）△忙しいから、新聞は読みません。／因為太忙了，所以沒看報紙。

いたい【痛い】 形 疼痛；（因為遭受打擊而）痛苦，難過 類 大変（嚴重）△午前中から耳が痛い。／從早上開始耳朵就很痛。

いただきます【頂きます】 寒暄（吃飯前的客套話）我就不客氣了 對 ご馳走様（我吃飽了）△では、頂きます。／那麼，我要開動了。

いち【一】 名（數）一；第一，最初；最好 類 一つ（一個）△日本語は一から勉強しました。／從頭開始學日語。

いちいち【一々】 副 一一，一個一個；全部；詳細 類 一つ一つ（一個一個）△ペンをいちいち数えないでください。／筆請不要一支支數。

いちにち【一日】 名 一天，終日；一整天；一號（ついたち）類 1日（1號）對 毎日（每天）△今日は一日中暑かったです。／今天一整天都很熱。

いちばん【一番】 名・副 最初，第一；最好，最優秀 類 初め（最初；開始）△誰が一番早く来ましたか。／誰是最早來的？

いつ【何時】 代 何時，幾時，什麼時候；平時 類 何時（幾點鐘）△冬休みはいつから始まりましたか。／寒假是什麼時候開始放的？

いつか【五日】 名（每月）五號，五日；五天 類 5日間（五天）△一ヶ月に五日ぐらい走ります。／我一個月大約跑五天步。

いっしょ【一緒】 名・自サ 一塊，一起；一樣；（時間）一齊，同時 對 別（個別）△明日一緒に映画を見ませんか。／明天要不要一起看場電影啊？

いつつ【五つ】㊔（數）五個；五歲；第五（個）類 五個（五個）△日曜日は息子の五つの誕生日です。／星期日是我兒子的五歲生日。

いつも【何時も】副 經常，隨時，無論何時 類 たいてい（大都）；よく（經常）對 ときどき（偶爾）△私はいつも電気を消して寝ます。／我平常會關燈睡覺。

いぬ【犬】㊔狗 類 動物（動物）；ペット（pet・寵物）△猫は外で遊びますが、犬は遊びません。／貓咪會在外頭玩，可是狗不會。

いま【今】㊔ 現在，此刻 副（表最近的將來）馬上；剛才 類 さっき（剛才）對 昔（以前）△今何をしていますか。／你現在在做什麼呢？

いみ【意味】㊔（詞句等）意思，含意，意義 類 意義（意義）△このカタカナはどういう意味でしょう。／這個片假名是什麼意思呢？

いもうと【妹】㊔ 妹妹（鄭重說法是「妹さん」）類 弟（弟弟）對 姉（姊姊）△公園で妹と遊びます。／我和妹妹在公園玩。

いや【嫌】形動 討厭，不喜歡，不願意；厭煩 類 嫌い（討厭）對 好き（喜歡）△今日は暑くて嫌ですね。／今天好熱，真討厭。

N5-004

いらっしゃい（ませ）寒暄 歡迎光臨 類 ようこそ（歡迎）△いらっしゃいませ。何名様でしょうか。／歡迎光臨，請問有幾位？

いりぐち【入り口】㊔ 入口，門口 類 口（出入口）；玄関（玄關）對 出口（出口）△あそこは建物の入り口です。／那裡是建築物的入口。

いる【居る】自上一（人或動物的存在）有，在；居住在 類 有る（有，在）△どのぐらい東京にいますか。／你要待在東京多久？

いる【要る】自五 要，需要，必要 類 欲しい（想要）△郵便局へ行きますが、林さんは何かいりますか。／我要去郵局，林先生要我幫忙辦些什麼事？

いれる【入れる】他下一 放入，裝進；送進，收容；計算進去 類 仕舞う（收拾起來）對 出す（拿出）△青いボタンを押してから、テープを入れます。／按下藍色按鈕後，再放入錄音帶。

いろ【色】㊔ 顏色，彩色 類 カラー（color・顏色）△公園にいろいろな色の花が咲いています。／公園裡開著各種顏色的花朵。

いろいろ【色々】㊔・形動・副 各種各樣，各式各樣，形形色色 類 様々（各式各樣）△ここではいろいろな国の人が働いています。／來自各種不同國家的人在這裡工作。

う

N5

いわ【岩】 名 岩石 類 石（石頭）△お寺の近くに大きな岩があります。／寺廟的附近有塊大岩石。

うゥ

うえ【上】 名（位置）上面，上部 對 下（下方）△りんごが机の上に置いてあります。／桌上放著蘋果。

うしろ【後ろ】 名 後面；背面，背地裡 類 後（後面；以後）對 前（前面）△山田君の後ろに立っているのは誰ですか。／站在山田同學背後的是誰呢？

うすい【薄い】 形 薄；淡，淺；待人冷淡；稀少 類 細い（細小的）對 厚い（厚的）△パンを薄く切りました。／我將麵包切薄了。

うた【歌】 名 歌，歌曲 類 音楽（音樂）△私は歌で50音を勉強しています。／我用歌曲學 50 音。

うたう【歌う】 他五 唱歌；歌頌 類 踊る（跳舞）△毎週一回、カラオケで歌います。／每週唱一次卡拉 OK。

うち【家】 名 自己的家裡（庭）；房屋 類 家（自家；房屋）；家族（家族）對 外（外面）△きれいな家に住んでいますね。／你住在很漂亮的房子呢！

うまれる【生まれる】 自下一 出生；出現 類 誕生する（誕生）對 死ぬ（死亡）△その女の子は外国で生まれました。／那個女孩是在國外出生的。

うみ【海】 名 海，海洋 類 川（河川）對 山（山）△海へ泳ぎに行きます。／去海邊游泳。

うる【売る】 他五 賣，販賣；出賣 類 セールス（sales・銷售）對 買う（購買）△この本屋は音楽の雑誌を売っていますか。／這間書店有賣音樂雜誌嗎？

うわぎ【上着】 名 上衣；外衣 類 コート（coat・上衣）對 下着（內衣）△春だ。もう上着はいらないね。／春天囉。已經不需要外套了。

えエ

え【絵】 名 畫，圖畫，繪畫 類 字（文字）△この絵は誰が描きましたか。／這幅畫是誰畫的？

えいが【映画】 名 電影 類 写真（照片）；映画館（電影院）△9時から映画が始まりました。／電影 9 點就開始了。

えいがかん【映画館】 名 電影院 △映画館は人でいっぱいでした。／電影院裡擠滿了人。

えいご【英語】 名 英語，英文 類 言葉（語言）；日本語（日語）△アメリカで英語を勉強しています。／在美國學英文。

ええ 感（用降調表示肯定）是的，嗯；（用升調表示驚訝）哎呀，啊 類 はい、うん（是）對 いいえ、いや（不是）△「お母さんはお元気ですか。」「ええ、おかげさまで元気です。」／「您母親還好嗎？」「嗯，託您的福，她很好。」

N5-005

えき【駅】 名（鐵路的）車站 類 バス停（公車站）；飛行場（機場）；港（港口）△駅で友達に会いました。／在車站遇到了朋友。

エレベーター【elevator】 名 電梯，升降機 類 階段（樓梯）△ 1 階でエレベーターに乗ってください。／請在一樓搭電梯。

えん【円】 名・接尾 日圓（日本的貨幣單位）；圓（形）類 ドル（dollar・美金）；丸（圓形）△ それは二つで 5 万円です。／那種的是兩個共五萬日圓。

えんぴつ【鉛筆】 名 鉛筆 類 ボールペン（ballpen・原子筆）△ これは鉛筆です。／這是鉛筆。

おォ

お・おん【御】 接頭 您（的）…，貴…；放在字首，表示尊敬語及美化語 類 御（貴〈表尊敬〉）△ 広いお庭ですね。／（貴）庭園真寬敞啊！

おいしい【美味しい】 形 美味的，可口的，好吃的 類 旨い（美味）對 不味い（難吃）△ この料理はおいしいですよ。／這道菜很好吃喔！

おおい【多い】 形 多，多的 類 沢山（很多）對 少ない（少）△友だちは、多いほうがいいです。／多一點朋友比較好。

おおきい【大きい】 形（數量，體積，身高等）大，巨大；（程度，範圍等）大，廣大 類 広い（寬闊的）對 小さい（小的）△ 名前は大きく書きましょう。／名字要寫大一點喔！

おおぜい【大勢】 名 很多人，眾多人；人數很多 類 沢山（很多）對 一人（一個人）△部屋には人が大勢いて暑いです。／房間裡有好多人，很熱。

おかあさん【お母さん】 名（「母」的鄭重說法）媽媽，母親 類 母（家母）對 お父さん（父親）△あれはお母さんが洗濯した服です。／那是母親洗好的衣服。

おかし【お菓子】 名 點心，糕點 類 ケーキ（cake・蛋糕）△お菓子はあまり好きではありません。／不是很喜歡吃點心。

N5

おかね【お金】 ㊔ 錢，貨幣 類 円（日圓）△ 車を買うお金がありません。／沒有錢買車子。

おきる【起きる】 自上一（倒著的東西）起來，立起來，坐起來；起床 類 立つ（站立；出發）對 寝る（睡覺）△ 毎朝6時に起きます。／每天早上6點起床。

おく【置く】 他五 放，放置；放下，留下，丟下 類 取る（放著）對 捨てる（丟棄）△ 机の上に本を置かないでください。／桌上請不要放書。

おくさん【奥さん】 ㊔ 太太；尊夫人 類 妻（太太）對 ご主人（您的丈夫）△ 奥さん、今日は野菜が安いよ。／太太，今天蔬菜很便宜喔。

おさけ【お酒】 ㊔ 酒（「酒」的鄭重說法）；清酒 類 ビール（beer・啤酒）△ みんながたくさん飲みましたから、もうお酒はありません。／因為大家喝了很多，所以已經沒有酒了。

おさら【お皿】 ㊔ 盤子（「皿」的鄭重說法）△ お皿は10枚ぐらいあります。／盤子大約有10個。

おじいさん【お祖父さん・お爺さん】 ㊔ 祖父；外公；（對一般老年男子的稱呼）爺爺 類 祖父（祖父）對 お祖母さん（祖母）△ 鈴木さんのおじいさんはどの人ですか。／鈴木先生的祖父是哪一位呢？

おしえる【教える】 他下一 教授；指導；教訓；告訴 類 授業（授課）對 習う（學習）△ 山田さんは日本語を教えています。／山田先生在教日文。

おじさん【伯父さん・叔父さん】 ㊔ 伯伯，叔叔，舅舅，姨丈，姑丈 對 伯母さん（伯母）△ 伯父さんは65歳です。／伯伯65歲了。

おす【押す】 他五 推，擠；壓，按；蓋章 對 引く（拉）△ 白いボタンを押してから、テープを入れます。／按下白色按鍵之後，放入錄音帶。

おそい【遅い】 形（速度上）慢，緩慢；（時間上）遲的，晚到的；趕不上 類 ゆっくり（慢，不著急）對 速い（快）△ 山中さんは遅いですね。／山中先生好慢啊！

おちゃ【お茶】 ㊔ 茶，茶葉（「茶」的鄭重說法）；茶道 類 ティー（tea・茶）；紅茶（紅茶）△ 喫茶店でお茶を飲みます。／在咖啡廳喝茶。

おてあらい【お手洗い】 ㊔ 廁所，洗手間，盥洗室 類 トイレ（toilet・廁所）△ お手洗いはあちらです。／洗手間在那邊。

おとうさん【お父さん】 ㊔（「父」的鄭重說法）爸爸，父親 類 父（家父）對 お母さん（母親）△ お父さんは庭にいましたか。／令尊有在庭院嗎？

おとうと【弟】 ㊔ 弟弟（鄭重說法是「弟さん」）類 妹（妹妹）對 兄（哥哥）△ 私は姉が二人と弟が二人います。／我有兩個姊姊跟兩個弟弟。

おととい【一昨日】(名) 前天 類 一昨日(前天) 對 明後日(後天) △おととい傘を買いました。／前天買了雨傘。

N5-006

おととし【一昨年】(名) 前年 類 一昨年(前年) 對 再来年(後年) △おととし旅行しました。／前年我去旅行了。

おとな【大人】(名) 大人，成人 類 成人(成年人) 對 子ども(小孩子) △運賃は大人 500 円、子ども 250 円です。／票價大人是五百日圓，小孩是兩百五十日圓。

おなか【お腹】(名) 肚子；腸胃 類 腹(腹部) 對 背中(背後) △もうお昼です。お腹が空きましたね。／已經中午了。肚子餓扁了呢。

おなじ【同じ】(名·連體·副) 相同的，一樣的，同等的；同一個 類 一緒(一樣；一起) 對 違う(不同) △同じ日に6回も電話をかけました。／同一天內打了六通之多的電話。

おにいさん【お兄さん】(名) 哥哥(「兄さん」的鄭重說法) 類 お姉さん(姊姊) △どちらがお兄さんの本ですか。／哪一本書是哥哥的？

おねえさん【お姉さん】(名) 姊姊(「姉さん」的鄭重說法) 類 お兄さん(哥哥) △山田さんはお姉さんといっしょに買い物に行きました。／山田先生和姊姊一起去買東西了。

おねがいします【お願いします】(寒暄) 麻煩，請 類 下さい(請給〈我〉) △台湾まで航空便でお願いします。／請幫我用航空郵件寄到台灣。

おばあさん【お祖母さん・お婆さん】(名) 祖母；外祖母；(對一般老年婦女的稱呼) 老婆婆 類 祖母(祖母) 對 お祖父さん(祖父) △私のおばあさんは10月に生まれました。／我奶奶是十月生的。

おばさん【伯母さん・叔母さん】(名) 姨媽，嬸嬸，姑媽，伯母，舅媽 對 伯父さん(伯伯) △伯母さんは弁護士です。／我姑媽是律師。

おはようございます (寒暄) (早晨見面時) 早安，您早 類 おはよう(早安) △おはようございます。いいお天気ですね。／早安。今天天氣真好呢！

おべんとう【お弁当】(名) 便當 類 駅弁(車站便當) △コンビニにいろいろなお弁当が売っています。／便利超商裡賣著各式各樣的便當。

おぼえる【覚える】(他下一) 記住，記得；學會，掌握 類 知る(理解) 對 忘れる(忘記) △日本語の歌をたくさん覚えました。／我學會了很多日本歌。

おまわりさん【お巡りさん】(名)(俗稱) 警察，巡警 類 警官(警察官) △お巡りさん、駅はどこですか。／警察先生，車站在哪裡？

おもい【重い】(形)(份量) 重，沉重

對 軽い（輕）△ この辞書は厚くて重いです。／這本辭典又厚又重。

おもしろい【面白い】 形 好玩；有趣，新奇；可笑的 類 楽しい（愉快的）對 つまらない（無聊）△ この映画は面白くなかった。／這部電影不好看。

おやすみなさい【お休みなさい】 寒暄 晚安 類 お休み（晚安）；さようなら（再見）△ もう寝ます。おやすみなさい。／我要睡囉。晚安！

およぐ【泳ぐ】 自五（人，魚等在水中）游泳；穿過，擠過 類 水泳（游泳）△ 私は夏に海で泳ぎたいです。／夏天我想到海邊游泳。

おりる【下りる・降りる】 自上一【下りる】（從高處）下來，降落；（霜雪等）落下；【降りる】（從車，船等）下來 類 落ちる（掉下去）對 登る（登上）；乗る（乘坐）△ここでバスを降ります。／我在這裡下公車。

おわる【終わる】 自五 完畢，結束，終了 類 止まる（停止；中斷）對 始まる（開始）△ パーティーは九時に終わります。／派對在九點結束。

おんがく【音楽】 名 音樂 類 ミュージック（music・音樂）；歌（歌曲）△ 雨の日は、アパートの部屋で音楽を聞きます。／下雨天我就在公寓的房裡聽音樂。

かカ

N5-007

かい【回】 名・接尾 …回，次數 類 度（次，次數）△ 1日に3回薬を飲みます。／一天吃三次藥。

かい【階】 接尾（樓房的）…樓，層 類 階段（樓梯）△ 本屋は5階のエレベーターの前にあります。／書店位在5樓的電梯前面。

がいこく【外国】 名 外國，外洋 類 海外（海外）對 国内（國內）△ 来年弟が外国へ行きます。／弟弟明年會去國外。

がいこくじん【外国人】 名 外國人 類 外人（外國人）對 邦人（本國人）△ 日本語を勉強する外国人が多くなった。／學日語的外國人變多了。

かいしゃ【会社】 名 公司；商社 類 企業（企業）△ 田中さんは一週間会社を休んでいます。／田中先生向公司請了一週的假。

かいだん【階段】 名 樓梯，階梯，台階 類 エスカレーター（escalator・自動電扶梯）△ 来週の月曜日の午前10時には、階段を使います。／下週一早上10點，會使用到樓梯。

かいもの【買い物】 名 購物，買東西；要買的東西，買到的東西 類 ショッピング（shopping・購物）△ デパートで買い物をしました。／在百貨公司買東西了。

かう【買う】 他五 購買 對 売る(賣) △本屋で本を買いました。／在書店買了書。

かえす【返す】 他五 還，歸還，退還；送回(原處) 類 戻す(歸還) 對 借りる(借) △図書館へ本を返しに行きます。／我去圖書館還書。

かえる【帰る】 自五 回來，回家；歸去；歸還 類 帰国(回國) 對 出かける(外出) △昨日うちへ帰るとき、会社で友達に傘を借りました。／昨天回家的時候，在公司向朋友借了把傘。

かお【顔】 名 臉，面孔；面子，顏面 △顔が赤くなりました。／臉紅了。

かかる【掛かる】 自五 懸掛，掛上；覆蓋；花費 類 掛ける(懸掛) △壁に絵が掛かっています。／牆上掛著畫。

かぎ【鍵】 名 鑰匙；鎖頭；關鍵 類 キー(key・鑰匙) △これは自転車の鍵です。／這是腳踏車的鑰匙。

かく【書く】 他五 寫，書寫；作(畫)；寫作(文章等) 類 作る(書寫；創作) 對 読む(閱讀) △試験を始めますが、最初に名前を書いてください。／考試即將開始，首先請將姓名寫上。

かく【描く】 他五 畫，繪製；描寫，描繪 類 引く(畫〈線〉) △絵を描く。／畫圖。

がくせい【学生】 名 學生(主要指大專院校的學生) 類 生徒(學生) 對 先生(老師) △このアパートは学生にしか貸しません。／這間公寓只承租給學生。

かげつ【ヶ月】 接尾 …個月 △仕事で３ヶ月日本にいました。／因為工作的關係，我在日本待了三個月。

かける【掛ける】 他下一 掛在(牆壁)；戴上(眼鏡)；捆上 類 被る(戴〈帽子等〉) △ここに鏡を掛けましょう。／鏡子掛在這裡吧！

かす【貸す】 他五 借出，借給；出租；提供幫助(智慧與力量) 類 あげる(給予) 對 借りる(借入) △辞書を貸してください。／請借我辭典。

かぜ【風】 名 風 △今日は強い風が吹いています。／今天颳著強風。

かぜ【風邪】 名 感冒，傷風 類 病気(生病) △風邪を引いて、昨日から頭が痛いです。／因為感冒了，從昨天開始就頭很痛。

かぞく【家族】 名 家人，家庭，親屬 類 家庭(家庭；夫婦) △日曜日、家族と京都に行きます。／星期日我要跟家人去京都。

かた【方】 名 位，人(「人」的敬稱) 類 人(人) △山田さんはとてもいい方ですね。／山田先生人非常地好。

N5-008

がた【方】 接尾 (前接人稱代名詞，表

對複數的敬稱）們，各位 類 たち（你們的）△ 先生方。／各位老師。

かたかな【片仮名】 名 片假名 類 字（文字）對 平仮名（平假名）△ ご住所は片仮名で書いてください。／請用片假名書寫您的住址。

がつ【月】 接尾 …月 類 日（…日）△ 私のおばさんは10月に結婚しました。／我阿姨在十月結婚了。

がっこう【学校】 名 學校；（有時指）上課 類 スクール（school・學校）△ 田中さんは昨日病気で学校を休みました。／田中昨天因為生病請假沒來學校。

カップ【cup】 名 杯子；（有把）茶杯 類 コップ（〈荷〉kop・杯子）△ 贈り物にカップはどうでしょうか。／禮物就送杯子怎麼樣呢？

かど【角】 名 角；（道路的）拐角，角落 類 隅（角落）△ その店の角を左に曲がってください。／請在那家店的轉角左轉。

かばん【鞄】 名 皮包，提包，公事包，書包 類 スーツケース（suitcase・旅行箱）△ 私は新しい鞄がほしいです。／我想要新的包包。

かびん【花瓶】 名 花瓶 類 入れ物（容器）△ 花瓶に水を入れました。／把水裝入花瓶裡。

かぶる【被る】 他五 戴（帽子等）；（從頭上）蒙，蓋（被子）；（從頭上）套，穿 類 履く（穿）對 脱ぐ（脫掉）△ あの帽子をかぶっている人が田中さんです。／那個戴著帽子的人就是田中先生。

かみ【紙】 名 紙 類 ノート（note・筆記；筆記本）△ 本を借りる前に、この紙に名前を書いてください。／要借書之前，請在這張紙寫下名字。

カメラ【camera】 名 照相機；攝影機 類 写真（照片）△ このカメラはあなたのですか。／這台相機是你的嗎？

かようび【火曜日】 名 星期二 類 火曜（週二）△ 火曜日に600円返します。／星期二我會還你六百日圓。

からい【辛い】 形 辣，辛辣；鹹的；嚴格 類 味（味道）對 甘い（甜）△ 山田さんは辛いものが大好きです。／山田先生最喜歡吃辣的東西了。

からだ【体】 名 身體；體格，身材 對 心（心靈）△ 体をきれいに洗ってください。／請將身體洗乾淨。

かりる【借りる】 他上一 借進（錢、東西等）；借助 類 もらう（領取）對 貸す（借出）△ 銀行からお金を借りた。／我向銀行借了錢。

がる 接尾 想，覺得…△ きれいなものを見てほしがる人が多い。／很多人看到美麗的事物，就覺得想得到它。

かるい【軽い】 形 輕的，輕快的；（程度）輕微的；輕鬆的 對 重い（沈重）△ この本は薄くて軽いです。／這本書又薄又輕。

カレンダー【calendar】(名) 日曆；全年記事表 (類) 曜日（星期）△ きれいな写真のカレンダーですね。／好漂亮的相片日曆喔！

かわ【川・河】(名) 河川，河流 (類) 水（水）△ この川は魚が多いです。／這條河有很多魚。

がわ【側】(名・接尾) …邊，…側；…方面，立場；周圍，旁邊 (類) 辺（周圍）△ 本屋はエレベーターの向こう側です。／書店在電梯後面的那一邊。

かわいい【可愛い】(形) 可愛，討人喜愛；小巧玲瓏 (類) 綺麗（美麗）(對) 憎い（可惡）△ 猫も犬もかわいいです。／貓跟狗都很可愛。

かんじ【漢字】(名) 漢字 (類) 平仮名（平假名）；片仮名（片假名）△ 先生、この漢字は何と読むのですか。／老師，這個漢字怎麼唸？

きキ

き【木】(名) 樹，樹木；木材 (類) 葉（樹葉）(對) 草（草）△ 木の下に犬がいます。／樹下有隻狗。

きいろい【黄色い】(形) 黄色，黄色的 (類) イエロー（yellow・黄色）△ 私のかばんはあの黄色いのです。／我的包包是那個黄色的。

N5-009

きえる【消える】(自下一)（燈，火等）熄滅；（雪等）融化；消失，看不見 (類) 無くなる（不見）△ 風でろうそくが消えました。／風將燭火給吹熄了。

きく【聞く】(他五) 聽，聽到；聽從，答應；詢問 (類) 質問（詢問）(對) 話す（說）△ 宿題をした後で、音楽を聞きます。／寫完作業後，聽音樂。

きた【北】(名) 北，北方，北邊 (類) 北方（北方）(對) 南（南方）△ 北海道は日本の一番北にあります。／北海道在日本的最北邊。

ギター【guitar】(名) 吉他 △土曜日は散歩したり、ギターを練習したりします。／星期六我會散散步、練練吉他。

きたない【汚い】(形) 骯髒；（看上去）雜亂無章，亂七八糟 (類) 汚れる（弄髒）(對) 綺麗（漂亮；乾淨）△ 汚い部屋だねえ。掃除してください。／真是骯髒的房間啊！請打掃一下。

きっさてん【喫茶店】(名) 咖啡店 (類) カフェ（〈法〉café・咖啡館）△ 昼ご飯は駅の前の喫茶店で食べます。／午餐在車站前的咖啡廳吃。

きって【切手】(名) 郵票 (類) 封筒（信封）△ 郵便局で切手を買います。／在郵局買郵票。

きっぷ【切符】(名) 票，車票 △切符を二枚買いました。／買了兩張車票。

きのう【昨日】 名 昨天；近來，最近；過去 對 明日（明天）△昨日は誰も来ませんでした。／昨天沒有任何人來。

きゅう・く【九】 名(數)九；九個 類 九つ（九個）△子どもたちは九時ごろに寝ます。／小朋友們大約九點上床睡覺。

ぎゅうにく【牛肉】 名 牛肉 類 ビーフ（beef・牛肉）；肉（肉）△それはどこの国の牛肉ですか。／那是哪個國家產的牛肉？

ぎゅうにゅう【牛乳】 名 牛奶 類 ミルク（milk・牛奶）△お風呂に入ってから、牛乳を飲みます。／洗完澡後喝牛奶。

きょう【今日】 名 今天 類 今（現在）△今日は早く寝ます。／今天我要早點睡。

きょうしつ【教室】 名 教室；研究室 △教室に学生が三人います。／教室裡有三個學生。

きょうだい【兄弟】 名 兄弟；兄弟姊妹；親如兄弟的人 對 姉妹（姊妹）△私は女の兄弟が四人います。／我有四個姊妹。

きょねん【去年】 名 去年 對 来年（明年）△去年の冬は雪が1回しか降りませんでした。／去年僅僅下了一場雪。

きらい【嫌い】 形動 嫌惡，厭惡，不喜歡 類 嫌（不喜歡）對 好き（喜歡）△魚は嫌いですが、肉は好きです。／我討厭吃魚，可是喜歡吃肉。

きる【切る】 他五 切，剪，裁剪；切傷 類 カット（cut・切斷）△ナイフですいかを切った。／用刀切開了西瓜。

きる【着る】 他上一（穿）衣服 類 着ける（穿上）對 脱ぐ（脫）△寒いのでたくさん服を着ます。／因為天氣很冷，所以穿很多衣服。

きれい【綺麗】 形動 漂亮，好看；整潔，乾淨 類 美しい（美麗）對 汚い（骯髒）△鈴木さんの自転車は新しくてきれいです。／鈴木先生的腳踏車又新又漂亮。

キロ【（法）kilogramme之略】 名 千克，公斤 補 キログラム之略 △鈴木さんの体重は120キロ以上だ。／鈴木小姐的體重超過120公斤。

キロ【（法）kilo mêtre之略】 名 一千公尺，一公里 補 キロメートル之略 △大阪から東京まで500キロあります。／大阪距離東京500公里。

ぎんこう【銀行】 名 銀行 類 バンク（bank・銀行）△日曜日は銀行が閉まっています。／週日銀行不營業。

きんようび【金曜日】 名 星期五 類 金曜（週五）△来週の金曜日友達と出かけるつもりです。／下週五我打算跟朋友出去。

く

く ㄎ

くすり【薬】 ㊔ 藥，藥品 類 病院（醫院）△頭が痛いときはこの薬を飲んでください。／頭痛的時候請吃這個藥。

ください【下さい】 補助（表請求對方作）請給（我）；請… 類 お願いします（拜託您了）△部屋をきれいにしてください。／請把房間整理乾淨。

N5-010

くだもの【果物】 ㊔ 水果，鮮果 類 フルーツ（fruit・水果）△毎日果物を食べています。／每天都有吃水果。

くち【口】 ㊔ 口，嘴巴 類 入り口（入口）△口を大きく開けて。風邪ですね。／張大嘴巴。你感冒了喲。

くつ【靴】 ㊔ 鞋子 類 シューズ（shoes・鞋子）；スリッパ（slipper・拖鞋）△靴を履いて外に出ます。／穿上鞋子出門去。

くつした【靴下】 ㊔ 襪子 類 ソックス（socks・襪子）△寒いから、厚い靴下を穿きなさい。／天氣很冷，所以穿上厚襪子。

くに【国】 ㊔ 國家；國土；故鄉 類 田舎（家鄉）△世界で一番広い国はどこですか。／世界上國土最大的國家是哪裡？

くもる【曇る】 自五 變陰；模糊不清 類 天気（天氣）對 晴れる（天晴）△明後日の午前は晴れますが、午後から曇ります。／後天早上是晴天，從午後開始轉陰。

くらい【暗い】 形（光線）暗，黑暗；（顏色）發暗，發黑 類 ダーク（dark・暗）對 明るい（亮）△空が暗くなりました。／天空變暗了。

くらい・ぐらい【位】 副助（數量或程度上的推測）大概，左右，上下 類 ほど（大約）△郵便局までどれぐらいかかりますか。／到郵局大概要花多少時間？

クラス【class】 ㊔（學校的）班級；階級，等級 類 組（班）△男の子だけのクラスはおもしろくないです。／只有男生的班級一點都不好玩！

グラス【glass】 ㊔ 玻璃杯；玻璃 類 コップ（kop・杯子）△すみません、グラス二つください。／不好意思，請給我兩個玻璃杯。

グラム【（法）gramme】 ㊔ 公克 △牛肉を500グラム買う。／買伍佰公克的牛肉。

くる【来る】 自カ（空間，時間上的）來；到來 類 帰る（回來）對 行く（去）△山中さんはもうすぐ来るでしょう。／山中先生就快來了吧！

くるま【車】 ㊔ 車子的總稱，汽車 類 カー（car・車子）；バス（bus・公車）△車で会社へ行きます。／開車去公司。

くろい【黒い】(形) 黑色的；褐色；骯髒；黑暗 類 ブラック(black・黑色) 對 白い(白色的) △猫も犬も黒いです。／貓跟狗都是黑色的。

け ヶ

けいかん【警官】(名) 警官，警察 類 警察官(警察官) △前の車、止まってください。警官です。／前方車輛請停車。我們是警察。

けさ【今朝】(名) 今天早上 類 朝(早上) 對 今夜(今晚) △今朝図書館に本を返しました。／今天早上把書還給圖書館了。

けす【消す】(他五) 熄掉，撲滅；關掉，弄滅；消失，抹去 類 止める(停止〈引擎等〉) 對 点ける(打開) △地震のときはすぐ火を消しましょう。／地震的時候趕緊關火吧！

けっこう【結構】(形動・副) 很好，出色；可以，足夠；(表示否定)不要；相當 類 立派(極好) △ご飯はもうけっこうです。／飯我就不用了。

けっこん【結婚】(名・自サ) 結婚 對 離婚(離婚) △兄は今35歳で結婚しています。／哥哥現在是35歲，已婚。

げつようび【月曜日】(名) 星期一 類 月曜(週一) △来週の月曜日の午後3時に、駅で会いましょう。／下禮拜一的下午三點，我們約在車站見面吧。

げんかん【玄関】(名)(建築物的)正門，前門，玄關 類 入り口(入口)；門(大門) △友達は玄関で靴を脱ぎました。／朋友在玄關脫了鞋。

げんき【元気】(名・形動) 精神，朝氣；健康 類 丈夫(健康) 對 病気(生病) △どの人が一番元気ですか。／那個人最有精神呢？

こ コ

こ【個】(名・接尾) …個 △冷蔵庫にたまごが3個あります。／冰箱裡有三個雞蛋。

ご【五】(名)(數)五 類 五つ(五個) △八百屋でリンゴを五個買いました。／在蔬果店買了五顆蘋果。

N5-011

ご【語】(名・接尾) 語言；…語 類 単語(單字) △日本語のテストはやさしかったですが、問題が多かったです。／日語考試很簡單，但是題目很多。

こうえん【公園】(名) 公園 類 パーク(park・公園)；遊園地(遊樂園) △この公園はきれいです。／這座公園很漂亮。

こうさてん【交差点】(名) 交差路口

類 十字路（十字路口）△その交差点を左に曲がってください。／請在那個交差路口左轉。

こえ【声】 名（人或動物的）聲音，語音 類 音（〈物體的〉聲音）△大きな声で言ってください。／請大聲說。

コート【coat】 名 外套，大衣；（西裝的）上衣 類 オーバー（over・大衣）△すみません、コートを取ってください。／不好意思，請幫我拿大衣。

コーヒー【（荷）koffie】 名 咖啡 類 飲み物（飲料）△ジュースはもうありませんが、コーヒーはまだあります。／已經沒有果汁了，但還有咖啡。

ここ 代 這裡；（表時間）最近，目前 類 こちら（這裡）△ここで電話をかけます。／在這裡打電話。

ここのか【九日】 名（每月）九號，九日；九天 類 9日間（九天）△九日は誕生日だったから、家族とパーティーをしました。／九號是我的生日，所以和家人辦了慶祝派對。

ここのつ【九つ】 名（數）九個；九歲 類 九個（九個）△うちの子は九つになりました。／我家小孩九歲了。

ごご【午後】 名 下午，午後，後半天 對 午前（上午）△午後7時に友達に会います。／下午七點要和朋友見面。

ごしゅじん【ご主人】 名（稱呼對方的）您的先生，您的丈夫 對 奥さん（您的太太）△ご主人のお仕事は何でしょうか。／請問您先生的工作是…？

ごぜん【午前】 名 上午，午前 對 午後（下午）△明後日の午前、天気はどうなりますか。／後天上午的天氣如何呢？

こたえる【答える】 自下一 回答，答覆；解答 類 返事する（回答）對 聞く（詢問）△山田君、この質問に答えてください。／山田同學，請回答這個問題。

ごちそうさまでした【御馳走様でした】 寒暄 多謝您的款待，我已經吃飽了 對 頂きます（開動）△おいしかったです。御馳走様でした。／真好吃，承蒙您招待了，謝謝。

こちら 代 這邊，這裡，這方面；這位；我，我們（口語為「こっち」）類 ここ（這裡）△山本さん、こちらはスミスさんです。／山本先生，這位是史密斯小姐。

こちらこそ 寒暄 哪兒的話，不敢當 類 よろしく（請關照）△こちらこそ、どうぞよろしくお願いします。／不敢當，請您多多指教！

N5-012

コップ【（荷）kop】 名 杯子，玻璃杯 類 ガラス（glas・玻璃杯）△コップで水を飲みます。／用杯子喝水。

ことし【今年】 名 今年 類 来年（明年）△去年は旅行しましたが、今年はしませんでした。／去年有去旅行，今年則沒有去。

ことば【言葉】 名 語言，詞語 類 辞書(辭典) △日本語の言葉を9つ覚えました。／學會了九個日語詞彙。

こども【子ども】 名 自己的兒女;小孩，孩子，兒童 類 息子(兒子)；娘(女兒) 對 親(雙親)；大人(大人) △子どもに外国のお金を見せました。／給小孩子看了外國的錢幣。

この 連體 這…，這個… 對 あの(那個…) △この仕事は1時間ぐらいかかるでしょう。／這項工作大約要花一個小時吧。

ごはん【ご飯】 名 米飯；飯食，餐 類 米(稻米) △ご飯を食べました。／我吃過飯了。

コピー【copy】 名・他サ 拷貝，複製，副本 類 複写(複印) △山田君、これをコピーしてください。／山田同學，麻煩請影印一下這個。

こまる【困る】 自五 感到傷腦筋，困擾；難受，苦惱；沒有辦法 類 難しい(難解決) △お金がなくて、困っています。／沒有錢真傷腦筋。

ごめんください【御免ください】 寒暄 有人在嗎 類 もしもし(喂〈叫住對方〉) 對 お邪魔しました(打擾了) △ごめんください。山田です。／有人在家嗎？我是山田。

ごめんなさい【御免なさい】 連語 對不起 類 すみません(對不起) △遅くなってごめんなさい。／對不起。我遲到了。

これ 代 這個，此；這人；現在，此時 類 こちら(這個) △これは私が高校のときの写真です。／這是我高中時的照片。

ころ・ごろ【頃】 名・接尾 (表示時間)左右，時候，時期；正好的時候 類 時(…的時候) △昨日は11時ごろ寝ました。／昨天11點左右就睡了。

こんげつ【今月】 名 這個月 對 先月(上個月) △今月も忙しいです。／這個月也很忙。

こんしゅう【今週】 名 這個星期，本週 對 先週(上週) △今週は80時間も働きました。／這一週工作了80個小時之多。

こんな 連體 這樣的，這種的 對 あんな(那樣的) △こんなうちに住みたいです。／我想住在這種房子裡。

こんにちは【今日は】 寒暄 你好，日安 △「こんにちは、お出かけですか。」「ええ、ちょっとそこまで。」／「你好，要出門嗎？」「對，去辦點事。」

こんばん【今晩】 名 今天晚上，今夜 類 今夜(今晚) △今晩のご飯は何ですか。／今晚吃什麼呢？

こんばんは【今晩は】 寒暄 晚安你好，晚上好 △こんばんは、お散歩ですか。／晚安你好，來散步嗎？

さ

さ サ

N5-013

さあ (感)（表示勸誘，催促）來；表躊躇，遲疑的聲音 (類) さ（來吧）△外は寒いでしょう。さあ、お入りなさい。／外面很冷吧。來，請進請進。

さい【歳】 (名・接尾) …歲 △日本では6歳で小学校に入ります。／在日本，六歲就上小學了。

さいふ【財布】 (名) 錢包 (類) かばん（提包）△財布はどこにもありませんでした。／到處都找不到錢包。

さき【先】 (名) 先，早；頂端，尖端；前頭，最前端 (類) 前（之前）(對) 後（之後）△先に食べてください。私は後で食べます。／請先吃吧。我等一下就吃。

さく【咲く】 (自五) 開（花）(類) 開く（開）△公園に桜の花が咲いています。／公園裡開著櫻花。

さくぶん【作文】 (名) 作文 (類) 文章（文章）△自分の夢について、日本語で作文を書きました。／用日文寫了一篇有關自己的夢想的作文。

さす【差す】 (他五) 撐（傘等）；插 (類) 立つ（站立）△雨だ。傘をさしましょう。／下雨了，撐傘吧。

さつ【冊】 (接尾) …本，…冊 △雑誌2冊とビールを買いました。／我買了2本雜誌跟一瓶啤酒。

ざっし【雑誌】 (名) 雜誌，期刊 (類) マガジン（magazine・雜誌）△雑誌をまだ半分しか読んでいません。／雜誌僅僅看了一半而已。

さとう【砂糖】 (名) 砂糖 (類) シュガー（sugar・糖）(對) 塩（鹽巴）△このケーキには砂糖がたくさん入っています。／這蛋糕加了很多砂糖。

さむい【寒い】 (形)（天氣）寒冷 (類) 冷たい（冷的）(對) 暑い（熱的）△私の国の冬は、とても寒いです。／我國冬天非常寒冷。

さよなら・さようなら (寒暄) 再見，再會；告別 (類) じゃあね（再見〈口語〉）△「さようなら」は中国語で何といいますか。／「sayoonara」的中文怎麼說？

さらいねん【再来年】 (名) 後年 (對) 一昨年（前年）△今、2014年です。さらいねんは外国に行きます。／現在是2014年。後年我就要去國外了。

さん (接尾)（接在人名，職稱後表敬意或親切）…先生，…小姐 (類) 様（…先生，小姐）△林さんは面白くていい人です。／林先生人又風趣，個性又好。

さん【三】 (名)（數）三；三個；第三；三次 (類) 三つ（三個）△三時ごろ友達が家へ遊びに来ました。／三點左右朋友來家裡來玩。

さんぽ【散歩】 (名・自サ) 散步，隨便走走

(類)歩く（走路）△私は毎朝公園を散歩します。／我每天早上都去公園散步。

しシ

し・よん【四】(名)（數）四；四個；四次（後接「時（じ）、時間（じかん）」時，則唸「四」（よ）(類)四つ（四個）△昨日四時間勉強しました。／昨天唸了4個小時的書。

じ【時】(名)…時 (類)時間（時候）△いつも3時ごろおやつを食べます。／平常都是三點左右吃點心。

しお【塩】(名)鹽，食鹽 (類)砂糖（砂糖）△海の水で塩を作りました。／利用海水做了鹽巴。

しかし(接續)然而，但是，可是 (類)が（但是）△時間はある。しかしお金がない。／有空但是沒錢。

じかん【時間】(名)時間，功夫；時刻，鐘點 (類)時（…的時候）；暇（閒功夫）△新聞を読む時間がありません。／沒有看報紙的時間。

じかん【時間】(接尾)…小時，…點鐘 (類)分（分〈時間單位〉）△昨日は6時間ぐらい寝ました。／昨天睡了6個小時左右。

しごと【仕事】(名)工作；職業 (類)勤める（工作）(對)休む（休息）△明日は仕事があります。／明天要工作。

N5-014

じしょ【辞書】(名)字典，辭典 (類)辞典（辭典）△辞書を見てから漢字を書きます。／看過辭典後再寫漢字。

しずか【静か】(形動)靜止；平靜，沈穩；慢慢，輕輕 (對)賑やか（熱鬧）△図書館では静かに歩いてください。／圖書館裡走路請放輕腳步。

した【下】(名)（位置的）下，下面，底下；年紀小 (對)上（上方）△あの木の下でお弁当を食べましょう。／到那棵樹下吃便當吧。

しち・なな【七】(名)（數）七；七個 (類)七つ（七個）△いつも七時ごろまで仕事をします。／平常總是工作到七點左右。

しつもん【質問】(名·自サ)提問，詢問 (類)問題（問題）(對)答える（回答）△英語の分からないところを質問しました。／針對英文不懂的地方提出了的疑問。

しつれいします【失礼します】(寒暄)告辭，再見，對不起；不好意思，打擾了△もう5時です。そろそろ失礼します。／已經5點了。我差不多該告辭了。

しつれいしました【失礼しました】(寒暄)請原諒，失禮了△忙しいところに電話してしまって、失礼しました。

／忙碌中打電話叨擾您，真是失禮了。

じてんしゃ【自転車】(名) 腳踏車，自行車 (類) オートバイ (auto bicycle・摩托車) △私は自転車を二台持っています。／我有兩台腳踏車。

じどうしゃ【自動車】(名) 車，汽車 (類) 車 (車子) △日本の自動車はいいですね。／日本的汽車很不錯呢。

しぬ【死ぬ】(自五) 死亡 (類) 怪我 (受傷) (對) 生まれる (出生) △私のおじいさんは十月に死にました。／我的爺爺在十月過世了。

じびき【字引】(名) 字典，辭典 (類) 字典 (字典) △字引を引いて、分からない言葉を調べました。／翻字典查了不懂的字彙。

じぶん【自分】(名) 自己，本人，自身；我 (類) 僕 (我〈男子自稱〉) (對) 人 (別人) △料理は自分で作りますか。／你自己下廚嗎？

しまる【閉まる】(自五) 關閉；關門，停止營業 (類) 閉じる (關閉) (對) 開く (打開) △強い風で窓が閉まった。／窗戶因強風而關上了。

しめる【閉める】(他下一) 關閉，合上；繫緊，束緊 (類) 閉じる (關閉) (對) 開ける (打開) △ドアが閉まっていません。閉めてください。／門沒關，請把它關起來。

しめる【締める】(他下一) 勒緊；繫著；關閉 (對) 開ける (打開) △車の中では、シートベルトを締めてください。／車子裡請繫上安全帶。

じゃ・じゃあ(感) 那麼 (就) (類) では (那麼) △「映画は3時からです。」「じゃあ、2時に出かけましょう。」／「電影三點開始。」「那我們兩點出門吧！」

シャツ【shirt】(名) 襯衫 (類) ワイシャツ (white shirt・白襯衫)；Tシャツ (T shirt・T恤)；セーター (sweater・毛線衣) △あの白いシャツを着ている人は山田さんです。／那個穿白襯衫的人是山田先生。

シャワー【shower】(名) 淋浴 (類) 風呂 (澡盆) △勉強した後で、シャワーを浴びます。／唸完書之後淋浴。

じゅう【十】(名)(數) 十；第十 (類) 十 (十個) △山田さんは兄弟が十人もいます。／山田先生的兄弟姊妹有10人之多。

じゅう【中】(名・接尾) 整個，全；(表示整個期間或區域) 期間 △タイは一年中暑いです。／泰國終年炎熱。

しゅうかん【週間】(名・接尾) …週，…星期 (類) 週 (…週) △1週間に1回ぐらい家族に電話をかけます。／我大約一個禮拜打一次電話給家人。

じゅぎょう【授業】(名・自サ) 上課，教課，授課 (類) レッスン (lesson・課程) △林さんは今日授業を休みました。／林先生今天沒來上課。

N5-015

しゅくだい【宿題】 ㊔ 作業，家庭作業 類 問題（試題）△家に帰ると、まず宿題をします。／一回到家以後，首先寫功課。

じょうず【上手】 名・形動（某種技術等）擅長，高明，厲害 類 上手い（出色的）；強い（擅長的）對 下手（笨拙）△あの子は歌を上手に歌います。／那孩子歌唱得很好。

じょうぶ【丈夫】 形動（身體）健壯，健康；堅固，結實 類 元気（精力充沛）對 弱い（虛弱）△体が丈夫になりました。／身體變健康了。

しょうゆ【醤油】 ㊔ 醬油 類 ソース（sauce・調味醬）△味が薄いですね、少し醤油をかけましょう。／味道有點淡，加一些醬油吧！

しょくどう【食堂】 ㊔ 食堂，餐廳，飯館 類 レストラン（restaurant・餐廳）；台所（廚房）△日曜日は食堂が休みです。／星期日餐廳不營業。

しる【知る】 他五 知道，得知；理解；認識；學會 類 分かる（知道）對 忘れる（忘掉）△新聞で明日の天気を知った。／看報紙得知明天的天氣。

しろい【白い】 ㊧ 白色的；空白；乾淨，潔白 類 ホワイト（white・白色）對 黒い（黑的）△山田さんは白い帽子をかぶっています。／山田先生戴著白色的帽子。

じん【人】 接尾 …人 類 人（人）△昨日会社にアメリカ人が来ました。／昨天有美國人到公司來。

しんぶん【新聞】 ㊔ 報紙 類 ニュース（news・新聞）△この新聞は一昨日のだからもういりません。／這報紙是前天的東西了，我不要了。

す ス

すいようび【水曜日】 ㊔ 星期三 類 水曜（週三）△月曜日か水曜日にテストがあります。／星期一或星期三有小考。

すう【吸う】 他五 吸，抽；啜；吸收 類 飲む（喝）對 吐く（吐出）△山へ行って、きれいな空気を吸いたいですね。／好想去山上呼吸新鮮空氣啊。

スカート【skirt】 ㊔ 裙子 △ズボンを脱いで、スカートを穿きました。／脫下了長褲，換上了裙子。

すき【好き】 名・形動 喜好，愛好；愛，產生感情 類 欲しい（想要）對 嫌い（討厭）△どんな色が好きですか。／你喜歡什麼顏色呢？

すぎ【過ぎ】 接尾 超過，過了…，過度

對 前（…前）△今九時１５分過ぎです。／現在是九點過 15 分。

すくない【少ない】 形 少，不多 類 ちょっと（不多）對 多い（多）△この公園は人が少ないです。／這座公園人煙稀少。

すぐ 副 馬上，立刻；（距離）很近 類 今（馬上）△銀行は駅を出てすぐ右です。／銀行就在出了車站的右手邊。

すこし【少し】 副 一下子；少量，稍微，一點 類 ちょっと（稍微）對 沢山（許多）△すみませんが、少し静かにしてください。／不好意思，請稍微安靜一點。

すずしい【涼しい】 形 涼爽，涼爽 對 暖かい（溫暖的）△今日はとても涼しいですね。／今天非常涼爽呢。

ずつ 副助（表示均攤）每…，各…；表示反覆多次 類 ごと（每…）△単語を1日に30ずつ覚えます。／一天各背 30 個單字。

ストーブ【stove】 名 火爐，暖爐 類 暖房（暖氣）對 冷房（冷氣）△寒いからストーブをつけましょう。／好冷，開暖爐吧！

スプーン【spoon】 名 湯匙 類 箸（筷子）△スプーンでスープを飲みます。／用湯匙喝湯。

ズボン【（法）jupon】 名 西裝褲；褲子 類 パンツ（pants・褲子）△このズボンはあまり丈夫ではありませんでした。／這條褲子不是很耐穿。

すみません 寒暄（道歉用語）對不起，抱歉；謝謝 類 御免なさい（對不起）△すみません。トイレはどこにありますか。／不好意思，請問廁所在哪裡呢？

すむ【住む】 自五 住，居住；（動物）棲息，生存 類 泊まる（住宿）△みんなこのホテルに住んでいます。／大家都住在這間飯店。

スリッパ【slipper】 名 室內拖鞋 類 サンダル（sandal・涼鞋）△畳の部屋に入るときはスリッパを脱ぎます。／進入榻榻米房間時，要將拖鞋脫掉。

N5-016

する 自・他サ 做，進行 類 やる（做）△昨日、スポーツをしました。／昨天做了運動。

すわる【座る】 自五 坐，跪座 類 着く（就〈座〉）對 立つ（站立）△どうぞ、こちらに座ってください。／歡迎歡迎，請坐這邊。

せセ

せ・せい【背】 名 身高，身材 類 高さ（高度）△母は背が高いですが、父は低いです。／媽媽個子很高，但爸爸很矮。

N5

セーター【sweater】 ㊔ 毛衣 類 上着(外衣) △山田さんは赤いセーターを着ています。／山田先生穿著紅色毛衣。

せいと【生徒】 ㊔(中學，高中) 學生 類 学生(學生) △この中学校は生徒が２００人います。／這所國中有 200 位學生。

せっけん【石鹸】 ㊔ 香皂，肥皂 類 ソープ(soap・肥皂) △石鹸で手を洗ってから、ご飯を食べましょう。／用肥皂洗手後再來用餐吧。

せびろ【背広】 ㊔(男子穿的) 西裝（的上衣) 類 スーツ(suit・套裝) △背広を着て、会社へ行きます。／穿西裝上班去。

せまい【狭い】 (形) 狹窄，狹小，狹隘 類 小さい(小) 對 広い(寬大) △狭い部屋ですが、いろんな家具を置いてあります。／房間雖然狹小，但放了各種家具。

ゼロ【zero】 ㊔(數) 零;沒有 類 零(零) △２引く２はゼロです。／２減２等於０。

せん【千】 ㊔(數) 千，一千；形容數量之多 △その本は 1,000 ページあります。／那本書有一千頁。

せんげつ【先月】 ㊔ 上個月 對 来月(下個月) △先月子どもが生まれました。／上個月小孩出生了。

せんしゅう【先週】 ㊔ 上個星期，上週 對 来週(下週) △先週の水曜日は20日です。／上週三是 20 號。

せんせい【先生】 ㊔ 老師，師傅；醫生，大夫 類 教師(老師) 對 生徒、学生(學生) △先生の部屋はこちらです。／老師的房間在這裡。

せんたく【洗濯】 (名・他サ) 洗衣服，清洗，洗滌 類 洗う(洗) △昨日洗濯をしました。／昨天洗了衣服。

ぜんぶ【全部】 ㊔ 全部，總共 類 皆(全部) △パーティーには全部で何人来ましたか。／全部共有多少人來了派對呢？

そ ソ

そう (感)(回答) 是，沒錯 △「全部で6人来ましたか。」「はい、そうです。」／「你們是共六個人一起來的嗎？」「是的，沒錯。」

そうして・そして (接續) 然後；而且；於是；又 類 それから(然後) △朝は勉強し、そして午後はプールで泳ぎます。／早上唸書，然後下午到游泳池游泳。

そうじ【掃除】 (名・他サ) 打掃，清掃，掃除 類 洗う(洗滌)；綺麗にする(收拾乾淨) △私が掃除をしましょうか。／我來打掃好嗎？

そこ 代 那兒，那邊 類 そちら（那裡）△受付はそこです。／受理櫃臺在那邊。

そちら 代 那兒，那裡；那位，那個；府上，貴處（口語為"そっち"）類 そこ（那裡）△こちらが台所で、そちらがトイレです。／這裡是廚房，那邊是廁所。

そと【外】 名 外面，外邊；戶外 類 外側（外側）對 内、中（裡面）△天気が悪くて外でスポーツができません。／天候不佳，無法到外面運動。

その 連體 那…，那個… △そのテープは5本で600円です。／那個錄音帶，五個賣六百日圓。

そば【側・傍】 名 旁邊，側邊；附近 類 近く（附近）；横（旁邊）△病院のそばには、たいてい薬屋や花屋があります。／醫院附近大多會有藥局跟花店。

そら【空】 名 天空，空中；天氣 類 青空（青空）對 地（大地）△空には雲が一つもありませんでした。／天空沒有半朵雲。

それ 代 那，那個；那時，那裡；那樣 類 そちら（那個）△それは中国語でなんといいますか。／那個中文怎麼說？

それから 接續 還有；其次，然後；（催促對方談話時）後來怎樣 類 そして（然後）△家から駅までバスです。それから、電車に乗ります。／從家裡坐公車到車站。然後再搭電車。

それでは 接續 那麼，那就；如果那樣的話 類 それじゃ（那麼）△今日は5日です。それでは8日は日曜日ですね。／今天是五號。那麼八號就是禮拜天囉。

たタ

N5-017

だい【台】 接尾 …台，…輛，…架 △今日はテレビを一台買った。／今天買了一台電視。

だいがく【大学】 名 大學 類 学校（學校）△大学に入るときは100万円ぐらいかかりました。／上大學的時候大概花了一百萬日圓。

たいしかん【大使館】 名 大使館 △姉は韓国の大使館で翻訳をしています。／姊姊在韓國大使館做翻譯。

だいじょうぶ【大丈夫】 形動 牢固，可靠；放心，沒問題，沒關係 類 安心（放心）對 だめ（不行）△風は強かったですが、服をたくさん着ていたから大丈夫でした。／雖然風很大，但我穿了很多衣服所以沒關係。

だいすき【大好き】 形動 非常喜歡，最喜好 類 好き（喜歡）對 大嫌い（最討厭）△妹は甘いものが大好きです。

／妹妹最喜歡吃甜食了。

たいせつ【大切】 形動 重要，要緊；心愛，珍惜 類 大事（重要）△大切な紙ですから、なくさないでください。／因為這是張很重要的紙，請別搞丟了。

たいてい【大抵】 副 大部分，差不多；（下接推量）多半；（接否定）一般 類 いつも（經常，大多）△たいていは歩いて行きますが、ときどきバスで行きます。／大多都是走路過去的，但有時候會搭公車。

だいどころ【台所】 名 廚房 類 キッチン（kitchen・廚房）△猫は部屋にも台所にもいませんでした。／貓咪不在房間，也不在廚房。

たいへん【大変】 副・形動 很，非常，太；不得了 類 とても（非常）△昨日の料理はたいへんおいしかったです。／昨天的菜餚非常美味。

たかい【高い】 形（價錢）貴；（程度，數量，身材等）高，高的 類 大きい（高大的）對 安い（便宜）；低い（矮的）△あのレストランは、まずくて高いです。／那間餐廳又貴又難吃。

たくさん【沢山】 名・形動・副 很多，大量；足夠，不再需要 類 一杯（充滿）對 少し（少許）△とりがたくさん空を飛んでいます。／許多鳥在天空飛翔著。

タクシー【taxi】 名 計程車 類 電車（電車）△時間がありませんから、タクシーで行きましょう。／沒時間了，搭計程車去吧！

だけ 副助 只有… 類 しか（只有）△小川さんだけお酒を飲みます。／只有小川先生要喝酒。

だす【出す】 他五 拿出，取出；提出；寄出 類 渡す（交給）對 入れる（放入）△きのう友達に手紙を出しました。／昨天寄了封信給朋友。

たち【達】 接尾（表示人的複數）…們，…等 類 等（們）△学生たちはどの電車に乗りますか。／學生們都搭哪一輛電車呢？

たつ【立つ】 自五 站立；冒，升；出發 類 起きる（立起來）對 座る（坐）△家の前に女の人が立っていた。／家門前站了個女人。

たてもの【建物】 名 建築物，房屋 類 家（住家）△あの大きな建物は図書館です。／那棟大建築物是圖書館。

たのしい【楽しい】 形 快樂，愉快，高興 類 面白い（有趣）對 つまらない（無趣）△旅行は楽しかったです。／旅行真愉快。

たのむ【頼む】 他五 請求，要求；委託，託付；依靠 類 願う（要求）△男の人が飲み物を頼んでいます。／男人正在點飲料。

たばこ【煙草】 名 香煙；煙草 △1日に6本たばこを吸います。／一天抽六根煙。

ち

たぶん【多分】(副) 大概，或許；恐怕 (類) 大抵（大概）△ あの人はたぶん学生でしょう。／那個人大概是學生吧。

たべもの【食べ物】(名) 食物，吃的東西 (對) 飲み物（飲料）△ 好きな食べ物は何ですか。／你喜歡吃什麼食物呢？

たべる【食べる】(他下一) 吃 (類) 頂く（吃；喝）(對) 飲む（喝）△ レストランで1,000円の魚料理を食べました。／在餐廳裡吃了一道千元的鮮魚料理。

たまご【卵】(名) 蛋，卵；鴨蛋，雞蛋 (類) 卵（卵子）△ この卵は6個で300円です。／這個雞蛋六個賣三百日圓。

N5-018

だれ【誰】(代) 誰，哪位 (類) どなた（哪位）△ 部屋には誰もいません。／房間裡沒有半個人。

だれか【誰か】(代) 某人；有人 △誰か窓を閉めてください。／誰來把窗戶關一下。

たんじょうび【誕生日】(名) 生日 (類) バースデー（birthday・生日）△ おばあさんの誕生日は10月です。／奶奶的生日在十月。

だんだん【段々】(副) 漸漸地 (對) 急に（突然間）△ もう春ですね。これから、だんだん暖かくなりますね。／已經春天了呢！今後會漸漸暖和起來吧。

ち チ

ちいさい【小さい】(形) 小的；微少，輕微；幼小的 (類) 低い（低的）(對) 大きい（大的）△ この小さい辞書は誰のですか。／這本小辭典是誰的？

ちかい【近い】(形)（距離，時間）近，接近，靠近 (類) 短い（短的）(對) 遠い（遠的）△ すみません、図書館は近いですか。／請問一下，圖書館很近嗎？

ちがう【違う】(自五) 不同，差異；錯誤；違反，不符 (類) 間違える（弄錯）(對) 同じ（一樣）△「これは山田さんの傘ですか。」「いいえ、違います。」／「這是山田小姐的傘嗎？」「不，不是。」

ちかく【近く】(名・副) 附近，近旁；（時間上）近期，即將 (類) 隣（隔壁）(對) 遠く（遠的）△ 駅の近くにレストランがあります。／車站附近有餐廳。

ちかてつ【地下鉄】(名) 地下鐵 (類) 電車（電車）△ 地下鉄で空港まで3時間もかかります。／搭地下鐵到機場竟要花上三個小時。

ちち【父】(名) 家父，爸爸，父親 (類) パパ（papa・爸爸）(對) 母（家母）△ 8日から10日まで父と旅行しました。／八號到十號我和爸爸一起去了旅行。

ちゃいろ【茶色】(名) 茶色 (類) ブラウン（brown・棕色）△ 山田さんは茶色の髪の毛をしています。／山田小姐是咖啡色的頭髮。

N5

ちゃわん【茶碗】㊔ 碗，茶杯，飯碗 ㊧コップ(kop・杯子；玻璃杯) △鈴木さんは茶碗やコップをきれいにしました。／鈴木先生將碗和杯子清乾淨了。

ちゅう【中】(名・接尾) 中央，中間；…期間，正在…當中；在…之中 △明日の午前中はいい天気になりますよ。／明天上午期間會是好天氣喔！

ちょうど【丁度】㊖ 剛好，正好；正，整 ㊧同じ(一樣) △30たす70はちょうど100です。／30加70剛好是100。

ちょっと【一寸】(副・感) 一下子；(下接否定)不太…，不太容易…；一點點 ㊧少し(少許) ㊨沢山(很多) △ちょっとこれを見てくださいませんか。／你可以幫我看一下這個嗎？

つッ

ついたち【一日】㊔(每月)一號，初一 △仕事は七月一日から始まります。／從七月一號開始工作。

つかう【使う】(他五) 使用；雇傭；花費 ㊧要る(需要) △和食はお箸を使い、洋食はフォークとナイフを使います。／日本料理用筷子，西洋料理則用餐叉和餐刀。

つかれる【疲れる】(自下一) 疲倦，疲勞 ㊧大変(費力) △一日中仕事をして、疲れました。／因為工作了一整天，真是累了。

つぎ【次】㊔下次，下回，接下來；第二，其次 ㊧第二(第二) ㊨前(之前) △私は次の駅で電車を降ります。／我在下一站下電車。

つく【着く】(自五) 到，到達，抵達；寄到 ㊧到着(抵達) ㊨出る(出發) △毎日7時に着きます。／每天7點抵達。

つくえ【机】㊔桌子，書桌 ㊧テーブル(table・桌子) △すみません、机はどこに置きますか。／請問一下，這張書桌要放在哪裡？

つくる【作る】(他五) 做，造；創造；寫，創作 ㊧する(做) △昨日料理を作りました。／我昨天做了菜。

つける【点ける】(他下一) 點(火)，點燃；扭開(開關)，打開 ㊨消す(關掉) △部屋の電気をつけました。／我打開了房間的電燈。

つとめる【勤める】(他下一) 工作，任職；擔任(某職務) ㊧働く(工作) △私は銀行に35年間勤めました。／我在銀行工作了35年。

つまらない ㊕ 無趣，沒意思；無意義 ㊨面白い(有趣)；楽しい(好玩) △大人の本は子どもにはつまらないでしょう。／我想大人看的書對小孩來講很無趣吧！

N5-019

つめたい【冷たい】（形）冷，涼；冷淡，不熱情（類）寒い（寒冷的）（對）熱い（熱的）△お茶は、冷たいのと熱いのとどちらがいいですか。／你茶要冷的還是熱的？

つよい【強い】（形）強悍，有力；強壯，結實；擅長的（類）上手（擅長的）（對）弱い（軟弱）△明日は風が強いでしょう。／明天風很強吧。

て テ

て【手】（名）手，手掌；胳膊（類）ハンド（hand・手）（對）足（腳）△手をきれいにしてください。／請把手弄乾淨。

テープ【tape】（名）膠布；錄音帶，卡帶（類）ラジオ（radio・收音機）△テープを入れてから、赤いボタンを押します。／放入錄音帶後，按下紅色的按鈕。

テープレコーダー【tape recorder】（名）磁帶錄音機（類）テレコ（tape recorder之略・錄音機）△テープレコーダーで日本語の発音を練習しています。／我用錄音機在練習日語發音。

テーブル【table】（名）桌子；餐桌，飯桌（類）机（書桌）△お箸はテーブルの上に並べてください。／請將筷子擺到餐桌上。

でかける【出掛ける】（自下一）出去，出門，到…去；要出去（類）出る（出去）（對）帰る（回來）△毎日７時に出かけます。／每天７點出門。

てがみ【手紙】（名）信，書信，函（類）葉書（明信片）△きのう友達に手紙を書きました。／昨天寫了封信給朋友。

できる【出来る】（自上一）能，可以，辦得到；做好，做完（類）なる（完成）△山田さんはギターもピアノもできますよ。／山田小姐既會彈吉他又會彈鋼琴呢！

でぐち【出口】（名）出口（對）入り口（入口）△すみません、出口はどちらですか。／請問一下，出口在哪邊？

テスト【test】（名）考試，試驗，檢查（類）試験（考試）△テストをしていますから、静かにしてください。／現在在考試，所以請安靜。

では（接續）那麼，那麼說，要是那樣（類）それでは（那麼）△では、明日見に行きませんか。／那明天要不要去看呢？

デパート【department store】（名）百貨公司（類）百貨店（百貨公司）△近くに新しいデパートができて賑やかになりました。／附近開了家新百貨公司，變得很熱鬧。

ではおげんきで【ではお元気で】 寒暄 請多保重身體 △お婆ちゃん、楽しかったです。ではお元気で。／婆婆今天真愉快！那，多保重身體喔！

では、また 寒暄 那麼，再見 △では、また後で。／那麼，待會見。

でも 接續 可是，但是，不過；話雖如此 類 しかし（但是）△彼は夏でも厚いコートを着ています。／他就算是夏天也穿著厚重的外套。

でる【出る】 自下一 出來，出去；離開 類 出かける（外出）對 入る（進入）△７時に家を出ます。／７點出門。

テレビ【television之略】 名 電視 類 テレビジョン（television・電視機）△昨日はテレビを見ませんでした。／昨天沒看電視。

てんき【天気】 名 天氣；晴天，好天氣 類 晴れ（晴天）△今日はいい天気ですね。／今天天氣真好呀！

でんき【電気】 名 電力；電燈；電器 △ドアの右に電気のスイッチがあります。／門的右邊有電燈的開關。

でんしゃ【電車】 名 電車 類 新幹線（新幹線）△大学まで電車で３０分かかります。／坐電車到大學要花 30 分鐘。

でんわ【電話】 名・自サ 電話；打電話 類 携帯電話（手機）△林さんは明日村田さんに電話します。／林先生明天會打電話給村田先生。

と ト

と

N5

と【戸】 名（大多指左右拉開的）門；大門 類 ドア（door・門）△「戸」は左右に開けたり閉めたりするものです。／「門」是指左右兩邊可開可關的東西。

ど【度】 名・接尾 …次；…度（溫度，角度等單位）類 回数（次數）△たいへん、熱が３９度もありますよ。／糟了！發燒到 39 度耶！

ドア【door】 名（大多指西式前後推開的）門；（任何出入口的）門 類 戸（門戶）△寒いです。ドアを閉めてください。／好冷。請關門。

トイレ【toilet】 名 廁所，洗手間，盥洗室 類 手洗い（洗手間）△トイレはどちらですか。／廁所在哪邊？

どう 副 怎麼，如何 類 如何（如何）△この店のコーヒーはどうですか。／這家店的咖啡怎樣？

どういたしまして 寒暄 沒關係，不用客氣，算不了什麼 類 大丈夫です（不要緊）△「ありがとうございました。」「どういたしまして。」／「謝謝您。」「不客氣。」

N5-020

どうして 副 為什麼，何故 類 何故（為何）△昨日はどうして早く帰ったのですか。／昨天為什麼早退？

どうぞ 副（表勸誘，請求，委託）請；（表承認，同意）可以，請 類 はい（可以）△コーヒーをどうぞ。／請用咖啡。

どうぞよろしく 寒暄 指教，關照 △はじめまして、どうぞよろしく。／初次見面，請多指教。

どうぶつ【動物】 名（生物兩大類之一的）動物；（人類以外，特別指哺乳類）動物 對 植物（植物）△犬は動物です。／狗是動物。

どうも 副 怎麼也；總覺得；實在是，真是；謝謝 類 本当に（真是）△遅くなって、どうもすみません。／我遲到了，真是非常抱歉。

どうもありがとうございました 寒暄 謝謝，太感謝了 類 お世話様（感謝您）△ご親切に、どうもありがとうございました。／感謝您這麼親切。

とお【十】 名（數）十；十個；十歲 類 十個（十個）△うちの太郎は来月十になります。／我家太郎下個月滿十歲。

とおい【遠い】 形（距離）遠；（關係）遠，疏遠；（時間間隔）久遠 對 近い（近）△駅から学校までは遠いですか。／從車站到學校很遠嗎？

とおか【十日】 名（每月）十號，十日；十天 類 10日間（十天）△十日の日曜日どこか行きますか。／十號禮拜日你有打算去哪裡嗎？

とき【時】 名（某個）時候 類 時間（時候）△妹が生まれたとき、父は外国にいました。／妹妹出生的時候，爸爸人在國外。

ときどき【時々】 副 有時，偶爾 類 偶に（偶爾）△ときどき7時に出かけます。／有時候會7點出門。

とけい【時計】 名 鐘錶，手錶 △あの赤い時計は私のです。／那紅色的錶是我的。

どこ 代 何處，哪兒，哪裡 類 どちら（哪裡）△あなたはどこから来ましたか。／你從哪裡來的？

ところ【所】 名（所在的）地方，地點 類 場所（地點）△今年は暖かい所へ遊びにいきました。／今年去了暖和的地方玩。

とし【年】 名 年；年紀 類 歳（年齡）△彼、年はいくつですか。／他年紀多大？

としょかん【図書館】 名 圖書館 類 ライブラリー（library・圖書館）△この道をまっすぐ行くと大きな図書館があります。／這條路直走，就可以看到大型圖書館。

どちら 代（方向，地點，事物，人等）哪裡，哪個，哪位（口語為「どっち」）類 どこ（哪裡）△ホテルはどちらにありますか。／飯店在哪裡？

とても 副 很，非常；（下接否定）無論如何也… 類 大変（非常）△今日はとても疲れました。／今天非常地累。

どなた (代) 哪位，誰 (類) 誰（誰）△今日はどなたの誕生日でしたか。／今天是哪位生日？

となり【隣】 (名) 鄰居，鄰家；隔壁，旁邊；鄰近，附近 (類) 近所（附近）△花はテレビの隣におきます。／把花放在電視的旁邊。

どの (連體) 哪個，哪… △どの席がいいですか。／哪個座位好呢？

とぶ【飛ぶ】 (自五) 飛，飛行，飛翔 (類) 届く（送達）△南のほうへ鳥が飛んでいきました。／鳥往南方飛去了。

とまる【止まる】 (自五) 停，停止，停靠；停頓；中斷 (類) 止める（停止）(對) 動く（轉動）△次の電車は学校の近くに止まりませんから、乗らないでください。／下班車不停學校附近，所以請不要搭乘。

ともだち【友達】 (名) 朋友，友人 (類) 友人（朋友）△友達と電話で話しました。／我和朋友通了電話。

どようび【土曜日】 (名) 星期六 (類) 土曜（週六）△先週の土曜日はとても楽しかったです。／上禮拜六玩得很高興。

とり【鳥】 (名) 鳥，禽類的總稱；雞 (類) 小鳥（小鳥）△私の家には鳥がいます。／我家有養鳥。

とりにく【鶏肉・鳥肉】 (名) 雞肉；鳥肉 (類) チキン（chicken・雞肉）△今晩は鶏肉ご飯を食べましょう。／今晚吃雞肉飯吧！

とる【取る】 (他五) 拿取，執，握；採取，摘；（用手）操控 (類) 持つ（拿取）(對) 渡す（遞給）△田中さん、その新聞を取ってください。／田中先生，請幫我拿那份報紙。

とる【撮る】 (他五) 拍照，拍攝 (類) 撮影する（攝影）△ここで写真を撮りたいです。／我想在這裡拍照。

どれ (代) 哪個 (類) どちら（哪個）△あなたのコートはどれですか。／哪一件是你的大衣？

どんな (連體) 什麼樣的 (類) どのような（哪樣的）△どんな音楽をよく聞きますか。／你常聽哪一種音樂？

なナ

N5-021

ない【無い】 (形) 沒，沒有；無，不在 (對) 有る（有）△日本に 4,000 メートルより高い山はない。／日本沒有高於 4000 公尺的山。

ナイフ【knife】 (名) 刀子，小刀，餐刀 (類) 包丁（菜刀）△ステーキをナイフで小さく切った。／用餐刀將牛排切成小塊。

なか【中】 (名) 裡面，內部；其中 (類) 間（中間）(對) 外（外面）△公園の中に喫茶店があります。／公園裡有咖啡廳。

ながい【長い】 形（時間、距離）長，長久，長遠 類 久しい（〈時間〉很久） 對 短い（短）△この川は世界で一番長い川です。／這條河是世界第一長河。

ながら 接助 邊…邊…，一面…一面… △朝ご飯を食べながら新聞を読みました。／我邊吃早餐邊看報紙。

なく【鳴く】 自五（鳥，獸，虫等）叫，鳴 類 呼ぶ（喊叫）△木の上で鳥が鳴いています。／鳥在樹上叫著。

なくす【無くす】 他五 丟失；消除 類 失う（失去）△大事なものだから、なくさないでください。／這東西很重要，所以請不要弄丟了。

なぜ【何故】 副 為何，為什麼 類 どうして（為什麼）△なぜ昨日来なかったのですか。／為什麼昨天沒來？

なつ【夏】 名 夏天，夏季 對 冬（冬天）△来年の夏は外国へ行きたいです。／我明年夏天想到國外去。

なつやすみ【夏休み】 名 暑假 類 休み（休假）△夏休みは何日から始まりますか。／暑假是從幾號開始放的？

など【等】 副助（表示概括，列舉）…等 類 なんか（之類）△朝は料理や洗濯などで忙しいです。／早上要做飯、洗衣等，真是忙碌。

ななつ【七つ】 名（數）七個；七歲 類 七個（七個）△コップは七つください。／請給我七個杯子。

なに・なん【何】 代 什麼；任何 △これは何というスポーツですか。／這運動名叫什麼？

なのか【七日】 名（每月）七號；七日，七天 類 7日間（七天）△七月七日は七夕祭りです。／七月七號是七夕祭典。

なまえ【名前】 名（事物與人的）名字，名稱 類 苗字（姓）△ノートに名前が書いてあります。／筆記本上有寫姓名。

ならう【習う】 他五 學習；練習 類 学ぶ（學習）對 教える（教授）△李さんは日本語を習っています。／李小姐在學日語。

ならぶ【並ぶ】 自五 並排，並列，列隊 類 並べる（排列）△私と彼女が二人並んで立っている。／我和她兩人一起並排站著。

ならべる【並べる】 他下一 排列；並排；陳列；擺，擺放 類 置く（擺放）△玄関にスリッパを並べた。／我在玄關的地方擺放了室內拖鞋。

なる【為る】 自五 成為，變成；當（上）類 変わる（變成）△天気が暖かくなりました。／天氣變暖和了。

にニ

N5-022

に【二】㊔(數) 二，兩個 類 二つ(兩個) △二階に台所があります。／２樓有廚房。

にぎやか【賑やか】形動 熱鬧，繁華；有說有笑，鬧哄哄 類 楽しい(愉快的) 對 静か(安靜) △この八百屋さんはいつも賑やかですね。／這家蔬果店總是很熱鬧呢！

にく【肉】㊔ 肉 類 体(肉體) △私は肉も魚も食べません。／我既不吃肉也不吃魚。

にし【西】㊔ 西，西邊，西方 類 西方(西方) 對 東(東方) △西の空が赤くなりました。／西邊的天色變紅了。

にち【日】㊔ 號，日，天(計算日數) △１日に３回薬を飲んでください。／一天請吃三次藥。

にちようび【日曜日】㊔ 星期日 類 日曜(週日) △日曜日の公園は人が大勢います。／禮拜天的公園有很多人。

にもつ【荷物】㊔ 行李，貨物 類 スーツケース(suitcase・旅行箱) △重い荷物を持って、とても疲れました。／提著很重的行李，真是累壞了。

ニュース【news】㊔ 新聞，消息 類 新聞(報紙) △山田さん、ニュースを見ましたか。／山田小姐，你看新聞了嗎？

にわ【庭】㊔ 庭院，院子，院落 類 公園(公園) △私は毎日庭の掃除をします。／我每天都會整理院子。

にん【人】接尾 …人 類 人(人) △昨日四人の先生に電話をかけました。／昨天我打電話給四位老師。

ぬヌ

ぬぐ【脱ぐ】他五 脫去，脫掉，摘掉 類 取る(脫掉) 對 着る(穿) △コートを脱いでから、部屋に入ります。／脫掉外套後進房間。

ねネ

ネクタイ【necktie】㊔ 領帶 類 マフラー(muffler・圍巾) △父の誕生日にネクタイをあげました。／爸爸生日那天我送他領帶。

ねこ【猫】㊔ 貓 類 キャット(cat・貓)；動物(動物)；ペット(pet・寵物) △猫は黒くないですが、犬は黒いです。／貓不是黑色的，但狗是黑色的。

ねる【寝る】 自下一 睡覺，就寢；躺下，臥 類 休む（就寢）對 起きる（起床）△疲れたから、家に帰ってすぐに寝ます。／因為很累，所以回家後馬上就去睡。

ねん【年】 名 年（也用於計算年數）△だいたい1年に2回旅行をします。／一年大約去旅行兩趟。

の ノ

ノート【notebook之略】 名 筆記本；備忘錄 類 手帳（記事本）△ノートが2冊あります。／有兩本筆記本。

のぼる【登る】 自五 登，上；攀登（山）類 登山（爬山）對 降りる（下來）△私は友達と山に登りました。／我和朋友去爬了山。

のみもの【飲み物】 名 飲料 類 食べ物（食物）△私の好きな飲み物は紅茶です。／我喜歡的飲料是紅茶。

のむ【飲む】 他五 喝，吞，嚥，吃（藥）類 吸う（吸）△毎日、薬を飲んでください。／請每天吃藥。

のる【乗る】 自五 騎乘，坐；登上 類 乗り物（交通工具）對 降りる（下來）△ここでタクシーに乗ります。／我在這裡搭計程車。

は ハ

N5-023

は【歯】 名 牙齒 類 虫歯（蛀牙）△夜、歯を磨いてから寝ます。／晚上刷牙齒後再睡覺。

パーティー【party】 名（社交性的）集會，晚會，宴會，舞會 類 集まり（聚會）△パーティーでなにか食べましたか。／你在派對裡吃了什麼？

はい 感（回答）有，到；（表示同意）是的 類 ええ（是）對 いいえ（不是）△「山田さん！」「はい。」／「山田先生！」「有。」

はい・ばい・ぱい【杯】 接尾 …杯 △コーヒーを一杯いかがですか。／請問喝杯咖啡如何？

はいざら【灰皿】 名 菸灰缸 類 ライター（lighter・打火機）△すみません、灰皿をください。／抱歉，請給我菸灰缸。

はいる【入る】 自五 進，進入；裝入，放入 對 出る（出去）△その部屋に入らないでください。／請不要進去那房間。

はがき【葉書】 名 明信片 類 手紙（書信）△はがきを3枚と封筒を5枚お願いします。／請給我三張明信片和五個信封。

N5

はく【履く・穿く】 他五 穿（鞋，襪；褲子等）類 着る（穿〈衣服〉）△田中さんは今日は青いズボンを穿いています。／田中先生今天穿藍色的褲子。

はこ【箱】 名 盒子，箱子，匣子 類 ボックス（box・盒子）△箱の中にお菓子があります。／盒子裡有點心。

はし【箸】 名 筷子，箸 △君、箸の持ち方が下手だね。／你呀！真不會拿筷子啊！

はし【橋】 名 橋，橋樑 類 ブリッジ（bridge・橋）△橋はここから5分ぐらいかかります。／從這裡走到橋約要5分鐘。

はじまる【始まる】 自五 開始，開頭；發生 類 スタート（start・開始）對 終わる（結束）△もうすぐ夏休みが始まります。／暑假即將來臨。

はじめ【初め】 名 開始，起頭；起因 對 終わり（結束）△1時ごろ、初めに女の子が来て、次に男の子が来ました。／一點左右，先是女生來了，接著男生來了。

はじめて【初めて】 副 最初，初次，第一次 類 一番（第一次）△初めて会ったときから、ずっと君が好きだった。／我打從第一眼看到妳，就一直很喜歡妳。

はじめまして【初めまして】 寒暄 初次見面，你好 △初めまして、どうぞよろしく。／初次見面，請多指教。

はじめる【始める】 他下一 開始，創始 對 終わる（結束）△1時になりました。それではテストを始めます。／1點了。那麼開始考試。

はしる【走る】 自五（人，動物）跑步，奔跑；（車，船等）行駛 類 歩く（走路）對 止まる（停住）△毎日どれぐらい走りますか。／每天大概跑多久？

バス【bus】 名 巴士，公車 類 乗り物（交通工具）△バスに乗って、海へ行きました。／搭巴士去了海邊。

バター【butter】 名 奶油 △パンにバターを厚く塗って食べます。／在麵包上塗厚厚的奶油後再吃。

はたち【二十歳】 名 二十歲 △私は二十歳で子どもを生んだ。／我二十歲就生了孩子。

はたらく【働く】 自五 工作，勞動，做工 類 勤める（工作）對 遊ぶ（玩樂）△山田さんはご夫婦でいつも一生懸命働いていますね。／山田夫婦兩人總是很賣力地工作呢！

はち【八】 名（數）八；八個 類 八つ（八個）△毎朝八時ごろ家を出ます。／每天早上都八點左右出門。

はつか【二十日】 名（每月）二十日；二十天 類 20日間（二十天）△二十日の天気はどうですか。／二十號的天氣如何？

はな【花】 名 花 類 フラワー（flower・花）△ここで花を買います。／在這裡買花。

はな【鼻】 ㊔ 鼻子 △赤ちゃんの小さい鼻がかわいいです。／小嬰兒的小鼻子很可愛。

はなし【話】 ㊔ 話，說話，講話 類 会話（談話）△あの先生は話が長い。／那位老師話很多。

N5-024

はなす【話す】 他五 說，講；談話；告訴（別人）類 言う（說）對 聞く（聽）△食べながら、話さないでください。／請不要邊吃邊講話。

はは【母】 ㊔ 家母，媽媽，母親 類 ママ（mama・媽媽）對 父（家父）△田舎の母から電話が来た。／家鄉的媽媽打了電話來。

はやい【早い】 形（時間等）快，早；（動作等）迅速 對 遅い（慢）△時間がありません。早くしてください。／沒時間了。請快一點！

はやい【速い】 形（速度等）快速 對 遅い（慢）△バスとタクシーのどっちが速いですか。／巴士和計程車哪個比較快？

はる【春】 ㊔ 春天，春季 類 春季（春天）對 秋（秋天）△春には大勢の人が花見に来ます。／春天有很多人來賞櫻。

はる【貼る・張る】 他五 貼上，糊上，黏上 類 付ける（安上）△封筒に切手を貼って出します。／在信封上貼上郵票後寄出。

はれる【晴れる】 自下一（天氣）晴，（雨，雪）停止，放晴 類 天気（好天氣）對 曇る（陰天）△あしたは晴れるでしょう。／明天應該會放晴吧。

はん【半】 名・接尾 …半；一半 類 半分（一半）對 倍（加倍）△9時半に会いましょう。／約九點半見面吧！

ばん【晩】 ㊔ 晚，晚上 類 夜（晚上）對 朝（早上）△朝から晩まで歌の練習をした。／從早上練歌練到晚上。

ばん【番】 名・接尾（表示順序）第…，…號；輪班；看守 類 順番（順序）△8番の方、どうぞお入りください。／8號的客人請進。

パン【（葡）pão】 ㊔ 麵包 類 ブレッド（bread・麵包）△私は、パンにします。／我要點麵包。

ハンカチ【handkerchief】 ㊔ 手帕 類 タオル（towel・毛巾）△その店でハンカチを買いました。／我在那家店買了手帕。

ばんごう【番号】 ㊔ 號碼，號數 類 ナンバー（number・號碼）△女の人の電話番号は何番ですか。／女生的電話號碼是幾號？

ばんごはん【晩ご飯】 ㊔ 晚餐 類 ご飯（吃飯）△いつも九時ごろ晩ご飯を食べます。／經常在九點左右吃晚餐。

はんぶん【半分】 ㊔ 半，一半，二分

N5

之一(類)半(一半)(對)倍(加倍)△バナナを半分にしていっしょに食べましょう。／把香蕉分成一半一起吃吧！

ひ ヒ

ひがし【東】(名)東，東方，東邊(類)東方(東方)(對)西(西方)△町の東に長い川があります。／城鎮的東邊有條長河。

ひき【匹】(接尾)(鳥，蟲，魚，獸)…匹，…頭，…條，…隻△庭に犬が2匹と猫が1匹います。／院子裡有2隻狗和1隻貓。

ひく【引く】(他五)拉，拖；翻查；感染(傷風感冒)(類)取る(抓住)(對)押す(推)△風邪をひきました。あまりご飯を食べたくないです。／我感冒了。不大想吃飯。

ひく【弾く】(他五)彈，彈奏，彈撥(類)音楽(音樂)△ギターを弾いている人は李さんです。／那位在彈吉他的人是李先生。

ひくい【低い】(形)低，矮；卑微，低賤(類)短い(短的)(對)高い(高的)△田中さんは背が低いです。／田中小姐個子矮小。

ひこうき【飛行機】(名)飛機(類)ヘリコプター(helicopter・直升機)△飛行機で南へ遊びに行きました。／搭飛機去南邊玩了。

ひだり【左】(名)左，左邊；左手(類)左側(左側)(對)右(右方)△レストランの左に本屋があります。／餐廳的左邊有書店。

ひと【人】(名)人，人類(類)人間(人類)△どの人が田中さんですか。／哪位是田中先生？

ひとつ【一つ】(名)(數)一；一個；一歲(類)一個(一個)△間違ったところは一つしかない。／只有一個地方錯了。

ひとつき【一月】(名)一個月(類)一ヶ月(一個月)△あと一月でお正月ですね。／再一個月就是新年了呢。

ひとり【一人】(名)一人；一個人；單獨一個人(對)大勢(許多人)△私は去年から一人で東京に住んでいます。／我從去年就一個人住在東京。

ひま【暇】(名·形動)時間，功夫；空閒時間，暇餘(類)休み(休假)(對)忙しい(繁忙)△今日は午後から暇です。／今天下午後有空。

N5-025

ひゃく【百】(名)(數)一百；一百歲△瓶の中に五百円玉が百個入っている。／瓶子裡裝了百枚的五百元日圓。

びょういん【病院】(名)醫院，病院(類)クリニック(clinic・診所)△駅の向こうに病院があります。／車站的另外一邊有醫院。

びょうき【病気】 名 生病，疾病 類 風邪（感冒）對 元気（健康）△病気になったときは、病院へ行きます。／生病時要去醫院看醫生。

ひらがな【平仮名】 名 平假名 類 字（文字）對 片仮名（片假名）△名前は平仮名で書いてください。／姓名請用平假名書寫。

ひる【昼】 名 中午；白天，白晝；午飯 類 昼間（白天）對 夜（晚上）△東京は明日の昼から雨の予報です。／東京明天中午後會下雨。

ひるごはん【昼ご飯】 名 午餐 類 朝ご飯（早飯）△昼ご飯はどこで食べますか。／中餐要到哪吃？

ひろい【広い】 形（面積，空間）廣大，寬廣；（幅度）寬闊；（範圍）廣泛 類 大きい（大）對 狭い（窄小）△私のアパートは広くて静かです。／我家公寓既寬大又安靜。

ふフ

フィルム【film】 名 底片，膠片；影片；電影 △いつもここでフィルムを買います。／我都在這裡買底片。

ふうとう【封筒】 名 信封，封套 類 袋（袋子）△封筒にはお金が八万円入っていました。／信封裡裝了八萬日圓。

プール【pool】 名 游泳池 △どのうちにもプールがあります。／每家都有游泳池。

フォーク【fork】 名 叉子，餐叉 △ナイフとフォークでステーキを食べます。／用餐刀和餐叉吃牛排。

ふく【吹く】 自五（風）刮，吹；（緊縮嘴唇）吹氣 類 吸う（吸入）△今日は風が強く吹いています。／今天風吹得很強。

ふく【服】 名 衣服 類 洋服（西式服裝）△花ちゃん、その服かわいいですね。／小花，妳那件衣服好可愛喔！

ふたつ【二つ】 名（數）二；兩個；兩歲 類 二個（兩個）△黒いボタンは二つありますが、どちらを押しますか。／有兩顆黑色的按鈕，要按哪邊的？

ぶたにく【豚肉】 名 豬肉 類 ポーク（pork・豬肉）△この料理は豚肉と野菜で作りました。／這道菜是用豬肉和蔬菜做的。

ふたり【二人】 名 兩個人，兩人 △二人とも、ここの焼肉が好きですか。／你們兩人喜歡這裡的燒肉嗎？

ふつか【二日】 名（每月）二號，二日；兩天；第二天 類 2日間（兩天）△二日からは雨になりますね。／二號後會開始下雨。

ふとい【太い】 形 粗，肥胖 類 厚い（厚的）對 細い（細瘦）△大切なところに太い線が引いてあります。／重點部分有用粗線畫起來了。

N5

ふゆ【冬】 ㊔ 冬天，冬季 類 冬休み（寒假）對 夏（夏天）△私は夏も冬も好きです。／夏天和冬天我都很喜歡。

ふる【降る】 自五 落，下，降（雨，雪，霜等）類 曇る（陰天）對 晴れる（放晴）△雨が降っているから、今日は出かけません。／因為下雨，所以今天不出門。

ふるい【古い】 形 以往；老舊，年久，老式 對 新しい（新）△この辞書は古いですが、便利です。／這本辭典雖舊但很方便。

ふろ【風呂】 ㊔ 浴缸，澡盆；洗澡；洗澡熱水 類 バス（bath・浴缸，浴室）△今日はご飯の後でお風呂に入ります。／今天吃完飯後再洗澡。

ふん・ぷん【分】 接尾（時間）…分；（角度）分 △今8時45分です。／現在是八點四十五分。

へへ

ページ【page】 名・接尾 …頁 類 番号（號碼）△今日は雑誌を10ページ読みました。／今天看了10頁的雜誌。

N5-026

へた【下手】 名・形動（技術等）不高明，不擅長，笨拙 類 不味い（拙劣）對 上手（高明）△兄は英語が下手です。／哥哥的英文不好。

ベッド【bed】 ㊔ 床，床舖 類 布団（被褥）△私はベッドよりも布団のほうがいいです。／比起床鋪，我比較喜歡被褥。

へや【部屋】 ㊔ 房間；屋子 類 和室（和式房間）△部屋をきれいにしました。／把房間整理乾淨了。

へん【辺】 ㊔ 附近，一帶；程度，大致 類 辺り（周圍）△この辺に銭湯はありませんか。／這一帶有大眾澡堂嗎？

ペン【pen】 ㊔ 筆，原子筆，鋼筆 類 ボールペン（ball-point pen・原子筆）△ペンか鉛筆を貸してください。／請借我原子筆或是鉛筆。

べんきょう【勉強】 名・自他サ 努力學習，唸書 類 習う（學習）△金さんは日本語を勉強しています。／金小姐在學日語。

べんり【便利】 形動 方便，便利 類 役に立つ（方便）對 不便（不便）△あの建物はエレベーターがあって便利です。／那棟建築物有電梯很方便。

ほホ

ほう【方】 ㊔ 方向；方面；（用於並列或

比較屬於哪一)部類・類型 △静かな場<ruby>所<rt>しず</rt></ruby>の方がいいですね。／寧靜的地方比較好啊。

ぼうし【帽子】（名）帽子 （類）キャップ（cap・棒球帽）△<ruby>山<rt>やま</rt></ruby>へは<ruby>帽子<rt>ぼうし</rt></ruby>をかぶって<ruby>行<rt>い</rt></ruby>きましょう。／就戴帽子去爬山吧！

ボールペン【ball-point pen】（名）原子筆・鋼珠筆 （類）ペン（pen・筆）△このボールペンは<ruby>父<rt>ちち</rt></ruby>からもらいました。／這支原子筆是爸爸給我的。

ほか【外】（名・副助）其他・另外；旁邊・外部；（下接否定）只好・只有 （類）よそ（別處）△わかりませんね。ほかの<ruby>人<rt>ひと</rt></ruby>に<ruby>聞<rt>き</rt></ruby>いてください。／我不知道耶。問問看其他人吧！

ポケット【pocket】（名）口袋・衣袋 （類）<ruby>袋<rt>ふくろ</rt></ruby>（袋子）△<ruby>財布<rt>さいふ</rt></ruby>をポケットに<ruby>入<rt>い</rt></ruby>れました。／我把錢包放進了口袋裡。

ポスト【post】（名）郵筒・信箱 （類）<ruby>郵便<rt>ゆうびん</rt></ruby>（郵件）△この<ruby>辺<rt>へん</rt></ruby>にポストはありますか。／這附近有郵筒嗎？

ほそい【細い】（形）細・細小；狹窄 （類）<ruby>薄<rt>うす</rt></ruby>い（厚度薄）（對）<ruby>太<rt>ふと</rt></ruby>い（肥胖）△<ruby>車<rt>くるま</rt></ruby>が<ruby>細<rt>ほそ</rt></ruby>い<ruby>道<rt>みち</rt></ruby>を<ruby>通<rt>とお</rt></ruby>るので、<ruby>危<rt>あぶ</rt></ruby>ないです。／因為車子要開進窄道，所以很危險。

ボタン【(葡)botão／button】（名）釦子・鈕釦；按鍵 △<ruby>白<rt>しろ</rt></ruby>いボタンを<ruby>押<rt>お</rt></ruby>してから、<ruby>青<rt>あお</rt></ruby>いボタンを<ruby>押<rt>お</rt></ruby>します。／按下白色按鈕後，再按藍色按鈕。

ホテル【hotel】（名）（西式）飯店・旅館 （類）<ruby>旅館<rt>りょかん</rt></ruby>（旅館）△プリンスホテルに<ruby>三泊<rt>さんぱく</rt></ruby>しました。／在王子飯店住了四天三夜。

ほん【本】（名）書・書籍 （類）<ruby>教科書<rt>きょうかしょ</rt></ruby>（教科書）△<ruby>図書館<rt>としょかん</rt></ruby>で<ruby>本<rt>ほん</rt></ruby>を<ruby>借<rt>か</rt></ruby>りました。／到圖書館借了書。

ほん・ぼん・ぽん【本】（接尾）（計算細長的物品）…支，…棵，…瓶，…條 △<ruby>鉛筆<rt>えんぴつ</rt></ruby>が<ruby>1本<rt>いっぽん</rt></ruby>あります。／有一支鉛筆。

ほんだな【本棚】（名）書架・書櫃・書櫥 （類）<ruby>棚<rt>たな</rt></ruby>（架子）△<ruby>本棚<rt>ほんだな</rt></ruby>の<ruby>右<rt>みぎ</rt></ruby>に<ruby>小<rt>ちい</rt></ruby>さいいすがあります。／書架的右邊有張小椅子。

ほんとう【本当】（名・形動）真正 （類）ほんと（真的）（對）<ruby>嘘<rt>うそ</rt></ruby>（謊言）△これは<ruby>本当<rt>ほんとう</rt></ruby>の<ruby>お金<rt>かね</rt></ruby>ではありません。／這不是真鈔。

ほんとうに【本当に】（副）真正・真實 （類）<ruby>実<rt>じつ</rt></ruby>に（實在）△<ruby>お電話<rt>でんわ</rt></ruby>を<ruby>本当<rt>ほんとう</rt></ruby>にありがとうございました。／真的很感謝您的來電。

まマ

● N5-027

まい【枚】（接尾）（計算平薄的東西）…張，…片，…幅，…扇 △<ruby>切符<rt>きっぷ</rt></ruby>を<ruby>2枚<rt>にまいか</rt></ruby>買

いました。／我買了兩張票。

まいあさ【毎朝】(名) 每天早上 (對) 毎晩(每天晚上) △毎朝髪の毛を洗ってから出かけます。／每天早上洗完頭髮才出門。

まいげつ・まいつき【毎月】(名) 每個月 (類) 月々(每月) △毎月15日が給料日です。／每個月15號發薪水。

まいしゅう【毎週】(名) 每個星期，每週，每個禮拜 (類) 週(星期) △毎週日本にいる彼にメールを書きます。／每個禮拜都寫e-mail給在日本的男友。

まいとし・まいねん【毎年】(名) 每年 (類) 年(年) △毎年友達と山でスキーをします。／每年都會和朋友一起到山上滑雪。

まいにち【毎日】(名) 每天，每日，天天 (類) 日(天) △毎日いい天気ですね。／每天天氣都很好呢。

まいばん【毎晩】(名) 每天晚上 (類) 晩(夜) △私は毎晩新聞を読みます。それからラジオを聞きます。／我每晚都看報紙。然後會聽廣播。

まえ【前】(名)(空間的) 前，前面 (類) 横(旁邊) (對) 後ろ(後面) △机の前には何もありません。／書桌前什麼也沒有。

まえ【前】(名)(時間的)…前，之前 (類) 過ぎ(之後) △今8時15分前です。／現在差十五分就八點了。(八點的十五分鐘前)

まがる【曲がる】(自五) 彎曲；拐彎 (類) 折れる(轉彎) (對) 真っ直ぐ(筆直) △この角を右に曲がります。／在這個轉角右轉。

まずい【不味い】(形) 不好吃，難吃 (類) 悪い(不好) (對) 美味しい(好吃) △冷めたラーメンはまずい。／冷掉的拉麵真難吃。

また【又】(副) 還，又，再；也，亦；同時 (類) そして(又，而且) △今日の午前は雨ですが、午後から曇りになります。夜にはまた雨ですね。／今天上午下雨，但下午會轉陰。晚上又會再下雨。

まだ【未だ】(副) 還，尚；仍然；才，不過 (對) もう(已經) △図書館の本はまだ返していません。／還沒還圖書館的書。

まち【町】(名) 城鎮；町 (類) 都会(都市) (對) 田舎(鄉下) △町の南側は緑が多い。／城鎮的南邊綠意盎然。

まつ【待つ】(他五) 等候，等待；期待，指望 (類) 待ち合わせる(等候碰面) △いっしょに待ちましょう。／一起等吧！

まっすぐ【真っ直ぐ】(副・形動) 筆直，不彎曲；一直，直接 (對) 曲がる(彎曲) △まっすぐ行って次の角を曲がってください。／直走，然後在下個轉角轉彎。

マッチ【match】(名) 火柴；火材盒 (類) ライター(lighter・打火機) △マッチでたばこに火をつけた。／用火柴點煙。

まど【窓】(名) 窗戶 △風で窓が閉まりました。／風把窗戶給關上了。

ま

N5

まるい【丸い・円い】（形）圓形，球形 對 四角い（四角）△丸い建物があります。／有棟圓形的建築物。

まん【万】（名）（數）萬 △ここには120万ぐらいの人が住んでいます。／約有120萬人住在這裡。

まんねんひつ【万年筆】（名）鋼筆 △胸のポケットに万年筆をさした。／把鋼筆插進了胸前的口袋。

み ミ

みがく【磨く】（他五）刷洗，擦亮；研磨，琢磨 類 洗う（洗滌）△お風呂に入る前に、歯を磨きます。／洗澡前先刷牙。

みぎ【右】（名）右，右側，右邊，右方 類 右側（右側）對 左（左邊）△地下鉄は右ですか、左ですか。／地下鐵是在右邊？還是左邊？

みじかい【短い】（形）（時間）短少；（距離，長度等）短，近 類 低い（低；矮）對 長い（長）△暑いから、髪の毛を短く切りました。／因為很熱，所以剪短了頭髮。

みず【水】（名）水；冷水 類 ウォーター（water・水）對 湯（開水）△水をたくさん飲みましょう。／要多喝水喔！

N5-028

みせ【店】（名）店，商店，店鋪，攤子 類 コンビニ（convenience store 之略・便利商店）△あの店は何という名前ですか。／那家店名叫什麼？

みせる【見せる】（他下一）讓…看，給…看 類 見る（看）△先週友達に母の写真を見せました。／上禮拜拿了媽媽的照片給朋友看。

みち【道】（名）路，道路 類 通り（馬路）△あの道は狭いです。／那條路很窄。

みっか【三日】（名）（每月）三號；三天 類 3日間（三天）△三日から寒くなりますよ。／三號起會變冷喔。

みっつ【三つ】（名）（數）三；三個；三歲 類 三個（三個）△りんごを三つください。／給我三顆蘋果。

みどり【緑】（名）綠色 類 グリーン（green・綠色）△緑のボタンを押すとドアが開きます。／按下綠色按鈕門就會打開。

みなさん【皆さん】（名）大家，各位 類 皆（大家）△えー、皆さんよく聞いてください。／咳！大家聽好了。

みなみ【南】（名）南，南方，南邊 類 南方（南方）對 北（北方）△私は冬が好きではありませんから、南へ遊びに行きます。／我不喜歡冬天，所以要去南方玩。

みみ【耳】（名）耳朵 △木曜日から耳が

痛いです。／禮拜四以來耳朵就很痛。

みる【見る】 他上一 看，觀看，察看；照料；參觀 類 聞く（聽到）△朝ご飯の後でテレビを見ました。／早餐後看了電視。

みんな 名 大家，各位 類 皆さん（大家）△みんなこっちに集まってください。／大家請到這裡集合。

むム

むいか【六日】 名（每月）六號，六日；六天 類 6日間（六天）△六日は何時まで仕事をしますか。／你六號要工作到幾點？

むこう【向こう】 名 前面，正對面；另一側；那邊 類 あちら（那邊）對 こちら（這邊）△交番は橋の向こうにあります。／派出所在橋的另一側。

むずかしい【難しい】 形 難，困難，難辦；麻煩，複雜 類 大変（費力）對 易しい（容易）；簡単（簡單）△このテストは難しくないです。／這考試不難。

むっつ【六つ】 名（數）六；六個；六歲 類 六個（六個）△四つ、五つ、六つ。全部で六つあります。／四個、五個、六個。總共是六個。

めメ

め【目】 名 眼睛；眼珠，眼球 類 瞳（瞳孔）△あの人は目がきれいです。／那個人的眼睛很漂亮。

メートル【mètre】 名 公尺，米 類 メーター（meter・公尺）△私の背の高さは1メートル80センチです。／我身高1公尺80公分。

めがね【眼鏡】 名 眼鏡 類 サングラス（sunglasses・太陽眼鏡）△眼鏡をかけて本を読みます。／戴眼鏡看書。

もモ

もう 副 另外，再 類 あと（再）△もう一度ゆっくり言ってください。／請慢慢地再講一次。

もう 副 已經；馬上就要 類 もうすぐ（馬上）對 未だ（還未）△もう12時です。寝ましょう。／已經12點了。快睡吧！

もうす【申す】 他五 叫做，稱；說，告訴 類 言う（說）△はじめまして、楊と申します。／初次見面，我姓楊。

もくようび【木曜日】 名 星期四 類 木曜（週四）△今月の7日は木曜日です。／這個月的七號是禮拜四。

もしもし 感（打電話）喂；喂〈叫住對方〉

(類) あのう（請問〈叫住對方〉）△もしもし、山本ですが、山田さんはいますか。／喂！我是山本，請問山田先生在嗎？

もつ【持つ】 (他五) 拿，帶，持，攜帶 (類) 置く（留下）(對) 捨てる（丟棄）△あなたはお金を持っていますか。／你有帶錢嗎？

もっと (副) 更，再，進一步 (類) もう（再）△いつもはもっと早く寝ます。／平時還更早睡。

もの【物】 (名)（有形）物品，東西；（無形的）事物 (類) 飲み物（飲料）△あの店にはどんな物があるか教えてください。／請告訴我那間店有什麼東西？

もん【門】 (名) 門，大門 (類) 出口（出口）△この家の門は石でできていた。／這棟房子的大門是用石頭做的。

もんだい【問題】 (名) 問題；（需要研究，處理，討論的）事項 (類) 試験（考試）(對) 答え（答案）△この問題は難しかった。／這道問題很困難。

やャ

N5-029

や【屋】 (名・接尾) 房屋；…店，商店或工作人員 (類) 店（店）△すみません、この近くに魚屋はありますか。／請問一下，這附近有魚販嗎？

やおや【八百屋】 (名) 蔬果店，菜舖 △八百屋へ野菜を買いに行きます。／到蔬果店買蔬菜去。

やさい【野菜】 (名) 蔬菜，青菜 (類) 果物（水果）△子どものとき野菜が好きではありませんでした。／小時候不喜歡吃青菜。

やさしい【易しい】 (形) 簡單，容易，易懂 (類) 簡単（簡單）(對) 難しい（困難）△テストはやさしかったです。／考試很簡單。

やすい【安い】 (形) 便宜，（價錢）低廉 (類) 低い（低的）(對) 高い（貴）△あの店のケーキは安くておいしいですね。／那家店的蛋糕既便宜又好吃呀。

やすみ【休み】 (名) 休息；假日，休假；停止營業；缺勤；睡覺 (類) 春休み（春假）△明日は休みですが、どこへも行きません。／明天是假日，但哪都不去。

やすむ【休む】 (他五・自五) 休息，歇息；停歇；睡，就寢；請假，缺勤 (類) 寝る（就寢）(對) 働く（工作）△疲れたから、ちょっと休みましょう。／有點累了，休息一下吧。

やっつ【八つ】 (名)（數）八；八個；八歲 (類) 八個（八個）△アイスクリーム、全部で八つですね。／一共八個冰淇淋是吧。

やま【山】(名) 山；一大堆，成堆如山 (類) 島（島嶼）(對) 海（海洋）△この山には100本の桜があります。／這座山有一百棵櫻樹。

やる (他五) 做，進行；派遣；給予 (類) する（做）△日曜日、食堂はやっています。／禮拜日餐廳有開。

ゆ ユ

ゆうがた【夕方】(名) 傍晚 (類) 夕暮れ（黃昏）△夕方まで妹といっしょに庭で遊びました。／我和妹妹一起在院子裡玩到了傍晚。

ゆうはん【夕飯】(名) 晚飯 (類) 晩ご飯（晚餐）△いつも9時ごろ夕飯を食べます。／經常在九點左右吃晚餐。

ゆうびんきょく【郵便局】(名) 郵局 △今日は午後郵便局へ行きますが、銀行へは行きません。／今天下午會去郵局，但不去銀行。

ゆうべ【夕べ】(名) 昨天晚上，昨夜；傍晚 (類) 昨夜（昨晚）(對) 今晩（今晚）△太郎はゆうべ晩ご飯を食べないで寝ました。／昨晚太郎沒有吃晚餐就睡了。

ゆうめい【有名】(形動) 有名，聞名，著名 (類) 知る（認識，知道）△このホテルは有名です。／這間飯店很有名。

ゆき【雪】(名) 雪 (類) 雨（雨）△あの山には一年中雪があります。／那座山整年都下著雪。

ゆっくり (副) 慢，不著急 (類) 遅い（慢）(對) 速い（迅速的）△もっとゆっくり話してください。／請再講慢一點！

よ ヨ

ようか【八日】(名)（每月）八號，八日；八天 (類) 8日間（八天）△今日は四日ですか、八日ですか。／今天是四號？還是八號？

ようふく【洋服】(名) 西服，西裝 (類) 背広（西裝）(對) 和服（和服）△新しい洋服がほしいです。／我想要新的洋裝。

よく (副) 經常，常常 (類) いつも（經常）△私はよく妹と遊びました。／我以前常和妹妹一起玩耍。

よこ【横】(名) 横；寬；側面；旁邊 (類) 側面（側面）(對) 縦（長）△交番は橋の横にあります。／派出所在橋的旁邊。

よっか【四日】(名)（每月）四號，四日；四天 (類) 4日間（四天）△一日から四日まで旅行に出かけます。／一號到四號要出門旅行。

よっつ【四つ】(名)（數）四個；四歲 (類) 四個（四個）△今日は四つ薬を出します。ご飯の後に飲んでください。／我今天開了四顆藥，請飯後服用。

よぶ【呼ぶ】 (他五) 呼叫，招呼；邀請；叫來；叫做，稱為 (類) 鳴く（鳴叫）△パーティーに中山さんを呼びました。／我請了中山小姐來參加派對。

よむ【読む】 (他五) 閱讀，看；唸，朗讀 (類) 見る（觀看）(對) 書く（書寫）△私は毎日、コーヒーを飲みながら新聞を読みます。／我每天邊喝咖啡邊看報紙。

よる【夜】 (名) 晚上，夜裡 (類) 晩（晚上）(對) 昼（白天）△私は昨日の夜友達と話した後で寝ました。／我昨晚和朋友聊完天後，便去睡了。

よわい【弱い】 (形) 弱的；不擅長 (類) 下手（不擅長）(對) 強い（強）△女は男より力が弱いです。／女生的力量比男生弱小。

らラ

N5-030

らいげつ【来月】 (名) 下個月 (對) 先月（上個月）△私の子どもは来月から高校生になります。／我孩子下個月即將成為高中生。

らいしゅう【来週】 (名) 下星期 (對) 先週（上星期）△それでは、また来週。／那麼，下週見。

らいねん【来年】 (名) 明年 (類) 年（年;歲）(對) 去年（去年）△来年京都へ旅行に行きます。／明年要去京都旅行。

ラジオ【radio】 (名) 收音機；無線電 △ラジオで日本語を聞きます。／用收音機聽日語。

りリ

りっぱ【立派】 (形動) 了不起，出色，優秀；漂亮，美觀 (類) 結構（極好）(對) 粗末（粗糙）△私は立派な医者になりたいです。／我想成為一位出色的醫生。

りゅうがくせい【留学生】 (名) 留學生 △日本の留学生から日本語を習っています。／我現在在跟日本留學生學日語。

りょうしん【両親】 (名) 父母，雙親 (類) 親（雙親）△ご両親はお元気ですか。／您父母親近來可好？

りょうり【料理】 (名・自他サ) 菜餚，飯菜；做菜，烹調 (類) ご馳走（大餐）△この料理は肉と野菜で作ります。／這道料理是用肉和蔬菜烹調的。

りょこう【旅行】 (名・自サ) 旅行，旅遊，遊歷 (類) 旅（旅行）△外国に旅行に行きます。／我要去外國旅行。

れ レ

れい【零】 (名)(數) 零；沒有 (類) ゼロ(zero・零) △一対〇で負けた。／一比零輸了。

れいぞうこ【冷蔵庫】 (名) 冰箱，冷藏室，冷藏庫 △牛乳は冷蔵庫にまだあります。／冰箱裡還有牛奶。

レコード【record】 (名) 唱片，黑膠唱片(圓盤形) (類) ステレオ(stereo・音響) △古いレコードを聞くのが好きです。／我喜歡聽老式的黑膠唱片。

レストラン【(法) restaurant】 (名) 西餐廳 (類) 食堂(食堂) △明日は誕生日だから友達とレストランへ行きます。／明天是生日，所以和朋友一起去餐廳。

れんしゅう【練習】 (名・他サ) 練習，反覆學習 (類) 勉強(用功學習) △何度も発音の練習をしたから、発音はきれいになった。／因為不斷地練習發音，所以發音變漂亮了。

ろ ロ

ろく【六】 (名)(數) 六；六個 (類) 六つ(六個) △明日の朝、六時に起きますからもう寝ます。／明天早上六點要起床，所以我要睡了。

わ ワ

N5-031

ワイシャツ【white shirt】 (名) 襯衫 (類) シャツ(shirt・襯衫) △このワイシャツは誕生日にもらいました。／這件襯衫是生日時收到的。

わかい【若い】 (形) 年輕；年紀小；有朝氣 (類) 元気(朝氣) (對) 年寄り(年老的) △コンサートは若い人でいっぱいだ。／演唱會裡擠滿了年輕人。

わかる【分かる】 (自五) 知道，明白；懂得，理解 (類) 知る(知道；理解) △「この花はあそこにおいてください。」「はい、分かりました。」／「請把這束花放在那裡。」「好，我知道了。」

わすれる【忘れる】 (他下一) 忘記，忘掉；忘懷，忘卻；遺忘 (對) 覚える(記住) △彼女の電話番号を忘れた。／我忘記了她的電話號碼。

わたす【渡す】 (他五) 交給，遞給，交付 (類) あげる(給) (對) 取る(拿取) △兄に新聞を渡した。／我拿了報紙給哥哥。

わたる【渡る】 (自五) 渡，過(河)；(從海外)渡來 (類) 通る(走過) △この川を渡ると東京です。／過了這條河就是東京。

わるい【悪い】 (形) 不好，壞的；不對，錯誤 (類) 不味い(不好)；下手(笨拙) (對) 良い(好) △今日は天気が悪いから、傘を持っていきます。／今天天氣不好，所以帶傘出門。

わ

MEMO

JLPT N4 單字

あ

あ ア

N4-001

ああ 副 那樣 類 そう（那樣）對 こう（這樣）△私があの時ああ言ったのは、よくなかったです。／我當時那樣說並不恰當。

あいさつ【挨拶】 名・自サ 寒暄，打招呼，拜訪；致詞 類 手紙（書信）△アメリカでは、こう握手して挨拶します。／在美國都像這樣握手寒暄。

あいだ【間】 名 期間；間隔，距離；中間；關係；空隙 類 中（當中）；内（之内）對 外（外面）△10年もの間、連絡がなかった。／長達十年之間，都沒有聯絡。

あう【合う】 自五 合；一致，合適；相配；符合；正確 類 合わせる（配合）對 違う（不符）△時間が合えば、会いたいです。／如果時間允許，希望能見一面。

あかちゃん【赤ちゃん】 名 嬰兒 類 赤ん坊（嬰兒）△赤ちゃんは、泣いてばかりいます。／嬰兒只是哭著。

あがる【上がる】 自五 登上；升高，上升；發出（聲音）；（從水中）出來；（事情）完成 類 上げる（上升）對 下げる、降りる（下降）△野菜の値段が上がるようだ。／青菜的價格好像要上漲了。

あかんぼう【赤ん坊】 名 嬰兒；不暗世故的人 類 子供（小孩）△赤ん坊が歩こうとしている。／嬰兒在學走路。

あく【空く】 自五 空著；（職位）空缺；空隙；閒著；有空 類 空く（有空）對 混む（擁擠）△席が空いたら、座ってください。／如果空出座位來，請坐下。

アクセサリー【accessary】 名 飾品，裝飾品；零件 類 イヤリング（earring・耳環）；飾る（裝飾）△デパートをぶらぶら歩いていて、かわいいアクセサリーを見つけた。／在百貨公司閒逛的時候，看到了一件可愛的小飾品。

あげる【上げる】 他下一 給；送；交出；獻出 類 やる（給予）對 もらう（收到）△ほしいなら、あげますよ。／如果想要，就送你。

あさい【浅い】 形 淺的；（事物程度）微少；淡的；薄的 類 薄い（淺的）對 深い（深的）△浅いところにも小さな魚が泳いでいます。／水淺的地方也有小魚在游動。

あさねぼう【朝寝坊】 名・自サ 賴床；愛賴床的人 對 早起き（早起）△朝寝坊して、バスに乗り遅れてしまった。／因為睡過頭，沒能趕上公車。

あじ【味】 名 味道；趣味；滋味 類 辛い（辣，鹹）；味見（嚐味道）△彼によると、このお菓子はオレンジの味がするそうだ。／聽他說這糕點有柳橙味。

アジア【Asia】 名 亞洲 類 アジアの国々（亞洲各國）對 ヨーロッパ

(Europa・歐洲) △日本も台湾も韓国もアジアの国だ。／日本、台灣及韓國都是亞洲國家。

あじみ【味見】 (名・自サ) 試吃，嚐味道 類 試食(試吃)；味(味道) △ちょっと味見をしてもいいですか。／我可以嚐一下味道嗎？

N4-002

あす【明日】 (名) 明天 類 明日(明天) 對 昨日(昨天) △今日忙しいなら、明日でもいいですよ。／如果今天很忙，那明天也可以喔！

あそび【遊び】 (名) 遊玩，玩耍；不做事；間隙；閒遊；餘裕 類 ゲーム(game・遊戲) 對 真面目(認真) △勉強より、遊びのほうが楽しいです。／玩樂比讀書有趣。

あっ (感) 啊(突然想起、吃驚的樣子) 哎呀 類 ああ(啊) △あっ、雨が止みましたね。／啊！雨停了耶！

あつまる【集まる】 (自五) 聚集，集合 類 集める(聚集) △パーティーに、1,000人も集まりました。／多達1000人，聚集在派對上。

あつめる【集める】 (他下一) 集合；收集；集中 類 採る(採集) 對 配る(發放) △生徒たちを、教室に集めなさい。／叫學生到教室集合。

あてさき【宛先】 (名) 收件人姓名地址，送件地址 類 住所(地址) 對 差出人(寄件人) △名刺に書いてある宛先に送ってください。／請寄到名片上所寫的送件地址。

アドレス【address】 (名) 住址，地址；(電子信箱) 地址；(高爾夫) 擊球前姿勢 類 メールアドレス(mail address・電郵地址) △そのアドレスはあまり使いません。／我不常使用那個郵件地址。

アフリカ【Africa】 (名) 非洲 △アフリカに遊びに行く。／去非洲玩。

アメリカ【America】 (名) 美國 類 西洋(西洋) △10才のとき、家族といっしょにアメリカに渡りました。／10歲的時候，跟家人一起搬到美國。

あやまる【謝る】 (自五) 道歉，謝罪；認錯；謝絕 類 すみません(抱歉) 對 ありがとう(謝謝) △そんなに謝らなくてもいいですよ。／不必道歉到那種地步。

アルバイト【(德) arbeit之略】 (名) 打工，副業 類 バイト(arbeit之略・打工)、仕事(工作) △アルバイトばかりしていないで、勉強もしなさい。／別光打工，也要唸書啊！

あんしょうばんごう【暗証番号】 (名) 密碼 類 番号(號碼)；パスワード(password・密碼) △暗証番号は定期的に変えた方がいいですよ。／密碼要定期更改比較好喔。

あんしん【安心】 (名・自サ) 放心，安心類大丈夫(可靠) 對心配(擔心) △大丈夫だから、安心しなさい。／沒事的，放心好了。

あんぜん【安全】 (名・形動) 安全；平安 類無事(平安無事) 對危険、危ない(危險) △安全な使いかたをしなければなりません。／必須以安全的方式來使用。

あんな (連體) 那樣地 類そんな(那樣的) 對こんな(這樣的) △私だったら、あんなことはしません。／如果是我的話，才不會做那種事。

あんない【案内】 (名・他サ) 引導；陪同遊覽，帶路；傳達 類教える(指導)；ガイド(guide・帶路) △京都を案内してさしあげました。／我陪同他遊覽了京都。

いイ

N4-003

いか【以下】 (名) 以下，不到…；在…以下；以後 類以内(以內) 對以上(以上) △あの女性は、30歳以下の感じがする。／那位女性，感覺不到30歲。

いがい【以外】 (名) 除外，以外 類その他(之外) 對以内(之內) △彼以外は、みんな来るだろう。／除了他以外，大家都會來吧！

いがく【医学】 (名) 醫學 類医療(醫療) △医学を勉強するなら、東京大学がいいです。／如果要學醫，東京大學很不錯。

いきる【生きる】 (自上一) 活，生存；生活；致力於…；生動 類生活する(謀生) 對死ぬ(死亡) △彼は、一人で生きていくそうです。／聽說他打算一個人活下去。

いくら…ても【幾ら…ても】 (名・副) 無論…也不… △いくらほしくても、これはさしあげられません。／無論你多想要，這個也不能給你。

いけん【意見】 (名・自他サ) 意見；勸告；提意見 類考え、声(想法) △あの学生は、いつも意見を言いたがる。／那個學生，總是喜歡發表意見。

いし【石】 (名) 石頭，岩石；(猜拳)石頭，結石；鑽石；堅硬 類岩石(岩石) △池に石を投げるな。／不要把石頭丟進池塘裡。

いじめる【苛める】 (他下一) 欺負，虐待；捉弄；折磨 類苦しめる(使痛苦) 對可愛がる(疼愛) △弱いものを苛める人は一番かっこう悪い。／霸凌弱勢的人，是最差勁的人。

いじょう【以上】 (名) 以上，不止，超過，以外；上述 類もっと、より(更多)；合計(總計) 對以下(以下) △100人以上のパーティーと二人で遊びに行くのと、どちらのほうが好きですか。／你喜歡參加百人以上的派對，還是兩人一起出去玩？

いそぐ【急ぐ】（自五）快，急忙，趕緊 類 走る（跑）對 ゆっくり（慢）△もし急ぐなら先に行ってください。／如果你趕時間的話，就請先走吧！

いたす【致す】（自他五・補動）（「する」的謙恭說法）做，辦；致；有…，感覺… 類 する（做）△このお菓子は、変わった味が致しますね。／這個糕點的味道有些特別。

いただく【頂く・戴く】（他五）領受；領取；吃，喝；頂 類 食べる（吃）；もらう（接收）對 召し上がる（請吃）；差し上げる（呈送）△お菓子が足りないなら、私はいただかなくてもかまいません。／如果糕點不夠的話，我不用吃也沒關係。

いちど【一度】（名・副）一次，一回；一旦 類 一回（一次）對 再度（再次）△一度あんなところに行ってみたい。／想去一次那樣的地方。

いっしょうけんめい【一生懸命】（副・形動）拼命地，努力地；一心 類 真面目（認真）對 いい加減（敷衍）△父は一生懸命働いて、私たちを育ててくれました。／家父拚了命地工作，把我們這些孩子撫養長大。

いってまいります【行って参ります】（寒暄）我走了 類 いってきます（我出門了）對 いってらっしゃい（路上小心）△息子は、「いってまいります。」と言ってでかけました。／兒子說：「我出門啦！」便出去了。

いってらっしゃい（寒暄）路上小心，慢走，好走 類 お気をつけて（路上小心）對 いってまいります（我走了）△いってらっしゃい。何時に帰るの？／路上小心啊！幾點回來呢？

いっぱい【一杯】（名・副）一碗，一杯；充滿，很多 類 沢山（很多）對 少し（一點點）△そんなにいっぱいくださったら、多すぎます。／您給我那麼多，太多了。

いっぱん【一般】（名・形動）一般，普通 類 普通（普通）對 特別（特別）△日本語では一般に名詞は形容詞の後ろに来ます。／日語的名詞一般是放在形容詞的後面。

いっぽうつうこう【一方通行】（名）單行道；單向傳達 類 片道（單程）△台湾は一方通行の道が多いです。／台灣有很多單行道。

いと【糸】（名）線；（三弦琴的）弦；魚線；線狀 類 線（線條）對 竹（竹製）△糸と針を買いに行くところです。／正要去買線和針。

いない【以内】（名）不超過…；以內 類 以下（以下）對 以上（以上）△1万円以内なら、買うことができます。／如果不超過一萬日圓，就可以買。

いなか【田舎】 ㊔ 鄉下，農村；故鄉，老家 類 国（家鄉）對 都市（都市）△この田舎への行きかたを教えてください。／請告訴我怎麼去這個村子。

いのる【祈る】 (他五) 祈禱;祝福 類 願う（希望）△みんなで、平和のために祈るところです。／大家正要為和平而祈禱。

イヤリング【earring】 ㊔ 耳環 類 アクセサリー（accessary・耳環）△イヤリングを一つ落としてしまいました。／我不小心弄丟了一個耳環。

いらっしゃる (自五) 來，去，在（尊敬語）類 行く（去）、来る（來）；見える（來）對 参る（去做…）△お忙しかったら、いらっしゃらなくてもいいですよ。／如果忙的話，不必來也沒關係喔！

いん【員】 ㊔ 人員；人數；成員；…員 類 名（…人）△研究員としてやっていくつもりですか。／你打算當研究員嗎？

インストール【install】 (他サ) 安裝（電腦軟體）類 付ける（安裝）△新しいソフトをインストールしたいです。／我想要安裝新的電腦軟體。

（インター）ネット【internet】 ㊔ 網際網路 類 繋ぐ（聯繫）△そのホテルはネットが使えますか。／那家旅館可以連接網路嗎？

インフルエンザ【influenza】 ㊔ 流行性感冒 類 風邪（感冒）△家族全員、インフルエンザにかかりました。／我們全家人都得了流行性感冒。

うゥ

N4-004

うえる【植える】 (他下一) 種植；培養 類 栽培（栽種）對 刈る（割；剪）△花の種をさしあげますから、植えてみてください。／我送你花的種子，你試種看看。

うかがう【伺う】 (他五) 拜訪；請教，打聽（謙讓語）類 お邪魔する（打擾）；聞く（詢問）對 申す（告訴）△先生のお宅にうかがったことがあります。／我拜訪過老師家。

うけつけ【受付】 ㊔ 詢問處；受理；接待員 類 窓口（窗口）△受付はこちらでしょうか。／請問詢問處是這裡嗎？

うける【受ける】 (自他下一) 接受，承接；受到；得到；遭受；接受；應考 類 受験する（應考）對 断る（拒絕）△いつか、大学院を受けたいと思います。／我將來想報考研究所。

うごく【動く】 (自五) 變動，移動；擺動；改變；行動，運動；感動，動搖 類 働く（活動）對 止まる（停止）△動かずに、そこで待っていてください。／請不要離開，在那裡等我。

うそ【嘘】(名)謊話；不正確 類 本当ではない（不是真的）對 本当（真實）△彼は、嘘ばかり言う。／他老愛說謊。

うち【内】(名)…之內；…之中 類 中（裡面）對 外（外面）△今年の内に、お金を返してくれませんか。／年內可以還給我錢嗎？

うちがわ【内側】(名)內部，內側，裡面 類 内（內部）對 外側（外側）△危ないですから、内側を歩いた方がいいですよ。／這裡很危險，所以還是靠內側行走比較好喔。

うつ【打つ】(他五)打擊，打；標記 類 叩く（敲打）對 抜く（拔掉）△イチローがホームランを打ったところだ。／一朗正好擊出全壘打。

うつくしい【美しい】(形)美好的；美麗的，好看的 類 綺麗（好看）對 汚い（難看的）△美しい絵を見ることが好きです。／喜歡看美麗的畫。

うつす【写す】(他五)抄；照相；描寫，描繪 類 撮る（拍照）△写真を写してあげましょうか。／我幫你照相吧！

うつる【映る】(自五)反射，映照；相襯 類 撮る（拍照）△写真に写る自分よりも鏡に映る自分の方が綺麗だ。／鏡子裡的自己比照片中的自己好看。

うつる【移る】(自五)移動；變心；傳染；時光流逝；轉移 類 動く（移動）；引っ越す（搬遷）對 戻る（回去）△あちらの席にお移りください。／請移到那邊的座位。

うで【腕】(名)胳臂；本領；托架，扶手 類 手（手臂）；力（力量）對 足（腳）△彼女の腕は、枝のように細い。／她的手腕像樹枝般細。

うまい (形)高明，拿手；好吃；巧妙；有好處 類 美味しい（好吃）對 まずい（難吃）△彼は、テニスはうまいけれどゴルフは下手です。／他網球打得很好，但是高爾夫球打得很差。

うら【裏】(名)裡面，背後；內部；內幕，幕後；內情 類 後ろ（背面）對 表（正面）△紙の裏に名前が書いてあるかどうか、見てください。／請看一下紙的背面有沒有寫名字。

うりば【売り場】(名)賣場，出售處；出售好時機 類 コーナー（corner・櫃臺）、窓口（服務窗口）△靴下売り場は2階だそうだ。／聽說襪子的賣場在二樓。

うるさい【煩い】(形)吵鬧；煩人的；囉唆；厭惡 類 賑やか（熱鬧）對 静か（安靜）△うるさいなあ。静かにしろ。／很吵耶，安靜一點！

うれしい【嬉しい】(形)高興，喜悅 類 楽しい（喜悅）對 悲しい（悲傷）△誰でも、ほめられれば嬉しい。／不管是誰，只要被誇都會很高興的。

うん (感)嗯；對，是；喔 類 はい、ええ（是）對 いいえ、いや（不是）△

うん、僕はUFOを見たことがあるよ。／對，我看過UFO喔！

うんてん【運転】（名·自他サ）開車，駕駛；運轉；周轉 類 動かす（移動）；走る（行駛）對 止める（停住）△車を運転しようとしたら、かぎがなかった。／正想開車，才發現沒有鑰匙。

うんてんしゅ【運転手】（名）司機 類 ドライバ（driver・駕駛員）△タクシーの運転手に、チップをあげた。／給了計程車司機小費。

うんてんせき【運転席】（名）駕駛座 類 席（座位）對 客席（顧客座位）△運転席に座っているのが父です。／坐在駕駛座上的是家父。

うんどう【運動】（名·自サ）運動；活動 類 スポーツ（sports・運動）對 休み（休息）△運動し終わったら、道具を片付けてください。／一運動完，就請將道具收拾好。

えエ

● N4-005

えいかいわ【英会話】（名）英語會話 類 会話（會話）△英会話に通い始めました。／我開始上英語會話的課程了。

エスカレーター【escalator】（名）自動手扶梯 類 エレベーター（elevator・電梯）、階段（樓梯）△駅にエスカレーターをつけることになりました。／車站決定設置自動手扶梯。

えだ【枝】（名）樹枝；分枝 類 木（樹木）對 幹（樹幹）△枝を切ったので、遠くの山が見えるようになった。／由於砍掉了樹枝，遠山就可以看到了。

えらぶ【選ぶ】（他五）選擇 類 選択（選擇）；決める（決定）△好きなのをお選びください。／請選您喜歡的。

えんかい【宴会】（名）宴會，酒宴 類 パーティー（part・派對）△年末は、宴会が多いです。／歲末時期宴會很多。

えんりょ【遠慮】（名·自他サ）客氣；謝絕 類 御免（謝絕）；辞める（辭去）△すみませんが、私は遠慮します。／對不起，請容我拒絕。

おオ

おいしゃさん【お医者さん】（名）醫生 類 先生（醫生）、歯医者（牙醫）對 患者（病患）△咳が続いたら、早くお医者さんに見てもらったほうがいいですよ。／如果持續咳不停，最好還是盡早就醫治療。

おいでになる（他五）來，去，在，光臨，

N4

駕臨(尊敬語) 類 行く(去)、来る(來) △明日のパーティーに、社長はおいでになりますか。／明天的派對，社長會蒞臨嗎？

おいわい【お祝い】 名 慶祝，祝福；祝賀禮品 類 祈る(祝福) 對 呪う(詛咒) △これは、お祝いのプレゼントです。／這是聊表祝福的禮物。

おうせつま【応接間】 名 客廳；會客室 類 待合室(等候室) △応接間の花に水をやってください。／給會客室裡的花澆一下水。

おうだんほどう【横断歩道】 名 斑馬線 類 道路(道路) △横断歩道を渡る時は、手をあげましょう。／要走過斑馬線的時候，把手舉起來吧。

おおい【多い】 形 多的 類 沢山(很多) 對 少ない(少) △友達は、多いほうがいいです。／朋友多一點比較好。

おおきな【大きな】 連體 大，大的 類 大きい(大的) 對 小さな(小的) △こんな大きな木は見たことがない。／沒看過這麼大的樹木。

おおさじ【大匙】 名 大匙，湯匙 類 スプーン(湯匙) △火をつけたら、まず油を大匙一杯入れます。／開了火之後，首先加入一大匙的油。

オートバイ【auto bicycle】 名 摩托車 類 バイク(bike・機車) △そのオートバイは、彼のらしい。／那台摩托車好像是他的。

おかえりなさい【お帰りなさい】 寒暄 (你)回來了 類 お帰り(你回來了) 對 いってらっしゃい(路上小心) △お帰りなさい。お茶でも飲みますか。／你回來啦。要不要喝杯茶？

おかげ【お陰】 寒暄 託福；承蒙關照 類 助け(幫助) △あなたが手伝ってくれたおかげで、仕事が終わりました。／多虧你的幫忙，工作才得以結束。

おかげさまで【お陰様で】 寒暄 託福，多虧 類 お陰(幸虧) △おかげ様で、だいぶ良くなりました。／託您的福，病情好多了。

おかしい【可笑しい】 形 奇怪的，可笑的；可疑的，不正常的 類 面白い(好玩)、変(奇怪) 對 詰まらない(無趣) △おかしければ、笑いなさい。／如果覺得可笑，就笑呀！

おかねもち【金持ち】 名 有錢人 類 億万長者(大富豪) 對 貧しい(貧窮的) △あの人はお金持ちだから、きっと貸してくれるよ。／那人很有錢，一定會借我們的。

おき【置き】 接尾 每隔… 類 ずつ(各…) △天気予報によると、1日おきに雨が降るそうだ。／根據氣象報告，每隔一天會下雨。

おく【億】 名 億；數量眾多 類 兆(兆) △家を建てるのに、3億円も使いました。／蓋房子竟用掉了三億日圓。

おくじょう【屋上】 名 屋頂(上) 類 ルーフ(roof・屋頂) 對 床(地板) △屋上でサッカーをすることができます。／頂樓可以踢足球。

N4-006

おくりもの【贈り物】 名 贈品，禮物 類 プレゼント(present・禮物) △この贈り物をくれたのは、誰ですか。／這禮物是誰送我的？

おくる【送る】 他五 寄送；派；送行；度過；標上(假名) 類 届ける(送達) 對 受ける(接收) △東京にいる息子に、お金を送ってやりました。／寄錢給在東京的兒子了。

おくれる【遅れる】 自下一 遲到；緩慢 類 遅刻(遲到) 對 間に合う(來得及) △時間に遅れるな。／不要遲到。

おこさん【お子さん】 名 您孩子，令郎，令嬡 類 お坊っちゃん(令郎)、お嬢ちゃん(令嬡) △お子さんは、どんなものを食べたがりますか。／您小孩喜歡吃什麼東西？

おこす【起こす】 他五 扶起;叫醒;發生;引起；翻起 類 立つ(行動，站立) 對 倒す(推倒) △父は、「明日の朝、6時に起こしてくれ。」と言った。／父親說：「明天早上六點叫我起床」。

おこなう【行う・行なう】 他五 舉行，舉辦；修行 類 やる、する(實行) △来週、音楽会が行われる。／音樂將會在下禮拜舉行。

おこる【怒る】 自五 生氣；斥責 類 叱る(叱責) 對 笑う(笑) △なにかあったら怒られるのはいつも長男の私だ。／只要有什麼事，被罵的永遠都是生為長子的我。

おしいれ【押し入れ・押入れ】 名 (日式的)壁櫥 類 タンス(櫃子)；物置(倉庫) △その本は、押入れにしまっておいてください。／請暫且將那本書收進壁櫥裡。

おじょうさん【お嬢さん】 名 您女兒，令嬡；小姐；千金小姐 類 娘さん(令嬡) 對 息子さん(令郎) △お嬢さんは、とても女らしいですね。／您女兒非常淑女呢！

おだいじに【お大事に】 寒暄 珍重，請多保重 類 お体を大切に(請保重身體) △頭痛がするのですか。どうぞお大事に。／頭痛嗎？請多保重！

おたく【お宅】 名 您府上，貴府；宅男(女)，對於某事物過度熱忠者 類 お住まい(<敬>住所) △うちの息子より、お宅の息子さんのほうがまじめです。／您家兒子比我家兒子認真。

おちる【落ちる】 自上一 落下；掉落；降低，下降；落選 類 落とす(落下)；下りる(下降) 對 上がる(上升) △何か、机から落ちましたよ。／有東西從桌上掉下來了喔！

おっしゃる 他五 說，講，叫 類 言う(說) 對 お聞きになる(聽) △なにかおっ

N4

しゃいましたか。／您說什麼呢？

おっと【夫】㊔ 丈夫 ㊮主人（丈夫）㊯妻（妻子）△単身赴任の夫からメールをもらった。／自到外地工作的老公，傳了一封電子郵件給我。

おつまみ ㊔ 下酒菜，小菜 ㊮酒の友（下酒菜）△適当におつまみを頼んでください。／請隨意點一些下酒菜。

おつり【お釣り】㊔ 找零 ㊮つり銭（找零）△コンビニで千円札を出したらお釣りが 150 円あった。／在便利商店支付了 1000 日圓紙鈔，找了 150 日圓的零錢回來。

おと【音】㊔（物體發出的）聲音；音訊 ㊮声（聲音）、騒音（噪音）△あれは、自動車の音かもしれない。／那可能是汽車的聲音。

おとす【落とす】他五 掉下；弄掉 ㊮落ちる（落下）㊯上げる（提高）△落としたら割れますから、気をつけて。／掉下就破了，小心點！

おどり【踊り】㊔ 舞蹈 ㊮歌（歌曲）△沖縄の踊りを見たことがありますか。／你看過沖繩舞蹈嗎？

おどる【踊る】自五 跳舞，舞蹈 ㊮歌う（唱歌）△私はタンゴが踊れます。／我會跳探戈舞。

おどろく【驚く】自五 驚嚇，吃驚，驚奇 ㊮びっくり（大吃一驚）△彼にはいつも、驚かされる。／我總是被他嚇到。

N4-007

おなら ㊔屁 ㊮屁（屁）△おならを我慢するのは、体に良くないですよ。／忍著屁不放對身體不好喔！

オフ【off】㊔（開關）關；休假；休賽；折扣 ㊮消す（關）；休み（休息）㊯点ける（開）；仕事（工作）△オフの日に、ゆっくり朝食をとるのが好きです。／休假的時候，我喜歡悠閒吃早點。

おまたせしました【お待たせしました】寒暄 讓您久等了 ㊮お待ちどうさま（讓您久等了）△お待たせしました。どうぞお座りください。／讓您久等了，請坐。

おまつり【お祭り】㊔慶典，祭典，廟會 ㊮夏祭り（夏日祭典）△お祭りの日が、近づいてきた。／慶典快到了。

おみまい【お見舞い】㊔ 探望，探病 ㊮訪ねる（拜訪）；見る（探看）△田中さんが、お見舞いに花をくださった。／田中小姐帶花來探望我。

おみやげ【お土産】㊔當地名產；禮物 ㊮ギフト（gift・禮物）△みんなにお土産を買ってこようと思います。／我想買點當地名產給大家。

おめでとうございます【お目出度うございます】寒暄 恭喜 ㊮お目出度う（恭喜）△お目出度うございます。賞品は、カメラとテレビとどちらのほうがいいですか。／恭喜您！獎品有照相機跟電視，您要哪一種？

おもいだす【思い出す】 (他五) 想起來，回想 類 覚える（記住） 對 忘れる（忘記） △明日は休みだということを思い出した。／我想起明天是放假。

おもう【思う】 (他五) 想，思考；覺得，認為；相信；猜想；感覺；希望；掛念，懷念 類 考える（認為） △悪かったと思うなら、謝りなさい。／如果覺得自己不對，就去賠不是。

おもちゃ【玩具】 (名) 玩具 類 人形（玩偶） △孫のために簡単な木の玩具を作ってやった。／給孫子做了簡單的木製玩具。

おもて【表】 (名) 表面；正面；外觀；外面 類 外側（外側） 對 裏（裡面） △紙の表に、名前と住所を書きなさい。／在紙的正面，寫下姓名與地址。

おや (感) 哎呀 類 あっ、ああ（啊呀） △おや、雨だ。／哎呀！下雨了！

おや【親】 (名) 父母；祖先；主根；始祖 類 両親（雙親） 對 子（孩子） △親は私を医者にしたがっています。／父母希望我當醫生。

おりる【下りる・降りる】 (自上一) 下來；下車；退位 類 下る（下降） 對 登る（上升）；乗る（坐上） △この階段は下りやすい。／這個階梯很好下。

おる【折る】 (他五) 摺疊；折斷 類 切る（切斷） 對 伸ばす（拉直） △公園の花を折ってはいけません。／不可以採摘公園裡的花。

おる【居る】 (自五) 在，存在；有（「いる」的謙讓語） 類 いらっしゃる、ございます（在） △本日は18時まで会社におります。／今天我會待在公司，一直到下午六點。

おれい【お礼】 (名) 謝辭，謝禮 類 どうもありがとう（感謝） △旅行でお世話になった人たちに、お礼の手紙を書こうと思っています。／旅行中受到許多人的關照，我想寫信表達致謝之意。

おれる【折れる】 (自下一) 折彎；折斷；拐彎；屈服 類 曲がる（拐彎） 對 伸びる（拉直） △台風で、枝が折れるかもしれない。／樹枝或許會被颱風吹斷。

おわり【終わり】 (名) 結束，最後 類 最終（最後） 對 始め（開始） △小説は、終わりの書きかたが難しい。／小說的結尾很難寫。

かカ

N4-008

か【家】 (名・接尾) …家；家族，家庭；從事…的人 類 家（家） △この問題は、専門家でも難しいでしょう。／這個問題，連專家也會被難倒吧！

カーテン【curtain】 (名) 窗簾；布幕 類 暖簾（門簾） △カーテンをしめな

くてもいいでしょう。／不拉上窗簾也沒關係吧！

かい【会】(名)…會，會議 類 集まり(集會) △展覧会は、終わってしまいました。／展覽會結束了。

かいがん【海岸】(名) 海岸 類 ビーチ(beach・海邊) 對 沖(海上) △風のために、海岸は危険になっています。／因為風大，海岸很危險。

かいぎ【会議】(名) 會議 類 会(會議) △会議には必ずノートパソコンを持っていきます。／我一定會帶著筆電去開會。

かいぎしつ【会議室】(名) 會議室 類 ミーティングルーム(meeting room・會議室) △資料の準備ができたら、会議室にお届けします。／資料如果準備好了，我會送到會議室。

かいじょう【会場】(名) 會場 類 式場(會場) △私も会場に入ることができますか。／我也可以進入會場嗎？

がいしょく【外食】(名・自サ) 外食，在外用餐 類 食事(用餐) 對 内食(在家用餐) △週に1回、家族で外食します。／每週全家人在外面吃飯一次。

かいわ【会話】(名・自サ) 會話，對話 類 話(說話) △会話の練習をしても、なかなか上手になりません。／即使練習會話，也始終不見進步。

かえり【帰り】(名) 回來；回家途中 類 戻り(回來) 對 行き(前往) △私は時々、帰りにおじの家に行くことがある。／我有時回家途中會去伯父家。

かえる【変える】(他下一) 改變；變更 類 変わる(改變) 對 まま(保持不見) △がんばれば、人生を変えることもできるのだ。／只要努力，人生也可以改變的。

かがく【科学】(名) 科學 類 社会科学(社會科學) △科学が進歩して、いろいろなことができるようになりました。／科學進步了，很多事情都可以做了。

かがみ【鏡】(名) 鏡子 類 ミラー(mirror・鏡子) △鏡なら、そこにあります。／如果要鏡子，就在那裡。

がくぶ【学部】(名)…科系；…院系 類 部(部門) △彼は医学部に入りたがっています。／他想進醫學系。

かける【欠ける】(自下一) 缺損；缺少 類 抜ける(漏掉) 對 足りる(足夠) △メンバーが一人欠けたままだ。／成員一直缺少一個人。

かける【駆ける・駈ける】(自下一) 奔跑，快跑 類 走る(跑步) 對 歩く(走路) △うちから駅までかけたので、疲れてしまった。／從家裡跑到車站，所以累壞了。

かける【掛ける】(他下一) 懸掛；坐；蓋上；放在…之上；提交；澆；開動；花費；寄託；鎖上；(數學)乘；使…負擔(如給人添麻煩) 類 座る(坐下)；貼る(貼

上）對 立つ（站起）；取る（拿下）△椅子に掛けて話をしよう。／讓我們坐下來講吧！

かざる【飾る】 他五 擺飾，裝飾；粉飾，潤色 類 綺麗にする（使漂亮）；付ける（配戴）△花をそこにそう飾るときれいですね。／花像那樣擺在那裡，就很漂亮了。

かじ【火事】 名 火災 類 火災（火災）△空が真っ赤になって、まるで火事のようだ。／天空一片紅，宛如火災一般。

かしこまりました【畏まりました】 寒暄 知道，了解（「わかる」謙讓語）類 分かりました（知道了）△かしこまりました。少々お待ちください。／知道了，您請稍候。

ガスコンロ【（荷）gas+焜炉】 名 瓦斯爐，煤氣爐 類 ストーブ（stove・火爐）△マッチでガスコンロに火をつけた。／用火柴點燃瓦斯爐。

ガソリン【gasoline】 名 汽油 類 ガス（gas・瓦斯）△ガソリンを入れなくてもいいんですか。／不加油沒關係嗎？

ガソリンスタンド【（和製英語）gasoline+stand】 名 加油站 類 給油所（加油站）△あっちにガソリンスタンドがありそうです。／那裡好像有加油站。

かた【方】 名（敬）人 類 達（們）△新しい先生は、あそこにいる方らしい。／新來的老師，好像是那邊的那位。

かた【方】 接尾 …方法 △作り方を学ぶ。／學習做法。

N4-009

かたい【固い・硬い・堅い】 形 堅硬；結實；堅定；可靠；嚴厲；固執 類 丈夫（堅固）對 柔らかい（柔軟）△歯が弱いお爺ちゃんに硬いものは食べさせられない。／爺爺牙齒不好，不能吃太硬的東西。

かたち【形】 名 形狀；形，樣子；形式上的；形式 類 姿（姿態）；様子（模樣）△どんな形の部屋にするか、考えているところです。／我正在想要把房間弄成什麼樣子。

かたづける【片付ける】 他下一 收拾，打掃；解決 類 下げる；掃除する（整理收拾）對 汚れる（被弄髒）△教室を片付けようとしていたら、先生が来た。／正打算整理教室的時候，老師就來了。

かちょう【課長】 名 課長，科長 類 部長（部長）；上司（上司）△会社を出ようとしたら、課長から呼ばれました。／剛準備離開公司，結果課長把我叫了回去。

かつ【勝つ】 自五 贏，勝利；克服 類 得る（得到）；破る（打敗）對 負ける（戰敗）△試合に勝ったら、100万円やろう。／如果比賽贏了，就給你一百萬日圓。

がつ【月】 接尾 …月 類 日（…日）△

一月一日、ふるさとに帰ることにした。／我決定一月一日回鄉下。

かっこう【格好・恰好】（名）外表，裝扮（類）表面（表面）、形（外形）△背がもう少し高かったら格好いいのに…。／如果個子能再高一點的話，一定超酷的說…。

かない【家内】（名）妻子（類）妻（妻子）（對）夫（丈夫）△家内のことは「嫁」と呼んでいる。／我平常都叫我老婆「媳婦」。

かなしい【悲しい】（形）悲傷，悲哀（類）痛い（痛苦的）（對）嬉しい（高興）△失敗してしまって、悲しいです。／失敗了，真是傷心。

かならず【必ず】（副）一定，務必，必須（類）どうぞ（請）；もちろん（當然）△この仕事を10時までに必ずやっておいてね。／十點以前一定要完成這個工作。

かのじょ【彼女】（名）她；女朋友（類）恋人（情人）（對）彼（他）△彼女はビールを5本も飲んだ。／她竟然喝了五瓶啤酒。

かふんしょう【花粉症】（名）花粉症，因花粉而引起的過敏鼻炎，結膜炎（類）病気（生病）；風邪（感冒）△父は花粉症がひどいです。／家父的花粉症很嚴重。

かべ【壁】（名）牆壁；障礙（類）邪魔（阻礙）△子どもたちに、壁に絵をかかないように言った。／已經告訴小孩不要在牆上塗鴉。

かまう【構う】（自他五）在意，理會；逗弄（類）心配（擔心）、世話する（照顧）△あんな男にはかまうな。／不要理會那種男人。

かみ【髪】（名）頭髮（類）髪の毛（頭髮）△髪を短く切るつもりだったが、やめた。／原本想把頭髮剪短，但作罷了。

かむ【噛む】（他五）咬（類）食べる（吃）；吸う（吸入）△犬にかまれました。／被狗咬了。

かよう【通う】（自五）來往，往來（兩地間）；通連，相通（類）通る（通過）；勤める（勤務）（對）休む（休息）△学校に通うことができて、まるで夢を見ているようだ。／能夠上學，簡直像作夢一樣。

ガラス【（荷）glas】（名）玻璃（類）グラス（glass・玻璃）、コップ（kop・杯子）△ガラスは、プラスチックより割れやすいです。／玻璃比塑膠容易破。

かれ【彼】（名・代）他；男朋友（類）あの人（那個人）（對）彼女（她）△彼がそんな人だとは、思いませんでした。／沒想到他是那種人。

かれし【彼氏】（名・代）男朋友；他（類）彼（男朋友）（對）彼女（女朋友）△彼氏はいますか。／你有男朋友嗎？

かれら【彼等】（名・代）他們（類）奴ら（他們）△彼らは本当に男らしい。／他們真是男子漢。

かわく【乾く】 自五 乾；口渇 類 乾かす（晾乾）對 濡れる（淋溼）△洗濯物が、そんなに早く乾くはずがありません。／洗好的衣物，不可能那麼快就乾。

かわり【代わり】 名 代替，替代；補償，報答；續（碗、杯等）類 交換（交替）△父の代わりに、その仕事をやらせてください。／請讓我代替父親，做那個工作。

かわりに【代わりに】 接續 代替，替代；交換 類 代わる（替換）△ワインの代わりに、酢で味をつけてもいい。／可以用醋來取代葡萄酒調味。

かわる【変わる】 自五 變化，改變；奇怪；與眾不同 類 変える（變換）；なる（變成）△彼は、考えが変わったようだ。／他的想法好像變了。

かんがえる【考える】 他下一 想，思考；考慮；認為 類 思う（覺得）△その問題は、彼に考えさせます。／我讓他想那個問題。

かんけい【関係】 名 關係；影響 類 仲（交情）△みんな、二人の関係を知りたがっています。／大家都很想知道他們兩人的關係。

かんげいかい【歓迎会】 名 歡迎會，迎新會 類 パーティー（party・派對）對 送別会（歡送會）△今日は、新入生の歓迎会があります。／今天有舉辦新生的歡迎會。

かんごし【看護師】 名 護理師，護士 類 ナース（nurse・護理人員）對 お医者さん（醫師）△私はもう30年も看護師をしています。／我當看護師已長達30年了。

かんそうき【乾燥機】 名 乾燥機，烘乾機 類 乾く（晾乾）△梅雨の時期は、乾燥機が欠かせません。／乾燥機是梅雨時期不可缺的工具。

かんたん【簡単】 形動 簡單；輕易；簡便 類 易しい（簡單）對 複雑（複雜）△簡単な問題なので、自分でできます。／因為問題很簡單，我自己可以處理。

がんばる【頑張る】 自五 努力，加油；堅持 類 一生懸命（努力）對 さぼる（缺勤）△父に、合格するまでがんばれと言われた。／父親要我努力，直到考上為止。

き キ

N4-010

き【気】 名 氣，氣息；心思；意識；性質 類 心；気持ち（感受）△たぶん気がつくだろう。／應該會發現吧！

キーボード【keyboard】 名 鍵盤；電腦鍵盤；電子琴 類 叩く（敲）△このキーボードは私が使っているものと並

び方が違います。／這個鍵盤跟我正在用的鍵盤，按鍵的排列方式不同。

きかい【機会】(名)機會 (類)場合(時候)；都合(機會) △彼女に会えるいい機会だったのに、残念でしたね。／難得有這麼好的機會去見她，真是可惜啊。

きかい【機械】(名) 機械 (類)マシン(machine・機器) △機械のような音がしますね。／發出像機械般的聲音耶。

きけん【危険】(名・形動) 危險 (類)危ない(危險的)；心配(擔心)、怖い(害怕) (對)安心(安心) △彼は危険なところに行こうとしている。／他打算要去危險的地方。

きこえる【聞こえる】(自下一) 聽得見，能聽到；聽起來像是…；聞名 (類)聞く(聽) (對)見える(看得見) △電車の音が聞こえてきました。／聽到電車的聲音了。

きしゃ【汽車】(名) 火車 (類)電車(電車) △あれは、青森に行く汽車らしい。／那好像是開往青森的火車。

ぎじゅつ【技術】(名)技術 (類)腕(技術)；テクニック(technic・技術) △ますます技術が発展していくでしょう。／技術會愈來愈進步吧！

きせつ【季節】(名) 季節 (類)四季(四季) △今の季節は、とても過ごしやすい。／現在這季節很舒服。

きそく【規則】(名)規則，規定 (類)ルール(rule・規則)；決める(決定) △規則を守りなさい。／你要遵守規定。

きつえんせき【喫煙席】(名) 吸煙席，吸煙區 (對)禁煙席(禁煙區) △喫煙席はありますか。／請問有吸煙座位嗎？

きっと (副) 一定，務必 (類)必ず(必定) △きっと彼が行くことになるでしょう。／一定會是他去吧！

きぬ【絹】(名) 絲 (類)布(布料) △彼女の誕生日に、絹のスカーフをあげました。／她的生日，我送了絲質的圍巾給她。

きびしい【厳しい】(形) 嚴格；嚴重；嚴酷 (類)難しい(困難)、冷たい(冷淡) (對)優しい(溫柔)；甘い(寬容) △新しい先生は、厳しいかもしれない。／新老師也許會很嚴格。

きぶん【気分】(名) 情緒；氣氛；身體狀況 (類)気持ち(感情)；思い(想法) △気分が悪くても、会社を休みません。／即使身體不舒服，也不請假。

きまる【決まる】(自五) 決定；規定；決定勝負 (類)決める(決定)；通る(通過) △先生が来るかどうか、まだ決まっていません。／老師還沒決定是否要來。

きみ【君】(名) 你(男性對同輩以下的親密稱呼) (類)あなた(你) (對)僕(我) △君は、将来何をしたいの？／你將來想做什麼？

き

きめる【決める】 他下一 決定；規定；認定 類 決まる（決定）△予定をこう決めました。／行程就這樣決定了。

きもち【気持ち】 名 心情；感覺；身體狀況 類 気分（感覺）△暗い気持ちのまま帰ってきた。／心情鬱悶地回來了。

きもの【着物】 名 衣服；和服 類 服（衣服）對 洋服（西服）△着物とドレスと、どちらのほうが素敵ですか。／和服與洋裝，哪一件比較漂亮？

きゃく【客】 名 客人；顧客 類 観客（觀眾）對 店員（店員）、主人（主人）△客がたくさん入るだろう。／會有很多客人進來吧！

キャッシュカード【cash card】 名 金融卡，提款卡 類 クレジットカード（credit card・信用卡）△キャッシュカードを忘れてきました。／我忘記把金融卡帶來了。

キャンセル【cancel】 名・他サ 取消，作廢；廢除 類 中止（中止）對 続く（繼續）△ホテルをキャンセルしました。／取消了飯店的訂房。

きゅう【急】 名・形動 急迫；突然；陡 類 急いで（趕緊）對 ゆっくり（慢慢來）△部長は急な用事で今日は出社しません。／部長因為出了急事，今天不會進公司。

きゅうこう【急行】 名・自サ 急行；快車 類 急ぐ（急速）△急行に乗ったので、早く着いた。／因為搭乘快車，所以提早到了。

きゅうに【急に】 副 突然 類 急ぐ（急速）對 だんだん（逐漸）△車は、急に止まることができない。／車子沒辦法突然停下來。

きゅうブレーキ【急brake】 名 緊急剎車 類 ストップ（stop・停）△急ブレーキをかけることがありますから、必ずシートベルトをしてください。／由於有緊急煞車的可能，因此請繫好您的安全帶。

きょういく【教育】 名・他サ 教育 類 教える（教導）對 習う（學習）△学校教育について、研究しているところだ。／正在研究學校教育。

きょうかい【教会】 名 教會 類 会（…會）△明日、教会でコンサートがあるかもしれない。／明天教會也許有音樂會。

きょうそう【競争】 名・自他サ 競爭，競賽 類 試合（比賽）△一緒に勉強して、お互いに競争するようにした。／一起唸書，以競爭方式來激勵彼此。

きょうみ【興味】 名 興趣 類 趣味（興趣）△興味があれば、お教えします。／如果有興趣，我可以教您。

きんえんせき【禁煙席】 名 禁煙席，禁煙區 對 喫煙席（吸煙區）△禁煙席をお願いします。／麻煩你，我要禁煙區的座位。

きんじょ【近所】㊔ 附近；鄰居 ㊎ 近く（附近）、周り（周遭）△近所の人が、りんごをくれました。／鄰居送了我蘋果。

く ク

N4-011

ぐあい【具合】㊔（健康等）狀況；方便，合適；方法 ㊎ 調子、様子（狀況）△もう具合はよくなられましたか。／您身體好些了嗎？

くうき【空気】㊔ 空氣；氣氛 ㊎ 気（氣）；風（風）△その町は、空気がきれいですか。／那個小鎮空氣好嗎？

くうこう【空港】㊔ 機場 ㊎ 飛行場（機場）△空港まで、送ってさしあげた。／送他到機場了。

くさ【草】㊔ 草 ㊎ 葉（葉子）㊌ 木（樹）△草を取って、歩きやすいようにした。／把草拔掉，以方便走路。

くださる【下さる】（他五）給，給予（「くれる」的尊敬語）㊎ 下さい（請給）△先生が、今本をくださったところです。／老師剛把書給我。

くび【首】㊔ 頸部，脖子；頭部，腦袋 ㊎ 喉（喉嚨）；体（身體）△どうしてか、首がちょっと痛いです。／不知道為什麼，脖子有點痛。

くも【雲】㊔ 雲 ㊎ 雨（下雨）、雪（下雪）㊌ 晴れ（放晴）△白い煙がたくさん出て、雲のようだ。／冒出了很多白煙，像雲一般。

くらべる【比べる】（他下一）比較 ㊎ より（比…）△妹と比べると、姉の方がやっぱり美人だ。／跟妹妹比起來，姊姊果然是美女。

クリック【click】（名・他サ）喀嚓聲；按下（按鍵）㊎ 押す（按）△ここを二回クリックしてください。／請在這裡點兩下。

クレジットカード【credit card】㊔ 信用卡 ㊎ キャッシュカード（cash card・金融卡）△初めてクレジットカードを作りました。／我第一次辦信用卡。

くれる【呉れる】（他下一）給我 ㊎ もらう（接收）㊌ やる（給）△そのお金を私にくれ。／那筆錢給我。

くれる【暮れる】（自下一）日暮，天黑；到了尾聲，年終 ㊌ 明ける（天亮）△日が暮れたのに、子どもたちはまだ遊んでいる。／天都黑了，孩子們卻還在玩。

くん【君】（接尾）君 ㊎ さん（先生，小姐）△田中君でも、誘おうかと思います。／我在想是不是也邀請田中君。

けケ

け【毛】 (名) 頭髮，汗毛 (類) ひげ（鬍子）△しばらく会わない間に父の髪の毛はすっかり白くなっていた。／好一陣子沒和父親見面，父親的頭髮全都變白了。

け【毛】 (名) 毛線，毛織物 (類) 糸（絲線）△このセーターはウサギの毛で編んだものです。／這件毛衣是用兔毛編織而成的。

けいかく【計画】 (名・他サ) 計劃 (類) 予定（預定）、企画（規劃）△私の計画をご説明いたしましょう。／我來說明一下我的計劃！

けいかん【警官】 (名) 警察；巡警 (類) お巡りさん（巡警）△警官は、事故について話すように言いました。／警察要我說關於事故的發生經過。

けいけん【経験】 (名・他サ) 經驗，經歷 (類) 勉強（累積經驗）△経験がないまま、この仕事をしている。／我在沒有經驗的情況下，從事這份工作。

けいざい【経済】 (名) 經濟 (類) 金（錢）；政治（政治）△日本の経済について、ちょっとお聞きします。／有關日本經濟，想請教你一下。

N4-012

けいざいがく【経済学】 (名) 經濟學 (類) 政治学（政治學）△大学で経済学の理論を勉強しています。／我在大學裡主修經濟學理論。

けいさつ【警察】 (名) 警察；警察局 (類) 警官（警官）△警察に連絡することにしました。／決定向警察報案。

ケーキ【cake】 (名) 蛋糕 (類) お菓子（甜點）△僕が出かけている間に、弟にケーキを食べられた。／我外出的時候，蛋糕被弟弟吃掉了。

けいたいでんわ【携帯電話】 (名) 手機，行動電話 (類) 電話（電話）△どこの携帯電話を使っていますか。／請問你是用哪一家的手機呢？

けが【怪我】 (名・自サ) 受傷；損失，過失 (類) 病気（生病）；事故（意外）(對) 元気（健康）△事故で、たくさんの人がけがをしたようだ。／好像因為事故很多人都受了傷。

けしき【景色】 (名) 景色，風景 (類) 風景（風景）；写真（照片）△どこか、景色のいいところへ行きたい。／想去風景好的地方。

けしゴム【消し＋(荷)gom】 (名) 橡皮擦 (類) 消す（消去）△この色鉛筆は消しゴムできれいに消せるよ。／這種彩色鉛筆用橡皮擦可以擦得很乾淨。

げしゅく【下宿】 (名・自サ) 寄宿，借宿 (類) 泊まる、住む（住）△下宿の探し方がわかりません。／不知道如何尋找住的公寓。

けっして【決して】 (副)（後接否定）絕

對(不) 類 きっと(絕對) △このことは、決してだれにも言えない。／這件事我絕沒辦法跟任何人說。

けれど・けれども 接助 但是 類 しかし、…が…(但是) △夏の暑さは厳しいけれど、冬は過ごしやすいです。／那裡夏天的酷熱非常難受，但冬天很舒服。

けん【県】 名 縣 類 市(市) △この山を越えると山梨県です。／越過這座山就是山梨縣了。

けん・げん【軒】 接尾 …間，…家 類 屋(店，房子) △村には、薬屋が3軒もあるのだ。／村裡竟有3家藥局。

げんいん【原因】 名 原因 類 訳、理由(理由) △原因は、小さなことでございました。／原因是一件小事。

けんか【喧嘩】 名・自サ 吵架；打架 類 戦争(打仗) 對 仲直り(和好) △喧嘩するなら別々に遊びなさい。／如果要吵架，就自己玩自己的！

けんきゅうしつ【研究室】 名 研究室 類 教室(教室) △週の半分以上は研究室で過ごした。／一星期裡有一半的時間，都是在研究室度過。

けんきゅう【研究】 名・他サ 研究 類 勉強(學習) △医学の研究で新しい薬が生まれた。／因醫學研究而開發了新藥。

げんごがく【言語学】 名 語言學 類 言葉(語言) △言語学って、どんなことを勉強するのですか。／語言學是在唸什麼的呢？

けんぶつ【見物】 名・他サ 觀光，參觀 類 訪ねる(訪問)；旅行(旅行) △祭りを見物させてください。／請讓我參觀祭典。

けんめい【件名】 名 (電腦) 郵件主旨；項目名稱；類別 類 名(名稱) △件名を必ず入れてくださいね。／請務必要輸入信件主旨喔。

こ コ

N4-013

こ【子】 名 孩子 類 子供(孩子) 對 親(父母親) △うちの子は、まだ5歳なのにピアノがじょうずです。／我家小孩才5歲，卻很會彈琴。

ご【御】 接頭 貴(接在跟對方有關的事物、動作的漢字詞前) 表示尊敬語、謙讓語 類 お(〈表尊敬〉貴…) △ご近所にあいさつをしなくてもいいですか。／不跟(貴)鄰居打聲招呼好嗎？

コインランドリー【coin-operated laundry】 名 自助洗衣店 類 クリーニング(cleaning・洗衣服) △駅前に行けば、コインランドリーがありますよ。／只要到車站前就會有自助洗衣店喔。

こう 副 如此；這樣，這麼 類 そう（那樣）對 ああ（那樣）△そうしてもいいが、こうすることもできる。／雖然那樣也可以，但這樣做也可以。

こうがい【郊外】 名 郊外 類 田舎（鄉村）對 都市（城市）△郊外は住みやすいですね。／郊外住起來舒服呢。

こうき【後期】 名 後期，下半期，後半期 類 期間（期間）對 前期（前半期）△後期の試験はいつごろありますか。／請問下半期課程的考試大概在什麼時候？

こうぎ【講義】 名・他サ 講義，上課，大學課程 類 授業（上課）△大学の先生に、法律について講義をしていただきました。／請大學老師幫我上了法律課。

こうぎょう【工業】 名 工業 類 農業（農業）△工業と商業と、どちらのほうが盛んですか。／工業與商業，哪一種比較興盛？

こうきょうりょうきん【公共料金】 名 公共費用 類 料金（費用）△公共料金は、銀行の自動引き落としにしています。／公共費用是由銀行自動轉帳來繳納的。

こうこう・こうとうがっこう【高校・高等学校】 名 高中 類 小学校（小學）△高校の時の先生が、アドバイスをしてくれた。／高中時代的老師給了我建議。

こうこうせい【高校生】 名 高中生 類 学生（學生）；生徒（學生）△高校生の息子に、英語の辞書をやった。／我送英文辭典給高中生的兒子。

ごうコン【合コン】 名 聯誼 類 パーティー（party・派對）、宴会（宴會）△大学生は合コンに行くのが好きですねえ。／大學生還真是喜歡參加聯誼呢。

こうじちゅう【工事中】 名 施工中；（網頁）建製中 類 仕事中（工作中）△この先は工事中です。／前面正在施工中。

こうじょう【工場】 名 工廠 類 工場（工廠）；事務所（辦公室）△工場で働かせてください。／請讓我在工廠工作。

こうちょう【校長】 名 校長 類 先生（老師）△校長が、これから話をするところです。／校長正要開始說話。

こうつう【交通】 名 交通 類 交通費（交通費）△東京は、交通が便利です。／東京交通便利。

こうどう【講堂】 名 禮堂 類 式場（會場；禮堂）△みんなが講堂に集まりました。／大家在禮堂集合。

こうむいん【公務員】 名 公務員 類 会社員（公司職員）△公務員になるのは、難しいようです。／要當公務員好像很難。

コーヒーカップ【coffee cup】 名

こ N4

咖啡杯 類 コップ(kop・杯子)；茶碗(飯碗) △コーヒーカップを集めています。／我正在收集咖啡杯。

こくさい【国際】 名 國際 類 世界(世界) 對 国内(國內) △彼女はきっと国際的な仕事をするだろう。／她一定會從事國際性的工作吧！

こくない【国内】 名 該國內部，國內 類 国(國家；故鄉) 對 国外(國外) △今年の夏は、国内旅行に行くつもりです。／今年夏天我打算要做國內旅行。

N4-014

こころ【心】 名 內心；心情 類 気持ち(心情) 對 体(身體) △彼の心の優しさに、感動しました。／他善良的心地，叫人很感動。

ございます 特殊形 是，在(「ある」、「あります」的鄭重說法表示尊敬) 類 です(是；尊敬的說法) △山田はただいま接客中でございます。／山田正在和客人會談。

こさじ【小匙】 名 小匙，茶匙 類 スプーン(spoon・湯匙)；箸(筷子) △塩は小匙半分で十分です。／鹽只要加小湯匙一半的份量就足夠了。

こしょう【故障】 名・自サ 故障 類 壊れる(壞掉) 對 直る(修理好) △私のコンピューターは、故障しやすい。／我的電腦老是故障。

こそだて【子育て】 名・自サ 養育小孩，育兒 類 育てる(撫育) △毎日、子育てに追われています。／每天都忙著帶小孩。

ごぞんじ【ご存知】 名 您知道(尊敬語) 類 知る(知道) △ご存じのことをお教えください。／請告訴我您所知道的事。

こたえ【答え】 名 回答；答覆；答案 類 返事(回答；回信) 對 質問(提問) △テストの答えは、もう書きました。／考試的答案，已經寫好了。

ごちそう【御馳走】 名・他サ 請客；豐盛佳餚 類 招待(款待) △ごちそうがなくてもいいです。／沒有豐盛的佳餚也無所謂。

こっち【此方】 名 這裡，這邊 類 そっち(那邊) 對 あっち(那邊) △こっちに、なにか面白い鳥がいます。／這裡有一隻有趣的鳥。

こと【事】 名 事情 類 物(事情；物品) △おかしいことを言ったのに、だれも面白がらない。／說了滑稽的事，卻沒人覺得有趣。

ことり【小鳥】 名 小鳥 類 鳥(鳥兒) △小鳥には、何をやったらいいですか。／餵什麼給小鳥吃好呢？

このあいだ【この間】 副 最近；前幾天 類 このごろ(近來)；さっき(剛才) △この間、山中先生にお会いしましたよ。少し痩せましたよ。／前幾天跟山中老師碰了面。老師略顯消瘦了些。

このごろ【此の頃】(副) 最近 類 最近(最近)；今(目前) 對 昔(以前) △このごろ、考えさせられることが多いです。／最近讓人省思的事情很多。

こまかい【細かい】(形) 細小；仔細；無微不至 類 小さい(小的)；丁寧(仔細) 對 大きい(大的) △細かいことは言わずに、適当にやりましょう。／別在意小地方了，看情況做吧！

ごみ(名) 垃圾 類 塵(小垃圾)；生ゴミ(廚餘) △道にごみを捨てるな。／別把垃圾丟在路邊。

こめ【米】(名) 米 類 ご飯(米飯)；パン(pão・麵包) △台所に米があるかどうか、見てきてください。／你去看廚房裡是不是還有米。

ごらんになる【ご覧になる】(他五) 看，閱讀(尊敬語) 類 見る(看見)；読む(閱讀) △ここから、富士山をごらんになることができます。／從這裡可以看到富士山。

これから(連語) 接下來，現在起 類 将来(將來) △これから、母にあげるものを買いに行きます。／現在要去買送母親的禮物。

こわい【怖い】(形) 可怕，害怕 類 危険(危險) 對 安全(安全) △どんなに怖くても、絶対泣かない。／不管怎麼害怕，也絕不哭。

こわす【壊す】(他五) 弄碎；破壞；兌換 類 壊れる(破裂) 對 建てる(建造) △コップを壊してしまいました。／摔破杯子了。

こわれる【壊れる】(自下一) 壞掉，損壞；故障 類 故障(故障) 對 直る(修理好) △台風で、窓が壊れました。／窗戶因颱風，而壞掉了。

コンサート【concert】(名) 音樂會 類 音楽会(音樂會) △コンサートでも行きませんか。／要不要去聽音樂會？

こんど【今度】(名) 這次；下次；以後 類 次(下次) △今度、すてきな服を買ってあげましょう。／下次買漂亮的衣服給你！

コンピューター【computer】(名) 電腦 類 パソコン(personal computer・個人電腦) △仕事中にコンピューターが固まって動かなくなってしまった。／工作中電腦卡住，跑不動了。

こんや【今夜】(名) 今晚 類 今晩(今晚) 對 夕べ(昨晚) △今夜までに連絡します。／今晚以前會跟你聯絡。

さ サ

N4-015

さいきん【最近】(名・副) 最近 類 今(現在)；この頃(近來) 對 昔(以前) △彼女は最近、勉強もしないし、遊び

N4

にも行きません。／她最近既不唸書也不去玩。

さいご【最後】 (名) 最後 類 終わり（結束）對 最初（開始）△最後まで戦う。／戰到最後。

さいしょ【最初】 (名) 最初，首先 類 一番（第一個）對 最後（最後）△最初の子は女の子だったから、次は男の子がほしい。／第一胎是生女的，所以第二胎希望生個男的。

さいふ【財布】 (名) 錢包 類 カバン（手提包）△彼女の財布は重そうです。／她的錢包好像很重的樣子。

さか【坂】 (名) 斜坡 類 山（山）△自転車を押しながら坂を上った。／邊推著腳踏車，邊爬上斜坡。

さがす【探す・捜す】 (他五) 尋找，找尋 類 尋ねる（尋找）；見つかる（找到）△彼が財布をなくしたので、一緒に探してやりました。／他的錢包不見了，所以一起幫忙尋找。

さがる【下がる】 (自五) 下降；下垂；降低（價格、程度、溫度等）；衰退 類 下げる（降下）對 上がる（提高）△気温が下がる。／氣溫下降。

さかん【盛ん】 (形動) 繁盛，興盛 類 賑やか（熱鬧）△この町は、工業も盛んだし商業も盛んだ。／這小鎮工業跟商業都很興盛。

さげる【下げる】 (他下一) 降低，向下；掛；躲開；整理，收拾 類 落とす（使降落）；しまう（整理收拾）對 上げる（使升高）△飲み終わったら、コップを下げます。／一喝完了，杯子就會收走。

さしあげる【差し上げる】 (他下一) 給（「あげる」的謙讓語）類 あげる（給予）△差し上げた薬を、毎日お飲みになってください。／開給您的藥，請每天服用。

さしだしにん【差出人】 (名) 發信人，寄件人 類 宛先（收信人姓名）△差出人はだれですか。／寄件人是哪一位？

さっき (名・副) 剛剛，剛才 類 最近（近來）△さっきここにいたのは、だれだい？／剛才在這裡的是誰呀？

さびしい【寂しい】 (形) 孤單；寂寞；荒涼，冷清；空虛 類 一人（一個人）對 賑やか（熱鬧）△寂しいので、遊びに来てください。／因為我很寂寞，過來坐坐吧！

さま【様】 (接尾) 先生，小姐 類 さん（先生，小姐）；方（各位）△山田様、どうぞお入りください。／山田先生，請進。

さらいげつ【再来月】 (名) 下下個月 類 来月（下個月）△再来月国に帰るので、準備をしています。／下下個月要回國，所以正在準備行李。

さらいしゅう【再来週】 (名) 下下星期 類 来週（下星期）△再来週遊びに来るのは、伯父です。／下下星期要來玩的是伯父。

し

サラダ【salad】 名 沙拉 類 野菜（蔬菜）△朝はいつも母が作ってくれたパンとサラダです。／早上都是吃媽媽做的麵包跟沙拉！

さわぐ【騒ぐ】 自五 吵鬧，喧囂；慌亂，慌張；激動 類 煩い（吵雜）對 静か（安靜）△教室で騒いでいるのは、誰なの？／是誰在教室吵鬧呀？

さわる【触る】 自五 碰觸，觸摸；接觸；觸怒，觸犯 類 取る（拿取）△このボタンには、絶対触ってはいけない。／絕對不可觸摸這個按紐。

さんぎょう【産業】 名 產業 類 工業（工業）△彼女は自動車産業の株をたくさん持っている。／她擁有許多自動車產業相關的股票。

サンダル【sandal】 名 涼鞋 類 靴（鞋子）；スリッパ（slipper・拖鞋）△涼しいので、靴ではなくてサンダルにします。／為了涼快，所以不穿鞋子改穿涼鞋。

サンドイッチ【sandwich】 名 三明治 類 弁当（便當）△サンドイッチを作ってさしあげましょうか。／幫您做份三明治吧？

ざんねん【残念】 名・形動 遺憾，可惜，懊悔 類 恥ずかしい（羞恥的）△あなたが来ないので、みんな残念がっています。／因為你沒來，大家都感到很遺憾。

しシ

N4-016

し【市】 名 …市 類 県（縣）△福岡市の花粉は隣の市まで広がっていった。／福岡市的花粉擴散到鄰近的城市。

じ【字】 名 字，文字 類 仮名（假名）；絵（繪畫）△田中さんは、字が上手です。／田中小姐的字寫得很漂亮。

しあい【試合】 名・自サ 比賽 類 競争（競爭）△試合はきっとおもしろいだろう。／比賽一定很有趣吧！

しおくり【仕送り】 名・自他サ 匯寄生活費或學費 類 送る（寄送）△東京にいる息子に毎月仕送りしています。／我每個月都寄錢給在東京的兒子。

しかた【仕方】 名 方法，做法 類 方（方法）△誰か、上手な洗濯の仕方を教えてください。／有誰可以教我洗好衣服的方法？

しかる【叱る】 他五 責備，責罵 類 怒る（罵）對 褒める（讚美）△子どもをああしかっては、かわいそうですよ。／把小孩罵成那樣，就太可憐了。

しき【式】 名・接尾 儀式，典禮；…典禮；方式；樣式；算式，公式 類 会（…會）；結婚式（結婚典禮）△入学式の会場はどこだい？／開學典禮的禮堂在哪裡？

じきゅう【時給】(名) 時薪 類 給料(薪水) △コンビニエンスストアでアルバイトすると、時給はいくらぐらいですか。／如果在便利商店打工的話，時薪大概多少錢呢？

しけん【試験】(名・他サ) 試驗；考試 類 受験(考試)；テスト(test・考試) △試験があるので、勉強します。／因為有考試，我要唸書。

じこ【事故】(名) 意外，事故 類 火事(火災) △事故に遭ったが、全然けがをしなかった。／遇到事故，卻毫髮無傷。

じしん【地震】(名) 地震 類 台風(颱風) △地震の時はエレベーターに乗るな。／地震的時候不要搭電梯。

じだい【時代】(名) 時代；潮流；歷史 類 頃(時候)；時(時候) △新しい時代が来たということを感じます。／感覺到新時代已經來臨了。

したぎ【下着】(名) 內衣，貼身衣物 類 パンツ(pants・褲子)；ズボン(jupon・褲子) 對 上着(上衣) △木綿の下着は洗いやすい。／棉質內衣好清洗。

したく【支度】(名・自他サ) 準備；打扮；準備用餐 類 用意、準備(準備) △旅行の支度をしなければなりません。／我得準備旅行事宜。

しっかり【確り】(副・自サ) 紮實；堅固；可靠；穩固 類 丈夫(牢固)；元気(健壯) △ビジネスのやりかたを、しっかり勉強してきます。／我要紮紮實實去學做生意回來。

しっぱい【失敗】(名・自サ) 失敗 類 負ける(輸) 對 勝つ(勝利) △方法がわからず、失敗しました。／不知道方法以致失敗。

しつれい【失礼】(名・形動・自サ) 失禮，沒禮貌；失陪 類 お礼(謝禮) △黙って帰るのは、失礼です。／連個招呼也沒打就回去，是很沒禮貌的。

していせき【指定席】(名) 劃位座，對號入座 類 席(座位) 對 自由席(自由座) △指定席ですから、急いで行かなくても大丈夫ですよ。／我是對號座，所以不用趕著過去也無妨。

じてん【辞典】(名) 字典 類 辞書(辭典) △辞典をもらったので、英語を勉強しようと思う。／有人送我字典，所以我想認真學英文。

しなもの【品物】(名) 物品，東西；貨品 類 物(物品) △あのお店の品物は、とてもいい。／那家店的貨品非常好。

しばらく【暫く】(副) 暫時，一會兒；好久 類 ちょっと(一會兒) △しばらく会社を休むつもりです。／我打算暫時向公司請假。

しま【島】(名) 島嶼 類 山(山) △島に行くためには、船に乗らなければなりません。／要去小島，就得搭船。

しみん【市民】(名) 市民，公民 類 国民(國民) △市民の生活を守る。／捍衛市民的生活。

し

じむしょ【事務所】 ㊔ 辦公室 (類) 会社(公司) △こちらが、会社の事務所でございます。／這裡是公司的辦公室。

しゃかい【社会】 ㊔ 社會，世間 (類) 世間(社會上) (對) 一人(一個人) △社会が厳しくても、私はがんばります。／即使社會嚴峻，我也會努力的。

しゃちょう【社長】 ㊔ 社長 (類) 部長(部長)；上司(上司) △社長に、難しい仕事をさせられた。／社長讓我做很難的工作。

しゃないアナウンス【車内announce】 ㊔ 車廂內廣播 (類) 知らせる(通知) △「この電車はまもなく上野です」と車内アナウンスが流れていた。／車內廣播告知：「電車即將抵達上野」。

じゃま【邪魔】 (名・形動・他サ) 妨礙，阻擾；拜訪 (類) 壁(牆壁) △ここにこう座っていたら、じゃまですか。／像這樣坐在這裡，會妨礙到你嗎？

ジャム【jam】 ㊔ 果醬 (類) バター(butter・奶油) △あなたに、いちごのジャムを作ってあげる。／我做草莓果醬給你。

じゆう【自由】 (名・形動) 自由，隨便 (類) 約束(規定；約定) △そうするかどうかは、あなたの自由です。／要不要那樣做，隨你便！

しゅうかん【習慣】 ㊔ 習慣 (類) 慣れる(習以為常) △一度ついた習慣は、変えにくいですね。／一旦養成習慣，就很難改變呢。

じゅうしょ【住所】 ㊔ 地址 (類) アドレス(address・地址；網址)；ところ(地方；住處) △私の住所をあげますから、手紙をください。／給你我的地址，請寫信給我。

じゆうせき【自由席】 ㊔ 自由座 (對) 指定席(對號座) △自由席ですから、席がないかもしれません。／因為是自由座，所以說不定會沒有位子。

N4-017

しゅうでん【終電】 ㊔ 最後一班電車，末班車 (類) 始発(頭班車) △終電は12時にここを出ます。／末班車將於12點由本站開出。

じゅうどう【柔道】 ㊔ 柔道 (類) 武道(武術)；運動(運動)；ボクシング(boxing・拳擊) △柔道を習おうと思っている。／我想學柔道。

じゅうぶん【十分】 (副・形動) 充分，足夠 (類) 足りる(足夠)；一杯(充分) (對) 少し(一點) △昨日は、十分お休みになりましたか。／昨晚有好好休息了嗎？

しゅじん【主人】 ㊔ 老公，(我)丈夫，先生；主人 (類) 夫(〈我〉丈夫) (對) 妻(〈我〉妻子) △ご主人の病気は軽いですから心配しなくても大丈夫です。／請不用擔心，您先生的病情並不嚴重。

じゅしん【受信】 (名・他サ) (郵件、電報等)

N4

接收;收聽 類 受ける（接到）對 送信（發報）△メールが受信できません。／沒有辦法接收郵件。

しゅっせき【出席】（名・自サ）出席 類 出る（出席）對 欠席（缺席）△そのパーティーに出席することは難しい。／要出席那個派對是很困難的。

しゅっぱつ【出発】（名・自サ）出發；起步，開始 類 立つ（動身）；出かける（出門）對 着く（到達）△なにがあっても、明日は出発します。／無論如何，明天都要出發。

しゅみ【趣味】（名）嗜好；趣味 類 興味（興趣）對 仕事（工作）△君の趣味は何だい？／你的嗜好是什麼？

じゅんび【準備】（名・他サ）準備 類 用意（準備）、支度（準備）△早く明日の準備をしなさい。／趕快準備明天的事！

しょうかい【紹介】（名・他サ）介紹 類 説明（說明）△鈴木さんをご紹介しましょう。／我來介紹鈴木小姐給您認識。

しょうがつ【正月】（名）正月，新年 類 新年（新年）△もうすぐお正月ですね。／馬上就快新年了呢。

しょうがっこう【小学校】（名）小學 類 高校（高中）△来年から、小学校の先生になることが決まりました。／明年起將成為小學老師。

しょうせつ【小説】（名）小說 類 物語（故事）△先生がお書きになった小説を読みたいです。／我想看老師所寫的小說。

しょうたい【招待】（名・他サ）邀請 類 ご馳走（宴請）△みんなをうちに招待するつもりです。／我打算邀請大家來家裡作客。

しょうち【承知】（名・他サ）知道，了解，同意；接受 類 知る、分かる（知道）對 無理（不同意）△彼がこんな条件で承知するはずがありません。／他不可能接受這樣的條件。

しょうらい【将来】（名）將來 類 これから（今後）對 昔（以前）△将来は、立派な人におなりになるだろう。／將來他會成為了不起的人吧！

しょくじ【食事】（名・自サ）用餐，吃飯；餐點 類 ご飯（餐點）；食べる（吃飯）△食事をするために、レストランへ行った。／為了吃飯，去了餐廳。

しょくりょうひん【食料品】（名）食品 類 食べ物（食物）對 飲み物（飲料）△パーティーのための食料品を買わなければなりません。／得去買派對用的食品。

しょしんしゃ【初心者】（名）初學者 類 入門（初學）△このテキストは初心者用です。／這本教科書適用於初學者。

じょせい【女性】（名）女性 類 女（女性）對 男性（男性）△私は、あんな女性と結婚したいです。／我想和那樣的女性結婚。

しらせる【知らせる】 他下一 通知，讓對方知道 類 伝える(傳達)、連絡(通知；聯繫) △このニュースを彼に知らせてはいけない。／這個消息不可以讓他知道。

しらべる【調べる】 他下一 查閱，調查；檢查；搜查 類 引く(查〈字典〉) △出かける前に電車の時間を調べておいた。／出門前先查了電車的時刻表。

しんきさくせい【新規作成】 名・他サ 新作，從頭做起；(電腦檔案) 開新檔案 類 新しい(新的) △この場合は、新規作成しないといけません。／在這種情況之下，必須要開新檔案。

じんこう【人口】 名 人口 類 数(數量)、人(人) △私の町は人口が多すぎます。／我住的城市人口過多。

しんごうむし【信号無視】 名 違反交通號誌，闖紅(黃)燈 類 信号(紅綠燈) △信号無視をして、警察につかまりました。／因為違反交通號誌，被警察抓到了。

じんじゃ【神社】 名 神社 類 寺(寺廟) △この神社は、祭りのときはにぎやからしい。／這個神社每逢慶典好像都很熱鬧。

しんせつ【親切】 名・形動 親切，客氣 類 やさしい(親切的)；暖かい(親切) 對 冷たい(冷淡的) △彼は親切で格好よくて、クラスでとても人気がある。／他人親切又帥氣，在班上很受歡迎。

しんぱい【心配】 名・自他サ 擔心，操心 類 困る(苦惱)；怖い(害怕；擔心) 對 安心(安心) △息子が帰ってこないので、父親は心配しはじめた。／由於兒子沒回來，父親開始擔心起來了。

しんぶんしゃ【新聞社】 名 報社 類 テレビ局(television・電視台) △右の建物は、新聞社でございます。／右邊的建築物是報社。

す ス

N4-018

すいえい【水泳】 名・自サ 游泳 類 泳ぐ(游泳) △テニスより、水泳の方が好きです。／喜歡游泳勝過打網球。

すいどう【水道】 名 自來水管 類 水道代(水費)；電気(電力) △水道の水が飲めるかどうか知りません。／不知道自來水管的水是否可以飲用。

ずいぶん【随分】 副・形動 相當地，超越一般程度；不像話 類 非常に(非常)；とても(相當) △彼は、「ずいぶん立派な家ですね。」と言った。／他說：

「真是相當豪華的房子呀」。

すうがく【数学】 名 數學 類 国語（國文）△友達に、数学の問題の答えを教えてやりました。／我告訴朋友數學題目的答案了。

スーツ【suit】 名 套裝 類 背広（西裝）△スーツを着ると立派に見える。／穿上西裝看起來派頭十足。

スーツケース【suitcase】 名 手提旅行箱 類 荷物（行李）△親切な男性に、スーツケースを持っていただきました。／有位親切的男士，幫我拿了旅行箱。

スーパー【supermarket之略】 名 超級市場 類 デパート（department store・百貨公司）△向かって左にスーパーがあります。／馬路對面的左手邊有一家超市。

すぎる【過ぎる】 自上一 超過；過於；經過 接尾 過於… 類 通る（通過）；渡る（渡過）；あまり（過於）△5時を過ぎたので、もう家に帰ります。／已經超過五點了，我要回家了。△そんなにいっぱいくださったら、多すぎます。／您給我那麼大的量，真的太多了。

すく【空く】 自五 飢餓；空間中的人或物的數量減少 類 空く（出現空隙）對 一杯（滿）△おなかもすいたし、のどもかわきました。／肚子也餓了，口也渴了。

すくない【少ない】 形 少 類 少し（一點）；ちょっと（一點點）對 多い（多的）；沢山（很多）△本当に面白い映画は、少ないのだ。／真的有趣的電影很少！

すぐに【直ぐに】 副 馬上 類 もうすぐ（馬上）△すぐに帰る。／馬上回來。

スクリーン【screen】 名 螢幕 類 黒板（黑板）△映画はフィルムにとった劇や景色などをスクリーンに映して見せるものです。／電影是利用膠卷將戲劇或景色等捕捉起來，並在螢幕上放映。

すごい【凄い】 形 厲害，很棒；非常 類 うまい（高明的；好吃的）；上手（拿手）；素晴らしい（出色）△上手に英語が話せるようになったら、すごいなあ。／如果英文能講得好，應該很棒吧！

すすむ【進む】 自五 進展，前進；上升（級別等）；進步；（鐘）快；引起食慾；（程度）提高 類 戻る（返回）△敵が強すぎて、彼らは進むことも戻ることもできなかった。／敵人太強了，讓他們陷入進退兩難的局面。

スタートボタン【start button】 名（微軟作業系統的）開機鈕 類 ボダン（button・按鍵；鈕釦）△スタートボタンを押してください。／請按下開機鈕。

すっかり 副 完全，全部 類 全部（全部）△部屋はすっかり片付けてしまいました。／房間全部整理好了。

ずっと 副 更；一直 類 とても（更）；いつも（經常）△ずっとほしかった

ギターをもらった。／收到一直想要的吉他。

ステーキ【steak】㊔ 牛排 ㊮ 牛肉（牛肉）△ステーキをナイフで食べやすい大きさに切りました。／用刀把牛排切成適口的大小。

すてる【捨てる】他下一 丟掉，拋棄；放棄 ㊮ 投げる（投擲）㊫ 拾う（撿拾）；置く（留下）△いらないものは、捨ててしまってください。／不要的東西，請全部丟掉。

ステレオ【stereo】㊔ 音響 ㊮ ラジオ (radio・收音機）△彼にステレオをあげたら、とても喜んだ。／送他音響，他就非常高興。

ストーカー【stalker】㊔ 跟蹤狂 ㊮ おかしい（奇怪）；変（古怪）△ストーカーに遭ったことがありますか。／你有被跟蹤狂騷擾的經驗嗎？

すな【砂】㊔ 沙 ㊮ 石（石頭）△雪がさらさらして、砂のようだ。／沙沙的雪，像沙子一般。

すばらしい【素晴しい】㊩ 出色，很好 ㊮ 凄い（了不起的）；立派（出色）△すばらしい映画ですから、見てみてください。／因為是很棒的電影，不妨看看。

すべる【滑る】自下一 滑（倒）；滑動；（手）滑；不及格，落榜；下跌 ㊮ 倒れる（跌倒）△この道は、雨の日はすべるらしい。／這條路，下雨天好像很滑。

すみ【隅】㊔ 角落 ㊮ 角（角落）△部屋を隅から隅まで掃除してさしあげた。／房間裡各個小角落都幫您打掃得一塵不染。

すむ【済む】自五（事情）完結，結束；過得去，沒問題；（問題）解決，（事情）了結 ㊮ 終わる（結束）㊫ 始まる（開始）△用事が済んだら、すぐに帰ってもいいよ。／要是事情辦完的話，馬上回去也沒關係喔！

すり ㊔ 扒手 ㊮ 泥棒（小偷）△すりに財布を盗まれたようです。／錢包好像被扒手扒走了。

すると 接續 於是；這樣一來 ㊮ だから（因此）△すると、あなたは明日学校に行かなければならないのですか。／這樣一來，你明天不就得去學校了嗎？

せセ

N4-019

せい【製】名・接尾 …製 ㊮ 生産（生產）△先生がくださった時計は、スイス製だった。／老師送我的手錶，是瑞士製的。

せいかつ【生活】名・自サ 生活 ㊮ 生きる（生存）；食べる（吃）△どんなところでも生活できます。／我不管在哪裡都可以生活。

せいきゅうしょ【請求書】 ㊔ 帳單，繳費單 類 領収書（收據）△クレジットカードの請求書が届きました。／收到了信用卡的繳費帳單。

せいさん【生産】 （名・他サ） 生產 類 作る（製造） 對 消費（消費）△製品１２３の生産をやめました。／製品123停止生產了。

せいじ【政治】 ㊔ 政治 類 経済（經濟）△政治の難しさについて話しました。／談及了關於政治的難處。

せいよう【西洋】 ㊔ 西洋 類 ヨーロッパ（Europa・歐洲） 對 東洋（亞洲；東洋）△彼は、西洋文化を研究しているらしいです。／他好像在研究西洋文化。

せかい【世界】 ㊔ 世界；天地 類 地球（地球）△世界を知るために、たくさん旅行をした。／為了認識世界，常去旅行。

せき【席】 ㊔ 座位;職位 類 椅子（位置;椅子）；場所（席位；地方）△「息子はどこにいる？」「後ろから２番目の席に座っているよ。」／「兒子在哪裡？」「他坐在從後面數來倒數第二個座位上啊！」

せつめい【説明】 （名・他サ） 說明 類 紹介（介紹）△後で説明をするつもりです。／我打算稍後再說明。

せなか【背中】 ㊔ 背部 類 背（身高） 對 腹（肚子）△背中も痛いし、足も疲れました。／背也痛，腳也酸了。

ぜひ【是非】 ㊖ 務必；好與壞 類 必ず（一定）△あなたの作品をぜひ読ませてください。／請務必讓我拜讀您的作品。

せわ【世話】 （名・他サ） 幫忙；照顧，照料 類 手伝い（幫忙）、心配（關照）△子どもの世話をするために、仕事をやめた。／為了照顧小孩，辭去了工作。

せん【線】 ㊔ 線；線路；界限 類 糸（紗線）△先生は、間違っている言葉を線で消すように言いました。／老師說錯誤的字彙要劃線去掉。

ぜんき【前期】 ㊔ 初期，前期，上半期 類 期間（期間） 對 後期（後半期）△前期の授業は今日で最後です。／今天是上半期課程的最後一天。

ぜんぜん【全然】 ㊖（接否定）完全不…，一點也不…；非常 類 何にも（什麼也…）△ぜんぜん勉強したくないのです。／我一點也不想唸書。

せんそう【戦争】 （名・自サ） 戰爭；打仗 類 喧嘩（吵架） 對 平和（和平）△いつの時代でも、戦争はなくならない。／不管是哪個時代，戰爭都不會消失的。

せんぱい【先輩】 ㊔ 學姐，學長；老前輩 類 上司（上司） 對 後輩（晚輩）△先輩から学校のことについていろいろなことを教えられた。／前輩告訴我許多有關學校的事情。

せんもん【専門】(名) 專門，專業 類 職業(職業) △上田先生のご専門は、日本の現代文学です。／上田教授專攻日本現代文學。

そ ソ

N4-020

そう (感・副) 那樣，這樣；是 類 こう(這樣)；ああ(那樣) △彼は、そう言いつづけていた。／他不斷地那樣說著。

そうしん【送信】(名・自サ) 發送(電子郵件)；(電)發報，播送，發射 類 送る(傳送) △すぐに送信しますね。／我馬上把郵件傳送出去喔。

そうだん【相談】(名・自他サ) 商量 類 話(商談) △なんでも相談してください。／不論什麼都可以找我商量。

そうにゅう【挿入】(名・他サ) 插入，裝入 類 入れる(裝進) △二行目に、この一文を挿入してください。／請在第二行，插入這段文字。

そうべつかい【送別会】(名) 送別會 類 宴会(宴會) 對 歓迎会(歡迎宴會) △課長の送別会が開かれます。／舉辦課長的送別會。

そだてる【育てる】(他下一) 撫育，培植；培養 類 子育て(育兒)；飼う(飼養)；養う(養育) △蘭は育てにくいです。／蘭花很難培植。

そつぎょう【卒業】(名・自サ) 畢業 類 卒業式(畢業典禮) 對 入学(入學) △感動の卒業式も無事に終わりました。／令人感動的畢業典禮也順利結束了。

そつぎょうしき【卒業式】(名) 畢業典禮 類 卒業(畢業) 對 入学式(開學典禮) △卒業式で泣きましたか。／你在畢業典禮上有哭嗎？

そとがわ【外側】(名) 外部，外面，外側 類 外(外面) 對 内側(內部) △だいたい大人が外側、子どもが内側を歩きます。／通常是大人走在外側，小孩走在內側。

そふ【祖父】(名) 祖父，外祖父 類 お祖父さん(祖父) 對 祖母(祖母) △祖父はずっとその会社で働いてきました。／祖父一直在那家公司工作到現在。

ソフト【soft】(名・形動) 柔軟；溫柔；軟體 類 柔らかい(柔軟的) 對 固い(堅硬的) △あのゲームソフトは人気があるらしく、すぐに売切れてしまった。／那個遊戲軟體似乎廣受歡迎，沒多久就賣完了。

そぼ【祖母】(名) 祖母，外祖母，奶奶，外婆 類 お祖母さん(祖母) 對 祖父(祖父) △祖母は、いつもお菓子をくれる。／奶奶常給我糕點。

それで (接續) 後來，那麼 類 で(後來，那麼）△それで、いつまでに終わりますか。／那麼，什麼時候結束呢？

それに 接續 而且，再者 類 また（再，還）△その映画は面白いし、それに歴史の勉強にもなる。／這電影不僅有趣，又能從中學到歷史。

それはいけませんね 寒暄 那可不行 類 だめ（不可以）△それはいけませんね。薬を飲んでみたらどうですか。／那可不行啊！是不是吃個藥比較好？

それほど【それ程】 副 那麼地 類 あんまり（不怎樣）△映画が、それほど面白くなくてもかまいません。／電影不怎麼有趣也沒關係。

そろそろ 副 快要；逐漸；緩慢 類 もうすぐ（馬上）；だんだん（逐漸）△そろそろ2時でございます。／快要兩點了。

ぞんじあげる【存じ上げる】 他下一 知道（自謙語）類 知る（知道）；分かる（清楚）△お名前は存じ上げております。／久仰大名。

そんな 連體 那樣的 類 そんなに（那麼）△「私の給料はあなたの半分ぐらいです。」「そんなことはないでしょう。」／「我的薪水只有你的一半。」「沒那回事！」

そんなに 副 那麼，那樣 類 そんな（那樣的）△そんなにほしいなら、あげますよ。／那麼想要的話，就給你吧！

たタ

た

N4

N4-021

だい【代】 名・接尾 世代；（年齡範圍）…多歲；費用 類 時代（時代）；世紀（世紀）△この服は、30代とか40代とかの人のために作られました。／這件衣服是為三十及四十多歲的人做的。

たいいん【退院】 名・自サ 出院 對 入院（住院）△彼が退院するのはいつだい？／他什麼時候出院的呢？

ダイエット【diet】 名・自サ（為治療或調節體重）規定飲食；減重療法；減重，減肥 類 痩せる（瘦的）對 太る（肥胖）△夏までに、3キロダイエットします。／在夏天之前，我要減肥三公斤。

だいがくせい【大学生】 名 大學生 類 学生（學生）△鈴木さんの息子さんは、大学生だと思う。／我想鈴木先生的兒子，應該是大學生了。

だいきらい【大嫌い】 形動 極不喜歡，最討厭 類 嫌い（討厭）對 大好き（很喜歡）△好きなのに、大嫌いと言ってしまった。／明明喜歡，卻偏說非常討厭。

だいじ【大事】 名・形動 大事；保重，重要（「大事さ」為形容動詞的名詞形）類 大切（重要；珍惜）△健康の大事さを知りました。／領悟到健康的重要性。

だいたい【大体】(副) 大部分；大致，大概 (類) ほとんど(大部分；大約) △練習して、この曲はだいたい弾けるようになった。／練習以後，大致會彈這首曲子了。

タイプ【type】(名) 款式；類型；打字 (類) 型(類型) △私はこのタイプのパソコンにします。／我要這種款式的電腦。

だいぶ【大分】(副) 相當地 (類) 大抵(大概) △だいぶ元気になりましたから、もう薬を飲まなくてもいいです。／已經好很多了，所以不吃藥也沒關係的。

たいふう【台風】(名) 颱風 (類) 地震(地震) △台風が来て、風が吹きはじめた。／颱風來了，開始刮起風了。

たおれる【倒れる】(自下一) 倒下；垮台；死亡 (類) 寝る(倒下)；亡くなる(死亡) (對) 立つ(站立) △倒れにくい建物を作りました。／蓋了一棟不容易倒塌的建築物。

だから(接續) 所以，因此 (類) ので(因此) △明日はテストです。だから、今準備しているところです。／明天考試。所以，現在正在準備。

たしか【確か】(形動・副) 確實，可靠；大概 (類) たぶん(大概) △確か、彼もそんな話をしていました。／他大概也說了那樣的話。

たす【足す】(他五) 補足，增加 (類) 合計(總計) △数字を足していくと、全部で 100 になる。／數字加起來，總共是一百。

だす【出す】(接尾) 開始… (對) …終わる(…完) △うちに着くと、雨が降りだした。／一到家，便開始下起雨來了。

たずねる【訪ねる】(他下一) 拜訪，訪問 (類) 探す(尋找)；訪れる；(拜訪) △最近は、先生を訪ねることが少なくなりました。／最近比較少去拜訪老師。

たずねる【尋ねる】(他下一) 問，打聽；詢問 (類) 聞く(詢問)；質問する(提問) (對) 答える(回答) △彼に尋ねたけれど、分からなかったのです。／雖然去請教過他了，但他不知道。

ただいま【唯今・只今】(副) 現在；馬上，剛才；我回來了 (類) 現在(現在)、今(立刻) △ その件はただいま検討中です。／那個案子我們正在研究。

ただしい【正しい】(形) 正確；端正 (類) 本当(真的) (對) 間違える(錯誤) △私の意見が正しいかどうか、教えてください。／請告訴我，我的意見是否正確。

たたみ【畳】(名) 榻榻米 (類) 床(地板) △このうちは、畳の匂いがします。／這屋子散發著榻榻米的味道。

たてる【立てる】(他下一) 立起，訂立；揚起；維持 (類) 立つ(站立) △自分で勉強の計画を立てることになっています。／要我自己訂定讀書計畫。

たてる【建てる】 (他下一) 建造 類 直す（修理）對 壊す（毀壞）△こんな家を建てたいと思います。／我想蓋這樣的房子。

たとえば【例えば】 (副) 例如 類 もし（假如）△例えば、こんなふうにしたらどうですか。／例如像這樣擺可以嗎？

たな【棚】 (名) 架子，棚架 類 本棚（書架）△棚を作って、本を置けるようにした。／做了架子，以便放書。

たのしみ【楽しみ】 (名・形動) 期待，快樂 類 遊び（消遣；遊戲）△みんなに会えるのを楽しみにしています。／我很期待與大家見面。

たのしむ【楽しむ】 (他五) 享受，欣賞，快樂；以…為消遣；期待，盼望 類 遊ぶ（消遣）；暇（餘暇）對 働く（工作）；勉強する（學習）△公園は桜を楽しむ人でいっぱいだ。／公園裡到處都是賞櫻的人群。

たべほうだい【食べ放題】 (名) 吃到飽，盡量吃，隨意吃 類 飲み放題（喝到飽）△食べ放題ですから、みなさん遠慮なくどうぞ。／這家店是吃到飽，所以大家請不用客氣盡量吃。

たまに【偶に】 (副) 偶爾 類 時々（偶爾）對 いつも（經常）；よく（經常）△たまに祖父の家に行かなければならない。／偶爾得去祖父家才行。

ため (名)（表目的）為了；（表原因）因為 類 から（為了）△あなたのために買ってきたのに、食べないの？／這是特地為你買的，你不吃嗎？

だめ【駄目】 (名) 不行；沒用；無用 類 いや（不行）△そんなことをしたらだめです。／不可以做那樣的事。

たりる【足りる】 (自上一) 足夠；可湊合 類 十分（足夠）對 欠ける（不足）△1万円あれば、足りるはずだ。／如果有一萬日圓，應該是夠的。

だんせい【男性】 (名) 男性 類 男（男性）對 女性（女性）△そこにいる男性が、私たちの先生です。／那裡的那位男性，是我們的老師。

だんぼう【暖房】 (名) 暖氣 類 ストーブ（stove・暖爐）對 冷房（冷氣）△暖かいから、暖房をつけなくてもいいです。／很溫暖的，所以不開暖氣也無所謂。

ち チ

N4-022

ち【血】 (名) 血；血緣 類 毛（毛）；肉（肌肉）△傷口から血が流れつづけている。／血一直從傷口流出來。

チェック【check】 (名・他サ) 檢查 類 調べる（檢查）△正しいかどうかを、

ひとつひとつ丁寧にチェックしておきましょう。／正確與否，請一個個先仔細檢查吧！

ちいさな【小さな】 連體 小，小的；年齡幼小 對 大きな（大的）△あの人は、いつも小さなプレゼントをくださる。／那個人常送我小禮物。

ちかみち【近道】 名 捷徑，近路 類 近い（近的）對 回り道（繞道）△八百屋の前を通ると、近道ですよ。／一過了蔬果店前面就是捷徑了。

ちから【力】 名 力氣；能力 類 腕（力氣；本事）△この会社では、力を出しにくい。／在這公司難以發揮實力。

ちかん【痴漢】 名 色狼 類 すり（扒手；小偷）△電車でちかんを見ました。／我在電車上看到了色狼。

ちっとも 副 一點也不… 類 少しも（一點也〈不〉…）△お菓子ばかり食べて、ちっとも野菜を食べない。／光吃甜點，青菜一點也不吃。

ちゃん 接尾（表親暱稱謂）小… 類 君（君）；さん（先生，小姐）；さま（先生，小姐）△まいちゃんは、何にする？／小舞，你要什麼？

ちゅうい【注意】 名・自サ 注意，小心 類 気をつける（小心）△車にご注意ください。／請注意車輛！

ちゅうがっこう【中学校】 名 中學 類 高校（高中）△私は、中学校のときテニスの試合に出たことがあります。／我在中學時曾參加過網球比賽。

ちゅうし【中止】 名・他サ 中止 類 キャンセルする（cancel・取消）對 続く（持續）△交渉中止。／停止交涉。

ちゅうしゃ【注射】 名・他サ 打針 類 病気（疾病）△お医者さんに、注射していただきました。／醫生幫我打了針。

ちゅうしゃいはん【駐車違反】 名 違規停車 類 交通違反（交通違規）△ここに駐車すると、駐車違反になりますよ。／如果把車停在這裡，就會是違規停車喔。

ちゅうしゃじょう【駐車場】 名 停車場 類 パーキング（parking・停車場）△駐車場に行ったら、車がなかった。／一到停車場，發現車子不見了。

ちょう【町】 名・漢造 鎮 類 市（…市）△町長になる。／當鎮長。

ちり【地理】 名 地理 類 歴史（歷史）△私は、日本の地理とか歴史とかについてあまり知りません。／我對日本地理或歷史不甚了解。

つッ

N4-023

つうこうどめ【通行止め】 名 禁止通行，無路可走 類 一方通行（單行道）△

この先<rt>さき</rt>は通行止<rt>つうこうど</rt>めです。／此處前方禁
止通行。

つうちょうきにゅう【通帳記入】
㊂補登錄存摺 ㊣付ける(記上) △ここ
に通帳<rt>つうちょう</rt>を入<rt>い</rt>れると、通帳記入<rt>つうちょうきにゅう</rt>できま
す。／只要把存摺從這裡放進去，就可
以補登錄存摺了。

つかまえる【捕まえる】㊦一 逮捕,
抓;握住 ㊣掴<rt>つか</rt>む(抓住) ㊦逃<rt>に</rt>げる(逃
走<rt>どろぼう</rt>) △彼は泥棒ならば、 捕<rt>かれ</rt>まえなけ
ればならない。／如果他是小偷，就非
逮捕不可。

つき【月】㊂ 月亮 ㊣星<rt>ほし</rt>(星星) ㊦日<rt>ひ</rt>
(太陽) △今日<rt>きょう</rt>は、月<rt>つき</rt>がきれいです。
／今天的月亮很漂亮。

つく【点く】㊄點上,(火)點著 ㊣点<rt>つ</rt>
ける(點燃) ㊦消<rt>き</rt>える(熄滅) △あの
家<rt>いえ</rt>は、昼<rt>ひる</rt>も電気<rt>でんき</rt>がついたままだ。
／那戶人家，白天燈也照樣點著。

つける【付ける】㊦一 裝上,附上;
塗上 ㊣塗<rt>ぬ</rt>る(塗抹) ㊦落<rt>お</rt>とす(弄下)
△ハンドバッグに光<rt>ひか</rt>る飾<rt>かざ</rt>りを付け
た。／在手提包上別上了閃閃發亮的
綴飾。

つける【漬ける】㊦一 浸泡;醃 ㊣塩<rt>しお</rt>
づけする(醃) △母<rt>はは</rt>は、果物<rt>くだもの</rt>を酒<rt>さけ</rt>に漬<rt>つ</rt>
けるように言<rt>い</rt>った。／媽媽說要把水果
醃在酒裡。

つける【点ける】㊦一 打開(家電類);
點燃 ㊣燃<rt>も</rt>やす(燃燒) ㊦消<rt>け</rt>す(切
斷) △クーラーをつけるより、窓<rt>まど</rt>を

開<rt>あ</rt>けるほうがいいでしょう。／與其
開冷氣，不如打開窗戶來得好吧！

つごう【都合】㊂ 情況,方便度 ㊣場<rt>ば</rt>
合<rt>あい</rt>(情況) △都合<rt>つごう</rt>がいいときに、来<rt>き</rt>
ていただきたいです。／時間方便時
候，希望能來一下。

つたえる【伝える】㊦一 傳達,轉告;
傳導 ㊣説明<rt>せつめい</rt>する(說明);話<rt>はな</rt>す(說
明) △私<rt>わたし</rt>が忙<rt>いそが</rt>しいということを、彼<rt>かれ</rt>
に伝<rt>つた</rt>えてください。／請轉告他我很忙。

つづく【続く】㊄五 繼續;接連;跟著
㊣続<rt>つづ</rt>ける(繼續) ㊦止<rt>と</rt>まる(中斷) △
雨<rt>あめ</rt>は来週<rt>らいしゅう</rt>も続<rt>つづ</rt>くらしい。／雨好像會持
續到下週。

つづける【続ける】㊦一 持續,繼續;
接著 ㊣続<rt>つづ</rt>く(繼續) ㊦止<rt>と</rt>める(取消)
△一度<rt>いちど</rt>始<rt>はじ</rt>めたら、最後<rt>さいご</rt>まで続<rt>つづ</rt>けろ
よ。／既然開始了，就要堅持到底喔！

つつむ【包む】㊦五 包住,包起來;隱
藏,隱瞞 ㊣包装<rt>ほうそう</rt>する(包裝) △必要<rt>ひつよう</rt>な
ものを全部<rt>ぜんぶ</rt>包<rt>つつ</rt>んでおく。／把要用的東
西全包起來。

つま【妻】㊂ (對外稱自己的)妻子,太
太 ㊣家内<rt>かない</rt>(〈我〉妻子) ㊦夫<rt>おっと</rt>(〈我〉先
生) △私<rt>わたし</rt>が会社<rt>かいしゃ</rt>をやめたいというこ
とを、妻<rt>つま</rt>は知<rt>し</rt>りません。／妻子不知道
我想離職的事。

つめ【爪】㊂ 指甲 ㊣指<rt>ゆび</rt>(手指) △爪<rt>つめ</rt>
をきれいにするだけで、仕事<rt>しごと</rt>も楽<rt>たの</rt>し
くなります。／指甲光只是修剪整潔，
工作起來心情就感到愉快。

て

つもり ㊔打算；當作 類 考える（想）△父には、そう説明するつもりです。／打算跟父親那樣說明。

つる【釣る】 他五 釣魚；引誘 類 誘う（誘惑；邀請）△ここで魚を釣るな。／不要在這裡釣魚。

つれる【連れる】 他下一 帶領，帶著 類 案内（導遊）△子どもを幼稚園に連れて行ってもらいました。／請他幫我帶小孩去幼稚園了。

て テ

N4-024

ていねい【丁寧】 名・形動 客氣；仔細；尊敬 類 細かい（仔細）△先生の説明は、彼の説明より丁寧です。／老師比他說明得更仔細。

テキスト【text】 ㊔教科書 類 教科書（課本）△読みにくいテキストですね。／真是一本難以閱讀的教科書呢！

てきとう【適当】 名・自サ・形動 適當；適度；隨便 類 よろしい（適當；恰好）對 真面目（認真）△適当にやっておくから、大丈夫。／我會妥當處理的，沒關係！

できる【出来る】 自上一 完成；能夠；做出；發生；出色 類 上手（擅長）對 下手（笨拙）△1週間でできるはずだ。／一星期應該就可以完成的。

できるだけ【出来るだけ】 副 盡可能地 類 なるべく（盡可能）△できるだけお手伝いしたいです。／我想盡力幫忙。

でございます 自・特殊形 是（「だ」、「です」、「である」的鄭重說法）類 である（是〈だ、です的鄭重說法〉）△店員は、「こちらはたいへん高級なワインでございます。」と言いました。／店員說：「這是非常高級的葡萄酒」。

てしまう 補動 強調某一狀態或動作完了；懊悔 類 残念（悔恨）△先生に会わずに帰ってしまったの？／沒見到老師就回來了嗎？

デスクトップ【desktop】 ㊔桌上型電腦 類 パソコン（Personal Computer・個人電腦）△会社ではデスクトップを使っています。／在公司的話，我是使用桌上型電腦。

てつだい【手伝い】 ㊔幫助；幫手；幫傭 類 ヘルパー（helper・幫傭）△彼に引越しの手伝いを頼んだ。／搬家時我請他幫忙。

てつだう【手伝う】 自他五 幫忙 類 助ける（幫助）△いつでも、手伝ってあげます。／我無論何時都樂於幫你的忙。

テニス【tennis】 ㊔ 網球 類 野球（棒

N4

球）△テニスはやらないが、テニスの試合をよく見ます。／我雖然不打網球，但經常看網球比賽。

テニスコート【tennis court】 ㊔ 網球場 ㊫ テニス（tennis・網球）△みんな、テニスコートまで走れ。／大家一起跑到網球場吧！

てぶくろ【手袋】 ㊔ 手套 ㊫ ポケット（pocket・口袋）△彼女は、新しい手袋を買ったそうだ。／聽說她買了新手套。

てまえ【手前】 （名·代）眼前；靠近自己這一邊；（當著…的）面前；我（自謙）；你（同輩或以下）㊫ 前（前面）；僕（我）△手前にある箸を取る。／拿起自己面前的筷子。

てもと【手元】 ㊔ 身邊，手頭；膝下；生活，生計 ㊫ 元（身邊；本錢）△今、手元に現金がない。／現在我手邊沒有現金。

てら【寺】 ㊔ 寺廟 ㊫ 神社（神社）△京都は、寺がたくさんあります。／京都有很多的寺廟。

てん【点】 ㊔ 點；方面；（得）分 ㊫ 数（數目）△その点について、説明してあげよう。／關於那一點，我來為你說明吧！

てんいん【店員】 ㊔ 店員 ㊫ 社員（職員）△店員が親切に試着室に案内してくれた。／店員親切地帶我到試衣間。

てんきよほう【天気予報】 ㊔ 天氣預報 ㊫ ニュース（news・新聞）△天気予報ではああ言っているが、信用できない。／雖然天氣預報那樣說，但不能相信。

てんそう【転送】 （名·他サ）轉送，轉寄，轉遞 ㊫ 送る（傳送）△部長にメールを転送しました。／把電子郵件轉寄給部長了。

でんとう【電灯】 ㊔ 電燈 ㊫ 電気（電燈；電力）△明るいから、電灯をつけなくてもかまわない。／天還很亮，不開電燈也沒關係。

てんぷ【添付】 （名·他サ）添上，附上；（電子郵件）附加檔案 ㊫ 付く（添上）△写真を添付します。／我附上照片。

てんぷら【天ぷら】 ㊔ 天婦羅 ㊫ 刺身（生魚片）△私が野菜を炒めている間に、彼はてんぷらと味噌汁まで作ってしまった。／我炒菜時，他除了炸天婦羅，還煮了味噌湯。

でんぽう【電報】 ㊔ 電報 ㊫ 電話（電話）△私が結婚したとき、彼はお祝いの電報をくれた。／我結婚的時候，他打了電報祝福我。

てんらんかい【展覧会】 ㊔ 展覽會 ㊫ 発表会（發表會）△展覧会とか音楽会とかに、よく行きます。／展覽會啦、音樂會啦，我都常去參加。

と ト

N4-025

どうぐ【道具】㊔ 工具；手段 類 絵の具（顏料）；ノート（note・筆記）；鉛筆（鉛筆）△道具をそろえて、いつでも使えるようにした。／收集了道具，以便無論何時都可以使用。

とうとう【到頭】副 終於 類 やっと（終於）△とうとう、国に帰ることになりました。／終於決定要回國了。

どうぶつえん【動物園】㊔ 動物園 類 植物園（植物園）△動物園の動物に食べ物をやってはいけません。／不可以餵動物園裡的動物吃東西。

とうろく【登録】名・他サ 登記；（法）登記，註冊；記錄 類 記録（記錄）△伊藤さんのメールアドレスをアドレス帳に登録してください。／請將伊藤先生的電子郵件地址儲存到地址簿裡。

とおく【遠く】㊔ 遠處；很遠 類 遠い（遙遠）對 近く（很近）△あまり遠くまで行ってはいけません。／不可以走到太遠的地方。

とおり【通り】㊔ 道路，街道 類 道（道路）△どの通りも、車でいっぱいだ。／不管哪條路，車都很多。

とおる【通る】自五 經過；通過；穿透；合格；知名；了解；進來 類 過ぎる（經過）；渡る（渡過）對 落ちる（沒考中）△私は、あなたの家の前を通ることがあります。／我有時會經過你家前面。

とき【時】㊔ …時，時候 類 場合（時候）；時間（時間）對 ところ（地方）△そんな時は、この薬を飲んでください。／那時請吃這服藥。

とくに【特に】副 特地，特別 類 特別（特別）△特に、手伝ってくれなくてもかまわない。／不用特地來幫忙也沒關係。

とくばいひん【特売品】㊔ 特賣商品，特價商品 類 品物（物品）△お店の入り口近くにおいてある商品は、だいたい特売品ですよ。／放置在店門口附近的商品，大概都會是特價商品。

とくべつ【特別】名・形動 特別，特殊 類 特に（特別）△彼には、特別な練習をやらせています。／讓他進行特殊的練習。

とこや【床屋】㊔ 理髮店；理髮室 類 美容院（美容院）△床屋で髪を切ってもらいました。／在理髮店剪了頭髮。

とし【年】㊔ 年齡；一年 類 歳（歲）△おじいさんは年をとっても、少年のような目をしていた。／爺爺即使上了年紀，眼神依然如少年一般純真。

とちゅう【途中】㊔ 半路上，中途；半途 類 中途（半途）△途中で事故があったために、遅くなりました。／因路上發生事故，所以遲到了。

とっきゅう【特急】㊔ 特急列車；火速

類 エクスプレス (express・急行列車)；急行(快車) △特急で行こうと思う。／我想搭特急列車前往。

どっち【何方】 代 哪一個 類 こっち(這邊；我們)；あっち(那邊；他們) △無事に産まれてくれれば、男でも女でもどっちでもいいです。／只要能平平安安生下來，不管是男是女我都喜歡。

とどける【届ける】 他下一 送達；送交；申報，報告 類 運ぶ(運送)；送る(傳送) △忘れ物を届けてくださって、ありがとう。／謝謝您幫我把遺失物送回來。

とまる【止まる】 自五 停止；止住；堵塞 類 止める(停止) 對 動く(轉動)；続く(持續) △今、ちょうど機械が止まったところだ。／現在機器剛停了下來。

とまる【泊まる】 自五 住宿，過夜；(船)停泊 類 住む(居住) △お金持ちじゃないんだから、いいホテルに泊まるのはやめなきゃ。／既然不是有錢人，就得打消住在高級旅館的主意才行。

とめる【止める】 他下一 關掉，停止；戒掉 類 止まる(停止) 對 歩く(步行)；続ける(持續進行) △その動きつづけている機械を止めてください。／請關掉那台不停轉動的機械。

とりかえる【取り替える】 他下一 交換；更換 類 かわりに(代替) △新しい商品と取り替えられます。／可以更換新產品。

どろぼう【泥棒】 名 偷竊；小偷，竊賊 類 すり(小偷；扒手) △泥棒を怖がって、鍵をたくさんつけた。／因害怕遭小偷，所以上了許多道鎖。

どんどん 副 連續不斷，接二連三；(炮鼓等連續不斷的聲音)咚咚；(進展)順利；(氣勢)旺盛 類 だんだん(逐漸) △水がどんどん流れる。／水嘩啦嘩啦不斷地流。

なナ

N4-026

ナイロン【nylon】 名 尼龍 類 めん(棉) △ナイロンの丈夫さが、女性のファッションを変えた。／尼龍的耐用性，改變了女性的時尚。

なおす【直す】 他五 修理；改正；整理；更改 類 直る(修理好；改正) 對 壊す(毀壞) △自転車を直してやるから、持ってきなさい。／我幫你修理腳踏車，去把它牽過來。

なおる【治る】 自五 治癒，痊愈 類 元気になる(恢復健康) 對 怪我(受傷)；病気(生病) △風邪が治ったのに、今度はけがをしました。／感冒才治好，這次卻換受傷了。

なおる【直る】（自五）改正；修理；回復；變更 類 修理する（修理）△この車は、土曜日までに直りますか。／這輛車星期六以前能修好嗎？

なかなか【中々】（副・形動）超出想像；頗，非常；（不）容易；（後接否定）總是無法 類 とても（非常）△なかなかさしあげる機会がありません。／始終沒有送他的機會。

ながら（接助）一邊…，同時… 類 つつ（一面…一面…）△子どもが、泣きながら走ってきた。／小孩哭著跑過來。

なく【泣く】（自五）哭泣 類 呼ぶ（喊叫）；鳴く（鳴叫）對 笑う（笑）△彼女は、「とても悲しいです。」と言って泣いた。／她說：「真是難過啊」，便哭了起來。

なくす【無くす】（他五）弄丟，搞丟 類 無くなる（消失）；落とす（遺失）△財布をなくしたので、本が買えません。／錢包弄丟了，所以無法買書。

なくなる【亡くなる】（他五）去世，死亡 類 死ぬ（死亡）對 生きる（生存）△おじいちゃんがなくなって、みんな悲しんでいる。／爺爺過世了，大家都很哀傷。

なくなる【無くなる】（自五）不見，遺失；用光了 類 消える（消失）△きのうもらった本が、なくなってしまった。／昨天拿到的書不見了。

なげる【投げる】（自下一）丟，拋；摔；提供；投射；放棄 類 捨てる（丟掉）對 拾う（撿拾）△そのボールを投げてもらえますか。／可以請你把那個球丟過來嗎？

なさる（他五）做（「する」的尊敬語）類 する（做）△どうして、あんなことをなさったのですか。／您為什麼會做那種事呢？

なぜ【何故】（副）為什麼 類 どうして（為什麼）△なぜ留学することにしたのですか。／為什麼決定去留學呢？

なまごみ【生ごみ】（名）廚餘，有機垃圾 類 ごみ（垃圾）△生ごみは一般のごみと分けて捨てます。／廚餘要跟一般垃圾分開來丟棄。

なる【鳴る】（自五）響，叫 類 呼ぶ（喊叫）△ベルが鳴りはじめたら、書くのをやめてください。／鈴聲一響起，就請停筆。

なるべく（副）盡量，盡可能 類 出来るだけ（盡可能）△なるべく明日までにやってください。／請盡量在明天以前完成。

なるほど（感・副）的確，果然；原來如此 類 確かに（的確）△なるほど、この料理は塩を入れなくてもいいんですね。／原來如此，這道菜不加鹽也行呢！

なれる【慣れる】（自下一）習慣；熟悉 類 習慣（個人習慣）△毎朝5時に起きるということに、もう慣れました。／已經習慣每天早上五點起床了。

に ニ

N4-027

におい【匂い】(名) 味道；風貌 類 味(味道) △この花は、その花ほどいい匂いではない。／這朵花不像那朵花味道那麼香。

にがい【苦い】(形) 苦；痛苦 類 まずい(難吃的) 對 甘い(好吃的；喜歡的) △食べてみましたが、ちょっと苦かったです。／試吃了一下，覺得有點苦。

にかいだて【二階建て】(名) 二層建築 類 建物(建築物) △「あの建物は何階建てですか？」「二階建てです。」／「那棟建築物是幾層樓的呢？」「二層樓的。」

にくい【難い】(接尾) 難以，不容易 類 難しい(困難) 對 …やすい(容易…) △食べ難ければ、スプーンを使ってください。／如果不方便吃，請用湯匙。

にげる【逃げる】(自下一) 逃走，逃跑；逃避；領先(運動競賽) 類 消す(消失)；無くなる(消失) 對 捕まえる(捕捉) △警官が来たぞ。逃げろ。／警察來了，快逃！

について (連語) 關於 類 に関して(關於) △みんなは、あなたが旅行について話すことを期待しています。／大家很期待聽你說有關旅行的事。

にっき【日記】(名) 日記 類 手帳(雜記本) △日記は、もう書きおわった。／日記已經寫好了。

にゅういん【入院】(名・自サ) 住院 對 退院(出院) △入院するときは手伝ってあげよう。／住院時我來幫你吧。

にゅうがく【入学】(名・自サ) 入學 對 卒業(畢業) △入学するとき、何をくれますか。／入學的時候，你要送我什麼？

にゅうもんこうざ【入門講座】(名) 入門課程，初級課程 類 授業(上課) △ラジオのスペイン語入門講座を聞いています。／我平常會收聽廣播上的西班牙語入門課程。

にゅうりょく【入力】(名・他サ) 輸入；輸入數據 類 書く(書寫) △ひらがなで入力することができますか。／請問可以用平假名輸入嗎？

によると【に拠ると】(連語) 根據，依據 類 判断(判斷) △天気予報によると、7時ごろから雪が降りだすそうです。／根據氣象報告說，七點左右將開始下雪。

にる【似る】(自上一) 相像，類似 類 同じ(一樣) 對 違う(不同) △私は、妹ほど母に似ていない。／我不像妹妹那麼像媽媽。

にんぎょう【人形】(名) 娃娃，人偶 類 玩具(玩具) △人形の髪が伸びるはずがない。／娃娃的頭髮不可能變長。

に

N4

ぬ ヌ

ぬすむ【盗む】 他五 偷盜，盜竊 類 取る（奪取）△お金を盗まれました。／我的錢被偷了。

ぬる【塗る】 他五 塗抹，塗上 類 付ける（塗上）對 消す（抹去）△赤とか青とか、いろいろな色を塗りました。／紅的啦、藍的啦，塗上了各種顏色。

ぬれる【濡れる】 自下一 淋濕 類 乾く（乾）△雨のために、濡れてしまいました。／因為下雨而被雨淋濕了。

ね ネ

ねだん【値段】 名 價錢 類 料金（費用）△こちらは値段が高いので、そちらにします。／這個價錢較高，我決定買那個。

ねつ【熱】 名 高溫；熱；發燒 類 病気（生病）、風邪（感冒）；火（火；火焰）△熱がある時は、休んだほうがいい。／發燒時最好休息一下。

ねっしん【熱心】 名·形動 專注，熱衷；熱心；熱衷；熱情 類 一生懸命（認真）對 冷たい（冷淡的）△毎日10時になると、熱心に勉強しはじめる。／每天一到十點，便開始專心唸書。

ねぼう【寝坊】 名·形動·自サ 睡懶覺，貪睡晚起的人 類 朝寝坊（好睡懶覺的人）對 早起き（早早起床〈的人〉）△寝坊して会社に遅れた。／睡過頭，上班遲到。

ねむい【眠い】 形 睏 類 眠たい（昏昏欲睡）△お酒を飲んだら、眠くなってきた。／喝了酒，便開始想睡覺了。

ねむたい【眠たい】 形 昏昏欲睡，睏倦 類 眠い（想睡覺）△眠たくてあくびが出る。／想睡覺而打哈欠。

ねむる【眠る】 自五 睡覺 類 寝る（睡覺）；休む（就寢）對 起きる（起床）△薬を使って、眠らせた。／用藥讓他入睡。

の ノ

ノートパソコン【notebook personal computer之略】 名 筆記型電腦 類 パソコン（Personal Computer・個人電腦）△小さいノートパソコンを買いたいです。／我想要買小的筆記型電腦。

のこる【残る】 自五 剩餘，剩下；遺留 類 残す（剩下）對 捨てる（留下）△みんなあまり食べなかったために、食べ物が残った。／因為大家都不怎麼吃，所以食物剩了下來。

のど【喉】㊔ 喉嚨 類 首（脖子）；体（身體）△風邪を引くと、喉が痛くなります。／一感冒，喉嚨就會痛。

のみほうだい【飲み放題】㊔ 喝到飽，無限暢飲 類 食べ放題（吃到飽）△一人 2,000 円で飲み放題になります。／一個人兩千日幣就可以無限暢飲。

のりかえる【乗り換える】（他下一・自下一）轉乘，換車；改變 類 換える（變換）△新宿で JR にお乗り換えください。／請在新宿轉搭 JR 線。

のりもの【乗り物】㊔ 交通工具 類 バス（bus・公共汽車）；タクシー（taxi・計程車）△乗り物に乗るより、歩くほうがいいです。／走路比搭交通工具好。

はハ

N4-028

は【葉】㊔ 葉子，樹葉 類 草（草）△この葉は、あの葉より黄色いです。／這樹葉，比那樹葉還要黃。

ばあい【場合】㊔ 時候；狀況，情形 類 時間（時間）；とき（時候）△彼が来ない場合は、電話をくれるはずだ。／他不來的時候，應該會給我電話的。

パート【part】㊔ 打工；部分，篇，章；職責，（扮演的）角色；分得的一份 類 アルバイト（arbeit・打工）△母は弁当屋でパートをしています。／媽媽在便當店打工。

バーゲン【bargain sale之略】㊔ 特價，出清；特賣 類 セール（sale・拍賣）△夏のバーゲンは来週から始まります。／夏季特賣將會在下週展開。

ばい【倍】（名・接尾）倍，加倍 對 半（一半）△今年から、倍の給料をもらえるようになりました。／今年起可以領到雙倍的薪資了。

はいけん【拝見】（名・他サ）看，拜讀 類 見る（觀看）；読む（閱讀）△写真を拝見したところです。／剛看完您的照片。

はいしゃ【歯医者】㊔ 牙醫 類 医者（醫生）對 患者（病患）△歯が痛いなら、歯医者に行けよ。／如果牙痛，就去看牙醫啊！

ばかり（副助）大約；光，淨；僅只；幾乎要 類 だけ（僅僅）△そんなことばかり言わないで、元気を出して。／別淨說那樣的話，打起精神來。

はく【履く】（他五）穿（鞋、襪）類 着る（穿〈衣服〉）；つける（穿上）對 脱ぐ（脫掉）△靴を履いたまま、入らないでください。／請勿穿著鞋進入。

はこぶ【運ぶ】（自・他五）運送，搬運；進行 類 届ける（遞送）△その商品は、店の人が運んでくれます。／那個商品，店裡的人會幫我送過來。

はじめる【始める】 他下一 開始；開創；發（老毛病） 類 始まる（開始） 對 終わり（結束） △ベルが鳴るまで、テストを始めてはいけません。／在鈴聲響起前，不能開始考試。

はず 形式名詞 應該；會；確實 類 べき（應該） △彼は、年末までに日本にくるはずです。／他在年底前，應該會來日本。

はずかしい【恥ずかしい】 形 丟臉，害羞；難為情 類 残念（懊悔） △失敗しても、恥ずかしいと思うな。／即使失敗了也不用覺得丟臉。

パソコン【personal computer 之略】 名 個人電腦 類 コンピューター（computer・電腦） △パソコンは、ネットとワープロぐらいしか使えない。／我頂多只會用電腦來上上網、打打字。

はつおん【発音】 名 發音 類 声（聲音） △日本語の発音を直してもらっているところです。／正在請他幫我矯正日語的發音。

はっきり 副 清楚；明確；爽快；直接 類 確か（清楚） △君ははっきり言いすぎる。／你說得太露骨了。

はなみ【花見】 名 賞花（常指賞櫻） 類 楽しむ（欣賞） △花見は楽しかったかい？／賞櫻有趣嗎？

はやし【林】 名 樹林；林立；（轉）事物集中貌 類 森（森林） △林の中の小道を散歩する。／在林間小道上散步。

はらう【払う】 他五 付錢；除去；處裡；驅趕；揮去 類 出す（拿出）；渡す（交給） 對 もらう（收到） △来週までに、お金を払わなくてはいけない。／下星期前得付款。

ばんぐみ【番組】 名 節目 類 テレビ（television・電視） △新しい番組が始まりました。／新節目已經開始了。

ばんせん【番線】 名 軌道線編號，月台編號 類 何番（幾號） △12番線から東京行きの急行が出ます。／開往東京的快車即將從12月台發車。

はんたい【反対】 名・自サ 相反；反對 類 賛成（同意） △あなたが社長に反対しちゃ、困りますよ。／你要是跟社長作對，我會很頭痛的。

ハンドバッグ【handbag】 名 手提包 類 スーツケース（suitcase・手提箱） △電車の中にハンドバッグを忘れてしまったのですが、どうしたらいいですか。／我把手提包忘在電車上了，我該怎麼辦才好呢？

ひ ヒ

N4-029

ひ【日】 名 天，日子 類 日（日，天數） △その日、私は朝から走りつづけていた。／那一天，我從早上開始就跑個不停。

ひ【火】㊔火 ㊫ガス（gas・瓦斯）；マッチ（match・火柴）㊯水（水）△ガスコンロの火が消えそうになっています。／瓦斯爐的火幾乎快要熄滅了。

ピアノ【piano】㊔鋼琴 ㊫ギター（guitar・吉他）△ピアノが弾けたらかっこういいと思います。／心想要是會彈鋼琴那該是一件多麼酷的事啊！

ひえる【冷える】（自下一）變冷；變冷淡 ㊫寒い（寒冷）㊯暖かい（溫暖）△夜は冷えるのに、毛布がないのですか。／晚上會冷，沒有毛毯嗎？

ひかり【光】㊔光亮，光線；（喻）光明，希望；威力，光榮 ㊫火（火；火焰）△月の光が水に映る。／月光照映在水面上。

ひかる【光る】（自五）發光，發亮；出眾 ㊫差す（照射）△夕べ、川で青く光る魚を見ました。／昨晚在河裡看到身上泛著青光的魚兒。

ひきだし【引き出し】㊔抽屜 ㊫机（桌子）△引き出しの中には、鉛筆とかペンとかがあります。／抽屜中有鉛筆跟筆等。

ひげ ㊔鬍鬚 ㊫髪（頭髮）△今日は休みだから、ひげをそらなくてもかまいません。／今天休息，所以不刮鬍子也沒關係。

ひこうじょう【飛行場】㊔機場 ㊫空港（機場）△もう一つ飛行場ができるそうだ。／聽說要蓋另一座機場。

ひさしぶり【久しぶり】（名・形動）許久，隔了好久 ㊫しばらく（好久）△久しぶりに、卒業した学校に行ってみた。／隔了許久才回畢業的母校看看。

びじゅつかん【美術館】㊔美術館 ㊫図書館（圖書館）△美術館で絵はがきをもらいました。／在美術館拿了明信片。

ひじょうに【非常に】（副）非常，很 ㊫たいへん（非常）；とても（非常）；あまり（很）△王さんは、非常に元気そうです。／王先生看起來很有精神。

びっくり（副・自サ）驚嚇，吃驚 ㊫驚く（吃驚）△びっくりさせないでください。／請不要嚇我。

ひっこす【引っ越す】（自五）搬家 ㊫運ぶ（搬運）△大阪に引っ越すことにしました。／決定搬到大阪。

ひつよう【必要】（名・形動）需要 ㊫要る（需要）；欲しい（想要）△必要だったら、さしあげますよ。／如果需要就送您。

ひどい【酷い】（形）殘酷；過分；非常；嚴重，猛烈 ㊫怖い（可怕）；残念（遺憾）△そんなひどいことを言うな。／別說那麼過分的話。

ひらく【開く】（自・他五）綻放；打開；拉開；開拓；開設；開導；差距 ㊫咲く

ふ

（綻放）對 閉まる（緊閉）；閉じる（閉上）△ばらの花が開きだした。／玫瑰花綻放開來了。

ビル【building之略】 名 高樓，大廈 類 アパート（apartment house・公寓）；建物（建築物）△このビルは、あのビルより高いです。／這棟大廈比那棟大廈高。

ひるま【昼間】 名 白天 類 昼（白天）對 夜（晚上）△彼は、昼間は忙しいと思います。／我想他白天應該很忙。

ひるやすみ【昼休み】 名 午休 類 休み（休息）；昼寝（午睡）△昼休みなのに、仕事をしなければなりませんでした。／午休卻得工作。

ひろう【拾う】 他五 撿拾；挑出；接；叫車 類 呼ぶ（叫來）對 捨てる（丟棄）△公園でごみを拾わせられた。／被叫去公園撿垃圾。

ふフ

N4-030

ファイル【file】 名 文件夾；合訂本，卷宗；（電腦）檔案 類 道具（工具）△昨日、作成したファイルが見つかりません。／我找不到昨天已經做好的檔案。

ふえる【増える】 自下一 增加 對 減る（減少）△結婚しない人が増えだした。／不結婚的人變多了。

ふかい【深い】 形 深的；濃的；晚的；（情感）深的；（關係）密切的 類 厚い（厚的）對 浅い（淺的）△このプールは深すぎて、危ない。／這個游泳池太過深了，很危險！

ふくざつ【複雑】 名・形動 複雜 類 難しい（困難）對 簡単（容易）△日本語と英語と、どちらのほうが複雑だと思いますか。／日語和英語，你覺得哪個比較複雜？

ふくしゅう【復習】 名・他サ 複習 類 練習（練習）對 予習（預習）△授業の後で、復習をしなくてはいけませんか。／下課後一定得複習嗎？

ぶちょう【部長】 名 部長 類 課長（課長）；上司（上司）△部長、会議の資料がそろいましたので、ご確認ください。／部長，開會的資料我都準備好了，請您確認。

ふつう【普通】 名・形動 普通，平凡；普通車 類 いつも（通常）對 偶に（偶爾）；ときどき（偶爾）△急行は小宮駅には止まりません。普通列車をご利用ください。／快車不停小宮車站，請搭乘普通車。

ぶどう【葡萄】 名 葡萄 類 果物（水果）△隣のうちから、ぶどうをいただきました。／隔壁的鄰居送我葡萄。

ふとる【太る】 自五 胖，肥胖；增加

類 太い（肥胖的）對 痩せる（瘦的）△ああ太っていると、苦しいでしょうね。／一胖成那様，會很辛苦吧！

ふとん【布団】名 被子，床墊 類 敷き布団（被褥；下被）△布団をしいて、いつでも寝られるようにした。／鋪好棉被，以便隨時可以睡覺。

ふね【船・舟】名 船；舟，小型船 類 飛行機（飛機）△飛行機は、船より速いです。／飛機比船還快。

ふべん【不便】形動 不方便 類 困る（不好處理）對 便利（方便）△この機械は、不便すぎます。／這機械太不方便了。

ふむ【踏む】他五 踩住，踩到；踏上；實踐 類 蹴る（踢）△電車の中で、足を踏まれたことはありますか。／在電車裡有被踩過腳嗎？

プレゼント【present】名 禮物 類 お土産（特產；禮物）△子どもたちは、プレゼントをもらって喜んだ。／孩子們收到禮物，感到欣喜萬分。

ブログ【blog】名 部落格 類 ネッド（net・網路）△去年からブログをしています。／我從去年開始寫部落格。

ぶんか【文化】名 文化；文明 類 文学（文學）△外国の文化について知りたがる。／他想多了解外國的文化。

ぶんがく【文学】名 文學 類 歴史（歷史）△アメリカ文学は、日本文学ほど好きではありません。／我對美國文學，沒有像日本文學那麼喜歡。

ぶんぽう【文法】名 文法 類 文章（文章）△文法を説明してもらいたいです。／想請你說明一下文法。

べつ【別】名・形動 別外，別的；區別 類 別々（分開）對 一緒（一起）△駐車場に別の車がいて私のをとめられない。／停車場裡停了別的車，我的沒辦法停。

べつに【別に】副 分開；額外；除外；（後接否定）（不）特別，（不）特殊 類 別（分別）△別に教えてくれなくてもかまわないよ。／不教我也沒關係。

ベル【bell】名 鈴聲 類 声（聲音）△どこかでベルが鳴っています。／不知哪裡的鈴聲響了。

ヘルパー【helper】名 幫傭；看護 類 看護師（護士）△週に2回、ヘルパーさんをお願いしています。／一個禮拜會麻煩看護幫忙兩天。

へん【変】名・形動 奇怪，怪異；變化；事變 類 おかしい（奇怪）△その服は、あなたが思うほど変じゃないですよ。／那件衣服，其實並沒有你想像中的那麼怪。

へんじ【返事】名・自サ 回答，回覆

類 答え（回答）；メール（mail・郵件）△両親とよく相談してから返事します。／跟父母好好商量之後，再回覆你。

へんしん【返信】 名・自サ 回信，回電 類 返事（回信）；手紙（書信）△私の代わりに、返信しておいてください。／請代替我回信。

ほ ホ

N4-031

ほう【方】 名 …方，邊；方面；方向 類 より（も）（比…還）△子供の服なら、やはり大きいほうを買います。／如果是小孩的衣服，我還是會買比較大的。

ぼうえき【貿易】 名 國際貿易 類 輸出（出口）△貿易の仕事は、おもしろいはずだ。／貿易工作應該很有趣。

ほうそう【放送】 名・他サ 播映，播放 類 ニュース（news・新聞）△英語の番組が放送されることがありますか。／有時會播放英語節目嗎？

ほうりつ【法律】 名 法律 類 政治（政治）△法律は、ぜったい守らなくてはいけません。／一定要遵守法律。

ホームページ【homepage】 名 網站首頁；網頁（總稱）類 ページ（page・頁）△新しい情報はホームページに載せています。／最新資訊刊登在網站首頁上。

ぼく【僕】 名 我（男性用）類 自分（自己，我）對 きみ（你）△この仕事は、僕がやらなくちゃならない。／這個工作非我做不行。

ほし【星】 名 星星 類 月（月亮）△山の上では、星がたくさん見えるだろうと思います。／我想在山上應該可以看到很多的星星吧！

ほぞん【保存】 名・他サ 保存；儲存（電腦檔案）類 残す（留下）△別の名前で保存した方がいいですよ。／用別的檔名來儲存會比較好喔。

ほど【程】 名・副助 …的程度；限度；越…越… 類 程度（程度）；ぐらい（大約）△あなたほど上手な文章ではありませんが、なんとか書き終わったところです。／我的文章程度沒有你寫得好，但總算是完成了。

ほとんど【殆ど】 名・副 大部份；幾乎 類 だいたい（大致）；たぶん（大概）△みんな、ほとんど食べ終わりました。／大家幾乎用餐完畢了。

ほめる【褒める】 他下一 誇獎 對 叱る（斥責）△部下を育てるには、褒めることが大事です。／培育部屬，給予讚美是很重要的。

ほんやく【翻訳】 名・他サ 翻譯 類 通訳

(口譯) △英語の小説を翻訳しようと思います。／我想翻譯英文小說。

ま マ

N4-032

まいる【参る】 自五 來，去（「行く」、「来る」的謙讓語）；認輸；參拜 類 行く（去）；来る（來）△ご都合がよろしかったら、2時にまいります。／如果您時間方便，我兩點過去。

マウス【mouse】 名 滑鼠；老鼠 類 キーボード（keyboard・鍵盤）△マウスの使い方が分かりません。／我不知道滑鼠的使用方法。

まける【負ける】 自下一 輸；屈服 類 失敗（失敗）對 勝つ（勝利）△がんばれよ。ぜったい負けるなよ。／加油喔！千萬別輸了！

まじめ【真面目】 名・形動 認真；誠實 類 一生懸命（認真的）△今後も、まじめに勉強していきます。／從今以後，也會認真唸書。

まず【先ず】 副 首先，總之；大約；姑且 類 最初（開始）；初め（開頭）△まずここにお名前をお書きください。／首先請在這裡填寫姓名。

または【又は】 接續 或者 類 又（再）△ボールペンまたは万年筆で記入してください。／請用原子筆或鋼筆謄寫。

まちがえる【間違える】 他下一 錯；弄錯 類 違う（錯誤）對 正しい（正確）；合う（符合）△先生は、間違えたところを直してくださいました。／老師幫我訂正了錯誤的地方。

まにあう【間に合う】 自五 來得及，趕得上；夠用 類 十分（足夠）對 遅れる（沒趕上）△タクシーに乗らなくちゃ、間に合わないですよ。／要是不搭計程車，就來不及了唷！

まま 名 如實，照舊，…就…；隨意 對 変わる（改變）△靴もはかないまま、走りだした。／沒穿鞋子，就跑起來了。

まわり【周り】 名 周圍，周邊 類 近所（附近，鄰居）；隣（隔壁，鄰居）；そば（旁邊）△本屋で声を出して読むと周りのお客様に迷惑です。／在書店大聲讀出聲音，會打擾到周遭的人。

まわる【回る】 自五 轉動；走動；旋轉；繞道；轉移 類 通る（通過）△村の中を、あちこち回るところです。／正要到村裡到處走動走動。

まんが【漫画】 名 漫畫 類 雑誌（雜誌）△漫画ばかりで、本はぜんぜん読みません。／光看漫畫，完全不看書。

まんなか【真ん中】 名 正中間 類 間（中間）對 隅（角落）△電車が田んぼの真ん中をのんびり走っていた。／電車緩慢地行走在田園中。

み ミ

みえる【見える】 自下一 看見；看得見；看起來 類 見る（觀看）對 聞こえる（聽得見）△ここから東京タワーが見えるはずがない。／從這裡不可能看得到東京鐵塔。

みずうみ【湖】 名 湖，湖泊 類 海（海洋）；池（池塘）△山の上に、湖があります。／山上有湖泊。

みそ【味噌】 名 味噌 類 スープ（soup・湯）△この料理は、みそを使わなくてもかまいません。／這道菜不用味噌也行。

みつかる【見付かる】 自五 發現了；找到 類 見付ける（找到）△財布は見つかったかい？／錢包找到了嗎？

みつける【見付ける】 他下一 找到，發現；目睹 類 見付かる（被看到）△どこでも、仕事を見つけることができませんでした。／不管到哪裡都找不到工作。

みどり【緑】 名 綠色，翠綠；樹的嫩芽 類 色（顏色）；青い（綠，藍）△今、町を緑でいっぱいにしているところです。／現在鎮上正是綠意盎然的時候。

みな【皆】 名 大家；所有的 類 全部（全部）；皆（全部）對 半分（一半）△この街は、みなに愛されてきました。／這條街一直深受大家的喜愛。

みなと【港】 名 港口，碼頭 類 駅（電車站）；飛行場（機場）△港には、船がたくさんあるはずだ。／港口應該有很多船。

む ム

むかう【向かう】 自五 面向 類 向ける（向著）；向く（朝向）△船はゆっくりとこちらに向かってきます。／船隻緩緩地向這邊駛來。

むかえる【迎える】 他下一 迎接；邀請；娶，招；迎合 類 向ける（前往）對 送る（送行）；別れる（離別）△高橋さんを迎えるため、空港まで行ったが、会えなかった。／為了接高橋先生，趕到了機場，但卻沒能碰到面。

むかし【昔】 名 以前 類 最近（最近）△私は昔、あんな家に住んでいました。／我以前住過那樣的房子。

むすこさん【息子さん】 名（尊稱他人的）令郎 類 息子（兒子）對 娘さん（女兒）△息子さんのお名前を教えてください。／請教令郎的大名。

むすめさん【娘さん】 名 您女兒，令嬡 類 娘（女兒）對 息子さん（兒子）△隣の娘さんは来月ハワイで結婚式を挙げるのだそうだ。／聽說隔壁家的女兒下個月要在夏威夷舉辦婚禮。

むら【村】 名 村莊，村落；鄉 類 田舎

(農村，鄉下) [對] 町 (城鎮) △この村への行きかたを教えてください。／請告訴我怎麼去這個村子。

むり【無理】 [形動] 勉強；不講理；逞強；強求；無法辦到 [類] だめ (不行) [對] 大丈夫 (沒問題) △病気のときは、無理をするな。／生病時不要太勉強。

め メ

N4-033

め【…目】 [接尾] 第… [類] …回 (…次) △田中さんは、右から３人目の人だと思う。／我想田中應該是從右邊算起的第三位。

メール【mail】 [名] 電子郵件；信息；郵件 [類] 手紙 (書信) △会議の場所と時間は、メールでお知らせします。／將用電子郵件通知會議的地點與時間。

メールアドレス【mail address】 [名] 電子信箱地址，電子郵件地址 [類] 住所 (住址) △このメールアドレスに送っていただけますか。／可以請您傳送到這個電子信箱地址嗎？

めしあがる【召し上がる】 [他五] 吃，喝 (「食べる」、「飲む」的尊敬語) [類] 食べる (吃)；飲む (喝)；取る (吃) △お菓子を召し上がりませんか。／要不要吃一點點心呢？

めずらしい【珍しい】 [形] 少見，稀奇 [類] 少ない (少的) △彼がそう言うのは、珍しいですね。／他會那樣說倒是很稀奇。

も モ

もうしあげる【申し上げる】 [他下一] 說 (「言う」的謙讓語) [類] 言う (說) △先生にお礼を申し上げようと思います。／我想跟老師道謝。

もうす【申す】 [他五] 說，叫 (「言う」的謙讓語) [類] 言う (說) △「雨が降りそうです。」と申しました。／我說：「好像要下雨了」。

もうすぐ【もう直ぐ】 [副] 不久，馬上 [類] そろそろ (快要)；すぐに (馬上) △この本は、もうすぐ読み終わります。／這本書馬上就要看完了。

もうひとつ【もう一つ】 [連語] 再一個 [類] もう一度 (再一次) △これは更にもう一つの例だ。／這是進一步再舉出的一個例子。

もえるごみ【燃えるごみ】 [名] 可燃垃圾 [類] ゴミ (垃圾) △燃えるごみは、火曜日に出さなければいけません。／可燃垃圾只有星期二才可以丟。

もし【若し】 副 如果，假如 類 例えば（例如）△もしほしければ、さしあげます。／如果想要就送您。

もちろん 副 當然 類 必ず（一定）△中国人だったら中国語はもちろん話せる。／中國人當然會說中文。

もてる【持てる】 自下一 能拿，能保持；受歡迎，吃香 類 人気（受歡迎）對 大嫌い（很討厭）△大学生の時が一番もてました。／大學時期是最受歡迎的時候。

もどる【戻る】 自五 回到；折回 類 帰る（回去）對 進む（前進）△こう行って、こう行けば、駅に戻れます。／這樣走，再這樣走下去，就可以回到車站。

もめん【木綿】 名 棉 類 綿（棉花）△友達に、木綿の靴下をもらいました。／朋友送我棉質襪。

もらう【貰う】 他五 收到，拿到 類 頂く（拜領）；取る（拿取）對 やる（給予）△私は、もらわなくてもいいです。／不用給我也沒關係。

もり【森】 名 樹林 類 林（樹林）△森の中で鳥が鳴いて、川の中に魚が泳いでいる。／森林中有鳥叫聲，河裡有游動的魚兒。

やャ

N4-034

やく【焼く】 他五 焚燒；烤；曬；嫉妒 類 料理する（烹飪）△肉を焼きすぎました。／肉烤過頭了。

やくそく【約束】 名・他サ 約定，規定 類 決まる（決定）；デート（date・約會）對 自由（隨意）△ああ約束したから、行かなければならない。／已經那樣約定好，所以非去不可。

やくにたつ【役に立つ】 慣 有幫助，有用 類 使える（能用）；使いやすい（好用）對 つまらない（沒用）△その辞書は役に立つかい？／那辭典有用嗎？

やける【焼ける】 自下一 烤熟；（被）烤熟；曬黑；燥熱；發紅；添麻煩；感到嫉妒 類 火事になる（火災）；焼く（焚燒）△ケーキが焼けたら、お呼びいたします。／蛋糕烤好後我會叫您的。

やさしい【優しい】 形 溫柔的，體貼的；柔和的；親切的 類 親切（溫柔）對 厳しい（嚴厲）△彼女があんなに優しい人だとは知りませんでした。／我不知道她是那麼貼心的人。

やすい 接尾 容易… 對 にくい（很難…）△風邪をひきやすいので、気をつけなくてはいけない。／容易感冒，所以得小心一點。

やせる【痩せる】（自下一）瘦；貧瘠 類 ダイエット（diet・減重）對 太る（發福）△先生は、少し痩せられたようですね。／老師您好像瘦了。

やっと 副 終於，好不容易 類 とうとう（終究）△やっと来てくださいましたね。／您終於來了。

やはり 副 依然，仍然 類 やっぱり（仍然）△みんなには行くと言ったが、やはり行きたくない。／雖然跟大家說了我要去，但是我還是不想去。

やむ【止む】（自五）停止 類 止める（停止）△雨がやんだら、出かけましょう。／如果雨停了，就出門吧！

やめる【辞める】（他下一）停止；取消；離職 類 行かない（不去）；遠慮する（謝絕）△こう考えると、会社を辞めたほうがいい。／這樣一想，還是離職比較好。

やめる【止める】（他下一）停止 類 止む（停止）對 始める（開始）△好きなゴルフをやめるつもりはない。／我不打算放棄我所喜歡的高爾夫。

やる【遣る】（他五）派；給，給予；做 類 あげる（給予）△動物にえさをやっちゃだめです。／不可以給動物餵食。

やわらかい【柔らかい】 形 柔軟的 類 ソフト（soft・柔軟）對 硬い（硬的）△このレストランのステーキは柔らかくておいしい。／這家餐廳的牛排肉質軟嫩，非常美味。

ゆュ

ゆ【湯】 名 開水，熱水；浴池；溫泉；洗澡水 類 水（水）；スープ（soup・湯）△湯をわかすために、火をつけた。／為了燒開水，點了火。

ゆうはん【夕飯】 名 晚飯 類 朝ご飯（早餐）△叔母は、いつも夕飯を食べさせてくれる。／叔母總是做晚飯給我吃。

ゆうべ【夕べ】 名 昨晚；傍晚 類 昨夜（昨晚）對 朝（早晨）△ゆうべは暑かったですねえ。よく眠れませんでしたよ。／昨天晚上真是熱死人了，我根本不太睡得著。

ユーモア【humor】 名 幽默，滑稽，詼諧 類 面白い（有趣）對 つまらない（無聊）△ユーモアのある人が好きです。／我喜歡有幽默感的人。

ゆしゅつ【輸出】（名・他サ）出口 對 輸入（進口）△自動車の輸出をしたことがありますか。／曾經出口汽車嗎？

ゆび【指】 名 手指 類 手（手）；足（腳）△指が痛いために、ピアノが弾けない。／因為手指疼痛，而無法彈琴。

ゆびわ【指輪】 名 戒指 類 アクセサリー（accessory・裝飾用品）△記念の指輪がほしいかい？／想要紀念戒指嗎？

ゆめ【夢】 名 夢 類 願い（心願）△彼は、まだ甘い夢を見つづけている。／他還在做天真浪漫的美夢！

ゆれる【揺れる】 自下一 搖動；動搖 類 動く（搖動）△地震で家が激しく揺れた。／房屋因地震而劇烈的搖晃。

よョ

N4-035

よう【用】 名 事情；用途 類 用事（有事）△用がなければ、来なくてもかまわない。／如果沒事，不來也沒關係。

ようい【用意】 名・他サ 準備；注意 類 準備（預備）△食事をご用意いたしましょうか。／我來為您準備餐點吧？

ようこそ 寒暄 歡迎 類 いらっしゃい（歡迎光臨）△ようこそ、おいで下さいました。／衷心歡迎您的到來。

ようじ【用事】 名 事情；工作 類 仕事（工作）對 無事（太平無事）△用事があるなら、行かなくてもかまわない。／如果有事，不去也沒關係。

よくいらっしゃいました 寒暄 歡迎光臨 類 いらっしゃいませ（歡迎光臨）△よくいらっしゃいました。靴を脱がずに、お入りください。／歡迎光臨。不用脫鞋，請進來。

よごれる【汚れる】 自下一 髒污；齷齪 類 汚い（骯髒的）對 綺麗（乾淨的）△汚れたシャツを洗ってもらいました。／我請他幫我把髒的襯衫拿去送洗了。

よしゅう【予習】 名・他サ 預習 類 練習（練習）對 復習（複習）△授業の前に予習をしたほうがいいです。／上課前預習一下比較好。

よてい【予定】 名・他サ 預定 類 予約（約定）△木村さんから自転車をいただく予定です。／我預定要接收木村的腳踏車。

よやく【予約】 名・他サ 預約 類 取る（訂）△レストランの予約をしなくてはいけない。／得預約餐廳。

よる【寄る】 自五 順道去…；接近；增多 類 近づく（接近）△彼は、会社の帰りに喫茶店に寄りたがります。／他下班回家途中總喜歡順道去咖啡店。

よろこぶ【喜ぶ】 自五 高興 類 楽しい（快樂）對 悲しい（悲傷）；心配（擔心）△弟と遊んでやったら、とても喜びました。／我陪弟弟玩，結果他非常高興。

よろしい【宜しい】 形 好，可以 類 結構（出色）對 悪い（不好）△よろしければ、お茶をいただきたいのですが。／如果可以的話，我想喝杯茶。

よわい【弱い】 形 虛弱；不擅長，不高明 類 病気（生病）；暗い（黯淡）對 強い（強壯）；丈夫（牢固）△その子どもは、体が弱そうです。／那個小孩看起來身體很虛弱。

N4

ら ラ

N4-036

ラップ【rap】 ㊔ 饒舌樂，饒舌歌 類 歌（歌曲）△ラップで英語の発音を学ぼう。／利用饒舌歌來學習英語發音！

ラップ【wrap】 名・他サ 保鮮膜；包裝，包裹 類 包む（包裹）△野菜をラップする。／用保鮮膜將蔬菜包起來。

ラブラブ【lovelove】 形動（情侶，愛人等）甜蜜，如膠似漆 類 恋愛（愛情）△付き合いはじめたばかりですから、ラブラブです。／因為才剛開始交往，兩個人如膠似漆。

り リ

りゆう【理由】 ㊔ 理由，原因 類 訳（原因）；意味（意思）△彼女は、理由を言いたがらない。／她不想說理由。

りよう【利用】 名・他サ 利用 類 使う（使用）△図書館を利用したがらないのは、なぜですか。／你為什麼不想使用圖書館呢？

りょうほう【両方】 ㊔ 兩方，兩種 類 二つ（兩個，兩方）△やっぱり両方買うことにしました。／我還是決定兩種都買。

りょかん【旅館】 ㊔ 旅館 類 ホテル（hotel・飯店）△和式の旅館に泊まることがありますか。／你曾經住過日式旅館嗎？

る ル

るす【留守】 ㊔ 不在家；看家 對 出かける（出門）△遊びに行ったのに、留守だった。／我去找他玩，他卻不在家。

れ レ

れいぼう【冷房】 名・他サ 冷氣 類 クーラー（cooler・冷氣）對 暖房（暖氣）△なぜ冷房が動かないのか調べたら、電気が入っていなかった。／檢查冷氣為什麼無法運轉，結果發現沒接上電。

れきし【歴史】 ㊔ 歷史 類 地理（地理）△日本の歴史についてお話しいたします。／我要講的是日本歷史。

レジ【register之略】 ㊔ 收銀台 類 お会計（算帳）△レジで勘定する。／到收銀台結帳。

レポート【report】 名・他サ 報告 類 報告（報告）△レポートにまとめる。／整理成報告。

れんらく【連絡】（名·自他サ）聯繫，聯絡；通知 類 知らせる（通知）；手紙（書信）△連絡せずに、仕事を休みました。／沒有聯絡就缺勤了。

わワ

N4-037

ワープロ【word processor之略】（名）文字處理機 類 パソコン（personal computer・個人電腦）△このワープロは簡単に使えて、とてもいいです。／這台文書處理機操作簡單，非常棒。

わかす【沸かす】（他五）煮沸；使沸騰 類 沸く（煮沸）△ここでお湯が沸かせます。／這裡可以將水煮開。

わかれる【別れる】（自下一）分別，分開 類 送る（送走）對 迎える（迎接）△若い二人は、両親に別れさせられた。／兩位年輕人，被父母給強行拆散了。

わく【沸く】（自五）煮沸，煮開；興奮 類 沸かす（燒熱）△お湯が沸いたら、ガスをとめてください。／熱水開了，就請把瓦斯關掉。

わけ【訳】（名）原因，理由；意思 類 理由（原因）△私がそうしたのには、訳があります。／我那樣做，是有原因的。

わすれもの【忘れ物】（名）遺忘物品，遺失物 類 落とし物（遺失物）△あまり忘れ物をしないほうがいいね。／最好別太常忘東西。

わらう【笑う】（自五）笑；譏笑 對 泣く（哭泣）△失敗して、みんなに笑われました。／因失敗而被大家譏笑。

わりあい【割合】（名）比，比例 類 割合に（比較地）△人件費は、経費の中でもっとも大きな割合を占めている。／人事費在經費中所佔的比率最高。

わりあいに【割合に】（副）比較地 類 結構（相當）△東京の冬は、割合に寒いだろうと思う。／我想東京的冬天，應該比較冷吧！

われる【割れる】（自下一）破掉，破裂；分裂；暴露；整除 類 破れる（打破）；割る（打破）△鈴木さんにいただいたカップが、割れてしまいました。／鈴木送我的杯子，破掉了。

JLPT N3 單字

あ

あア

N3-001

あい【愛】 名·漢造 愛，愛情；友情，恩情；愛好，熱愛；喜愛；喜歡；愛惜 類 愛情（愛情）△愛をこめてセーターを編む。／滿懷愛意地打毛衣。

あいかわらず【相変わらず】 副 照舊，仍舊，和往常一樣 類 変わりもなく（沒有變化）△相変わらず、ゴルフばかりしているね。／你還是老樣子，常打高爾夫球！

あいず【合図】 名·自サ 信號，暗號 類 知らせ（消息）△あの煙は、仲間からの合図に違いない。／那道煙霧，一定是同伴給我們的暗號。

アイスクリーム【ice cream】 名 冰淇淋 △アイスクリームを食べ過ぎたせいで、おなかを壊した。／由於吃了太多冰淇淋，鬧肚子了。

あいて【相手】 名 夥伴，共事者；對方，敵手；對象 對 自分（我）類 相棒（夥伴）△結婚したいが、相手がいない。／雖然想結婚，可是找不到對象。

アイディア【idea】 名 主意，想法，構想；（哲）觀念 類 思い付き（主意）△そう簡単にいいアイディアを思いつくわけがない。／哪有可能那麼容易就想出好主意。

アイロン【iron】 名 熨斗、烙鐵 △妻がズボンにアイロンをかけてくれます。／妻子為我熨燙長褲。

あう【合う】 自五 正確，適合；一致，符合；對，準；合得來；合算 對 分かれる（區別）類 ぴったり（合適）補 對象可用「～に」、「～と」表示。△ワインは、洋食ばかりでなく和食にも合う。／葡萄酒不但可以搭配西餐，與日本料理也很合適。

あきる【飽きる】 自上一 夠，滿足；厭煩，煩膩 類 満足（滿足）；いやになる（厭煩）補 に飽きる △ごちそうを飽きるほど食べた。／已經吃過太多美食，都吃膩了。△付き合ってまだ3か月だけど、もう彼氏に飽きちゃった。／雖然和男朋友才交往三個月而已，但是已經膩了。

あくしゅ【握手】 名·自サ 握手；和解，言和；合作，妥協；會師，會合 △CDを買うと、握手会に参加できる。／只要買CD就能參加握手會。

アクション【action】 名 行動，動作；（劇）格鬥等演技 類 身振り（動作）△いまアクションドラマが人気を集めている。／現在動作連續劇人氣很高。

あける【空ける】 他下一 倒出，空出；騰出（時間）類 空かす（留出空隙）△10時までに会議室を空けてください。／請十點以後把會議室空出來。

あける【明ける】 自下一（天）明，亮；

過年；（期間）結束，期滿 △あけましておめでとうございます。／元旦開春，恭賀新禧。

あげる【揚げる】 他下一 炸，油炸；舉，抬；提高；進步 對 降ろす（降下） 類 引き揚げる（拉起來） △これが天ぷらを上手に揚げるコツです。／這是炸天婦羅的技巧。

あご【顎】 名 （上、下）顎；下巴 △太りすぎて、二重あごになってしまった。／太胖了，結果長出雙下巴。

あさ【麻】 名 （植物）麻，大麻；麻紗，麻布，麻纖維 △このワンピースは麻でできている。／這件洋裝是麻紗材質。

あさい【浅い】 形 （水等）淺的；（顏色）淡的；（程度）膚淺的，少的，輕的；（時間）短的 對 深い（深的） △子ども用のプールは浅いです。／孩童用的游泳池很淺。

あしくび【足首】 名 腳踝 △不注意で足首をひねった。／因為不小心而扭傷了腳踝。

あずかる【預かる】 他五 收存，（代人）保管；擔任，管理，負責處理；保留，暫不公開 類 引き受ける（承擔） △人から預かった金を、使ってしまった。／把別人託我保管的錢用掉了。

あずける【預ける】 他下一 寄放，存放；委託，託付 類 託する（託付） △あんな銀行に、お金を預けるものか。／我絕不把錢存到那種銀行！

あたえる【与える】 他下一 給與，供給；授與；使蒙受；分配 對 奪う（剝奪） 類 授ける（授予） △手塚治虫は、後の漫画家に大きな影響を与えた。／手塚治虫帶給了漫畫家後進極大的影響。

あたたまる【暖まる】 自五 暖，暖和；感到溫暖；手頭寬裕 類 暖かくなる（變得暖和） △これだけ寒いと、部屋が暖まるのにも時間がかかる。／像現在這麼冷，必須等上一段時間才能讓房間變暖和。

あたたまる【温まる】 自五 暖，暖和；感到心情溫暖 類 温かくなる（變得溫暖） △外は寒かったでしょう。早くお風呂に入って温まりなさい。／想必外頭很冷吧。請快點洗個熱水澡暖暖身子。

あたためる【暖める】 他下一 使溫暖；重溫，恢復 類 暖かくする（變得暖和） △ストーブと扇風機を一緒に使うと、部屋が早く暖められる。／只要同時開啟暖爐和電風扇，房間就會比較快變暖和。

N3-002

あたためる【温める】 他下一 溫，熱；擱置不發表 類 熱する（加熱） △冷めた料理を温めて食べました。／我把已經變涼了的菜餚加熱後吃了。

あたり【辺り】 名·造語 附近，一帶；之類，左右 類 近く（附近）；辺（附近） △

この辺りからあの辺にかけて、畑が多いです。／從這邊到那邊，有許多田地。

あたりまえ【当たり前】 ㊔ 當然，應然；平常，普通 類 もっとも（理所當然）△学生なら、勉強するのは当たり前です。／既然身為學生，讀書就是應盡的本分。

あたる【当たる】 自五・他五 碰撞；擊中；合適；太陽照射；取暖，吹（風）；接觸；（大致）位於；當…時候；（粗暴）對待 類 ぶつかる（撞上）△この花は、よく日の当たるところに置いてください。／請把這盆花放在容易曬到太陽的地方。

あっというま（に）【あっという間（に）】 感 一眨眼的功夫 △あっという間の７週間、本当にありがとうございました。／七個星期一眨眼就結束了，真的萬分感激。

アップ【up】 名・他サ 增高，提高；上傳（檔案至網路）△姉はいつも収入アップのことを考えていた。／姊姊老想著提高年收。

あつまり【集まり】 ㊔ 集會，會合；收集（的情況）類 集い（集會）△親戚の集まりは、美人の妹と比べられるから嫌だ。／我討厭在親戚聚會時被拿來和漂亮的妹妹做比較。

あてな【宛名】 ㊔ 收信（件）人的姓名住址 類 名宛て（收件人姓名）△宛名を書きかけて、間違いに気がついた。／正在寫收件人姓名的時候，發現自己寫錯了。

あてる【当てる】 他下一 碰撞，接觸；命中；猜，預測；貼上，放上；測量；對著，朝向 △布団を日に当てると、ふかふかになる。／把棉被拿去曬太陽，就會變得很膨鬆。

アドバイス【advice】 名・他サ 勸告，提意見；建議 類 諫める（勸告）；注意（給忠告）△彼はいつも的確なアドバイスをくれます。／他總是給予切實的建議。

あな【穴】 ㊔ 孔，洞，窟窿；坑；穴，窩；礦井；藏匿處；缺點；虧空 類 洞窟（洞窟）△うちの犬は、地面に穴を掘るのが好きだ。／我家的狗喜歡在地上挖洞。

アナウンサー【announcer】 ㊔ 廣播員，播報員 類 アナ（播音員）△彼は、アナウンサーにしては声が悪い。／就一個播音員來說，他的聲音並不好。

アナウンス【announce】 名・他サ 廣播；報告；通知 △機長が、到着予定時刻をアナウンスした。／機長廣播了預定抵達時刻。

アニメ【animation】 ㊔ 卡通，動畫片 類 動画（動畫片）；アニメーション（動畫片）△私の国でも日本のアニメがよく放送されています。／在我的國家也經常播映日本的卡通。

あぶら【油】 ㊔ 脂肪，油脂 比 常溫液體的可燃性物質，由植物製成。△えびを油でからりと揚げる。／用油把蝦子炸得酥脆。

あぶら【脂】㊔脂肪，油脂；(喻) 活動力，幹勁 類 脂肪（脂肪）比 常溫固體的可燃性物質，肉類所分泌油脂。△肉は脂があるからおいしいんだ。／肉就是富含油脂所以才好吃呀。

アマチュア【amateur】㊔業餘愛好者；外行 對 プロフェッショナル（專業的）類 素人（業餘愛好者）△最近は、アマチュア選手もレベルが高い。／最近非職業選手的水準也很高。

あら【粗】㊔缺點，毛病 △人の粗を探すより、よいところを見るようにしよう。／與其挑別人的毛病，不如請多看對方的優點吧。

あらそう【争う】(他五) 爭奪；爭辯；奮鬥，對抗，競爭 類 競う（競爭）△各地区の代表、計6チームが優勝を争う。／將由各地區代表總共六隊來爭奪冠軍。

あらわす【表す】(他五) 表現出，表達；象徵，代表 類 示す（表示）比 將思想、情感等抽象的事物表現出來。△計画を図で表して説明した。／透過圖表說明了計畫。

あらわす【現す】(他五) 現，顯現，顯露 類 示す（顯示出）比 將情況、狀態、真相或事件等具體呈現。△彼は、8時ぎりぎりに、ようやく姿を現した。／快到八點時，他才終於出現了。

あらわれる【表れる】(自下一) 出現，出來；表現，顯出 類 明らかになる（發現）△彼は何も言わなかったが、不満が顔に表れていた。／他雖然什麼都沒說，但臉上卻露出了不服氣的神情。

あらわれる【現れる】(自下一) 出現，呈現，顯露 類 出現（出現）△意外な人が突然現れた。／突然出現了一位意想不到的人。

アルバム【album】㊔相簿，記念冊 △娘の七五三の記念アルバムを作ることにしました。／為了記念女兒七五三節，決定做本記念冊。

あれっ・あれ(感) 哎呀 △「あれ？」「どうしたの」「財布忘れてきたみたい」／「咦？」「怎麼了？」「我好像忘記帶錢包了。」

あわせる【合わせる】(他下一) 合併；核對，對照；加在一起，混合；配合，調合 類 一致させる（使一致）△みんなで力を合わせたとしても、彼に勝つことはできない。／就算大家聯手，也是沒辦法贏過他。

あわてる【慌てる】(自下一) 驚慌，急急忙忙，匆忙，不穩定 對 落ち着く（平心靜氣）類 まごつく（張皇失措）△突然質問されて、少し慌ててしまった。／突然被問了問題，顯得有點慌張。

あんがい【案外】(副·形動) 意想不到，出乎意外 類 意外（意外）△難しいかと思ったら、案外易しかった。／原以為很難，結果卻簡單得叫人意外。

アンケート【(法)enquête】㊔（以同樣內容對多數人的）問卷調查，民意測驗 △皆様にご協力いただいたアンケートの結果をご報告します。／現在容我報告承蒙各位協助所完成的問卷調查結果。

いィ

N3-003

い【位】(接尾) 位；身分，地位 △今度のテストでは、学年で一位になりたい。／這次考試希望能拿到全學年的第一名。

いえ㊀ 不，不是 △いえ、違います。／不，不是那樣。

いがい【意外】(名·形動) 意外，想不到，出乎意料 類 案外（意外）△雨による被害は、意外に大きかった。／大雨意外地造成嚴重的災情。

いかり【怒り】㊔ 憤怒，生氣 類 いきどおり（憤怒）△子どもの怒りの表現は親の怒りの表現のコピーです。／小孩子生氣的模樣正是父母生氣時的翻版。

いき・ゆき【行き】㊔ 去，往 △まもなく、東京行きの列車が発車します。／前往東京的列車即將發車。

いご【以後】㊔ 今後，以後，將來；（接尾語用法）（在某時期）以後 對 以前（以前）類 以来（以後）△夜 11 時以後は電話代が安くなります。／夜間十一點以後的電話費率比較便宜。

イコール【equal】㊔ 相等；（數學）等號 類 等しい（等於）△失敗イコール負けというわけではない。／失敗並不等於輸了。

いし【医師】㊔ 醫師，大夫 類 医者（醫生）△医師に言われた通りに薬を飲む。／按照醫師開立的藥囑吃藥。

いじょうきしょう【異常気象】㊔ 氣候異常 △異常気象が続いている。／氣候異常正持續著。

いじわる【意地悪】(名·形動) 使壞，刁難，作弄 類 虐待（虐待）△意地悪な人といえば、高校の数学の先生を思い出す。／說到壞心眼的人，就讓我想到高中的數學老師。

いぜん【以前】㊔ 以前；更低階段（程度）的；（某時期）以前 對 以降（以後）類 以往（以前）△以前、東京でお会いした際に、名刺をお渡ししたと思います。／我記得之前在東京跟您會面時，有遞過名片給您。

いそぎ【急ぎ】(名·副) 急忙，匆忙，緊急 類 至急（火速）△部長は大変お急ぎのご様子でした。／經理似乎非常急的模樣。

いたずら【悪戯】 名·形動 淘氣，惡作劇；玩笑，消遣 類 戯れ（玩笑）；ふざける（開玩笑）△彼女は、いたずらっぽい目で笑った。／她眼神淘氣地笑了。

いためる【傷める・痛める】 他下一 使（身體）疼痛，損傷；使（心裡）痛苦 △桃をうっかり落として傷めてしまった。／不小心把桃子掉到地上摔傷了。

いちどに【一度に】 副 同時地，一塊地，一下子 類 同時に（同時）△そんなに一度に食べられません。／我沒辦法一次吃那麼多。

いちれつ【一列】 名 一列，一排 △一列に並んで、順番を待つ。／排成一列依序等候。

いっさくじつ【一昨日】 名 前一天，前天 類 一昨日（前天）△一昨日アメリカから帰ってきました。／前天從美國回來了。

いっさくねん【一昨年】 造語 前年 類 一昨年（前年）△一昨年、北海道に引っ越しました。／前年，搬去了北海道。

いっしょう【一生】 名 一生，終生，一輩子 類 生涯（一生）△あいつとは、一生口をきくものか。／我這輩子，決不跟他講話。

いったい【一体】 名·副 一體，同心合力；一種體裁；根本，本來；大致上；到底，究竟 類 そもそも（本來）△一体何が起こったのですか。／到底發生了什麼事？

N3-004

いってきます【行ってきます】 寒暄 我出門了 △8時だ。行ってきます。／八點了！我出門囉。

いつのまにか【何時の間にか】 副 不知不覺地，不知什麼時候 △いつの間にか、お茶の葉を使い切りました。／茶葉不知道什麼時候就用光了。

いとこ【従兄弟・従姉妹】 名 堂表兄弟姊妹 △日本では、いとこ同士でも結婚できる。／在日本，就算是堂兄妹（堂姊弟、表兄妹、表姊弟）也可以結婚。

いのち【命】 名 生命，命；壽命 類 生命（生命）△命が危ないところを、助けていただきました。／在我性命危急時，他救了我。

いま【居間】 名 起居室 類 茶の間（起居室）△居間はもとより、トイレも台所も全部掃除しました。／別說是客廳，就連廁所和廚房也都清掃過了。

イメージ【image】 名 影像，形象，印象 △企業イメージの低下に伴って、売り上げも落ちている。／隨著企業形象的滑落，銷售額也跟著減少。

いもうとさん【妹さん】 名 妹妹，令妹（「妹」的鄭重說法）△予想に反して、遠藤さんの妹さんは美人でした。／與預料相反，遠藤先生的妹妹居然是美女。

いや (感) 不；沒什麼 △いや、それは違う。／不，不是那樣的。

いらいら【苛々】 (名·副·他サ) 情緒急躁、不安；焦急，急躁 (類) 苛立つ(焦急) △何だか最近いらいらしてしょうがない。／不知道是怎麼搞的，最近老是焦躁不安的。

いりょうひ【衣料費】 (名) 服裝費 (類) 洋服代(服裝費) △子どもの衣料費に一人月どれくらいかけていますか。／小孩的治裝費一個月要花多少錢？

いりょうひ【医療費】 (名) 治療費，醫療費 (類) 治療費(醫療費) △今年は入院したので医療費が多くかかった。／今年由於住了院，以致於醫療費用增加了。

いわう【祝う】 (他五) 祝賀，慶祝；祝福；送賀禮；致賀詞 (類) 祝する(祝賀) △みんなで彼の合格を祝おう。／大家一起來慶祝他上榜吧！

インキ【ink】 (名) 墨水 (類) インク(墨水) △万年筆のインキがなくなったので、サインのしようがない。／因為鋼筆的墨水用完了，所以沒辦法簽名。

インク【ink】 (名) 墨水，油墨(也寫作「インキ」) (類) インキ(墨水) △この絵は、ペンとインクで書きました。／這幅畫是以鋼筆和墨水繪製而成的。

いんしょう【印象】 (名) 印象 (類) イメージ(印象) △台湾では、故宮の白菜の彫刻が一番印象に残った。／這趟台灣之行，印象最深刻的是故宮的翠玉白菜。

インスタント【instant】 (名·形動) 即席，稍加工即可的，速成 △昼ご飯はインスタントラーメンですませた。／吃速食麵打發了午餐。

インターネット【internet】 (名) 網路 △説明書に従って、インターネットに接続しました。／照著說明書，連接網路。

インタビュー【interview】 (名·自サ) 會面，接見；訪問，採訪 (類) 面会(會面) △インタビューを始めたとたん、首相は怒り始めた。／採訪剛開始，首相就生氣了。

いんりょく【引力】 (名) 物體互相吸引的力量 △万有引力の法則は、ニュートンが発見した。／萬有引力定律是由牛頓發現的。

うゥ

N3-005

ウイルス【virus】 (名) 病毒，濾過性病毒 (類) 菌(細菌) △メールでウイルスに感染しました。／因為收郵件導致電腦中毒了。

ウール【wool】 (名) 羊毛，毛線，毛織品

△そろそろ、ウールのセーターを出さなくちゃ。／看這天氣，再不把毛衣拿出來就不行了。

ウェーター・ウェイター【waiter】 ㊔(餐廳等的) 侍者，男服務員 △ウェーターが注文を取りに来た。／服務生過來點菜了。

ウェートレス・ウェイトレス【waitress】 ㊔(餐廳等的) 女侍者，女服務生 類 メード (女服務員) △あの店のウエートレスは態度が悪くて、腹が立つほどだ。／那家店的女服務生態度之差，可說是令人火冒三丈。

うごかす【動かす】 (他五) 移動，挪動，活動；搖動，搖撼；給予影響，使其變化，感動 對 止める (停止) △たまには体を動かした方がいい。／偶爾活動一下筋骨比較好。

うし【牛】 ㊔ 牛 △いつか北海道に自分の牧場を持って、牛を飼いたい。／我希望有一天能在北海道擁有自己的牧場養牛。

うっかり (副·自サ) 不注意，不留神；發呆，茫然 類 うかうか (不注意) △うっかりしたものだから、約束を忘れてしまった。／因為一時不留意，而忘了約會。

うつす【写す】 (他五) 抄襲，抄寫：照相；摹寫 △友達に宿題を写させてもらったら、間違いだらけだった。／我抄了朋友的作業，結果他的作業卻是錯誤連篇。

うつす【移す】 (他五) 移，搬；使傳染；度過時間 類 引っ越す (搬遷) △鼻水が止まらない。弟に風邪を移されたに違いない。／鼻水流個不停。一定是被弟弟傳染了感冒，錯不了。

うつる【写る】 (自五) 照相，映顯；顯像；(穿透某物) 看到 類 写す (拍照) △私の隣に写っているのは姉です。／照片中，在我旁邊的是姊姊。

うつる【映る】 (自五) 映，照；顯得，映入；相配，相稱；照相，映現 類 映ずる (映照) △山が湖の水に映っています。／山影倒映在湖面上。

うつる【移る】 (自五) 移動；推移；沾到 類 移動する (移動) △都会は家賃が高いので、引退してから郊外に移った。／由於大都市的房租很貴，退下第一線以後就搬到郊區了。

うどん【饂飩】 ㊔ 烏龍麵條，烏龍麵 △安かったわりには、おいしいうどんだった。／這碗烏龍麵雖然便宜，但出乎意料地好吃。

うま【馬】 ㊔ 馬 △生まれて初めて馬に乗った。／我這輩子第一次騎了馬。

うまい (形) 味道好，好吃；想法或做法巧妙，擅於；非常適宜，順利 對 まずい (難吃的) 類 おいしい (美味的) △山は空気がうまいなあ。／山上的空氣真新鮮呀。

う

N3

うまる【埋まる】(自五) 被埋上；填滿，堵住；彌補，補齊 △小屋は雪に埋まっていた。／小屋被雪覆蓋住。

うむ【生む】(他五) 產生，產出 △その発言は誤解を生む可能性がありますよ。／你那發言可能會產生誤解喔！

うむ【産む】(他五) 生，產 △彼女は女の子を産んだ。／她生了女娃兒。

うめる【埋める】(他下一) 埋，掩埋；填補，彌補；佔滿 (類) 埋める（掩埋）△犯人は、木の下にお金を埋めたと言っている。／犯人自白說他將錢埋在樹下。

うらやましい【羨ましい】(形) 羡慕，令人嫉妒，眼紅 (類) 羨む（羨慕）△お金のある人が羨ましい。／好羡慕有錢人。

うる【得る】(他下二) 得到；領悟 △この本はなかなか得るところが多かった。／從這本書學到了相當多東西。

うわさ【噂】(名·自サ) 議論，閒談；傳說，風聲 (類) 流言（流言）△本人に聞かないと、うわさが本当かどうかわからない。／傳聞是真是假，不問當事人是不知道的。

うんちん【運賃】(名) 票價；運費 (類) 切符代（票價）△運賃は当方で負担いたします。／運費由我方負責。

うんてんし【運転士】(名) 司機；駕駛員，船員 △私はJRで運転士をしています。／我在JR當司機。

うんてんしゅ【運転手】(名) 司機 (類) 運転士（司機）△タクシーの運転手に、チップをあげた。／給了計程車司機小費。

え エ

N3-006

エアコン【air conditioning】(名) 空調；溫度調節器 (類) 冷房（冷氣）△家具とエアコンつきの部屋を探しています。／我在找附有家具跟冷氣的房子。

えいきょう【影響】(名·自サ) 影響 (類) 反響（反應）△鈴木先生には、大変影響を受けました。／鈴木老師給了我很大的影響。

えいよう【栄養】(名) 營養 (類) 養分（養分）△子供の栄養には気をつけています。／我很注重孩子的營養。

えがく【描く】(他五) 畫，描繪；以…為形式，描寫；想像 (類) 写す（描繪）△この絵は、心に浮かんだものを描いたにすぎません。／這幅畫只是將內心所想像的東西，畫出來的而已。

えきいん【駅員】(名) 車站工作人員，站務員 △駅のホームに立って、列車を見送る駅員さんが好きだ。／我喜歡站在車站目送列車的站員。

エスエフ（SF）【science fiction】 ㊔ 科學幻想 △以前に比べて、少女漫画のＳＦ作品は随分増えた。／相較於從前，少女漫畫的科幻作品增加了相當多。

エッセー・エッセイ【essay】 ㊔ 小品文，隨筆；（隨筆式的）短論文 類 随筆（隨筆）△彼女はCDを発売するとともに、エッセーも出版した。／她發行CD的同時，也出版了小品文。

エネルギー【(德)energie】 ㊔ 能量，能源，精力，氣力 類 活力（活力）△国内全体にわたって、エネルギーが不足しています。／就全國整體來看，能源是不足的。

えり【襟】 ㊔（衣服的）領子；脖頸，後頸；（西裝的）硬領 △コートの襟を立てている人は、山田さんです。／那位豎起外套領子的人就是山田小姐。

える【得る】 他下一 得，得到；領悟，理解；能夠 類 手に入れる（獲得）△そんな簡単に大金が得られるわけがない。／怎麼可能那麼容易就得到一大筆錢。

えん【園】 接尾 …園 △弟は幼稚園に通っている。／弟弟上幼稚園。

えんか【演歌】 ㊔ 演歌（現多指日本民間特有曲調哀愁的民謠）△演歌がうまく歌えたらいいのになあ。／要是能把日本歌謠唱得動聽，不知該有多好呀。

えんげき【演劇】 ㊔ 演劇，戲劇 類 芝居（戲劇）△演劇の練習をしている最中に、大きな地震が来た。／正在排演戲劇的時候，突然來了一場大地震。

エンジニア【engineer】 ㊔ 工程師，技師 類 技師（技師）△あの子はエンジニアを目指している。／那個孩子立志成為工程師。

えんそう【演奏】 名・他サ 演奏 類 奏楽（奏樂）△彼の演奏はまだまだだ。／他的演奏還有待加強。

おォ

N3-007

おい 感（主要是男性對同輩或晚輩使用）打招呼的喂，唉；（表示輕微的驚訝）呀！啊！△（道に倒れている人に向かって）おい、大丈夫か。／（朝倒在路上的人說）喂，沒事吧？

おい【老い】 ㊔ 老；老人 △こんな階段でくたびれるなんて、老いを感じるなあ。／區區爬這幾階樓梯居然累得要命，果然年紀到了啊。

おいこす【追い越す】 他五 超過，趕過去 類 抜く（超過）△トラックなんか、追い越しちゃえ。／我們快追過那卡車吧！

おうえん【応援】 名・他サ 援助，支援；聲援，助威 類 声援（聲援）△今年は、私が応援している野球チームが優勝した。／我支持的棒球隊今年獲勝了。

おおく【多く】名·副 多數，許多；多半，大多 類 沢山（很多）△日本は、食品の多くを輸入に頼っている。／日本的食品多數仰賴進口。

オーバー（コート）【overcoat】名 大衣，外套，外衣 △まだオーバーを着るほど寒くない。／還沒有冷到需要穿大衣。

オープン【open】名·自他サ·形動 開放，公開；無蓋，敞篷；露天，野外 △そのレストランは3月にオープンする。／那家餐廳將於三月開幕。

おかえり【お帰り】寒暄（你）回來了 △「ただいま」「お帰り」／「我回來了。」「回來啦！」

おかえりなさい【お帰りなさい】寒暄 回來了 △お帰りなさい。お茶でも飲みますか。／你回來啦。要不要喝杯茶？

おかけください 敬 請坐 △どうぞ、おかけください。／請坐下。

おかしい【可笑しい】形 奇怪，可笑；不正常 類 滑稽（滑稽）△いくらおかしくても、そんなに笑うことないでしょう。／就算好笑，也不必笑成那個樣子吧。

おかまいなく【お構いなく】敬 不管，不在乎，不介意 △どうぞ、お構いなく。／請不必客氣。

おきる【起きる】自上一（倒著的東西）起來，立起來；起床；不睡；發生 類 立ち上がる（起立）△昨夜はずっと起きていた。／昨天晚上一直都醒著。

おく【奥】名 裡頭，深處；裡院；盡頭 △のどの奥に魚の骨が引っかかった。／喉嚨深處哽到魚刺了。

おくれ【遅れ】名 落後，晚；畏縮，怯懦 △台風のため、郵便の配達に二日の遅れが出ている。／由於颱風，郵件延遲兩天送達。

おげんきですか【お元気ですか】
寒暄 你好嗎？△ご両親はお元気ですか。／請問令尊與令堂安好嗎？

おこす【起こす】他五 扶起；叫醒；引起 類 目を覚まさせる（使醒來）△父は、「明日の朝、6時に起こしてくれ」と言った。／父親說：「明天早上六點叫我起床」。

おこる【起こる】自五 發生，鬧；興起，興盛；（火）著旺 對 終わる（結束）類 始まる（開始）△この交差点は事故が起こりやすい。／這個十字路口經常發生交通事故。△世界の地震の約1割が日本で起こっている。／全世界的地震大約有一成發生在日本。

おごる【奢る】自五·他五 奢侈，過於講究；請客，作東 △ここは私がおごります。／這回就讓我作東了。

おさえる【押さえる】他下一 按，壓；扣住，勒住；控制，阻止；捉住；扣留；

超群出眾 類 押す（按壓）△この釘を押さえていてください。／請按住這個釘子。

おさきに【お先に】 敬 先離開了，先告辭了 △お先に、失礼します。／我先告辭了。

おさめる【納める】 他下一 交，繳納 △税金を納めるのは国民の義務です。／繳納稅金是國民的義務。

おしえ【教え】 名 教導，指教，教誨；教義 △神の教えを守って生活する。／遵照神的教誨過生活。

おじぎ【お辞儀】 名・自サ 行禮，鞠躬，敬禮；客氣 類 挨拶（打招呼）△目上の人にお辞儀をしなかったので、母にしかられた。／因為我沒跟長輩行禮，被媽媽罵了一頓。

おしゃべり【お喋り】 名・自サ・形動 閒談，聊天；愛說話的人，健談的人 對 無口（沉默寡言）類 無駄口（閒聊）△友だちとおしゃべりをしているところへ、先生が来た。／當我正在和朋友閒談時，老師走了過來。

おじゃまします【お邪魔します】 敬 打擾了 △「どうぞお上がりください」「お邪魔します」／「請進請進」「打擾了」

おしゃれ【お洒落】 名・形動 打扮漂亮，愛漂亮的人 △おしゃれしちゃって、これからデート？／瞧你打扮得那麼漂亮／帥氣，等一下要約會？

おせわになりました【お世話になりました】 敬 受您照顧了 △いろいろと、お世話になりました。／感謝您多方的關照。

おそわる【教わる】 他五 受教，跟…學習 △パソコンの使い方を教わったとたんに、もう忘れてしまった。／才剛請別人教我電腦的操作方式，現在就已經忘了。

N3-008

おたがい【お互い】 名 彼此，互相 △二人はお互いに愛し合っている。／兩人彼此相愛。

おたまじゃくし【お玉杓子】 名 圓杓，湯杓；蝌蚪 △お玉じゃくしでスープをすくう。／用湯杓舀湯。

おでこ 名 凸額，額頭突出（的人）；額頭，額骨 類 額（額頭）△息子が転んで机の角におでこをぶつけた。／兒子跌倒時額頭撞到了桌角。

おとなしい【大人しい】 形 老實，溫順；（顏色等）樸素，雅致 類 穏やか（溫和）△彼女はおとなしいですが、とてもしっかりしています。／她雖然文靜，但非常能幹。

オフィス【office】 名 辦公室，辦事處；公司；政府機關 類 事務所（事務所）△彼のオフィスは、3階だと思ったら4階でした。／原以為他的辦公室是在三樓，誰知原來是在四樓。

オペラ【opera】(名) 歌劇 (類) 芝居（戲劇）△オペラを観て、主人公の悲しい運命に涙が出ました。／觀看歌劇中主角的悲慘命運，而熱淚盈框。

おまごさん【お孫さん】(名) 孫子，孫女，令孫（「孫」的鄭重說法）△そちら、お孫さん？何歳ですか。／那一位是令孫？今年幾歲？

おまちください【お待ちください】
(敬) 請等一下 △少々、お待ちください。／請等一下。

おまちどおさま【お待ちどおさま】
(敬) 久等了 △お待ちどおさま、こちらへどうぞ。／久等了，這邊請。

おめでとう(寒暄) 恭喜 △大学合格、おめでとう。／恭喜你考上大學。

おめにかかる【お目に掛かる】(慣)（謙讓語）見面，拜會 △社長にお目に掛かりたいのですが。／想拜會社長。

おもい【思い】(名)（文）思想，思考；感覺，情感；想念，思念；願望，心願 (類) 考え（思考）△彼女には、申し訳ないという思いでいっぱいだ。／我對她滿懷歉意。

おもいえがく【思い描く】(他五) 在心裡描繪，想像 △将来の生活を思い描く。／在心裡描繪未來的生活。

おもいきり【思い切り】(名·副) 斷念，死心；果斷，下決心；狠狠地，盡情地，徹底的 △試験が終わったら、思い切り遊びたい。／等考試結束後，打算玩個夠。（副詞用法）△別れた彼女が忘れられない。俺は思い切りが悪いのか。／我忘不了已經分手的女友，難道是我太優柔寡斷了？（名詞用法）

おもいつく【思い付く】(自·他五)（忽然）想起，想起來 (類) 考え付く（想起）△いいアイディアを思い付くたびに、会社に提案しています。／每當我想到好點子，就提案給公司。

おもいで【思い出】(名) 回憶，追憶，追懷；紀念 △旅の思い出に写真を撮る。／旅行拍照留念。

おもいやる【思いやる】(他五) 體諒，表同情；想像，推測 △夫婦は、お互いに思いやることが大切です。／夫妻間相互體貼很重要。

おもわず【思わず】(副) 禁不住，不由得，意想不到地，下意識地 (類) うっかり（漫不經心）△頭にきて、思わず殴ってしまった。／怒氣一上來，就不自覺地揍了下去。

おやすみ【お休み】(寒暄) 休息；晚安 △お休みのところをすみません。／抱歉，在您休息的時間來打擾。

おやすみなさい【お休みなさい】
(寒暄) 晚安 △さて、そろそろ寝ようかな。お休みなさい。／好啦！該睡了。晚安！

おやゆび【親指】(名)（手腳的）的拇指 △親指に怪我をしてしまった。／大拇指不小心受傷了。

オリンピック【Olympics】㊔奧林匹克 △オリンピックに出るからには、金メダルを目指す。／既然參加奧運，目標就是得金牌。

オレンジ【orange】㊔ 柳橙，柳丁；橙色 △オレンジはもう全部食べたんだっけ。／柳橙好像全都吃光了吧？

おろす【下ろす・降ろす】他五（從高處）取下，拿下，降下，弄下；開始使用（新東西）；砍下 對 上げる（使上升）類 下げる（降下）△車から荷物を降ろすとき、腰を痛めた。／從車上搬行李下來的時候弄痛了腰。

おん【御】接頭 表示敬意 △御礼申し上げます。／致以深深的謝意。

おんがくか【音楽家】㊔音樂家 類 ミュージシャン（音樂家）△プロの音楽家になりたい。／我想成為專業的音樂家。

おんど【温度】㊔（空氣等）溫度，熱度 △冬の朝は、天気がいいと温度が下がります。／如果冬天早晨的天氣晴朗，氣溫就會下降。

かカ

N3-009

か【課】名·漢造（教材的）課；課業；（公司等）課，科 △会計課で学費を納める。／在會計處繳交學費。

か【日】漢造 表示日期或天數 △私の誕生日は四月二十日です。／我的生日是四月二十日。

か【下】漢造 下面；屬下；低下；下，降 △この辺りでは、冬には気温が零下になることもある。／這一帶的冬天有時氣溫會到零度以下。

か【化】漢造 化學的簡稱；變化 △この作家の小説は、たびたび映画化されている。／這位作家的小說經常被改拍成電影。

か【科】名·漢造（大專院校）科系；（區分種類）科 △英文科だから、英語を勉強しないわけにはいかない。／因為是英文系，總不能不讀英語。

か【家】漢造 家庭；家族；專家 △芸術家になって食べていくのは、容易なことではない。／想當藝術家餬口過日，並不是容易的事。

か【歌】漢造 唱歌；歌詞 △年のせいか、流行歌より演歌が好きだ。／大概是因為上了年紀，比起流行歌曲更喜歡傳統歌謠。

カード【card】㊔ 卡片；撲克牌 △単語を覚えるには、カードを使うといいよ。／想要背詞彙，利用卡片的效果很好喔。

カーペット【carpet】㊔地毯 △カーペットにコーヒーをこぼしてしまった。／把咖啡灑到地毯上了。

かい【会】 (名) 會，會議，集會 (類) 集まり（集會）△毎週金曜日の夜に、『源氏物語』を読む会をやっています。／每週五晚上舉行都《源氏物語》讀書會。

かい【会】 (接尾) …會 △展覧会は、終わってしまいました。／展覽會結束了。

かいけつ【解決】 (名・自他サ) 解決，處理 (對) 決裂（決裂）(類) 決着（得出結果）△問題が小さいうちに、解決しましょう。／趁問題還不大的時候解決掉吧！

かいごし【介護士】 (名) 專門照顧身心障礙者日常生活的專門技術人員 △介護士の仕事内容は、患者の身の回りの世話などです。／看護士的工作內容是照顧病人周邊的事等等。

かいさつぐち【改札口】 (名)（火車站等）剪票口 (類) 改札（剪票）△JRの改札口で待っています。／在JR的剪票口等你。

かいしゃいん【会社員】 (名) 公司職員 △会社員なんかじゃなく、公務員になればよかった。／要是能當上公務員，而不是什麼公司職員，該有多好。

かいしゃく【解釈】 (名・他サ) 解釋，理解，說明 (類) 釈義（解釋）△この法律は、解釈上、二つの問題がある。／這條法律，在解釋上有兩個問題點。

かいすうけん【回数券】 (名)（車票等的）回數票 △回数券をこんなにもらっても、使いきれません。／就算拿了這麼多的回數票，我也用不完。

かいそく【快速】 (名・形動) 快速，高速度 (類) 速い（迅速的）△快速電車に乗りました。／我搭乘快速電車。

N3-010

かいちゅうでんとう【懐中電灯】 (名) 手電筒 △この懐中電灯は電池がいらない。振ればつく。／這種手電筒不需要裝電池，只要甩動就會亮。

かう【飼う】 (他五) 飼養（動物等）△うちではダックスフントを飼っています。／我家裡有養臘腸犬。

かえる【代える・換える・替える】 (他下一) 代替，代理；改變，變更，變換 (類) 改変（改變）△この子は私の命に代えても守る。／我不惜犧牲性命也要保護這個孩子。△窓を開けて空気を換える。／打開窗戶透氣。△台湾元を日本円に替える。／把台幣換成日圓。

かえる【返る】 (自五) 復原；返回；回應 (類) 戻る（返回）△友達に貸したお金が、なかなか返ってこない。／借給朋友的錢，遲遲沒能拿回來。

がか【画家】 (名) 畫家 △彼は小説家であるばかりでなく、画家でもある。／他不單是小說家，同時也是個畫家。

かがく【化学】 (名) 化學 △君、専攻は化学だったのか。道理で薬品に詳しいわけだ。／原來你以前主修化學喔。難怪對藥品知之甚詳。

かがくはんのう【化学反応】(名) 化學反應 △卵をゆでると固まるのは、熱による化学反応である。／雞蛋經過烹煮之所以會凝固，是由於熱能所產生的化學反應。

かかと【踵】(名) 腳後跟 △かかとがガサガサになって、靴下が引っかかる。／腳踝變得很粗糙，會勾到襪子。

かかる (自五) 生病；遭受災難 △小さい子供は病気にかかりやすい。／年紀小的孩子容易生病。

かきとめ【書留】(名) 掛號郵件 △大事な書類ですから書留で郵送してください。／這是很重要的文件，請用掛號信郵寄。

かきとり【書き取り】(名・自サ) 抄寫，記錄；聽寫，默寫 △明日は書き取りのテストがある。／明天有聽寫考試。

かく【各】(接頭) 各，每人，每個，各個 △各クラスから代表を一人出してください。／請每個班級選出一名代表。

かく【掻く】(他五)（用手或爪）搔，撥；扒，推；攪拌，攪和 (類) 擦る（摩擦）△失敗して恥ずかしくて、頭を掻いていた。／因失敗感到不好意思，而搔起頭來。

かぐ【嗅ぐ】(他五)（用鼻子）聞，嗅 △この花の香りをかいでごらんなさい。／請聞一下這花的香味。

かぐ【家具】(名) 家具 (類) ファーニチャー（家具）△家具といえば、やはり丈夫なものが便利だと思います。／說到家具，我認為還是耐用的東西比較方便。

かくえきていしゃ【各駅停車】(名) 指電車各站都停車，普通車 (對) 急行（快車）(類) 鈍行（慢車）△あの駅は各駅停車の電車しか止まりません。／那個車站只有每站停靠的電車才會停。

かくす【隠す】(他五) 藏起來，隱瞞，掩蓋 (類) 隠れる（隱藏）△事件のあと、彼は姿を隠してしまった。／案件發生後，他就躲了起來。

かくにん【確認】(名・他サ) 證實，確認，判明 (類) 確かめる（確認）△まだ事実を確認しきれていません。／事實還沒有被證實。

がくひ【学費】(名) 學費 (類) 費用（費用）△子どもたちの学費を考えると不安でしょうがない。／只要一想到孩子們的學費，我就忐忑不安。

がくれき【学歴】(名) 學歷 △結婚相手は、学歴・収入・身長が高い人がいいです。／結婚對象最好是學歷、收入和身高三項都高的人。

N3-011

かくれる【隠れる】(自下一) 躲藏，隱藏；隱遁；不為人知，潛在的 (類) 隠す（隱藏）△息子が親に隠れてたばこを吸っていた。／兒子以前瞞著父母偷偷抽菸。

かげき【歌劇】(名) 歌劇 (類) 芝居(戲劇) △宝塚歌劇に夢中なの。だって男役がすてきなんだもん。／我非常迷寶塚歌劇呢。因為那些女扮男裝的演員實在太帥了呀。

かけざん【掛け算】(名) 乘法 (對) 割り算(除法) (類) 乗法(乘法) △まだ5歳だが、足し算・引き算はもちろん、掛け算もできる。／雖然才五歲，但不單是加法和減法，連乘法也會。

かける【掛ける】(他下一·接尾) 坐；懸掛；蓋上，放上；放在…之上；提交；澆；開動；花費；寄託；鎖上；(數學) 乘 (類) ぶら下げる(懸掛) △椅子に掛けて話をしよう。／讓我們坐下來講吧！

かこむ【囲む】(他五) 圍上，包圍；圍攻 (類) 取り巻く(包圍) △やっぱり、庭があって自然に囲まれた家がいいわ。／我還是比較想住在那種有庭院，能沐浴在大自然之中的屋子耶。

かさねる【重ねる】(他下一) 重疊堆放；再加上，蓋上；反覆，重複，屢次 △本がたくさん重ねてある。／書堆了一大疊。

かざり【飾り】(名) 裝飾(品) △道にそって、クリスマスの飾りが続いている。／沿街滿是聖誕節的裝飾。

かし【貸し】(名) 借出，貸款；貸方；給別人的恩惠 (對) 借り(借入) △山田君をはじめ、たくさんの同僚に貸しがある。／山田以及其他同事都對我有恩。

かしちん【貸し賃】(名) 租金，賃費 △この料金には、車の貸し賃のほかに保険も含まれています。／這筆費用，除了車子的租賃費，連保險費也包含在內。

かしゅ【歌手】(名) 歌手，歌唱家 △きっと歌手になってみせる。／我一定會成為歌手給大家看。

かしょ【箇所】(名·接尾) (特定的) 地方；(助數詞)…處 △残念だが、一箇所間違えてしまった。／很可惜，錯了一個地方。

かず【数】(名) 數，數目；多數，種種 △羊の数を1,000匹まで数えたのにまだ眠れない。／數羊都數到了一千隻，還是睡不著。

がすりょうきん【ガス料金】(名) 瓦斯費 △一月のガス料金はおいくらですか。／一個月的瓦斯費要花多少錢？

カセット【cassette】(名) 小暗盒；(盒式) 錄音磁帶，錄音帶 △授業をカセットに入れて、家で復習する。／上課時錄音，帶回家裡複習。

かぞえる【数える】(他下一) 數，計算；列舉，枚舉 (類) 勘定する(計算) △10から1まで逆に数える。／從10倒數到1。

かた【肩】(名) 肩，肩膀；(衣服的) 肩 △このごろ運動不足のせいか、どうも肩が凝っている。／大概是因為最近運動量不足，肩膀非常僵硬。

かた【型】(名) 模子，形，模式；樣式 (類)

かっこう（様子）△車の型としては、ちょっと古いと思います。／就車型來看，我認為有些老舊。

かたい【固い・硬い・堅い】㊔硬的，堅固的；堅決的；生硬的；嚴謹的，頑固的；一定，包准；可靠的 對 柔らかい（柔軟的）類 強固（堅固）△父は、真面目というより頭が固いんです。／父親與其說是認真，還不如說是死腦筋。

かだい【課題】㊔提出的題目；課題，任務 △明日までに課題を仕上げて提出しないと落第してしまう。／如果明天之前沒有完成並提交作業，這個科目就會被當掉。

N3-012

かたづく【片付く】自五 收拾，整理好；得到解決，處裡好；出嫁 △母親によると、彼女の部屋はいつも片付いているらしい。／就她母親所言，她的房間好像都有整理。

かたづけ【片付け】㊔整理，整頓，收拾 △ずいぶん暖かくなったので、冬服の片付けをしましょう。／天氣已相當緩和了，把冬天的衣服收起來吧！

かたづける【片付ける】他下一 收拾，打掃；解決 △教室を片付けようとしていたら、先生が来た。／正打算整理教室的時候，老師來了。

かたみち【片道】㊔單程，單方面 △小笠原諸島には、船で片道25時間半もかかる。／要去小笠原群島，單趟航程就要花上二十五小時又三十分鐘。

かち【勝ち】㊔勝利 對 負け（輸）類 勝利（勝利）△3対1で、白組の勝ち。／以三比一的結果由白隊獲勝。

かっこういい【格好いい】連語・形（俗）真棒，真帥，酷（口語用「かっこいい」）類 ハンサム（帥氣）△今、一番かっこいいと思う俳優は？／現在最帥氣的男星是誰？

カップル【couple】㊔一對，一對男女，一對情人，一對夫婦 △お似合いのカップルですね。お幸せに。／新郎新娘好登對喔！祝幸福快樂！

かつやく【活躍】名・自サ 活躍 △彼は、前回の試合において大いに活躍した。／他在上次的比賽中大為活躍。

かていか【家庭科】㊔（學校學科之一）家事，家政 △家庭科は小学校5年生から始まる。／家政課是從小學五年級開始上。

かでんせいひん【家電製品】㊔家用電器 △今の家庭には家電製品があふれている。／現在的家庭中，充滿過多的家電用品。

かなしみ【悲しみ】㊔悲哀，悲傷，憂愁，悲痛 對 喜び（喜悅）類 悲しさ（悲傷）△彼の死に悲しみを感じない者はいない。／人們都對他的死感到悲痛。

かなづち【金槌】㊔釘錘，榔頭；旱鴨子 △金づちで釘を打とうとして、指をたたいてしまった。／拿鐵鎚釘釘子時敲到了手指。

かなり 副·形動·名 相當，頗 類 相当（相當地）△先生は、かなり疲れていらっしゃいますね。／老師您看來相當地疲憊呢！

かね【金】 名 金屬；錢，金錢 類 金銭（錢）△事業を始めるとしたら、まず金が問題になる。／如果要創業的話，首先金錢就是個問題。

かのう【可能】 名·形動 可能 △可能な範囲でご協力いただけると助かります。／若在不為難的情況下能得到您的鼎力相助，那就太好了。

かび 名 霉 △かびが生えないうちに食べてください。／請趁發霉前把它吃完。

かまう【構う】 自·他五 介意，顧忌，理睬；照顧，招待；調戲，逗弄；放逐 類 気にする（介意）△あの人は、あまり服装に構わない人です。／那個人不大在意自己的穿著。

がまん【我慢】 名·他サ 忍耐，克制，將就，原諒；（佛）饒恕 類 辛抱（忍耐）△買いたいけれども、給料日まで我慢します。／雖然想買，但在發薪日之前先忍一忍。

がまんづよい【我慢強い】 形 忍耐性強，有忍耐力 △入院生活、よくがんばったね。本当に我慢強い子だ。／住院的這段日子實在辛苦了。真是個勇敢的孩子呀！

かみのけ【髪の毛】 名 頭髮 △高校生のくせに髪の毛を染めるなんて、何考えてるんだ！／區區一個高中生居然染頭髮，你在想什麼啊！

N3-013

ガム【(英)gum】 名 口香糖；樹膠 △運転中、眠くなってきたので、ガムをかんだ。／由於開車時愈來愈睏，因此嚼了口香糖。

カメラマン【cameraman】 名 攝影師；（報社、雜誌等）攝影記者 △日本にはとてもたくさんのカメラマンがいる。／日本有很多攝影師。

がめん【画面】 名（繪畫的）畫面；照片，相片；（電影等）畫面，鏡頭 類 映像（影像）△コンピューターの画面を見すぎて目が疲れた。／盯著電腦螢幕看太久了，眼睛好疲憊。

かもしれない 連語 也許，也未可知 △あなたの言う通りかもしれない。／或許如你說的。

かゆ【粥】 名 粥，稀飯 △おなかを壊したから、おかゆしか食べられない。／因為鬧肚子了，所以只能吃稀飯。

かゆい【痒い】 形 癢的 類 むずむず（癢）△なんだか体中かゆいです。／不知道為什麼，全身發癢。

カラー【color】 名 色，彩色；（繪畫用）顏料；特色 △今ではテレビはカラーが当たり前になった。／如今，電視機上出現彩色畫面已經成為理所當然的現象了。

かり【借り】㊔ 借，借入；借的東西；欠人情；怨恨，仇恨 △伊藤さんには、借りがある。／我欠伊藤小姐一份情。

かるた【carta・歌留多】㊔ 紙牌；寫有日本和歌的紙牌 類 トランプ（撲克牌）△お正月には、よくかるたで遊んだものだ。／過年時經常玩紙牌遊戲呢。

かわ【皮】㊔ 皮，表皮；皮革 類 表皮（表皮）△包丁でりんごの皮をむく。／拿菜刀削蘋果皮。

かわかす【乾かす】（他五）曬乾；晾乾；烤乾 類 乾く（乾的）△雨でぬれたコートを吊るして乾かす。／把淋到雨的濕外套掛起來風乾。

かわく【乾く】（自五）乾，乾燥 類 乾燥（乾燥）△雨が少ないので、土が乾いている。／因雨下得少，所以地面很乾。

かわく【渇く】（自五）渴，乾渴；渴望，內心的要求 △のどが渇いた。何か飲み物ない？／我好渴，有什麼什麼可以喝的？

かわる【代わる】（自五）代替，代理，代理 類 代理（代理）△「途中、どっかで運転代わるよ」「別にいいよ」／「半路上找個地方和你換手開車吧？」「沒關係啦！」

かわる【替わる】（自五）更換，交替，交換 類 交替（交替）△石油に替わる新しいエネルギーはなんですか。／請問可用來替代石油的新能源是什麼呢？

かわる【換わる】（自五）更換，更替 類 交換（交換）△すみませんが、席を換わってもらえませんか。／不好意思，請問可以和您換個位子嗎？

かわる【変わる】（自五）變化；與眾不同；改變時間地點，遷居，調任 類 変化する（變化）△人の考え方は、変わるものだ。／人的想法，是會變的。

かん【缶】㊔ 罐子 △缶はまとめてリサイクルに出した。／我將罐子集中，拿去回收了。

かん【刊】（漢造）刊，出版 △うちは朝刊だけで、夕刊は取っていません。／我家只有早報，沒訂晚報。

N3-014

かん【間】（名・接尾）間，機會，間隙 △五日間の九州旅行も終わって、明日からはまた仕事だ。／五天的九州之旅已經結束，從明天起又要上班了。

かん【館】（漢造）旅館；大建築物或商店 △大英博物館は、無料で見学できる。／大英博物館可以免費參觀。

かん【感】（名・漢造）感覺，感動；感 △給料も大切だけれど、満足感が得られる仕事がしたい。／薪資雖然重要，但我想從事能夠得到成就感的工作。

かん【観】（名・漢造）觀感，印象，樣子；

か

觀看；觀點 △アフリカを旅して、人生観が変わりました。／到非洲旅行之後，徹底改變了人生觀。

かん【巻】(名·漢造) 巻，書冊；(書畫的)手卷；卷曲 △(本屋で) 全3巻なのに、上·下だけあって中がない。／(在書店) 明明全套共三集，但只有上下兩集，找不到中集。

かんがえ【考え】(名) 思想，想法，意見；念頭，觀念，信念；考慮，思考；期待，願望；決心 △その件について自分の考えを説明した。／我來說明自己對那件事的看法。

かんきょう【環境】(名) 環境 △環境のせいか、彼の子どもたちはみなスポーツが好きだ。／可能是因為環境的關係，他的小孩都很喜歡運動。

かんこう【観光】(名·他サ) 觀光，遊覽，旅遊 (類) 旅行 (旅行) △まだ天気がいいうちに、観光に出かけました。／趁天氣還晴朗時，出外觀光去了。

かんごし【看護師】(名) 護士，看護 △男性の看護師は、女性の看護師ほど多くない。／男性護理師沒有女性護理師那麼多。

かんしゃ【感謝】(名·自他サ) 感謝 (類) お礼 (感謝) △本当は感謝しているくせに、ありがとうも言わない。／明明就很感謝，卻連句道謝的話也沒有。

かんじる・かんずる【感じる・感ずる】(自他上一) 感覺，感到；感動，感觸，有所感 (類) 感ずる (感到) △子供が生まれてうれしい反面、責任も感じる。／孩子出生後很高興，但相對地也感受到責任。

かんしん【感心】(名·形動·自サ) 欽佩；贊成；(貶) 令人吃驚 (類) 驚く (驚訝) △彼はよく働くので、感心させられる。／他很努力工作，真是令人欽佩。

かんせい【完成】(名·自他サ) 完成 (類) 出来上がる (完成) △ビルが完成したら、お祝いのパーティーを開こう。／等大樓竣工以後，來開個慶祝酒會吧。

かんぜん【完全】(名·形動) 完全，完整；完美，圓滿 (對) 不完全 (不完全) (類) 完璧 (完美) △もう病気は完全に治りました。／病症已經完全治癒了。

かんそう【感想】(名) 感想 (類) 所感 (感想) △全員、明日までに研修の感想を書いてきてください。／你們全部，在明天以前要寫出研究的感想。

かんづめ【缶詰】(名) 罐頭；關起來，隔離起來；擁擠的狀態 (補) ～に缶詰：在 (某場所) 閉關 △この缶詰は、缶切りがなくても開けられます。／這個罐頭不需要用開罐器也能打開。

かんどう【感動】(名·自サ) 感動，感激 (類) 感銘 (感動) △予想に反して、とても感動した。／出乎預料之外，受到了極大的感動。

き キ

N3-015

き【期】 漢造 時期；時機；季節；（預定的）時日 △うちの子、反抗期で、なんでも「やだ」って言うのよ。／我家小孩正值反抗期，問他什麼都回答「不要」。

き【機】 名·接尾·漢造 機器；時機；飛機；（助數詞用法）架 △20年使った洗濯機が、とうとう壊れた。／用了二十年的洗衣機終於壞了。

キーボード【keyboard】 名（鋼琴、打字機等）鍵盤 △コンピューターのキーボードをポンポンと叩いた。／「砰砰」地敲打電腦鍵盤。

きがえ【着替え】 名·自サ 換衣服；換洗衣物 △着替えを忘れたものだから、また同じのを着るしかない。／由於忘了帶換洗衣物，只好繼續穿同一套衣服。

きがえる・きかえる【着替える】 他下一 換衣服 △着物を着替える。／換衣服。

きかん【期間】 名 期間，期限內 類 間（期間）△夏休みの期間、塾の講師として働きます。／暑假期間，我以補習班老師的身份在工作。

きく【効く】 自五 有效，奏效；好用，能幹；可以，能夠；起作用；（交通工具等）通，有 △この薬は、高かったわりに効かない。／這服藥雖然昂貴，卻沒什麼效用。

きげん【期限】 名 期限 類 締め切り（截止）△支払いの期限を忘れるなんて、非常識というものだ。／竟然忘記繳款的期限，真是離譜。

きこく【帰国】 名·自サ 回國，歸國；回到家鄉 類 帰京（回首都）△夏に帰国して、日本の暑さと湿気の多さにびっくりした。／夏天回國，對日本暑熱跟多濕，感到驚訝！

きじ【記事】 名 報導，記事 △新聞記事によると、2020年のオリンピックは東京でやるそうだ。／據報上說，二〇二〇年的奧運將在東京舉行。

きしゃ【記者】 名 執筆者，筆者；（新聞）記者，編輯 類 レポーター（採訪記者）△首相は記者の質問に答えなかった。／首相答不出記者的提問。

きすう【奇数】 名（數）奇數 對 偶数（偶數）△奇数の月に、この書類を提出してください。／請在每個奇數月交出這份文件。

きせい【帰省】 名·自サ 歸省，回家（省親），探親 類 里帰り（回家一段時間）△お正月に帰省しますか。／請問您元月新年會不會回家探親呢？

きたく【帰宅】 名·自サ 回家 對 出かける（出門）類 帰る（回來）△あちこちの店でお酒を飲んで、夜中の1時にやっと帰宅した。／到了許多店去喝酒，深夜一點才終於回到家。

きちんと (副) 整齊，乾乾淨淨；恰好，洽當；如期，準時；好好地，牢牢地 (類) ちゃんと（好好地）△きちんと勉強していたわりには、点が悪かった。／雖然努力用功了，但分數卻不理想。

キッチン【kitchen】 (名) 廚房 (類) 台所（廚房）△キッチンは流し台がすぐに汚れてしまいます。／廚房的流理台一下子就會變髒了。

きっと (副) 一定，必定；（神色等）嚴厲地，嚴肅地 (類) 必ず（必定）△あしたはきっと晴れるでしょう。／明天一定會放晴。

きぼう【希望】 (名・他サ) 希望，期望，願望 (類) 望み（希望）△あなたのおかげで、希望を持つことができました。／多虧你的加油打氣，我才能懷抱希望。

きほん【基本】 (名) 基本，基礎，根本 (類) 基礎（基礎）△平仮名は日本語の基本ですから、しっかり覚えてください。／平假名是日文的基礎，請務必背誦起來。

きほんてき（な）【基本的（な）】 (形動) 基本的 △中国語は、基本的な挨拶ができるだけです。／中文只會最簡單的打招呼而已。

きまり【決まり】 (名) 規定，規則；習慣，常規，慣例；終結；收拾整頓 (類) 規則（規則）△グループに加わるからには、決まりはちゃんと守ります。／既然加入這團體，就會好好遵守規則。

きゃくしつじょうむいん【客室乗務員】 (名)（車、飛機、輪船上）服務員 (類) キャビンアテンダント（客艙工作人員）△どうしても客室乗務員になりたい、でも身長が足りない。／我很想當空姐，但是個子不夠高。

きゅうけい【休憩】 (名・自サ) 休息 (類) 休息（休息）△休憩どころか、食事する暇もない。／別說是吃飯，就連休息的時間也沒有。

きゅうこう【急行】 (名・自サ) 急忙前往，急趕；急行列車 (對) 普通（普通車）(類) 急行列車（快車）△たとえ急行に乗ったとしても、間に合わない。／就算搭上了快車也來不及。

N3-016

きゅうじつ【休日】 (名) 假日，休息日 (類) 休み（休假）△せっかくの休日に、何もしないでだらだら過ごすのは嫌です。／我討厭在難得的假日，什麼也不做地閒晃一整天。

きゅうりょう【丘陵】 (名) 丘陵 △多摩丘陵は、東京都から神奈川県にかけて広がっている。／多摩丘陵的分布範圍從東京都遍及神奈川縣。

きゅうりょう【給料】 (名) 工資，薪水 △来年こそは給料が上がるといいなあ。／真希望明年一定要加薪啊。

きょう【教】 (漢造) 教，教導；宗教 △信仰している宗教はありますか。／請問您有宗教信仰嗎？

ぎょう【行】 名·漢造 （字的）行；（佛）修行；行書 △段落を分けるには、行を改めて頭を一字分空けます。／分段時請換行，並於起頭處空一格。

ぎょう【業】 名·漢造 業，職業；事業；學業 △父は金融業で働いています。／家父在金融業工作。

きょういん【教員】 名 教師，教員 類 教師（教師）△小学校の教員になりました。／我當上小學的教職員了。

きょうかしょ【教科書】 名 教科書，教材 △今日は教科書の 21 ページからですね。／今天是從課本的第二十一頁開始上吧？

きょうし【教師】 名 教師，老師 類 先生（教師）△両親とも、高校の教師です。／我父母都是高中老師。

きょうちょう【強調】 名·他サ 強調；權力主張；（行情）看漲 類 力説（強調）△先生は、この点について特に強調していた。／老師曾特別強調這個部分。

きょうつう【共通】 名·形動·自サ 共同，通用 類 通用（通用）△成功者に共通している 10 の法則はこれだ！／成功者的十項共同法則就是這些！

きょうりょく【協力】 名·自サ 協力，合作，共同努力，配合 類 協同（合作）△友達が協力してくれたおかげで、彼女とデートができた。／多虧朋友們從中幫忙撮合，所以才有辦法約她出來。

きょく【曲】 名·漢造 曲調；歌曲；彎曲 △妹が書いた歌詞に私が曲をつけて、ネットで発表しました。／我把妹妹寫的詞譜成歌曲後，放到網路上發表了。

きょり【距離】 名 距離，間隔，差距 類 隔たり（距離）△距離は遠いといっても、車で行けばすぐです。／雖說距離遠，但開車馬上就到了。

きらす【切らす】 他五 用盡，用光 類 絶やす（斷絕）△恐れ入ります。今、名刺を切らしておりまして……。／不好意思，現在手邊的名片正好用完……。

ぎりぎり 名·副·他サ （容量等）最大限度，極限；（摩擦的）嘎吱聲 類 少なくとも（少說也要）△期限ぎりぎりまで待ちましょう。／我們就等到最後的期限吧！

きれる【切れる】 自下一 斷；用盡 △たこの糸が切れてしまった。／風箏線斷掉了。

きろく【記録】 名·他サ 記錄，記載，（體育比賽的）紀錄 類 記述（記述）△記録からして、大した選手じゃないのはわかっていた。／就紀錄來看，可知道他並不是很厲害的選手。

きん【金】 名·漢造 黃金，金子；金錢 △彼なら、金メダルが取れるんじゃないかと思う。／如果是他，我想應該可以奪下金牌。

きんえん【禁煙】㊔名·自サ 禁止吸菸；禁菸，戒菸 △校舎内は禁煙です。外の喫煙所をご利用ください。／校園內禁煙，請到外面的吸菸區。

ぎんこういん【銀行員】㊔名 銀行行員 △佐藤さんの子どもは二人とも銀行員です。／佐藤太太的兩個小孩都在銀行工作。

きんし【禁止】㊔名·他サ 禁止 對 許可（許可）類 差し止める（禁止）△病室では、喫煙だけでなく、携帯電話の使用も禁止されている。／病房內不止抽煙，就連使用手機也是被禁止的。

きんじょ【近所】㊔名 附近，左近，近郊 類 辺り（附近）△近所の子どもたちに昔の歌を教えています。／我教附近的孩子們唱老歌。

きんちょう【緊張】㊔名·自サ 緊張 對 和らげる（使緩和）類 緊迫（緊張）△彼が緊張しているところに声をかけると、もっと緊張するよ。／在他緊張的時候跟他說話，他會更緊張的啦！

く ㄎ

N3-017

く【句】㊔名 字，字句；俳句 △「古池や蛙飛びこむ水の音」この句の季語は何ですか。／「蛙入古池水有聲」這首俳句的季語是什麼呢？

クイズ【quiz】㊔名 回答比賽，猜謎；考試 △テレビのクイズ番組に参加してみたい。／我想去參加電視台的益智節目。

くう【空】㊔名·形動·漢造 空中，空間；空虛 △空に消える。／消失在空中。

クーラー【cooler】㊔名 冷氣設備 △暑いといっても、クーラーをつけるほどではない。／雖說熱，但還不到需要開冷氣的程度。

くさい【臭い】㊔形 臭 △この臭いにおいは、いったい何だろう。／這種臭味的來源到底是什麼呢？

くさる【腐る】㊔自五 腐臭，腐爛；金屬鏽，爛；墮落，腐敗；消沉，氣餒 類 腐敗する（腐敗）△それ、腐りかけてるみたいだね。捨てた方がいいんじゃない。／那東西好像開始腐敗了，還是丟了比較好吧。

くし【櫛】㊔名 梳子 △くしで髪をとかすとき、髪がいっぱい抜けるので心配です。／用梳子梳開頭髮的時候會扯下很多髮絲，讓我很憂心。

くじ【籤】㊔名 籤；抽籤 △発表の順番はくじで決めましょう。／上台發表的順序就用抽籤來決定吧。

くすりだい【薬代】㊔名 藥費 △日本では薬代はとても高いです。／日本的藥價非常昂貴。

くすりゆび【薬指】㊔名 無名指 △薬

指に、結婚指輪をはめている。／她的無名指上，戴著結婚戒指。

くせ【癖】㊔ 癖好，脾氣，習慣；（衣服的）摺線；頭髮亂翹 類 習慣（習慣）△まず、朝寝坊の癖を直すことですね。／首先，你要做的是把你的早上賴床的習慣改掉。

くだり【下り】㊔ 下降的；東京往各地的列車 對 上り（上升）△まもなく、下りの列車が参ります。／下行列車即將進站。

くだる【下る】自五 下降，下去；下野，脫離公職；由中央到地方；下達；往河的下游去 對 上る（上升）△この坂を下っていくと、1時間ぐらいで麓の町に着きます。／只要下了這條坡道，大約一個小時就可以到達山腳下的城鎮了。

くちびる【唇】㊔ 嘴唇 △冬になると、唇が乾燥する。／一到冬天嘴唇就會乾燥。

ぐっすり 副 熟睡，酣睡 類 熟睡（熟睡）△みんな、ゆうべはぐっすり寝たとか。／聽說大家昨晚都一夜好眠。

くび【首】㊔ 頸部 △どうしてか、首がちょっと痛いです。／不知道為什麼，脖子有點痛。

くふう【工夫】名・自サ 設法 △工夫しないことには、問題を解決できない。／如不下點功夫，就沒辦法解決問題。

くやくしょ【区役所】㊔（東京都特別區與政令指定都市所屬的）區公所 △父は区役所で働いています。／家父在區公所工作。

くやしい【悔しい】形 令人懊悔的 類 残念（懊悔）△試合に負けたので、悔しくてたまらない。／由於比賽輸了，所以懊悔得不得了。

クラシック【classic】㊔ 經典作品，古典作品，古典音樂；古典的 類 古典（古典）△クラシックを勉強するからには、ウィーンに行かなければ。／既然要學古典音樂，就得去一趟維也納。

くらす【暮らす】自・他五 生活，度日 類 生活する（生活）△親子3人で楽しく暮らしています。／親子三人過著快樂的生活。

クラスメート【classmate】㊔ 同班同學 類 同級生（同學）△クラスメートはみな仲が良いです。／我們班同學相處得十分和睦。

くりかえす【繰り返す】他五 反覆，重覆 類 反復する（反覆）△同じ失敗を繰り返すなんて、私はばかだ。／竟然犯了相同的錯誤，我真是個笨蛋。

クリスマス【christmas】㊔ 聖誕節 △メリークリスマスアンドハッピーニューイヤー。／祝你聖誕和新年快樂。（Merry Christmas and Happy New Year）

グループ【group】㊔（共同行動的）集團，夥伴；組，幫，群 類 集団（集團）△あいつのグループになんか、入るものか。／我才不加入那傢伙的團隊！

くるしい【苦しい】(形)艱苦；困難；難過；勉強 △「食べ過ぎた。苦しい～」「それ見たことか」／「吃太飽了，好難受……」「誰要你不聽勸告！」

くれ【暮れ】(名)日暮，傍晚；季末，年末 (對)明け(日出) (類)夕暮(傍晚)；年末(年末) △去年の暮れに比べて、景気がよくなりました。／和去年年底比起來，景氣已回升許多。

くろ【黒】(名)黑，黑色；犯罪，罪犯 △黒のワンピースに黒の靴なんて、お葬式みたいだよ。／怎麼會穿黑色的洋裝還搭上黑色的鞋子，簡直像去參加葬禮似的。

くわしい【詳しい】(形)詳細；精通，熟悉 (類)詳細(詳細) △あの人なら、きっと事情を詳しく知っている。／若是那個人，一定對整件事的來龍去脈一清二楚。

けヶ

N3-018

け【家】(接尾)…家，家族 △このドラマは将軍家の一族の話です。／那齣連續劇是描述將軍家族的故事。

けい【計】(名)總計，合計；計畫，計 △計3,500円をカードで払った。／以信用卡付了總額三千五百圓。

けいい【敬意】(名)尊敬對方的心情，敬意 △お年寄りに敬意をもって接する。／心懷尊敬對待老年人。

けいえい【経営】(名・他サ)經營，管理 (類)営む(經營) △経営はうまくいっているが、人間関係がよくない。／經營上雖不錯，但人際關係卻不好。

けいご【敬語】(名)敬語 △外国人ばかりでなく、日本人にとっても敬語は難しい。／不單是外國人，對日本人而言，敬語的使用同樣非常困難。

けいこうとう【蛍光灯】(名)螢光燈，日光燈 △蛍光灯の調子が悪くて、ちかちかする。／日光燈的狀態不太好，一直閃個不停。

けいさつかん【警察官】(名)警察官，警官 (類)警官(警察) △どんな女性が警察官の妻に向いていますか。／什麼樣的女性適合當警官的妻子呢？

けいさつしょ【警察署】(名)警察署 △容疑者が警察署に連れて行かれた。／嫌犯被帶去了警局。

けいさん【計算】(名・他サ)計算，演算；估計，算計，考慮 (類)打算(算計) △商売をしているだけあって、計算が速い。／不愧是做買賣的，計算得真快。

げいじゅつ【芸術】(名)藝術 (類)アート(藝術) △芸術のことなどわからないくせに、偉そうなことを言うな。／明明就不懂藝術，就別再自吹自擂說大話了。

けいたい【携帯】 名·他サ 攜帶；手機（「携帯電話（けいたいでんわ）」的簡稱）△携帯電話だけで、家の電話はありません。／只有行動電話，沒有家用電話。

けいやく【契約】 名·自他サ 契約，合同 △契約を結ぶ際は、はんこが必要です。／在簽訂契約的時候，必須用到印章。

けいゆ【経由】 名·自サ 經過，經由 類 経る（經過）△新宿を経由して、東京駅まで行きます。／我經新宿，前往東京車站。

ゲーム【game】 名 遊戲，娛樂；比賽 △ゲームばかりしているわりには、成績は悪くない。／儘管他老是打電玩，但是成績還不壞。

げきじょう【劇場】 名 劇院，劇場，電影院 類 シアター（劇院）△駅の裏に新しい劇場を建てるということだ。／聽說車站後面將會建蓋一座新劇場。

げじゅん【下旬】 名 下旬 對 上旬（上旬）類 月末（月底）△もう3月も下旬だけれど、春というよりまだ冬だ。／都已經是三月下旬了，但與其說是春天，根本還在冬天。

けしょう【化粧】 名·自サ 化妝，打扮；修飾，裝飾，裝潢 類 メークアップ（化妝）△彼女はトイレで化粧しているところだ。／她正在洗手間化妝。

けた【桁】 名（房屋、橋樑的）橫樑，桁架；算盤的主柱；數字的位數 △桁が一つ違うから、高くて買えないよ。／因為價格上多了一個零，太貴買不下手啦！

けち 名·形動 吝嗇、小氣（的人）；卑賤，簡陋，心胸狹窄，不值錢 類 吝嗇（吝嗇）△彼は、経済観念があるというより、けちなんだと思います。／與其說他有理財觀念，倒不如說是小氣。

ケチャップ【ketchup】 名 蕃茄醬 △ハンバーグにはケチャップをつけます。／把蕃茄醬澆淋在漢堡肉上。

けつえき【血液】 名 血，血液 類 血（血）△検査では、まず血液を取らなければなりません。／在檢查項目中，首先就得先抽血才行。

けっか【結果】 名·自他サ 結果，結局 對 原因（原因）類 結末（結果）△コーチのおかげでよい結果が出せた。／多虧教練的指導，比賽結果相當好。

けっせき【欠席】 名·自サ 缺席 對 出席（出席）△病気のため学校を欠席する。／因生病而沒去學校。

げつまつ【月末】 名 月末、月底 對 月初（月初）△給料は、月末に支払われる。／薪資在月底支付。

けむり【煙】 名 煙 類 スモーク（煙）△喫茶店は、たばこの煙でいっぱいだった。／咖啡廳裡，瀰漫著香煙的煙。

ける【蹴る】 (他五) 踢；沖破（浪等）；拒絕，駁回 (類) 蹴飛ばす（踢開）△ボールを蹴ったら、隣のうちに入ってしまった。／球一踢就飛到隔壁的屋裡去了。

けん・げん【軒】 (漢造) 軒昂，高昂；屋簷；表房屋數量，書齋，商店等雅號 △小さい村なのに、薬屋が３軒もある。／雖然只是一個小村莊，藥房卻多達三家。

けんこう【健康】 (形動) 健康的，健全的 (類) 元気（身體健康）△若いときからたばこを吸っていたわりに、健康です。／儘管從年輕時就開始抽菸了，但身體依然健康。

けんさ【検査】 (名・他サ) 檢查，檢驗 (類) 調べる（檢查）△病気かどうかは、検査をしてみないと分からない。／生病與否必須做檢查，否則無法判定。

げんだい【現代】 (名) 現代，當代；（歷史）現代（日本史上指二次世界大戰後）(對) 古代（古代）(類) 当世（當代）△この方法は、現代ではあまり使われません。／那個方法現代已經不常使用了。

けんちくか【建築家】 (名) 建築師 △このビルは有名な建築家が設計したそうです。／聽說這棟建築物是由一位著名的建築師設計的。

けんちょう【県庁】 (名) 縣政府 △県庁のとなりにきれいな公園があります。／在縣政府的旁邊有座美麗的公園。

（じどう）けんばいき【（自動）券売機】 (名)（門票、車票等）自動售票機 △新幹線の切符も自動券売機で買うことができます。／新幹線的車票也可以在自動販賣機買得到。

こ コ

N3-019

こ【小】 (接頭) 小，少；稍微 △うちから駅までは、小一時間かかる。／從我家到車站必須花上接近一個小時。

こ【湖】 (接尾) 湖 △琵琶湖観光のついでに、ふなずしを食べてきた。／遊覽琵琶湖時順道享用了鯽魚壽司。

こい【濃い】 (形) 色或味濃深；濃稠，密 (對) 薄い（淡薄）(類) 濃厚（濃厚）△あの人は夜の商売をしているのか。道理で化粧が濃いわけだ。／原來那個人是做晚上陪酒生意的，難怪化著一臉的濃妝。

こいびと【恋人】 (名) 情人，意中人 △月下老人のおかげで、恋人ができました。／多虧月下老人牽起姻緣，我已經交到女友／男友了。

こう【高】 (名・漢造) 高；高處，高度；（地位等）高 △高カロリーでも、気にしないで食べる。／就算是高熱量的食物也蠻不在乎地享用。

こう【校】漢造 學校；校對；（軍銜）校；學校 △野球の有名校に入学する。／進入擁有知名棒球隊的學校就讀。

こう【港】漢造 港口 △福岡観光なら、門司港に行かなくちゃ。／如果到福岡觀光，就非得去參觀門司港不可。

ごう【号】名·漢造（雜誌刊物等）期號；（學者等）別名 △雑誌の1月号を買ったら、カレンダーが付いていました。／買下雜誌的一月號刊後，發現裡面附了月曆。

こういん【行員】名 銀行職員 △当行の行員が暗証番号をお尋ねすることは絶対にありません。／本行行員絕對不會詢問客戶密碼。

こうか【効果】名 效果，成效，成績；（劇）效果 類 効き目（效力）△このドラマは音楽が効果的に使われている。／這部影集的配樂相當出色。

こうかい【後悔】名·他サ 後悔，懊悔 類 悔しい（後悔）△もう少し早く気づくべきだったと後悔している。／很後悔應該早點察覺出來才對。

ごうかく【合格】名·自サ 及格；合格 △第一志望の大学の入学試験に合格する。／我要考上第一志願的大學。

こうかん【交換】名·他サ 交換；交易 △古新聞をトイレットペーパーに交換してもらう。／用舊報紙換到了廁用衛生紙。

こうくうびん【航空便】名 航空郵件；空運 對 船便（海運）△注文した品物は至急必要なので、航空便で送ってください。／我訂購的商品是急件，請用空運送過來。

こうこく【広告】名·他サ 廣告；作廣告，廣告宣傳 類 コマーシャル（商業廣告）△広告を出すとすれば、たくさんお金が必要になります。／如果要拍廣告，就需要龐大的資金。

こうさいひ【交際費】名 應酬費用 類 社交費（社交花費）△友達と飲んだコーヒーって、交際費？／跟朋友去喝咖啡，這算是交際費呢？

こうじ【工事】名·自サ 工程，工事 △来週から再来週にかけて、近所で工事が行われる。／從下週到下下週，這附近將會施工。

こうつうひ【交通費】名 交通費，車馬費 類 足代（交通費）△会場までの交通費は自分で払います。／前往會場的交通費必須自付。

こうねつひ【光熱費】名 電費和瓦斯費等 類 燃料費（燃料費）△生活が苦しくて、学費はもちろん光熱費も払えない。／生活過得很苦，別說是學費，就連水電費都付不出來。

こうはい【後輩】名 後來的同事，（同一學校）後班生；晚輩，後生 對 先輩（前輩）類 後進（晚輩）△明日は、後輩もいっしょに来ることになっている。／預定明天學弟也會一起前來。

こうはん【後半】 (名) 後半，後一半 (對) 前半（前半）△私は三十代後半の主婦です。／我是個三十歲過半的家庭主婦。

こうふく【幸福】 (名·形動) 沒有憂慮，非常滿足的狀態 △貧しくても、あなたと二人なら私は幸福です。／就算貧窮，只要和你在一起，我就感覺很幸福。

こうふん【興奮】 (名·自サ) 興奮，激昂；情緒不穩定 (對) 落ちつく（平靜下來）(類) 激情（激動的情緒）△興奮したものだから、つい声が大きくなってしまった。／由於情緒過於激動，忍不住提高了嗓門。

こうみん【公民】 (名) 公民 △公民は中学3年生のときに習いました。／中學三年級時已經上過了公民課程。

こうみんかん【公民館】 (名)（市町村等的）文化館，活動中心 △公民館には茶道や華道の教室があります。／公民活動中心裡設有茶道與花道的課程。

こうれい【高齢】 (名) 高齢 △会長はご高齢ですが、まだまだお元気です。／會長雖然年事已高，但是依然精力充沛。

こうれいしゃ【高齢者】 (名) 高齢者，年高者 △近年、高齢者の人口が増えています。／近年來，高齢人口的數目不斷增加。

こえる【越える・超える】 (自下一) 越過；度過；超出，超過 △国境を越えたとしても、見つかったら殺される恐れがある。／就算成功越過了國界，要是被發現了，可能還是會遭到殺害。

ごえんりょなく【ご遠慮なく】 (敬) 請不用客氣 △「こちら、いただいてもいいですか」「どうぞ、ご遠慮なく」／「請問這邊的可以享用／收下嗎？」「請用請用／請請請，別客氣！」

N3-020

コース【course】 (名) 路線，（前進的）路徑；跑道；課程，學程；程序；套餐 △初級から上級まで、いろいろなコースが揃っている。／這裡有從初級到高級等各種完備的課程。

こおり【氷】 (名) 冰 △春になって、湖に張っていた氷も溶けた。／到了春天，原本在湖面上凍結的冰層也融解了。

ごかい【誤解】 (名·他サ) 誤解，誤會 (類) 勘違い（誤會）△説明のしかたが悪くて、誤解を招いたようです。／似乎由於說明的方式不佳而導致了誤解。

ごがく【語学】 (名) 外語的學習，外語，外語課 △10ヶ国語もできるなんて、語学が得意なんだね。／居然通曉十國語言，這麼說，在語言方面頗具長才喔。

こきょう【故郷】 (名) 故鄉，家鄉，出生地 (類) 郷里（故鄉）△誰だって、故郷が懐かしいに決まっている。／不論是誰，都會覺得故鄉很令人懷念。

N3

こく【国】(漢造) 國；政府；國際，國有 △日本は民主主義国です。／日本是施行民主主義的國家。

こくご【国語】(名) 一國的語言；本國語言；(學校的) 國語(課)，語文(課) (類) 共通語(共同語言) △国語のテスト、間違いだらけだった。／國語考卷上錯誤連連。

こくさいてき【国際的】(形動) 國際的 (類) 世界的(全世界的) △国際的な会議に参加したことがありますか。／請問您有沒有參加過國際會議呢？

こくせき【国籍】(名) 國籍 △日本では、二重国籍は認められていない。／日本不承認雙重國籍。

こくばん【黒板】(名) 黑板 △黒板、消しといてくれる？／可以幫忙擦黑板嗎？

こし【腰】(名・接尾) 腰；(衣服、裙子等的) 腰身 △引っ越しで腰が痛くなった。／搬個家，弄得腰都痛了。

こしょう【胡椒】(名) 胡椒 (類) ペッパー (胡椒) △胡椒を振ったら、くしゃみが出た。／灑了胡椒後，打了個噴嚏。

こじん【個人】(名) 個人 (補) 的（てき）接在名詞後面會構成形容動詞的詞幹，或連體修飾表示。可接な形容詞。△個人的な問題で、人に迷惑をかけるわけにはいかない。／這是私人的問題，不能因此而造成別人的困擾。

こぜに【小銭】(名) 零錢；零用錢；少量資金 △すみませんが、1,000円札を小銭に替えてください。／不好意思，請將千元鈔兌換成硬幣。

こづつみ【小包】(名) 小包裹；包裹 △海外に小包を送るには、どの送り方が一番安いですか。／請問要寄小包到國外，哪一種寄送方式最便宜呢？

コットン【cotton】(名) 棉，棉花；木棉，棉織品 △肌が弱いので、下着はコットンだけしか着られません。／由於皮膚很敏感，內衣只能穿純棉製品。

ごと【毎】(接尾) 每 △月ごとに家賃を支払う。／每個月付房租。

ごと (接尾)（表示包含在內）一共，連同 △リンゴを皮ごと食べる。／蘋果帶皮一起吃。

ことわる【断る】(他五) 謝絕；預先通知，事前請示 △借金は断ることにしている。／拒絕借錢給別人是我的原則。

コピー【copy】(名) 抄本，謄本，副本；(廣告等的) 文稿 △コピーを取るときに原稿を忘れてきてしまった。／影印時忘記把原稿一起拿回來了。

こぼす【溢す】(他五) 灑，漏，溢(液體)，落(粉末)；發牢騷，抱怨 (類) 漏らす(漏出) △あっ、またこぼして。ちゃんとお茶碗を持って食べなさい。／啊，又打翻了！吃飯時把碗端好！

こぼれる【零れる】(自下一) 灑落，流出；溢出，漾出；(花) 掉落 (類) 溢れる(溢出) △悲しくて、涙がこぼれてしまった。／難過得眼淚掉了出來。

コミュニケーション【communication】 ㊔（語言、思想、精神上的）交流，溝通；通訊，報導，信息 △職場では、コミュニケーションを大切にしよう。／在職場上，要多注重溝通技巧

こむ【込む・混む】 自五·接尾 擁擠，混雜；費事，精緻，複雜；表進入的意思；表深入或持續到極限 △2時ごろは、電車はそれほど混まない。／在兩點左右的時段搭電車，比較沒有那麼擁擠。

ゴム【(荷)gom】 ㊔ 樹膠，橡皮，橡膠 △輪ゴムでビニール袋の口をしっかりしばった。／用橡皮筋把袋口牢牢綁緊了。

コメディー【comedy】 ㊔ 喜劇 對 悲劇（悲劇） 類 喜劇（喜劇） △姉はコメディー映画が好きです。／姊姊喜歡看喜劇電影。

ごめんください 名·形動·副（道歉、叩門時）對不起，有人在嗎？ △ごめんください。どなたかいらっしゃいますか。／有人嗎？有人在家嗎？

こゆび【小指】 ㊔ 小指頭 △小指に怪我をしました。／我小指頭受了傷。

ころす【殺す】 他五 殺死，致死；抑制，忍住，消除；埋沒；浪費，犧牲，典當；殺，（棒球）使出局 對 生かす（使活命） 類 殺害（殺害） △別れるくらいなら、殺してください。／如果真要和我分手，不如殺了我吧！

こんご【今後】 ㊔ 今後，以後，將來 類 以後（以後） △今後のことを考えると、不安になる一方だ。／想到未來，心裡越來越不安。

こんざつ【混雑】 名·自サ 混亂，混雜，混染 類 混乱（混亂） △町の人口が増えるに従って、道路が混雑するようになった。／隨著城鎮人口的增加，交通愈來愈壅塞了。

コンビニ（エンスストア）【convenience store】 ㊔ 便利商店 類 雑貨店（雜貨店） △そのチケットって、コンビニで買えますか。／請問可以在便利商店買到那張入場券嗎？

さ サ

N3-021

さい【最】 漢造·接頭 最 △学年で最優秀の成績を取った。／得到了全學年第一名的成績。

さい【祭】 漢造 祭祀，祭禮；節日，節日的狂歡 △市の文化祭に出て歌を歌う。／參加本市舉辦的藝術節表演唱歌。

ざいがく【在学】 名·自サ 在校學習，上學 △大学の前を通るたびに、在学中のことが懐かしく思い出される。／每次經過大學門口時，就會想起就讀時的美好回憶。

さいこう【最高】(名・形動) (高度、位置、程度) 最高，至高無上；頂，極，最 對 最低 (最低) 類 ベスト (最好的) △最高におもしろい映画だった。／這電影有趣極了！

さいてい【最低】(名・形動) 最低，最差，最壞 對 最高 (最高) 類 最悪 (最糟) △あんな最低の男とは、さっさと別れるべきだった。／那種差勁的男人，應該早早和他分手才對！

さいほう【裁縫】(名・自サ) 裁縫，縫紉 △ボタン付けくらいできれば、お裁縫なんてできなくてもいい。／只要會縫釦子就好，根本不必會什麼縫紉。

さか【坂】(名) 斜面，坡道；(比喻人生或工作的關鍵時刻) 大關，陡坡 類 坂道 (斜坡) △坂を上ったところに、教会があります。／上坡之後的地方有座教堂。

さがる【下がる】(自五) 後退；下降 對 上がる (上升) 類 落ちる (降落) △危ないですから、後ろに下がっていただけますか。／很危險，可以請您往後退嗎？

さく【昨】(漢造) 昨天；前一年，前一季；以前，過去 △昨年の正月は雪が多かったが、今年は暖かい日が続いた。／去年一月下了很多雪，但今年一連好幾天都很暖和。

さくじつ【昨日】(名) (「きのう」的鄭重說法) 昨日，昨天 對 明日 (明天) 類 前の日 (昨天) △昨日から横浜で日本語教育についての国際会議が始まりました。／從昨天開始，於橫濱展開了一場有關日語教育的國際會議。

さくじょ【削除】(名・他サ) 刪掉，刪除，勾消，抹掉 類 削り取る (削掉) △子どもに悪い影響を与える言葉は、削除することになっている。／按規定要刪除對孩子有不好影響的詞彙。

さくねん【昨年】(名・副) 去年 對 来年 (明年) 類 去年 (去年) △昨年はいろいろお世話になりました。／去年承蒙您多方照顧。

さくひん【作品】(名) 製成品；(藝術) 作品，(特指文藝方面) 創作 類 作物 (作品) △これは私にとって思い出の作品です。／這對我而言，是件值得回憶的作品。

さくら【桜】(名) (植) 櫻花，櫻花樹；淡紅色 △今年は桜が咲くのが遅い。／今年櫻花開得很遲。

さけ【酒】(名) 酒 (的總稱)，日本酒，清酒 △酒に酔って、ばかなことをしてしまった。／喝醉以後做了蠢事。

さけぶ【叫ぶ】(自五) 喊叫，呼叫，大聲叫；呼喊，呼籲 類 わめく (喊叫) △試験の最中に教室に鳥が入ってきて、思わず叫んでしまった。／正在考試時有鳥飛進教室裡，忍不住尖叫了起來。

さける【避ける】(他下一) 躲避，避開，逃避；避免，忌諱 類 免れる (避免) △なんだかこのごろ、彼氏が私を避けてるみたい。／最近怎麼覺得男友好像在躲我。

さげる【下げる】（他下一）向下；掛；收走 對 上げる（提高）△飲み終わったら、コップを台所に下げてください。／喝完以後，請把杯子放到廚房。

ささる【刺さる】（自五）刺在…在，扎進，刺入 △指にガラスの破片が刺さってしまった。／手指被玻璃碎片給刺傷了。

さす【刺す】（他五）刺，穿，扎；螫，咬，釘；縫綴，衲；捉住，黏捕 類 突き刺す（刺進）△蜂に刺されてしまった。／我被蜜蜂給螫到了。

N3-022

さす【指す】（他五）指，指示；使，叫，令，命令做… 類 指示（指示）△甲と乙というのは、契約者を指しています。／所謂甲乙指的是簽約的雙方。

さそう【誘う】（他五）約，邀請；勸誘，會同；誘惑，勾引；引誘，引起 類 促す（促使）△友達を誘って台湾に行った。／揪朋友一起去了台灣。

さっか【作家】（名）作家，作者，文藝工作者；藝術家，藝術工作者 類 ライター（作家）△さすが作家だけあって、文章がうまい。／不愧是作家，文章寫得真好。

さっきょくか【作曲家】（名）作曲家 △作曲家になるにはどうすればよいですか。／請問該如何成為一個作曲家呢？

さまざま【様々】（名·形動）種種，各式各樣的，形形色色的 類 色々（各式各樣）△今回の失敗については、さまざまな原因が考えられる。／關於這次的失敗，可以歸納出種種原因。

さます【冷ます】（他五）冷卻，弄涼；（使熱情、興趣）降低，減低 類 冷やす（冷卻）△熱いので、冷ましてから食べてください。／很燙的！請吹涼後再享用。

さます【覚ます】（他五）（從睡夢中）弄醒，喚醒；（從迷惑、錯誤中）清醒，醒酒；使清醒，使覺醒 類 覚める（醒來）△赤ちゃんは、もう目を覚ましましたか。／嬰兒已經醒了嗎？

さめる【冷める】（自下一）（熱的東西）變冷，涼；（熱情、興趣等）降低，減退 類 冷える（變涼）△スープが冷めてしまった。／湯冷掉了。

さめる【覚める】（自下一）（從睡夢中）醒，醒過來；（從迷惑、錯誤、沉醉中）醒悟，清醒 類 目覚める（睡醒）△夜中に地震が来て、びっくりして目が覚めた。／半夜來了一場地震，把我嚇醒了。

さら【皿】（名）盤子；盤形物；（助數詞）一碟等 △ちょっと、そこのお皿取ってくれる？その四角いの。／欸，可以幫忙把那邊的盤子拿過來嗎？那個方形的。

サラリーマン【salariedman】（名）薪水階級，職員 △このごろは、大企業のサラリーマンでも失業する恐れがある。／近來，即便是大企業的職員也有失業的風險。

さわぎ【騒ぎ】 名 吵鬧，吵嚷；混亂，鬧事；轟動一時(的事件)，激動，振奮 類 騒動(騷動) △学校で、何か騒ぎが起こったらしい。／看來學校裡，好像起了什麼騷動的樣子。

さん【山】 接尾 山；寺院，寺院的山號 △富士山をはじめ、日本の主な山はだいたい登った。／從富士山，到日本的重要山脈大部分都攀爬過了。

さん【産】 名·漢造 生產，分娩；(某地方)出生；財產 △台湾産のマンゴーは、味がよいのに加えて値段も安い。／台灣種植的芒果不但好吃，而且價格也便宜。

さんか【参加】 名·自サ 參加，加入 類 加入(加入) △半分仕事のパーティーだから、参加するよりほかない。／那是一場具有工作性質的酒會，所以不能不參加。

さんかく【三角】 名 三角形 △おにぎりを三角に握る。／把飯糰捏成三角形。

ざんぎょう【残業】 名·自サ 加班 類 超勤(加班) △彼はデートだから、残業するわけがない。／他要約會，所以不可能會加班的。

さんすう【算数】 名 算數，初等數學；計算數量 類 計算(計算) △うちの子は、算数が得意な反面、国語は苦手です。／我家小孩的算數很拿手，但另一方面卻拿國文沒輒。

さんせい【賛成】 名·自サ 贊成，同意 對 反対(反對) 類 同意(同意) △みなが賛成したとしても、私は反対です。／就算大家都贊成，我還是反對。

サンプル【sample】 名·他サ 樣品，樣本 △街を歩いていて、新しいシャンプーのサンプルをもらった。／走在路上的時候，拿到了新款洗髮精的樣品。

しシ

N3-023

し【紙】 漢造 報紙的簡稱；紙；文件，刊物 新聞紙で野菜を包んで、ビニール袋に入れた。／用報紙包蔬菜，再放進了塑膠袋裡。

し【詩】 名·漢造 詩，詩歌 類 漢詩(中國古詩) △私の趣味は、詩を書くことです。／我的興趣是作詩。

じ【寺】 漢造 寺 △築地本願寺には、パイプオルガンがある。／築地的本願寺裡有管風琴。

しあわせ【幸せ】 名·形動 運氣，機運；幸福，幸運 對 不幸せ(不幸) 類 幸福(幸福) △結婚すれば幸せというものではないでしょう。／結婚並不能說就會幸福的吧！

シーズン【season】 (名)（盛行的）季節，時期 (類) 時期（時期）△ 8 月は旅行シーズンだから、混んでるんじゃない？／八月是旅遊旺季，那時候去玩不是人擠人嗎？

CDドライブ【CD drive】 (名) 光碟機 △ CD ドライブが起動しません。／光碟機沒有辦法起動。

ジーンズ【jeans】 (名) 牛仔褲 △高級レストランだからジーンズで行くわけにはいかない。／因為那一家是高級餐廳，總不能穿牛仔褲進去。

じえいぎょう【自営業】 (名) 獨立經營，獨資 △自営業ですから、ボーナスはありません。／因為我是獨立開業，所以沒有分紅獎金。

ジェットき【jet機】 (名) 噴氣式飛機，噴射機 △ジェット機に関しては、彼が知らないことはない。／有關噴射機的事，他無所不知。

しかく【四角】 (名) 四角形，四方形，方形 △四角の面積を求める。／請算出方形的面積。

しかく【資格】 (名) 資格，身份；水準 (類) 身分（身分）△ 5 年かかってやっと弁護士の資格を取得した。／經過五年的努力不懈，終於取得律師資格。

じかんめ【時間目】 (接尾) 第…小時 △今日の二時間目は、先生の都合で四時間目と交換になった。／由於老師有事，今天的第二節課和第四節課交換了。

しげん【資源】 (名) 資源 △交ぜればゴミですが、分ければ資源になります。／混在一起是垃圾，但經過分類的話就變成資源了。

じけん【事件】 (名) 事件，案件 (類) 出来事（事件）△連続して殺人事件が起きた。／殺人事件接二連三地發生了。

しご【死後】 (名) 死後；後事 (對) 生前（生前）(類) 没後（死後）△みなさんは死後の世界があると思いますか。／請問各位認為真的有冥界嗎？

じご【事後】 (名) 事後 (對) 事前（事前）△事後に評価報告書を提出してください。／請在結束以後提交評估報告書。

ししゃごにゅう【四捨五入】 (名・他サ) 四捨五入 △ 26 を 10 の位で四捨五入すると 30 です。／將 26 四捨五入到十位數就變成 30。

N3-024

ししゅつ【支出】 (名・他サ) 開支，支出 (對) 収入（收入）(類) 支払い（支付）△支出が増えたせいで、貯金が減った。／都是支出變多，儲蓄才變少了。

しじん【詩人】 (名) 詩人 (類) 歌人（詩人）△彼は詩人ですが、ときどき小説も書きます。／他雖然是個詩人，有時候也會寫寫小說。

N3

じしん【自信】(名) 自信，自信心 △自信を持つことこそ、あなたに最も必要なことです。／要對自己有自信，對你來講才是最需要的。

しぜん【自然】(名·形動·副) 自然，天然；大自然，自然界；自然地 (對) 人工（人工）(類) 天然（天然）△この国は、経済が遅れている反面、自然が豊かだ。／這個國家經濟雖落後，但另一方面卻擁有豐富的自然資源。

じぜん【事前】(名) 事前 (對) 事後（事後）△仕事を休みたいときは、なるべく事前に言ってください。／工作想請假時請盡量事先報告。

した【舌】(名) 舌頭；說話；舌狀物 (類) べろ（舌頭）△熱いものを食べて、舌をやけどした。／我吃熱食時燙到舌頭了。

したしい【親しい】(形)（血緣）近；親近，親密；不稀奇 (對) 疎い（生疏）(類) 懇ろ（親密）△学生時代からの付き合いですから、村田さんとは親しいですよ。／我和村田先生從學生時代就是朋友了，兩人的交情非常要好。

しつ【質】(名) 質量；品質，素質；質地，實質；抵押品；真誠，樸實 (類) 性質（性質）△この店の商品は、あの店に比べて質がいいです。／這家店的商品，比那家店的品質好多了。

じつ【日】(漢造) 太陽；日，一天，白天；每天 △一部の地域を除いて、翌日に配達いたします。／除了部分區域以外，一概隔日送達。

しつぎょう【失業】(名·自サ) 失業 (類) 失職（失業）△会社が倒産して失業する。／公司倒閉而失業。

しっけ【湿気】(名) 濕氣 (類) 湿り気（濕氣）△暑さに加えて、湿気もひどくなってきた。／除了熱之外，濕氣也越來越嚴重。

じっこう【実行】(名·他サ) 實行，落實，施行 (類) 実践（實踐）△資金が足りなくて、計画を実行するどころじゃない。／資金不足，哪能實行計畫呀！

しつど【湿度】(名) 濕度 △湿度が高くなるに従って、かびが生えやすくなる。／隨著濕度增加，容易長霉。

じっと (副·自サ) 保持穩定，一動不動；凝神，聚精會神；一聲不響地忍住；無所做為，呆住 (類) つくづく（全神貫注）△相手の顔をじっと見つめる。／凝神注視對方的臉。

じつは【実は】(副) 說真的，老實說，事實是，說實在的 (類) 打ち明けて言うと（說真的）△「国産」と書いてあったが、実は輸入品だった。／上面雖然寫著「國產」，實際上卻是進口商品。

じつりょく【実力】(名) 實力，實際能力 (類) 腕力（力氣）△彼女は、実力があるだけでなく、やる気もあります。／她不只有實力，也很有幹勁。

し

しつれいします【失礼します】[感]（道歉）對不起；（先行離開）先走一步；（進門）不好意思打擾了；（職場用語 - 掛電話時）不好意思先掛了；（入座）謝謝 △用がある時は、「失礼します」って言ってから入ってね。／有事情要進去那裡之前，必須先說聲「報告」，才能夠進去喔。

じどう【自動】[名] 自動（不單獨使用）△入口は、自動ドアになっています。／入口是自動門。

N3-025

しばらく[副] 好久；暫時 [類] しばし（暫時）△胃に穴が空いたから、しばらく会社を休むしかない。／由於罹患了胃穿孔，不得不暫時向公司請假。

じばん【地盤】[名] 地基，地面；地盤，勢力範圍 △家は地盤の固いところに建てたい。／希望在地盤穩固的地方蓋房子。

しぼう【死亡】[名·他サ] 死亡 [對] 生存（生存）[類] 死去（逝世）△けが人はいますが、死亡者はいません。／雖然有人受傷，但沒有人死亡。

しま【縞】[名] 條紋，格紋，條紋布 △アメリカの国旗は、赤と白がしまになっている。／美國國旗是紅白相間的條紋。

しまがら【縞柄】[名] 條紋花樣 [類] 縞模様（條紋花樣）△縞柄のネクタイをつけている人が部長です。／繫著條紋領帶的人是經理。

しまもよう【縞模様】[名] 條紋花樣 [類] 縞柄（條紋花樣）△縞模様のシャツをたくさん持っています。／我有很多件條紋襯衫。

じまん【自慢】[名·他サ] 自滿，自誇，自大，驕傲 [類] 誇る（誇耀）△あの人の話は息子の自慢ばかりだ。／那個人每次開口總是炫耀兒子。

じみ【地味】[形動] 素氣，樸素，不華美；保守 [對] 派手（花俏）[類] 素朴（樸素）△この服、色は地味だけど、デザインが洗練されてますね。／這件衣服的顏色雖然樸素，但是設計非常講究。

しめい【氏名】[名] 姓與名，姓名 △ここに、氏名、住所と、電話番号を書いてください。／請在這裡寫上姓名、住址和電話號碼。

しめきり【締め切り】[名]（時間、期限等）截止，屆滿；封死，封閉；截斷，斷流 [類] 期限（期限）△締め切りまでには、何とかします。／在截止之前會想想辦法。

しゃ【車】[名·接尾·漢造] 車；（助數詞）車，輛，車廂 △毎日電車で通勤しています。／每天都搭電車通勤。

しゃ【者】[漢造] 者，人；（特定的）事物，場所 △失業者にとっては、あんなレストランはぜいたくです。／對失業者而言，上那種等級的餐廳太奢侈了。

しゃ【社】[名·漢造] 公司，報社（的簡稱）；

社會團體；組織；寺院 △父の友人のおかげで、新聞社に就職できた。／承蒙父親朋友大力鼎助，得以在報社上班了。

しやくしょ【市役所】㊔ 市政府，市政廳 △市役所へ婚姻届を出しに行きます。／我們要去市公所辦理結婚登記。

ジャケット【jacket】㊔ 外套，短上衣；唱片封面 ㊟ 下着（內衣） ㊫ 上着（外衣） △暑いですから、ジャケットはいりません。／外面氣溫很高，不必穿外套。

しゃしょう【車掌】㊔ 車掌，列車員 ㊫ 乗務員（乘務員） △車掌が来たので、切符を見せなければならない。／車掌來了，得讓他看票根才行。

ジャズ【jazz】（名・自サ）（樂）爵士音樂 △叔父はジャズのレコードを収集している。／家叔的嗜好是收集爵士唱片。

しゃっくり（名・自サ）打嗝 △しゃっくりが出て、止まらない。／開始打嗝，停不下來。

しゃもじ【杓文字】㊔ 杓子，飯杓 △しゃもじにご飯粒がたくさんついています。／飯匙上沾滿了飯粒。

N3-026

しゅ【手】（漢造）手；親手；專家；有技藝或資格的人 △タクシーの運転手になる。／成為計程車司機。

しゅ【酒】（漢造）酒 △ぶどう酒とチーズは合う。／葡萄酒和起士的味道很合。

しゅう【週】（名・漢造）星期；一圈 △週に1回は運動することにしている。／固定每星期運動一次。

しゅう【州】㊔ 大陸，州 △アメリカでは、州によって法律が違うそうです。／據說在美國，法律會因州而益。

しゅう【集】（名・漢造）（詩歌等的）集；聚集 △作品を全集にまとめる。／把作品編輯成全集。

じゅう【重】（名・漢造）（文）重大；穩重；重要 △重要なことなので、よく聞いてください。／這是很重要的事，請仔細聆聽。

しゅうきょう【宗教】㊔ 宗教 △この国の人々は、どんな宗教を信仰していますか。／這個國家的人，信仰的是什麼宗教？

じゅうきょひ【住居費】㊔ 住宅費，居住費 △住居費はだいたい給料の3分の1ぐらいです。／住宿費用通常佔薪資的三分之一左右。

しゅうしょく【就職】（名・自サ）就職，就業，找到工作 ㊫ 勤め（上班） △就職したからには、一生懸命働きたい。／既然找到了工作，我就想要努力去做。

ジュース【juice】㊔ 果汁，汁液，糖汁，肉汁 △未成年なので、ジュースを飲みます。／由於還未成年，因此喝果汁。

じゅうたい【渋滞】 名·自サ 停滯不前，遲滯，阻塞 對 はかどる（進展順利）類 遅れる（進展延遲）△道が渋滞しているので、電車で行くしかありません。／因為路上塞車，所以只好搭電車去。

じゅうたん【絨毯】 名 地毯 類 カーペット（地毯）△居間にじゅうたんを敷こうと思います。／我打算在客廳鋪塊地毯。

しゅうまつ【週末】 名 週末 △週末には1時間ほど運動しています。／每週末大約運動一個小時左右。

じゅうよう【重要】 名·形動 重要，要緊 類 大事（重要）△彼は若いのに、なかなか重要な仕事を任せられている。／儘管他年紀輕，但已經接下相當重要的工作了。

しゅうり【修理】 名·他サ 修理，修繕 類 修繕（修繕）△この家は修理が必要だ。／這個房子需要進行修繕。

しゅうりだい【修理代】 名 修理費 △車の修理代に3万円かかりました。／花了三萬圓修理汽車。

じゅぎょうりょう【授業料】 名 學費 類 学費（學費）△家庭教師は授業料が高い。／家教老師的授課費用很高。

しゅじゅつ【手術】 名·他サ 手術 類 オペ（手術）△手術といっても、入院する必要はありません。／雖說要動手術，但不必住院。

しゅじん【主人】 名 家長，一家之主；丈夫，外子；主人；東家，老闆，店主 類 あるじ（主人）△主人は出張しております。／外子出差了。

しゅだん【手段】 名 手段，方法，辦法 類 方法（方法）△目的のためなら、手段を選ばない。／只要能達到目的，不擇手段。

N3-027

しゅつじょう【出場】 名·自サ（參加比賽）上場，入場；出站，走出場 類 欠場（不出場）△歌がうまくさえあれば、コンクールに出場できる。／只要歌唱得好，就可以參加比賽。

しゅっしん【出身】 名 出生（地），籍貫；出身；畢業於… 類 国籍（國籍）△東京出身といっても、育ったのは大阪です。／雖然我出生於東京，但卻是生長於大阪。

しゅるい【種類】 名 種類 類 ジャンル（種類）△酒にはいろいろな種類がある。／酒分成很多種類。

じゅんさ【巡査】 名 巡警 △巡査が電車で痴漢して逮捕されたって。／聽說巡警在電車上因性騷擾而被逮補。

じゅんばん【順番】 名 輪班（的次序），輪流，依次交替 類 順序（順序）△順番にお呼びしますので、おかけになってお待ちください。／會按照順序叫號，請坐著等候。

しょ【初】㊥漢造 初，始；首次，最初 △まだ4月なのに、今日は初夏の陽気だ。／現在才四月，但今天已經和初夏一樣熱了。

しょ【所】漢造 處所，地點；特定地 △市役所に勤めています。／在市公所工作。

しょ【諸】漢造 諸 △東南アジア諸国を旅行する。／前往幾個東南亞國家旅行。

じょ【女】名·漢造（文）女兒；女人，婦女 △少女のころは白馬の王子様を夢見ていた。／在少女時代夢想著能遇見白馬王子。

じょ【助】漢造 幫助；協助 △プロの作家になれるまで、両親が生活を援助してくれた。／在成為專業作家之前，一直由父母支援生活費。

しょう【省】名·漢造 省掉；（日本內閣的）省，部 △2001年の中央省庁再編で、省庁の数は12になった。／經過二〇〇一年施行中央政府組織改造之後，省廳的數目變成了十二個。

しょう【商】名·漢造 商，商業；商人；（數）商；商量 △美術商なのか。道理で絵に詳しいわけだ。／原來是美術商哦？難怪對繪畫方面懂得那麼多。

しょう【勝】漢造 勝利；名勝 △1勝1敗、明日の試合で勝負が決まる。／目前戰績是一勝一負，明天的比賽將會決定由誰獲勝。

じょう【状】名·漢造（文）書面，信件；情形，狀況 △先生の推薦状のおかげで、就職が決まった。／承蒙老師的推薦信，找到工作了。

じょう【場】名·漢造 場，場所；場面 △土地がないから、運動場は屋上に作るほかない。／由於找不到土地，只好把運動場蓋在屋頂上。

じょう【畳】接尾·漢造（計算草蓆、席墊）塊，疊；重疊 △6畳一間のアパートに住んでいます。／目前住在公寓裡一個六鋪席大的房間。

しょうがくせい【小学生】名 小學生 △下の子もこの春小学生になります。／老么也將在今年春天上小學了。

じょうぎ【定規】名（木工使用）尺，規尺；標準 △定規で点と点を結んで線を引きます。／用直尺在兩點之間畫線。

しょうきょくてき【消極的】形動 消極的 △恋愛に消極的な、いわゆる草食系男子が増えています。／現在一些對愛情提不起興趣，也就是所謂的草食系男子，有愈來愈多的趨勢。

N3-028

しょうきん【賞金】名 賞金；獎金 △ツチノコには1億円の賞金がかかっている。／目前提供一億圓的懸賞金給找到鍾子蛇的人。

じょうけん【条件】名 條件；條文，條款

類 制約（條件）△相談の上で、条件を決めましょう。／協商之後，再來決定條件吧。

しょうご【正午】 名 正午 類 昼（中午）△うちの辺りは、毎日正午にサイレンが鳴る。／我家那一帶每天中午十二點都會響起警報聲。

じょうし【上司】 名 上司，上級 對 部下（部下） 類 長官（長官）△新しい上司に代わってから、仕事がきつく感じる。／自從新上司就任後，工作變得比以前更加繁重。

しょうじき【正直】 名·形動·副 正直，老實 △彼は正直なので損をしがちだ。／他個性正直，容易吃虧。

じょうじゅん【上旬】 名 上旬 對 下旬（下旬） 類 初旬（上旬）△来月上旬に、日本へ行きます。／下個月的上旬，我要去日本。

しょうじょ【少女】 名 少女，小姑娘 類 乙女（少女）△少女は走りかけて、ちょっと立ち止まりました。／少女跑到一半，就停了一下。

しょうじょう【症状】 名 症狀 △どんな症状か医者に説明する。／告訴醫師有哪些症狀。

しょうすう【小数】 名（數）小數 △円周率は無限に続く小数です。／圓周率是無限小數。

しょうすう【少数】 名 少數 △賛成者は少数だった。／少數贊成者。

しょうすうてん【小数点】 名 小數點 △小数点以下は、四捨五入します。／小數點以下，要四捨五入。

しょうせつ【小説】 名 小說 類 物語（故事）△先生がお書きになった小説を読みたいです。／我想看老師所寫的小說。

じょうたい【状態】 名 狀態，情況 類 状況（狀況）△その部屋は、誰でも出入りできる状態にありました。／那個房間誰都可以自由進出。

じょうだん【冗談】 名 戲言，笑話，詼諧，玩笑 類 ジョーク（玩笑）△その冗談は彼女に通じなかった。／她沒聽懂那個玩笑。

しょうとつ【衝突】 名·自サ 撞，衝撞，碰上；矛盾，不一致；衝突 類 ぶつける（撞上）△車は、走り出したとたんに壁に衝突しました。／車子才剛發動，就撞上了牆壁。

しょうねん【少年】 名 少年 對 少女 類 青年（青年）△もう一度少年の頃に戻りたい。／我想再次回到年少時期。

しょうばい【商売】 名·自サ 經商，買賣，生意；職業，行業 類 商い（買賣）△商売がうまくいかないのは、景気が悪いせいだ。／生意沒有起色是因為景氣不好。

しょうひ【消費】 名·他サ 消費，耗費 對 貯金（存錢） 類 消耗（耗費）△ガソリンの消費量が、増加ぎみです。／汽油的消耗量，有增加的趨勢。

しょうひん【商品】㊔ 商品，貨品 △あのお店は商品が豊富に揃っています。／那家店商品的品項十分齊備。

じょうほう【情報】㊔ 情報，信息 類 インフォメーション（情報）△IT 業界について、何か新しい情報はありますか。／關於 IT 產業，你有什麼新的情報？

N3-029

しょうぼうしょ【消防署】㊔ 消防局，消防署 △火事を見つけて、消防署に119番した。／發現火災，打了 119 通報消防局。

しょうめい【証明】(名·他サ) 證明 類 証（證明）△事件当時どこにいたか、証明のしようがない。／根本無法提供案件發生時的不在場證明。

しょうめん【正面】㊔ 正面；對面；直接，面對面 對 背面（背面）類 前方（前面）△ビルの正面玄関に立っている人は誰ですか。／站在大樓正門前的是那位是誰？

しょうりゃく【省略】(名·副·他サ) 省略，從略 類 省く（省略）△携帯電話のことは、省略して「ケイタイ」という人が多い。／很多人都把行動電話簡稱為「手機」。

しようりょう【使用料】㊔ 使用費 △ホテルで結婚式をすると、会場使用料はいくらぐらいですか。／請問若是在大飯店裡舉行婚宴，場地租用費大約是多少錢呢？

しょく【色】(漢造) 顏色；臉色，容貌；色情；景象 補 助数詞：一色：いっしょく（ひといろ）、二色：にしょく、三色：さんしょく（さんしき）、四色：よんしょく、五色：ごしょく（ごしき）、六色：ろくしょく、七色：なないろ、八色：はっしょく、九色：きゅうしょく、十色：じゅっしょく（といろ）△あの人の髪は、金髪というより明るい褐色ですね。／那個人的髮色與其說是金色，比較像是亮褐色吧。

しょくご【食後】㊔ 飯後，食後 △お飲み物は食後でよろしいですか。／飲料可以在餐後上嗎？

しょくじだい【食事代】㊔ 餐費，飯錢 類 食費（伙食費）△今夜の食事代は会社の経費です。／今天晚上的餐費由公司的經費支應。

しょくぜん【食前】㊔ 飯前 △粉薬は食前に飲んでください。／請在飯前服用藥粉。

しょくにん【職人】㊔ 工匠 類 匠（木匠）△祖父は、たたみを作る職人でした。／爺爺曾是製作榻榻米的工匠。

しょくひ【食費】㊔ 伙食費，飯錢 類 食事代（伙食費）△日本は食費や家賃が高くて、生活が大変です。／日本的飲食費用和房租開銷大，居住生活很吃力。

しょくりょう【食料】㊔ 食品，食物 △地震で家を失った人たちに、水と食料を配った。／分送了水和食物給在地震中失去了房子的人們。

しょくりょう【食糧】㊔ 食糧，糧食 △食品を干すのは、食糧を蓄えるための昔の人の知恵です。／把食物曬乾是古時候的人想出來保存糧食的好方法。

しょっきだな【食器棚】㊔ 餐具櫃，碗廚 △引越ししたばかりで、食器棚は空っぽです。／由於才剛剛搬來，餐具櫃裡什麼都還沒擺。

ショック【shock】㊔ 震動，刺激，打擊；（手術或注射後的）休克 類 打撃（打擊）△彼女はショックのあまり、言葉を失った。／她因為太過震驚而說不出話來。

しょもつ【書物】㊔（文）書，書籍，圖書 △夜は一人で書物を読むのが好きだ。／我喜歡在晚上獨自看書。

じょゆう【女優】㊔ 女演員 對 男優（男演員）△その女優は、監督の指示どおりに演技した。／那個女演員依導演的指示演戲。

しょるい【書類】㊔ 文書，公文，文件 類 文書（文書）△書類はできたが、まだ部長のサインをもらっていない。／雖然文件都準備好了，但還沒得到部長的簽名。

N3-030

しらせ【知らせ】㊔ 通知；預兆，前兆 △第一志望の会社から、採用の知らせが来た。／第一志願的公司通知錄取了。

しり【尻】㊔ 屁股，臀部；（移動物體的）後方，後面；末尾，最後；（長物的）末端 類 臀部（臀部）△ずっと座っていたら、おしりが痛くなった。／一直坐著，屁股就痛了起來。

しりあい【知り合い】㊔ 熟人，朋友 類 知人（熟人）△鈴木さんは、佐藤さんと知り合いだということです。／據說鈴木先生和佐藤先生似乎是熟人。

シルク【silk】㊔ 絲，絲綢；生絲 類 織物（紡織品）△シルクのドレスを買いたいです。／我想要買一件絲綢的洋裝。

しるし【印】㊔ 記號，符號；象徵（物），標記；徽章；（心意的）表示；紀念（品）；商標 類 目印（記號）△間違えないように、印をつけた。／為了避免搞錯而貼上了標籤。

しろ【白】㊔ 白，皎白，白色；清白 △雪が降って、辺りは白一色になりました。／下雪後，眼前成了一片白色的天地。

しん【新】（名·漢造）新；剛收穫的；新曆

△夏休みが終わって、新学期が始まった。／暑假結束，新學期開始了。

しんがく【進学】(名·自サ) 升學；進修學問 類 進む（級別上升）△勉強が苦手で、高校進学でさえ難しかった。／我以前很不喜歡讀書，就連考高中都覺得困難。

しんがくりつ【進学率】(名) 升學率 △あの高校は進学率が高い。／那所高中升學率很高。

しんかんせん【新幹線】(名) 日本鐵道新幹線 △新幹線に乗るには、運賃のほかに特急料金がかかります。／要搭乘新幹線列車，除了一般運費還要加付快車費用。

しんごう【信号】(名·自サ) 信號，燈號；（鐵路、道路等的）號誌；暗號 △信号が赤から青に変わる。／號誌從紅燈變成綠燈。

しんしつ【寝室】(名) 寢室 △この家は居間と寝室と食堂がある。／這個住家有客廳、臥房以及餐廳。

しんじる・しんずる【信じる・信ずる】(他上一) 信，相信；確信，深信；信賴，可靠；信仰 對 不信（不相信）類 信用する（相信）△そんな話、誰が信じるもんか。／那種鬼話誰都不信！

しんせい【申請】(名·他サ) 申請，聲請 類 申し出る（提出）△証明書はこの紙を書いて申請してください。／要申請證明文件，麻煩填寫完這張紙之後提送。

しんせん【新鮮】(名·形動)（食物）新鮮；清新乾淨；新穎，全新 類 フレッシュ（新鮮）△今朝釣ってきたばかりの魚だから、新鮮ですよ。／這是今天早上才剛釣到的魚，所以很新鮮喔！

しんちょう【身長】(名) 身高 △あなたの身長は、バスケットボール向きですね。／你的身高還真是適合打籃球呀！

しんぽ【進歩】(名·自サ) 進步，逐漸好轉 對 退歩（退步）類 向上（進步）△科学の進歩のおかげで、生活が便利になった。／因為科學進步的關係，生活變方便多了。

しんや【深夜】(名) 深夜 類 夜更け（深夜）△深夜どころか、翌朝まで仕事をしました。／豈止到深夜，我是工作到隔天早上。

すス

N3-031

す【酢】(名) 醋 △ちょっと酢を入れ過ぎたみたいだ。すっぱい。／好像加太多醋了，好酸！

すいてき【水滴】(名) 水滴；（注水研墨用的）硯水壺 △エアコンから水滴が落ちてきた。／從冷氣機滴了水下來。

すいとう【水筒】 名（旅行用）水筒，水壺 △明日は、お弁当と、おやつと、水筒を持っていかなくちゃ。／明天一定要帶便當、零食和水壺才行。

すいどうだい【水道代】 名 自來水費 類 水道料金（水費）△水道代は一月2,000円ぐらいです。／水費每個月大約兩千圓左右。

すいどうりょうきん【水道料金】 名 自來水費 類 水道代（水費）△水道料金を支払いたいのですが。／不好意思，我想要付自來水費……。

すいはんき【炊飯器】 名 電子鍋 △この炊飯器はもう10年も使っています。／這個電鍋已經用了十年。

ずいひつ【随筆】 名 隨筆，小品文，散文，雜文 △『枕草子』は、清少納言によって書かれた随筆です。／《枕草子》是由清少納言著寫的散文。

すうじ【数字】 名 數字；各個數字 △暗証番号は、全部同じ数字にするのはやめた方がいいです。／密碼最好不要設定成重複的同一個數字。

スープ【soup】 名 湯（多指西餐的湯）△西洋料理では、最初にスープを飲みます。／西餐的用餐順序是先喝湯。

スカーフ【scarf】 名 圍巾，披肩；領結 類 襟巻き（圍巾）△寒いので、スカーフをしていきましょう。／因為天寒，所以圍上圍巾後再出去吧！

スキー【ski】 名 滑雪；滑雪橇，滑雪板 △北海道の人も、全員スキーができるわけではないそうだ。／聽說北海道人也不是每一個都會滑雪。

すぎる【過ぎる】 自上一 超過；過於；經過 類 経過する（經過）△5時を過ぎたので、もううちに帰ります。／已經五點多了，我要回家了。

すくなくとも【少なくとも】 副 至少，對低，最低限度 類 せめて（至少）△休暇を取るとしたら、少なくとも三日前に言わなければなりません。／如果要請假，至少要在三天前說才行。

すごい【凄い】 形 非常（好）；厲害；好的令人吃驚；可怕，嚇人 類 甚だしい（非常）補 すっごく：非常（強調語氣，多用在口語）△すごい嵐になってしまいました。／它轉變成猛烈的暴風雨了。

すこしも【少しも】 副（下接否定）一點也不，絲毫也不 類 ちっとも（一點也不）△お金なんか、少しも興味ないです。／金錢這東西，我一點都不感興趣。

すごす【過ごす】 他五·接尾 度（日子、時間），過生活；過渡過量；放過，不管 類 暮らす（生活）△たとえ外国に住んでいても、お正月は日本で過ごしたいです。／就算是住在外國，新年還是想在日本過。

すすむ【進む】 自五·接尾 進，前進；進步，先進；進展；升級，進級；升入，進入，到達；繼續下去 類 前進する（前進）△行列はゆっくりと寺へ向かって進んだ。／隊伍緩慢地往寺廟前進。

すすめる【進める】 他下一 使向前推進，使前進；推進，發展，開展；進行，舉行；提升，晉級；增進，使旺盛 類 前進させる（使前進）△企業向けの宣伝を進めています。／我在推廣以企業為對象的宣傳。

すすめる【勧める】 他下一 勸告，勸誘；勸，進（煙茶酒等） 類 促す（促使）△これは医者が勧める健康法の一つです。／這是醫師建議的保健法之一。

N3-032

すすめる【薦める】 他下一 勸告，勸告，勸誘；勸，敬（煙、酒、茶、座等） 類 推薦する（推薦）△彼はA大学の出身だから、A大学を薦めるわけだ。／他是從A大學畢業的，難怪會推薦A大學。

すそ【裾】 名 下擺，下襟；山腳；（靠近頸部的）頭髮 △ジーンズの裾を5センチほど短く直してください。／請將牛仔褲的褲腳改短五公分左右。

スター【star】 名（影劇）明星，主角；星狀物，星 △いつかきっとスーパースターになってみせる。／總有一天會變成超級巨星給大家看！

ずっと 副 更；一直 類 終始（始終）△ずっとほしかったギターをもらった。／收到夢寐以求的吉他。

すっぱい【酸っぱい】 形 酸，酸的 △梅干しはすっぱいに決まっている。／梅乾當然是酸的。

ストーリー【story】 名 故事，小說；（小說、劇本等的）劇情，結構 類 物語（故事）△日本のアニメはストーリーがおもしろいと思います。／我覺得日本卡通的故事情節很有趣。

ストッキング【stocking】 名 褲襪；長筒襪 類 靴下（襪子）△ストッキングをはいて出かけた。／我穿上褲襪便出門去了。

ストライプ【strip】 名 條紋；條紋布 類 縞模様（條紋花樣）△私の学校の制服は、ストライプ模様です。／我那所學校的制服是條紋圖案。

ストレス【stress】 名（語）重音；（理）壓力；（精神）緊張狀態 類 圧力（壓力）；プレッシャー（壓力）△ストレスと疲れから倒れた。／由於壓力和疲勞而病倒了。

すなわち【即ち】 接續 即，換言之；即是，正是；則，彼時；乃，於是 類 つまり（總之）△私の父は、1945年8月15日、すなわち終戦の日に生まれました。／家父是在一九四五年八月十五日，也就是二戰結束的那一天出生的。

スニーカー【sneakers】 名 球鞋，運動鞋 類 運動靴（運動鞋）△運動会の前に、新しいスニーカーを買ってあげましょう。／在運動會之前，買雙新的運動鞋給你吧。

スピード【speed】㊔ 快速，迅速；速度 ㊫ 速さ（速度）△あまりスピードを出すと危ない。／速度太快了很危險。

ずひょう【図表】㊔ 圖表 △実験の結果を図表にしました。／將實驗結果以圖表呈現了。

スポーツせんしゅ【sports選手】㊔ 運動選手 ㊫ アスリート（運動員）△好きなスポーツ選手はいますか。／你有沒有喜歡的運動選手呢？

スポーツちゅうけい【スポーツ中継】㊔ 體育（競賽）直播，轉播 △父と兄はスポーツ中継が大好きです。／爸爸和哥哥最喜歡看現場直播的運動比賽了。

すます【済ます】（他五·接尾）弄完，辦完；償還，還清；對付，將就，湊合；（接在其他動詞連用形下面）表示完全成為……△犬の散歩のついでに、郵便局に寄って用事を済ました。／遛狗時順道去郵局辦了事。

すませる【済ませる】（他五·接尾）弄完，辦完；償還，還清；將就，湊合 ㊫ 終える（完成）△もう手続きを済ませたから、ほっとしているわけだ。／因為手續都辦完了，怪不得這麼輕鬆。

すまない（連語）對不起，抱歉；（做寒暄語）對不起 △すまないと思うなら、手伝ってください。／要是覺得不好意思，那就來幫忙吧。

すみません【済みません】（連語）抱歉，不好意思 △お待たせしてすみません。／讓您久等，真是抱歉。

すれちがう【擦れ違う】（自五）交錯，錯過去；不一致，不吻合，互相分歧；錯車 △街ですれ違った美女には必ず声をかける。／每當在街上和美女擦身而過，一定會出聲搭訕。

せ セ

N3-033

せい【性】（名·漢造）性別；性慾；本性 △性によって差別されることのない社会を目指す。／希望能打造一個不因性別而受到歧視的社會。

せいかく【性格】㊔（人的）性格，性情；（事物的）性質，特性 ㊫ 人柄（人品）△兄弟といっても、弟と僕は全然性格が違う。／雖說是兄弟，但弟弟和我的性格截然不同。

せいかく【正確】（名·形動）正確，準確 ㊫ 正しい（正確）△事実を正確に記録する。／事實正確記錄下來。

せいかつひ【生活費】㊔ 生活費 △毎月の生活費に20万円かかります。／每個月的生活費需花二十萬圓。

せ

N3

せいき【世紀】㊔ 世紀，百代；時代，年代；百年一現，絕世 類 時代（時代）△ 20 世紀初頭の日本について研究しています。／我正針對 20 世紀初的日本進行研究。

ぜいきん【税金】㊔ 稅金，稅款 類 所得税（所得稅）△家賃や光熱費に加えて税金も払わなければならない。／不單是房租和水電費，還加上所得稅也不能不繳交。

せいけつ【清潔】（名·形動）乾淨的，清潔的；廉潔；純潔 對 不潔（骯髒）△ホテルの部屋はとても清潔だった。／飯店的房間，非常的乾淨。

せいこう【成功】（名·自サ）成功，成就，勝利；功成名就，成功立業 對 失敗（失敗）類 達成（成功）△ダイエットに成功したとたん、恋人ができた。／減重一成功，就立刻交到女朋友（男朋友）了。

せいさん【生産】（名·他サ）生產，製造；創作（藝術品等）；生業，生計 對 消費（耗費）類 産出（生產）△当社は、家具の生産に加えて販売も行っています。／本公司不單製造家具，同時也從事販售。

せいさん【清算】（名·他サ）結算，清算；清理財產；結束，了結 △ 10 年かけてようやく借金を清算した。／花費了十年的時間，終於把債務給還清了。

せいじか【政治家】㊔ 政治家（多半指議員）△あなたはどの政治家を支持していますか。／請問您支持哪位政治家呢？

せいしつ【性質】㊔ 性格，性情；（事物）性質，特性 類 たち（性質）△磁石は北を向く性質があります。／指南針具有指向北方的特性。

せいじん【成人】（名·自サ）成年人；成長，（長大）成人 類 大人（成人）△成人するまで、たばこを吸ってはいけません。／到長大成人之前，不可以抽煙。

せいすう【整数】㊔（數）整數 △ 18 割る 6 は割り切れて、答えは整数になる。／十八除以六的答案是整數。

せいぜん【生前】㊔ 生前 對 死後（死後）類 死ぬ前（生前）△祖父は生前よく釣りをしていました。／祖父在世時經常去釣魚。

せいちょう【成長】（名·自サ）（經濟、生產）成長，增長，發展；（人、動物）生長，發育 類 生い立ち（成長）△子どもの成長が、楽しみでなりません。／孩子們的成長，真叫人期待。

せいねん【青年】㊔ 青年，年輕人 類 若者（年輕人）△彼は、なかなか感じのよい青年だ。／他是個令人覺得相當年輕有為的青年。

せいねんがっぴ【生年月日】㊔ 出生年月日，生日 類 誕生日（生日）△書類には、生年月日を書くことになっていた。／文件上規定要填上出生年月日。

せ

せいのう【性能】㊔ 性能，機能，效能 △高ければ高いほど性能がよいわけではない。／並不是愈昂貴，性能就愈好。

せいひん【製品】㊔ 製品，產品 類 商品（商品）△この材料では、製品の品質は保証できません。／如果是這種材料的話，恕難以保證產品的品質。

せいふく【制服】㊔ 制服 類 ユニホーム（制服）△うちの学校、制服がもっとかわいかったらいいのになあ。／要是我們學校的制服更可愛一點就好了。

せいぶつ【生物】㊔ 生物 類 生き物（生物）△湖の中には、どんな生物がいますか。／湖裡有什麼生物？

せいり【整理】(名·他サ) 整理，收拾，整頓；清理，處理；捨棄，淘汰，裁減 類 整頓（整頓）△今、整理をしかけたところなので、まだ片付いていません。／現在才整理到一半，還沒完全整理好。

N3-034

せき【席】(名·漢造) 席，坐墊；席位，坐位 △お年寄りや体の不自由な方に席を譲りましょう。／請將座位禮讓給長者和行動不方便的人士。

せきにん【責任】㊔ 責任，職責 類 責務（職責）△責任を取らないで、逃げるつもりですか。／打算逃避問題，不負責任嗎？

せけん【世間】㊔ 世上，社會上；世人；社會輿論；（交際活動的）範圍 類 世の中（世上）△何もしていないのに、世間では私が犯人だとうわさしている。／我分明什麼壞事都沒做，但社會上卻謠傳我就是犯人。

せっきょくてき【積極的】(形動) 積極的 對 消極的（消極）類 前向き（積極）△とにかく積極的に仕事をすることですね。／總而言之，就是要積極地工作是吧。

ぜったい【絶対】(名·副) 絕對，無與倫比；堅絕，斷然，一定 對 相対（相對）類 絶対的（絕對）△この本、読んでごらん。絶対おもしろいよ。／建議你看這本書，一定很有趣喔。

セット【set】(名·他サ) 一組，一套；舞台裝置，布景；（網球等）盤，局；組裝，裝配；梳整頭髮 類 揃い（一組的）△食器を5客セットで買う。／買下五套餐具。

せつやく【節約】(名·他サ) 節約，節省 對 浪費（浪費）類 倹約（節約）△節約しているのに、お金がなくなる一方だ。／我已經很省了，但是錢卻越來越少。

せともの【瀬戸物】㊔ 陶瓷品 補 字源：愛知縣瀨戶市所產燒陶 △あそこの店には、手ごろな値段の瀬戸物がたくさんある。／那家店有很多物美價廉的陶瓷器。

ぜひ【是非】(名·副) 務必；好與壞 類

どうしても（一定）△あなたの作品をぜひ読ませてください。／請務必讓我拜讀您的作品。

せわ【世話】（名・他サ）援助，幫助；介紹，推薦；照顧，照料；俗語，常言 類 面倒見（照顧別人）△母に子供たちの世話をしてくれるように頼んだ。／拜託了我媽媽來幫忙照顧孩子們。

せん【戦】（漢造）戰爭；決勝負，體育比賽；發抖 △決勝戦は、あさって行われる。／決賽將在後天舉行。

ぜん【全】（漢造）全部，完全；整個；完整無缺 △問題解決のために、全世界が協力し合うべきだ。／為了解決問題，世界各國應該同心合作。

ぜん【前】（漢造）前方，前面；（時間）早；預先；從前 △前首相の講演会に行く。／去參加前首相的演講會。

せんきょ【選挙】（名・他サ）選舉，推選 △選挙の際には、応援をよろしくお願いします。／選舉的時候，就請拜託您的支持了。

せんざい【洗剤】（名）洗滌劑，洗衣粉（精）類 洗浄剤（洗淨劑）△洗剤なんか使わなくても、きれいに落ちます。／就算不用什麼洗衣精，也能將污垢去除得乾乾淨淨。

せんじつ【先日】（名）前天；前些日子 類 この間（前幾天）△先日、駅で偶然田中さんに会った。／前些日子，偶然在車站遇到了田中小姐。

ぜんじつ【前日】（名）前一天 △入学式の前日、緊張して眠れませんでした。／在參加入學典禮的前一天，我緊張得睡不著覺。

せんたくき【洗濯機】（名）洗衣機 補 せんたっき（口語）△このセーターは洗濯機で洗えますか。／這件毛線衣可以用洗衣機洗嗎？

センチ【centimeter】（名）厘米，公分 △1センチ右にずれる。／往右偏離了一公分。

せんでん【宣伝】（名・自他サ）宣傳，廣告；吹噓，鼓吹，誇大其詞 類 広告（廣告）△あなたの会社を宣伝するかわりに、うちの商品を買ってください。／我幫貴公司宣傳，相對地，請購買我們的商品。

ぜんはん【前半】（名）前半，前半部 △私のチームは前半に5点も得点しました。／我們這隊在上半場已經奪得高達五分了。

せんぷうき【扇風機】（名）風扇，電扇 △暑いですね。扇風機をつけたらどうでしょう。／好熱喔。要不要開個電風扇呀？

せんめんじょ【洗面所】（名）化妝室，廁所 類 手洗い（廁所）△彼女の家は洗面所にもお花が飾ってあります。／她家的廁所也裝飾著鮮花。

せんもんがっこう【専門学校】（名）專科學校 △高校卒業後、専門学校に行く人が多くなった。／在高中畢業後，進入專科學校就讀的人越來越多了。

そソ

N3-035

そう【総】 漢造 總括；總覽；總，全體；全部 △衆議院が解散し、総選挙が行われることになった。／最後決定解散眾議院，進行了大選。

そうじき【掃除機】 名 除塵機，吸塵器 △毎日、掃除機をかけますか。／每天都用吸塵器清掃嗎？

そうぞう【想像】 名·他サ 想像 類 イマジネーション（想像）△そんなひどい状況は、想像もできない。／完全無法想像那種嚴重的狀況。

そうちょう【早朝】 名 早晨，清晨 △早朝に勉強するのが好きです。／我喜歡在早晨讀書。

ぞうり【草履】 名 草履，草鞋 △浴衣のときは、草履ではなく下駄を履きます。／穿浴衣的時候，腳上的不是草屐，而是木屐。

そうりょう【送料】 名 郵費，運費 類 送り賃（運費）△送料が 1,000 円以下になるように、工夫してください。／請設法將運費壓到 1000 日圓以下。

ソース【sauce】 名（西餐用）調味醬 △我が家にいながら、プロが作ったソースが楽しめる。／就算待在自己的家裡，也能享用到行家調製的醬料。

そく【足】 接尾·漢造（助數詞）雙；足；足夠；添 △この棚の靴下は 3 足で 1,080 円です。／這個貨架上的襪子是三雙一千零八十圓。

そくたつ【速達】 名·自他サ 快速信件 △速達で出せば、間に合わないこともないだろう。／寄快遞的話，就不會趕不上吧！

そくど【速度】 名 速度 類 スピード（速度）△速度を上げて、トラックを追い越した。／加速超過了卡車。

そこ【底】 名 底，底子；最低處，限度；底層，深處；邊際，極限 △海の底までもぐったら、きれいな魚がいた。／我潛到海底，看見了美麗的魚兒。

そこで 接續 因此，所以；（轉換話題時）那麼，下面，於是 類 それで（那麼）△そこで、私は思い切って意見を言いました。／於是，我就直接了當地說出了我的看法。

そだつ【育つ】 自五 成長，長大，發育 類 成長する（成長）△子どもたちは、元気に育っています。／孩子們健康地成長著。

ソックス【socks】 名 短襪 △外で遊んだら、ソックスまで砂だらけになった。／外面玩瘋了，連襪上也全都沾滿泥沙。

そっくり 形動·副 一模一樣，極其相似；全部，完全，原封不動 類 似る（相似）△彼ら親子は、似ているというより、もうそっくりなんですよ。／他們母子，與其說是像，倒不如說是長得一模一樣了。

そっと 副 悄悄地，安靜的；輕輕的；偷偷地；照原樣不動的 類 静かに（安靜地）△しばらくそっとしておくことにしました。／暫時讓他一個人靜一靜了。

そで【袖】 名 衣袖；（桌子）兩側抽屜，（大門）兩側的廳房，舞台的兩側，飛機（兩翼）△半袖と長袖と、どちらがいいですか。／要長袖還是短袖？

そのうえ【その上】 接續 又，而且，加之，兼之 △質がいい。その上、値段も安い。／不只品質佳，而且價錢便宜。

そのうち【その内】 副·連語 最近，過幾天，不久；其中 △心配しなくても、そのうち帰ってくるよ。／不必擔心，再過不久就會回來了嘛。

そば【蕎麦】 名 蕎麥；蕎麥麵 △お昼ご飯はそばをゆでて食べよう。／午餐來煮蕎麥麵吃吧。

ソファー【sofa】 名 沙發（亦可唸作「ソファ」）△ソファーに座ってテレビを見る。／坐在沙發上看電視。

そぼく【素朴】 名·形動 樸素，純樸，質樸；（思想）純樸 △素朴な疑問なんですが、どうして台湾は台湾っていうんですか。／我只是好奇想問一下，為什麼台灣叫做台灣呢？

それぞれ 副 每個（人），分別，各自 類 おのおの（各自）△LINE と Facebook、それぞれの長所と短所は何ですか。／LINE 和臉書的優缺點各是什麼？

それで 接 因此；後來 類 それゆえ（因此）△それで、いつまでに終わりますか。／那麼，什麼時候結束呢？

それとも 接續 或著，還是 類 もしくは（或者）△女か、それとも男か。／是女的還是男的。

そろう【揃う】 自五 （成套的東西）備齊；成套；一致，（全部）一樣，整齊；（人）到齊，齊聚 類 整う（整齊）△全員揃ったから、試合を始めよう。／等所有人到齊以後就開始比賽吧。

そろえる【揃える】 他下一 使…備齊；使…一致；湊齊，弄齊，使成對 類 整える（備齊）△必要なものを揃えてからでなければ、出発できません。／如果沒有準備齊必需品，就沒有辦法出發。

そんけい【尊敬】 名·他サ 尊敬 △あなたが尊敬する人は誰ですか。／你尊敬的人是誰？

た

たタ

N3-036

たい【対】 (名·漢造) 對比，對方；同等，對等；相對，相向；(比賽) 比；面對 △1対1で引き分けです。／一比一平手。

だい【代】 (名·漢造) 代，輩；一生，一世；代價 △100年続いたこの店を、私の代で終わらせるわけにはいかない。／絕不能在我手上關了這家已經傳承百年的老店。

だい【第】 (漢造·接頭) 順序；考試及格，錄取 △ベートーベンの交響曲第6番は、「田園」として知られている。／貝多芬的第六號交響曲是名聞遐邇的《田園》。

だい【題】 (名·自サ·漢造) 題目，標題；問題；題辭 △作品に題をつけられなくて、「無題」とした。／想不到名稱，於是把作品取名為〈無題〉。

たいがく【退学】 (名·自サ) 退學 △息子は、高校を退学してから毎日ぶらぶらしている。／我兒子自從高中退學以後，每天都無所事事。

だいがくいん【大学院】 (名) (大學的) 研究所 △来年、大学院に行くつもりです。／我計畫明年進研究所唸書。

だいく【大工】 (名) 木匠，木工 (類) 匠 (木匠) △大工が家を建てている。／木工在蓋房子。

たいくつ【退屈】 (名·自サ·形動) 無聊，鬱悶，寂，厭倦 (類) つまらない (無聊) △やることがなくて、どんなに退屈したことか。／無事可做，是多麼的無聊啊！

たいじゅう【体重】 (名) 體重 △そんなにたくさん食べていたら、体重が減るわけがありません。／吃那麼多東西，體重怎麼可能減得下來呢！

たいしょく【退職】 (名·自サ) 退職 △退職してから、ボランティア活動を始めた。／離職以後，就開始去當義工了。

だいたい【大体】 (副) 大部分；大致；大概 (類) おおよそ (大致) △練習して、この曲はだいたい弾けるようになった。／練習以後，大致會彈這首曲子了。

たいど【態度】 (名) 態度，表現；舉止，神情，作風 (類) 素振り (態度) △君の態度には、先生でさえ怒っていたよ。／對於你的態度，就算是老師也感到很生氣喔。

タイトル【title】 (名) (文章的) 題目，(著述的) 標題；稱號，職稱 (類) 題名 (標題) △全文を読まなくても、タイトルを見れば内容はだいたい分かる。／不需讀完全文，只要看標題即可瞭解大致內容。

ダイニング【dining】 (名) 餐廳 (「ダイニングルーム」之略稱)；吃飯，用餐；西式餐館 △広いダイニングですので、10人ぐらい来ても大丈夫です

よ。／家裡的餐廳很大，就算來了十位左右的客人也沒有問題。

だいひょう【代表】(名·他サ) 代表 △斉藤君の結婚式で、友人を代表してお祝いを述べた。／在齊藤的婚禮上，以朋友代表的身分獻上了賀詞。

タイプ【type】(名·他サ) 型，形式，類型；典型，榜樣，樣本，標本；(印) 鉛字，活字；打字(機) 類 型式(型式)；タイプライター(打字機) △私はこのタイプのパソコンにします。／我要這種款式的電腦。

だいぶ【大分】(名·形動) 很，頗，相當，相當地，非常 類 ずいぶん(很) △だいぶ元気になりましたから、もう薬を飲まなくてもいいです。／已經好很多了，所以不吃藥也沒關係的。

だいめい【題名】(名) (圖書、詩文、戲劇、電影等的) 標題，題名 類 題(標題) △その歌の題名を知っていますか。／你知道那首歌的歌名嗎？

ダイヤ【diamond・diagram之略】(名) 鑽石(「ダイヤモンド」之略稱)；列車時刻表；圖表，圖解(「ダイヤグラム」之略稱) △ダイヤの指輪を買って、彼女に結婚を申し込んだ。／買下鑽石戒指向女友求婚。

ダイヤモンド【diamond】(名) 鑽石 △ダイヤモンドを買う。／買鑽石。

たいよう【太陽】(名) 太陽 對 太陰(月亮) 類 お日さま(太陽) △太陽が高くなるにつれて、暑くなった。／隨著太陽升起，天氣變得更熱了。

たいりょく【体力】(名) 體力 △年を取るに従って、体力が落ちてきた。／隨著年紀增加，體力愈來愈差。

ダウン【down】(名·自他サ) 下，倒下，向下，落下；下降，減退；(棒) 出局；(拳擊) 擊倒 對 アップ(提高) 類 下げる(降下) △駅が近づくと、電車はスピードダウンし始めた。／電車在進站時開始減速了。

たえず【絶えず】(副) 不斷地，經常地，不停地，連續 類 いつも(總是) △絶えず勉強しないことには、新しい技術に追いついていけない。／如不持續學習，就沒有辦法趕上最新技術。

たおす【倒す】(他五) 倒，放倒，推倒，翻倒；推翻，打倒；毀壞，拆毀；打敗，擊敗；殺死，擊斃；賴帳，不還債 類 打倒する(打倒)；転ばす(弄倒) △山の木を倒して団地を造る。／砍掉山上的樹木造鎮。

タオル【towel】(名) 毛巾；毛巾布 △このタオル、厚みがあるけれど夜までには乾くだろう。／這條毛巾雖然厚，但在入夜之前應該會乾吧。

たがい【互い】(名·形動) 互相，彼此；雙方；彼此相同 類 双方(雙方) △けんかばかりしているが、互いに嫌っているわけではない。／雖然老是吵架，但也並不代表彼此互相討厭。

たかまる【高まる】 (自五) 高漲，提高，增長；興奮 對 低まる（變低）類 高くなる（變高）△地球温暖化問題への関心が高まっている。／人們愈來愈關心地球暖化問題。

たかめる【高める】 (他下一) 提高，抬高，加高 對 低める（降低）類 高くする（提高）△発電所の安全性を高めるべきだ。／有必要加強發電廠的安全性。

たく【炊く】 (他五) 點火，燒著；燃燒；煮飯，燒菜 類 炊事（炊事）△ご飯は炊いてあったっけ。／煮飯了嗎？

だく【抱く】 (他五) 抱；孵卵；心懷，懷抱 類 抱える（抱）△赤ちゃんを抱いている人は誰ですか。／那位抱著小嬰兒的是誰？

タクシーだい【taxi代】 (名) 計程車費 類 タクシー料金（計程車費）△来月からタクシー代が上がります。／從下個月起，計程車的車資要漲價。

N3-037

タクシーりょうきん【taxi料金】 (名) 計程車費 類 タクシー代（計程車費）△来月からタクシー料金が値上げになるそうです。／據說從下個月開始，搭乘計程車的費用要漲價了。

たくはいびん【宅配便】 (名) 宅急便 比 宅配便（たくはいびん）：除黑貓宅急便之外的公司所能使用之詞彙。宅急便（たっきゅうびん）：日本黑貓宅急便登錄商標用語，只有此公司能使用此詞彙。△明日の朝、宅配便が届くはずです。／明天早上應該會收到宅配包裹。

たける【炊ける】 (自下一) 燒成飯，做成飯 △ご飯が炊けたので、夕食にしましょう。／飯已經煮熟了，我們來吃晚餐吧。

たしか【確か】 (副)（過去的事不太記得）大概，也許 △このセーターは確か1,000円でした。／這件毛衣大概是花一千日圓吧。

たしかめる【確かめる】 (他下一) 查明，確認，弄清 類 確認する（確認）△彼に聞いて、事実を確かめることができました。／與他確認實情後，真相才大白。

たしざん【足し算】 (名) 加法，加算 對 引き算（減法）類 加法（加法）△ここは引き算ではなくて、足し算ですよ。／這時候不能用減法，要用加法喔。

たすかる【助かる】 (自五) 得救，脫險；有幫助，輕鬆；節省（時間、費用、麻煩等）△乗客は全員助かりました。／乘客全都得救了。

たすける【助ける】 (他下一) 幫助，援助；救，救助；輔佐；救濟，資助 類 救助する（救助）；手伝う（幫助）△おぼれかかった人を助ける。／救起了差點溺水的人。

ただ (名·副) 免費，不要錢；普通，平凡；只有，只是（促音化為「たった」）類 僅か

（僅）△会員カードがあれば、ただで入れます。／如果持有會員卡，就能夠免費入場。

ただいま ㊔名·副 現在；馬上；剛才；（招呼語）我回來了 類 現在（現在）；すぐ（馬上）△ただいまお茶をお出しいたします。／我馬上就端茶過來。

たたく【叩く】 ㊔他五 敲，叩；打；詢問，徵求；拍，鼓掌；攻擊，駁斥；花完，用光 類 打つ（敲打）△向こうから太鼓をドンドンたたく音が聞こえてくる。／可以聽到那邊有人敲擊太鼓的咚咚聲響。

たたむ【畳む】 ㊔他五 疊，折；闔，闔上；關閉，結束；藏在心裡 類 折る（折疊）△布団を畳んで、押入れに上げる。／疊起被子收進壁櫥裡。

たつ【経つ】 ㊔自五 經，過；（炭火等）燒盡 類 過ぎる（經過）△あと 20 年たったら、一般の人でも月に行けるかもしれない。／再過二十年，說不定一般民眾也能登上月球。

たつ【建つ】 ㊔自五 蓋，建 類 建設する（建造）△駅の隣に大きなビルが建った。／在車站旁邊蓋了一棟大樓。

たつ【発つ】 ㊔自五 立，站；冒，升；離開；出發；奮起；飛，飛走 類 出発する（出發）△夜 8 時半の夜行バスで青森を発つ。／搭乘晚上八點半從青森發車的巴士。

たてなが【縦長】 ㊔名 矩形，長形，豎向 對 横長（橫寬）△日本や台湾では、縦長の封筒が多く使われている。／在日本和台灣通常使用直式信封。

たてる【立てる】 ㊔他下一 立起；訂立 △夏休みの計画を立てる。／規劃暑假計畫。

たてる【建てる】 ㊔他下一 建造，蓋 類 建築する（建築）△こんな家を建てたいと思います。／我想蓋這樣的房子。

たな【棚】 ㊔名 （放置東西的）隔板，架子，棚 △お荷物は上の棚に置くか、前の座席の下にお入れください。／請將隨身行李放到上方的置物櫃內，或前方旅客座椅的下方。

たのしみ【楽しみ】 ㊔名 期待，快樂 對 苦しみ（痛苦）類 趣味（趣味）△みんなに会えるのを楽しみにしています。／我很期待與大家見面！

たのみ【頼み】 ㊔名 懇求，請求，拜託；信賴，依靠 類 願い（心願）△父は、とうとう私の頼みを聞いてくれなかった。／父親終究沒有答應我的請求。

たま【球】 ㊔名 球 △山本君の投げる球はとても速くて、僕には打てない。／山本投擲的球速非常快，我實在打不到。

だます【騙す】 ㊔副 騙，欺騙，誆騙，矇騙；哄 類 欺く（欺騙）△彼の甘い言葉に騙されて、200 万円も取られてしまった。／被他的甜言蜜語欺騙，訛詐了高達兩百萬圓。

たまる【溜まる】 自五 事情積壓；積存，囤積，停滯 類 集まる（聚集）△最近、ストレスが溜まっている。／最近累積了不少壓力。

だまる【黙る】 自五 沉默，不說話；不理，不聞不問 對 喋る（說）類 沈黙する（沉默）△それを言われたら、私は黙るほかない。／被你這麼一說，我只能無言以對。

ためる【溜める】 他下一 積，存，蓄；積壓，停滯 類 蓄える（儲備）△お金をためてからでないと、結婚なんてできない。／不先存些錢怎麼能結婚。

たん【短】 名·漢造 短；不足，缺點 △私は飽きっぽいのが短所です。／凡事容易三分鐘熱度是我的缺點。

だん【団】 漢造 團，圓團；團體 △記者団は大臣に対して説明を求めた。／記者群要求了部長做解釋。

だん【弾】 漢造 砲彈 △彼は弾丸のような速さで部屋を飛び出していった。／他快得像顆子彈似地衝出了房間。

たんきだいがく【短期大学】 名（兩年或三年制的）短期大學 補 略稱：短大（たんだい）△姉は短期大学で勉強しています。／姊姊在短期大學裡就讀。

ダンサー【dancer】 名 舞者；舞女；舞蹈家 類 踊り子（女舞蹈家）△由香ちゃんはダンサーを目指しているそうです。／小由香似乎想要成為一位舞者。

たんじょう【誕生】 名·自サ 誕生，出生；成立，創立，創辦 類 出生（出生）△地球は46億年前に誕生した。／地球誕生於四十六億年前。

たんす 名 衣櫥，衣櫃，五斗櫃 類 押入れ（壁櫥）△服を畳んで、たんすにしまった。／折完衣服後收入衣櫃裡。

だんたい【団体】 名 團體，集體 類 集団（集團）△レストランに団体で予約を入れた。／我用團體的名義預約了餐廳。

ちチ

N3-038

チーズ【cheese】 名 起司，乳酪 △このチーズはきっと高いに違いない。／這種起士一定非常貴。

チーム【team】 名 組，團隊；（體育）隊 類 組（組織）△私たちのチームへようこそ。まず、自己紹介をしてください。／歡迎來到我們這支隊伍，首先請自我介紹。

チェック【check】 名·他サ 確認，檢查；核對，打勾；格子花紋；支票；號碼牌 類 見比べる（比對）△メールをチェックします。／檢查郵件。

ちか【地下】 名 地下；陰間；（政府或

組織）地下，秘密（組織） 對 地上（地上） 類 地中（地下）△ワインは、地下に貯蔵してあります。／葡萄酒儲藏在地下室。

ちがい【違い】 名 不同，差別，區別；差錯，錯誤 對 同じ（相同） 類 異なり（不同）△値段の違いは輸入した時期によるもので、同じ商品です。／價格的差異只是由於進口的時期不同，事實上是相同的商品。

ちかづく【近づく】 自五 臨近，靠近；接近，交往；幾乎，近似 類 近寄る（靠近）△夏休みも終わりが近づいてから、やっと宿題をやり始めた。／直到暑假快要結束才終於開始寫作業了。

ちかづける【近付ける】 他五 使…接近，使…靠近 類 寄せる（使靠近）△この薬品は、火を近づけると燃えるので、注意してください。／這藥只要接近火就會燃燒，所以要小心。

ちかみち【近道】 名 捷徑，近路 對 回り道（繞道） 類 抜け道（近路）△近道を知っていたら教えてほしい。／如果知道近路請告訴我。

ちきゅう【地球】 名 地球 類 世界（全球）△地球環境を守るために、資源はリサイクルしましょう。／為了保護地球環境，讓我們一起做資源回收吧。

ちく【地区】 名 地區 △この地区は、建物の高さが制限されています。／這個地區的建築物有高度限制。

チケット【ticket】 名 票，券；車票；入場券；機票 類 切符（票）△パリ行きのチケットを予約しました。／我已經預約了前往巴黎的機票。

チケットだい【ticket代】 名 票錢 類 切符代（票價）△事前に予約しておくと、チケット代が10％引きになります。／如果採用預約的方式，票券就可以打九折。

ちこく【遅刻】 名・自サ 遲到，晚到 類 遅れる（遲到）△電話がかかってきたせいで、会社に遅刻した。／都是因為有人打電話來，所以上班遲到了。

ちしき【知識】 名 知識 類 学識（學識）△経済については、多少の知識がある。／我對經濟方面略有所知。

ちぢめる【縮める】 他下一 縮小，縮短，縮減；縮回，捲縮，起皺紋 類 圧縮（壓縮）△この亀はいきなり首を縮めます。／這隻烏龜突然縮回脖子。

チップ【chip】 名（削木所留下的）片削；洋芋片 △ポテトチップを食べる。／吃洋芋片。

ちほう【地方】 名 地方，地區；（相對首都與大城市而言的）地方，外地 對 都会（都會） 類 田舎（鄉下）△私は東北地方の出身です。／我的籍貫是東北地區。

ちゃ【茶】 名・漢造 茶；茶樹；茶葉；茶水 △お茶をいれて、一休みした。／沏個茶，休息了一下。

チャイム【chime】(名) 組鐘；門鈴 △チャイムが鳴ったので玄関に行ったが、誰もいなかった。／聽到門鈴響後，前往玄關察看，門口卻沒有任何人。

ちゃいろい【茶色い】(形) 茶色 △どうして何を食べてもうんちは茶色いの。／為什麼不管吃什麼東西，糞便都是褐色的？

ちゃく【着】(名·接尾·漢造) 到達，抵達；(計算衣服的單位) 套；(記數順序或到達順序) 著，名；穿衣；黏貼；沉著；著手 (類) 着陸(著陸) △2着で銀メダルだった。／第二名是獲得銀牌。

ちゅうがく【中学】(名) 中學，初中 (類) 高校(高中) △中学になってから塾に通い始めた。／上了國中就開始到補習班補習。

ちゅうかなべ【中華なべ】(名) 中華鍋(炒菜用的中式淺底鍋) (類) なべ(鍋) △中華なべはフライパンより重いです。／傳統的炒菜鍋比平底鍋還要重。

ちゅうこうねん【中高年】(名) 中年和老年，中老年 △あの女優は中高年に人気だそうです。／那位女演員似乎頗受中高年齡層觀眾的喜愛。

ちゅうじゅん【中旬】(名) (一個月中的) 中旬 (類) 中頃(中間) △彼は、来月の中旬に帰ってくる。／他下個月中旬會回來。

N3-039

ちゅうしん【中心】(名) 中心，當中；中心，重點，焦點；中心地，中心人物 (對) 隅(角落) (類) 真ん中(中央) △点Aを中心とする半径5センチの円を描きなさい。／請以A點為圓心，畫一個半徑五公分的圓形。

ちゅうねん【中年】(名) 中年 (類) 壮年(壯年) △もう中年だから、あまり無理はできない。／已經是中年人了，不能太過勉強。

ちゅうもく【注目】(名·他サ·自サ) 注目，注視 (類) 注意(注意) △とても才能のある人なので、注目している。／他是個很有才華的人，現在備受矚目。

ちゅうもん【注文】(名·他サ) 點餐，訂貨，訂購；希望，要求，願望 (類) 頼む(請求) △さんざん迷ったあげく、カレーライスを注文しました。／再三地猶豫之後，最後竟點了個咖哩飯。

ちょう【庁】(漢造) 官署；行政機關的外局 △父は県庁に勤めています。／家父在縣政府工作。

ちょう【兆】(名·漢造) 徵兆；(數) 兆 △1光年は約9兆4600億キロである。／一光年大約是九兆四千六百億公里。

ちょう【町】(名·漢造) (市街區劃單位) 街，巷；鎮，街 △永田町と言ったら、日本の政治の中心地だ。／提到永田町，那裡可是日本的政治中樞。

ちょう【長】 (名·漢造) 長，首領；長輩；長處 △学級会の議長を務める。／擔任班會的主席。

ちょう【帳】 (漢造) 帳幕；帳本 △銀行の預金通帳が盗まれた。／銀行存摺被偷了。

ちょうかん【朝刊】 (名) 早報 (對) 夕刊（晚報）△毎朝、電車の中で、スマホで朝刊を読んでいる。／每天早上在電車裡用智慧型手機看早報。

ちょうさ【調査】 (名·他サ) 調查 (類) 調べる（調查）△年代別の人口を調査する。／調查不同年齡層的人口。

ちょうし【調子】 (名)（音樂）調子，音調；語調，聲調，口氣；格調，風格；情況，狀況 (類) 具合（情況）△年のせいか、体の調子が悪い。／不知道是不是上了年紀的關係，身體健康亮起紅燈了。

ちょうじょ【長女】 (名) 長女，大女兒 △長女が生まれて以来、寝る暇もない。／自從大女兒出生以後，忙得連睡覺的時間都沒有。

ちょうせん【挑戦】 (名·自サ) 挑戰 (類) 挑む（挑戰）△その試験は、私にとっては大きな挑戦です。／對我而言，參加那種考試是項艱鉅的挑戰。

ちょうなん【長男】 (名) 長子，大兒子 △来年、長男が小学校に上がる。／明年大兒子要上小學了。

ちょうりし【調理師】 (名) 烹調師，廚師 △彼は調理師の免許を持っています。／他具有廚師執照。

チョーク【chalk】 (名) 粉筆 △チョークで黒板に書く。／用粉筆在黑板上寫字。

ちょきん【貯金】 (名·自他サ) 存款，儲蓄 (類) 蓄える（儲蓄）△毎月決まった額を貯金する。／每個月都定額存錢。

ちょくご【直後】 (名·副)（時間，距離）緊接著，剛…之後，…之後不久 (對) 直前（即將…之前）△運動なんて無理無理。退院した直後だもの。／現在怎麼能去運動！才剛剛出院而已。

ちょくせつ【直接】 (名·副·自サ) 直接 (對) 間接（間接）(類) 直に（直接）△関係者が直接話し合って、問題はやっと解決した。／和相關人士直接交涉後，終於解決了問題。

ちょくぜん【直前】 (名) 即將…之前，眼看就要…的時候；（時間，距離）之前，跟前，眼前 (對) 直後（剛…之後）(類) 寸前（迫在眉睫）△テストの直前にしても、全然休まないのは体に悪いと思います。／就算是考試前夕，我還是認為完全不休息對身體是不好的。

ちらす【散らす】 (他五·接尾) 把…分散開，驅散；吹散，灑散；散佈，傳播；消腫 △ご飯の上に、ごまやのりが散らしてあります。／白米飯上，灑著芝麻和海苔。

ちりょう【治療】 (名·他サ) 治療，醫療，醫治 △検査の結果が出てから、今後

つ

の治療方針を決めます。／等檢查結果出來以後，再決定往後的治療方針。

ちりょうだい【治療代】(名) 治療費，診察費 (類) 医療費（醫藥費）△歯の治療代は非常に高いです。／治療牙齒的費用非常昂貴。

ちる【散る】(自五) 凋謝，散漫，落；離散，分散；遍佈；消腫；渙散 (對) 集まる（聚集）(類) 分散（分散）△桜の花びらがひらひらと散る。／櫻花落英繽紛。

つッ

N3-040

つい (副)（表時間與距離）相隔不遠，就在眼前；不知不覺，無意中；不由得，不禁 (類) うっかり（不留神）△ついうっかりして傘を間違えてしまった。／不小心拿錯了傘。

ついに【遂に】(副) 終於；竟然；直到最後 (類) とうとう（終於）△橋はついに完成した。／造橋終於完成了。

つう【通】(名·形動·接尾·漢造) 精通，內行，專家；通曉人情世故，通情達理；暢通；（助數詞）封，件，紙；穿過；往返；告知；貫徹始終 (類) 物知り（知識淵博的人）△彼ばかりでなく彼の奥さんも日本通だ。／不單是他，連他太太也非常通曉日本的事物。

つうきん【通勤】(名·自サ) 通勤，上下班 (類) 通う（往返）△会社まで、バスと電車で通勤するほかない。／上班只能搭公車和電車。

つうじる・つうずる【通じる・通ずる】(自上一 · 他上一) 通；通到，通往；通曉，精通；明白，理解；使…通；在整個期間內 (類) 通用する（通用）△日本では、英語が通じますか。／在日本英語能通嗎？

つうやく【通訳】(名·他サ) 口頭翻譯，口譯；翻譯者，譯員 △あの人はしゃべるのが速いので、通訳しきれなかった。／因為那個人講很快，所以沒辦法全部翻譯出來。

つかまる【捕まる】(自五) 抓住，被捉住，逮捕；抓緊，揪住 (類) 捕えられる（俘獲）△犯人、早く警察に捕まるといいのになあ。／真希望警察可以早日把犯人緝捕歸案呀。

つかむ【掴む】(他五) 抓，抓住，揪住，握住；掌握到，瞭解到 (類) 握る（掌握）△誰にも頼らないで、自分で成功をつかむほかない。／不依賴任何人，只能靠自己去掌握成功。

つかれ【疲れ】(名) 疲勞，疲乏，疲倦 (類) 疲労（疲勞）△マッサージをすると、疲れが取れます。／按摩就能解除疲勞。

つき【付き】（接尾）（前接某些名詞）樣子；附屬 △こちらの定食はデザート付きでたったの 700 円です。／這套餐還附甜點，只要七百圓而已。

つきあう【付き合う】（自五）交際，往來；陪伴，奉陪，應酬 類 交際する（交際）△隣近所と親しく付き合う。／敦親睦鄰。

つきあたり【突き当たり】（名）（道路的）盡頭 △うちはこの道の突き当たりです。／我家就在這條路的盡頭。

つぎつぎ・つぎつぎに・つぎつぎと【次々・次々に・次々と】（副）一個接一個，接二連三地，絡繹不絕的，紛紛；按著順序，依次 類 次から次へと（接二連三）△そんなに次々問題が起こるわけはない。／不可能會這麼接二連三地發生問題的。

つく【付く】（自五）附著，沾上；長，添增；跟隨；隨從，聽隨；偏坦；設有；連接著 類 接着する（黏在一起）；くっつく（黏著）△ご飯粒が顔に付いてるよ。／臉上黏了飯粒喔。

つける【点ける】（他下一）點燃；打開（家電類）類 スイッチを入れる（打開開關）；点す（點燈）△クーラーをつけるより、窓を開けるほうがいいでしょう。／與其開冷氣，不如打開窗戶來得好吧！

つける【付ける・附ける・着ける】（他下一・接尾）掛上，裝上；穿上，配戴；評定，決定；寫上，記上；定（價），出（價）；養成；分配，派；安裝；注意；抹上，塗上 △生まれた子供に名前をつける。／為生下來的孩子取名字。

つたえる【伝える】（他下一）傳達，轉告；傳導 類 知らせる（通知）△私が忙しいということを、彼に伝えてください。／請轉告他我很忙。

つづき【続き】（名）接續，繼續；接續部分，下文；接連不斷 △読めば読むほど、続きが読みたくなります。／越看下去，就越想繼續看下面的發展。

つづく【続く】（自五）續續，延續，連續；接連發生，接連不斷；隨後發生，接著；連著，通到，與…接連；接得上，夠用；後繼，跟上；次於，居次位 對 絶える（終了）△このところ晴天が続いている。／最近一連好幾天都是晴朗的好天氣。

つづける【続ける】（接尾）（接在動詞連用形後，複合語用法）繼續…，不斷地…△上手になるには、練習し続けるほかはない。／技巧要好，就只能不斷地練習。

つつむ【包む】（他五）包裹，打包，包上；蒙蔽，遮蔽，籠罩；藏在心中，隱瞞；包圍 類 覆う（籠罩）△プレゼント用に包んでください。／請包裝成送禮用的。

つながる【繋がる】（自五）相連，連接，聯繫；（人）排隊，排列；有（血緣、親屬）

關係，牽連 類 結び付く（聯繫）△電話がようやく繋がった。／電話終於通了。

つなぐ【繋ぐ】 他五 拴結，繫；連起，接上；延續，維繫（生命等）類 接続（接續）；結び付ける（繫上）△テレビとビデオを繋いで録画した。／我將電視和錄影機接上來錄影。

つなげる【繋げる】 他五 連接，維繫 類 繋ぐ（維持）△インターネットは、世界の人々を繋げる。／網路將這世上的人接繫了起來。

つぶす【潰す】 他五 毀壞，弄碎；熔毀，熔化；消磨，消耗；宰殺；堵死，填滿 類 壊す（毀壞）△会社を潰さないように、一生懸命がんばっている。／為了不讓公司倒閉而拼命努力。

つまさき【爪先】 名 腳指甲尖端 對 かかと（腳後跟）類 指先（指尖）△つま先で立つことができますか。／你能夠只以腳尖站立嗎？

つまり 名·副 阻塞，困窘；到頭，盡頭；總之，說到底；也就是說，即… 類 すなわち（換言之）；要するに（總之）△彼は私の父の兄の息子、つまりいとこに当たります。／他是我爸爸的哥哥的兒子，也就是我的堂哥。

つまる【詰まる】 自五 擠滿，塞滿；堵塞，不通；窘困，窘迫；縮短，緊小；停頓，擱淺 類 通じなくなる（不通）；縮まる（縮短）△食べ物がのどに詰まって、せきが出た。／因食物卡在喉嚨裡而咳嗽。

つむ【積む】 自五·他五 累積，堆積；裝載；積蓄，積累 對 崩す（拆毀）類 重ねる（重疊）；載せる（載入）△荷物をトラックに積んだ。／我將貨物裝到卡車上。

つめ【爪】 名（人的）指甲，腳指甲；（動物的）爪；指尖；（用具的）鉤子 △爪をきれいに見せたいなら、これを使ってください。／想讓指甲好看，就用這個吧。

つめる【詰める】 他下一·自下一 守候，值勤；不停的工作，緊張；塞進，裝入；緊挨著，緊靠著 類 押し込む（塞進）△スーツケースに服や本を詰めた。／我將衣服和書塞進行李箱。

つもる【積もる】 自五·他五 積，堆積；累積；估計；計算；推測 類 重なる（重疊）△この辺りは、雪が積もったとしてもせいぜい3センチくらいだ。／這一帶就算積雪，深度也頂多只有三公分左右。

つゆ【梅雨】 名 梅雨；梅雨季 類 梅雨（梅雨）△7月中旬になって、やっと梅雨が明けました。／直到七月中旬，這才總算擺脫了梅雨季。

つよまる【強まる】 自五 強起來，加強，增強 類 強くなる（變強）△台風が近づくにつれ、徐々に雨が強まってきた。／隨著颱風的暴風範圍逼近，雨勢亦逐漸增強。

つよめる【強める】 他下一 加強，增強 類 強くする（加強）△天ぷらを揚げるときは、最後に少し火を強めるといい。／在炸天婦羅時，起鍋前把火力調大一點比較好。

て テ

N3-041

で 接續 那麼；（表示原因）所以 △ふーん。で、それからどうしたの。／是哦……，那，後來怎麼樣了？

であう【出会う】 自五 遇見，碰見，偶遇；約會，幽會；（顏色等）協調，相稱 類 顔を合わせる（見面）；出くわす（偶遇）△二人は、最初どこで出会ったのですか。／兩人最初是在哪裡相遇的？

てい【低】 名·漢造（位置）低；（價格等）低；變低 △焼き芋は低温でじっくり焼くと甘くなります。／用低溫慢慢烤蕃薯會很香甜。

ていあん【提案】 名·他サ 提案，建議 類 発案（提案）△この計画を、会議で提案しよう。／就在會議中提出這企畫吧！

ティーシャツ【T-shirt】 名 圓領衫，T恤 △休みの日はだいたいTシャツを着ています。／我在假日多半穿著T恤。

DVDデッキ【DVD tape deck】 名 DVD播放機 類 ビデオデッキ（錄像播放機）△DVDデッキが壊れてしまいました。／DVD播映機已經壞了。

DVDドライブ【DVD drive】 名（電腦用的）DVD機 △このDVDドライブは取り外すことができます。／這台DVD磁碟機可以拆下來。

ていき【定期】 名 定期，一定的期限 △再来月、うちのオーケストラの定期演奏会がある。／下下個月，我們管弦樂團將會舉行定期演奏會。△エレベーターは定期的に調べて安全を確認しています。／電梯會定期維修以確保安全。

ていきけん【定期券】 名 定期車票；月票 類 定期乗車券（定期車票）補 略稱：定期 △電車の定期券を買いました。／我買了電車的月票。

ディスプレイ【display】 名 陳列，展覽，顯示；（電腦的）顯示器 類 陳列（陳列）△使わなくなったディスプレイはリサイクルに出します。／不再使用的顯示器要送去回收。

ていでん【停電】 名·自サ 停電，停止供電 △停電のたびに、懐中電灯を買っておけばよかったと思う。／每次停電時，我總是心想早知道就買一把手電筒就好了。

ていりゅうじょ【停留所】 名 公車站；電車站 △停留所でバスを1時間も

待った。／在站牌等了足足一個鐘頭的巴士。

データ【data】 ㊔ 論據，論證的事實；材料，資料；數據 ㊛ 資料（資料）；情報（情報）△データを分析すると、景気は明らかに回復してきている。／分析數據後發現景氣有明顯的復甦。

デート【date】 (名·自サ) 日期，年月日；約會，幽會 △明日はデートだから、思いっきりおしゃれしないと。／明天要約會，得好好打扮一番才行。

テープ【tape】 ㊔ 窄帶，線帶，布帶；卷尺；錄音帶 △インタビューをテープに録音させてもらった。／請對方把採訪錄製成錄音帶。

テーマ【theme】 ㊔（作品的）中心思想，主題；（論文、演說的）題目，課題 ㊛ 主題（主題）△論文のテーマについて、説明してください。／請說明一下這篇論文的主題。

てき【的】 (接尾·形動)（前接名詞）關於，對於；表示狀態或性質 △お盆休みって、一般的には何日から何日までですか。／中元節的連續假期，通常都是從幾號到幾號呢？

できごと【出来事】 ㊔（偶發的）事件，變故 ㊛ 事故（事故）；事件（事件）△今日の出来事って、なんか特にあったっけ。／今天有發生什麼特別的事嗎？

てきとう【適当】 (名·形動·自サ) 適當；適度；隨便 ㊛ 相応（相稱）；いい加減（適度）△適当にやっておくから、大丈夫。／我會妥當處理的，沒關係！

できる (自上一) 完成；能夠 ㊛ でき上がる（完成）△1週間でできるはずだ。／一星期應該就可以完成的。

てくび【手首】 ㊔ 手腕 △手首をけがした以上、試合には出られません。／既然我的手腕受傷，就沒辦法出場比賽。

デザート【dessert】 ㊔ 餐後點心，甜點（大多泛指較西式的甜點）△おなかいっぱいでも、デザートはいただきます。／就算肚子已經很撐了，我還是要吃甜點喔！

デザイナー【designer】 ㊔（服裝、建築等）設計師，圖案家 △デザイナーになるために専門学校に行く。／為了成為設計師而進入專校就讀。

N3-042

デザイン【design】 (名·自他サ) 設計（圖）；（製作）圖案 ㊛ 設計（設計）△今週中に新製品のデザインを決めることになっている。／規定將於本星期內把新產品的設計定案。

デジカメ【digital camera之略】 ㊔ 數位相機（「デジタルカメラ」之略稱）△小型のデジカメを買いたいです。／我想要買一台小型數位相機。

デジタル【digital】 ㊔ 數位的，數字

N3

的，計量的 對 アナログ（模擬設備）△最新のデジタル製品にはついていけません。／我實在不會使用最新的數位電子製品。

てすうりょう【手数料】 名 手續費；回扣 類 コミッション（手續費）△外国でクレジットカードを使うと、手数料がかかります。／在國外刷信用卡需要支付手續費。

てちょう【手帳】 名 筆記本，雜記本 類 ノート（筆記）△手帳で予定を確認する。／翻看隨身記事本確認行程。

てっこう【鉄鋼】 名 鋼鐵 △ここは近くに鉱山があるので、鉄鋼業が盛んだ。／由於這附近有一座礦場，因此鋼鐵業十分興盛。

てってい【徹底】 名・自サ 徹底；傳遍，普遍，落實 △徹底した調査の結果、故障の原因はほこりでした。／經過了徹底的調查，確定故障的原因是灰塵。

てつや【徹夜】 名・自サ 通宵，熬夜，徹夜 類 夜通し（通宵）△仕事を引き受けた以上、徹夜をしても完成させます。／既然接下了工作，就算熬夜也要將它完成。

てのこう【手の甲】 名 手背 對 掌（手掌）△蚊に手の甲を刺されました。／手背被蚊子叮了。

てのひら【手の平・掌】 名 手掌 對 手の甲（手背）△赤ちゃんの手の平はもみじのように小さくてかわいい。／小嬰兒的手掌如同楓葉般小巧可愛。

テレビばんぐみ【television番組】 名 電視節目 △兄はテレビ番組を制作する会社に勤めています。／家兄在電視節目製作公司上班。

てん【点】 名 點；方面；（得）分 類 ポイント（得分）△その点について、説明してあげよう。／關於那一點，我來為你說明吧！

でんきスタンド【電気stand】 名 檯燈 △本を読むときは電気スタンドをつけなさい。／你在看書時要把檯燈打開。

でんきだい【電気代】 名 電費 類 電気料金（電費）△冷房をつけると、電気代が高くなります。／開了冷氣，電費就會增加。

でんきゅう【電球】 名 電燈泡 △電球が切れてしまった。／電燈泡壞了。

でんきりょうきん【電気料金】 名 電費 類 電気代（電費）△電気料金は年々値上がりしています。／電費年年上漲。

でんごん【伝言】 名・自他サ 傳話，口信；帶口信 類 お知らせ（通知）△何か部長へ伝言はありますか。／有沒有什麼話要向經理轉達的？

でんしゃだい【電車代】 名（坐）電車費用 類 電車賃（電車費用）△通勤にかかる電車代は会社が払ってくれます。／上下班的電車費是由公司支付的。

と

でんしゃちん【電車賃】㊔（坐）電車費用 ㊟電車代（電車費用）△ここから東京駅までの電車賃は 250 円です。／從這裡搭到東京車站的電車費是二百五十日圓。

てんじょう【天井】㊔天花板 △天井の高いホールだなあ。／這座禮堂的頂高好高啊！

でんしレンジ【電子range】㊔電子微波爐 △これは電子レンジで温めて食べたほうがいいですよ。／這個最好先用微波爐熱過以後再吃喔。

てんすう【点数】㊔（評分的）分數 △読解の点数はまあまあだったが、聴解の点数は悪かった。／閱讀和理解項目的分數還算可以，但是聽力項目的分數就很差了。

でんたく【電卓】㊔電子計算機（「電子式卓上計算機（でんししきたくじょうけいさんき）」之略稱）△電卓で計算する。／用計算機計算。

でんち【電池】㊔（理）電池 ㊟バッテリー（蓄電池）△太陽電池時計は、電池交換は必要ですか。／使用太陽能電池的時鐘，需要更換電池嗎？

テント【tent】㊔帳篷 △夏休み、友達とキャンプ場にテントを張って泊まった。／暑假和朋友到露營地搭了帳棚住宿。

でんわだい【電話代】㊔電話費 △国際電話をかけたので、今月の電話代はいつもの倍でした。／由於我打了國際電話，這個月的電話費變成了往常的兩倍。

と ト

N3-043

ど【度】（名·漢造）尺度；程度；溫度；次數，回數；規則，規定；氣量，氣度 ㊟程度（程度）；回数（回數）△明日の気温は、今日より５度ぐらい高いでしょう。／明天的天氣大概會比今天高個五度。

とう【等】（接尾）等等；（助數詞用法，計算階級或順位的單位）等（級）㊟など（等等）△イギリス、フランス、ドイツ等のEU諸国はここです。／英、法、德等歐盟各國的位置在這裡。

とう【頭】（接尾）（牛、馬等）頭 △日本では、過去に計 36 頭の狂牛病の牛が発見されました。／在日本，總共發現了三十六頭牛隻染上狂牛病。

どう【同】㊔同樣，同等；（和上面的）相同 △同社の発表によれば、既に問い合わせが来ているそうです。／根據該公司的公告，已經有人前去洽詢了。

とうさん【倒産】（名·自サ）破產，倒閉 ㊟破産（破產）；潰れる（倒閉）△台湾新幹線は倒産するかもしれないということだ。／據說台灣高鐵公司或許會破產。

どうしても 副（後接否定）怎麼也，無論怎樣也；務必，一定，無論如何也要 類 絶対に（絕對）；ぜひとも（務必）△どうしても東京大学に入りたいです。／無論如何都想進入東京大學就讀。

どうじに【同時に】 副 同時，一次；馬上，立刻 類 一度に（同時）△ドアを開けると同時に、電話が鳴りました。／就在我開門的同一時刻，電話響了。

とうぜん【当然】 形動・副 當然，理所當然 △妹をいじめたら、お父さんとお母さんが怒るのも当然だ。／欺負妹妹以後，受到爸爸和媽媽的責罵也是天經地義的。

どうちょう【道庁】 名 北海道的地方政府（「北海道庁」之略稱）類 北海道庁（北海道的地方政府）△道庁は札幌市にあります。／北海道道廳（地方政府）位於札幌市。

とうよう【東洋】 名（地）亞洲；東洋，東方（亞洲東部和東南部的總稱）對 西洋（西洋）△東洋文化には、西洋文化とは違う良さがある。／東洋文化有著和西洋文化不一樣的優點。

どうろ【道路】 名 道路 類 道（道路）△お盆や年末年始は、高速道路が混んで当たり前になっています。／盂蘭盆節（相當於中元節）和年末年初時，高速公路壅塞是家常便飯的事。

とおす【通す】 他五・接尾 穿通，貫穿；滲透，透過；連續，貫徹；（把客人）讓到裡邊；一直，連續，…到底 類 突き抜けさせる（使穿透）；導く（引導）△彼は、自分の意見を最後まで通す人だ。／他是個貫徹自己的主張的人。

トースター【toaster】 名 烤麵包機 補 トースト：土司 △トースターで焼き芋を温めました。／以烤箱加熱了烤蕃薯。

とおり【通り】 接尾 種類；套，組 △行き方は、JR、地下鉄、バスの3通りある。／交通方式有搭乘國鐵、地鐵和巴士三種。

とおり【通り】 名 大街，馬路；通行，流通 △ここをまっすぐ行くと、広い通りに出ます。／從這裡往前直走，就會走到一條大馬路。

とおりこす【通り越す】 自五 通過，越過 △ぼんやり歩いていて、バス停を通り越してしまった。／心不在焉地走著，都過了巴士站牌還繼續往前走。

とおる【通る】 自五 經過；穿過；合格 類 通行（通行）△ときどき、あなたの家の前を通ることがあります。／我有時會經過你家前面。

とかす【溶かす】 他五 溶解，化開，溶入 △お湯に溶かすだけで、おいしいコーヒーができます。／只要加熱水沖泡，就可以做出一杯美味的咖啡。

どきどき 副・自サ（心臟）撲通撲通地跳，

七上八下 △告白するなんて、考えただけでも心臓がどきどきする。／說什麼告白，光是在腦中想像，心臟就怦怦跳個不停。

ドキュメンタリー【documentary】 ㊔ 紀錄，紀實；紀錄片 △この監督はドキュメンタリー映画を何本も制作しています。／這位導演已經製作了非常多部紀錄片。

とく【特】 (漢造) 特，特別，與眾不同 △「ななつ星」は、日本ではじめての特別な列車だ。／「七星號列車」是日本首度推出的特別火車。

とく【得】 (名·形動) 利益；便宜 △まとめて買うと得だ。／一次買更划算。

とく【溶く】 (他五) 溶解，化開，溶入 類 溶かす（融化）△この薬は、お湯に溶いて飲んでください。／這服藥請用熱開水沖泡開後再服用。

とく【解く】 (他五) 解開；拆開（衣服）；消除，解除（禁令、條約等）；解答 對 結ぶ（綁起來）類 解く（解開）△もっと時間があったとしても、あんな問題は解けなかった。／就算有更多的時間，也沒有辦法解出那麼困難的問題。

とくい【得意】 (名·形動)（店家的）主顧；得意，滿意；自滿，得意洋洋；拿手 對 失意（失意）類 有頂天（得意洋洋）△人付き合いが得意です。／我善於跟人交際。

どくしょ【読書】 (名·自サ) 讀書 類 閲読（閱讀）△読書が好きと言った割には、漢字が読めないね。／說是喜歡閱讀，沒想到讀不出漢字呢。

どくしん【独身】 ㊔ 單身 △当分は独身の自由な生活を楽しみたい。／暫時想享受一下單身生活的自由自在。

とくちょう【特徴】 ㊔ 特徵，特點 類 特色（特色）△彼女は、特徴のある髪型をしている。／她留著一個很有特色的髮型。

N3-044

とくべつきゅうこう【特別急行】 ㊔ 特別快車，特快車 類 特急（特快車）△まもなく、網走行き特別急行オホーツク1号が発車します。／開往網走的鄂霍次克一號特快車即將發車。

とける【溶ける】 (自下一) 溶解，融化 類 溶解（溶解）△この物質は、水に溶けません。／這個物質不溶於水。

とける【解ける】 (自下一) 解開，鬆開（綁著的東西）；消，解消（怒氣等）；解除（職責、契約等）；解開（疑問等）類 解ける（解開）△あと10分あったら、最後の問題解けたのに。／如果再多給十分鐘，就可以解出最後一題了呀。

どこか (連語) 哪裡是，豈止，非但 △どこか暖かい国へ行きたい。／想去暖活的國家。

ところどころ【所々】 ㊔ 處處，各處，

到處都是 (類) あちこち（到處）△所々に間違いがあるにしても、だいたいよく書けています。／雖說有些地方錯了，但是整體上寫得不錯。

とし【都市】 (名) 都市，城市 (對) 田舎（鄉下）(類) 都会（都會）△今後の都市計画について説明いたします。／請容我說明往後的都市計畫。

としうえ【年上】 (名) 年長，年歲大（的人）(對) 年下（年幼）(類) 目上（長輩）△落ち着いているので、年上かと思いました。／由於他的個性穩重，還以為年紀比我大。

としょ【図書】 (名) 圖書 △読みたい図書が貸し出し中のときは、予約ができます。／想看的書被其他人借走時，可以預約。

とじょう【途上】 (名)（文）路上；中途 △この国は経済的発展の途上にある。／這個國家屬於開發中國家。

としより【年寄り】 (名) 老人；（史）重臣，家老；（史）村長；（史）女管家；（相撲）退休的力士，顧問 (對) 若者（年輕人）(類) 老人（老人）△電車でお年寄りに席を譲った。／在電車上讓座給長輩了。

とじる【閉じる】 (自上一) 閉，關閉；結束 (類) 閉める（關閉）(比) 閉じる：還原回原本的狀態。例如：五官、貝殼或書。閉める：將空間或縫隙等關閉。例如：門、蓋子、窗。也有兩者皆可使用的情況。例：目を閉める（×）目を閉じる（○）△目を閉じて、子どものころを思い出してごらん。／請試著閉上眼睛，回想兒時的記憶。

とちょう【都庁】 (名) 東京都政府（「東京都庁」之略稱）△都庁は何階建てですか。／請問東京都政府是幾層樓建築呢？

とっきゅう【特急】 (名) 火速；特急列車（「特別急行」之略稱）(類) 大急ぎ（火急）△特急で行こうと思う。／我想搭特急列車前往。

とつぜん【突然】 (副) 突然 △会議の最中に、突然誰かの電話が鳴った。／在開會時，突然有某個人的電話響了。

トップ【top】 (名) 尖端；（接力賽）第一棒；領頭，率先；第一位，首位，首席 (類) 一番（第一）△成績はクラスでトップな反面、体育は苦手だ。／成績雖是全班第一名，但體育卻很不拿手。

とどく【届く】 (自五) 及，達到；（送東西）到達；周到；達到（希望）(類) 着く（到達）△昨日、いなかの母から手紙が届きました。／昨天，收到了住在鄉下的母親寫來的信。

とどける【届ける】 (他下一) 送達；送交；報告 △あれ、財布が落ちてる。交番に届けなくちゃ。／咦，有人掉了錢包？得送去派出所才行。

どの【殿】 (接尾) 大人（前接姓名等表示

尊重。書信用，多用於公文）(補) 平常較常使用「様」△山田太郎殿、お問い合わせの資料をお送りします。ご査収ください。／山田太郎先生，茲檢附您所查詢的資料，敬請查收。

とばす【飛ばす】 (他五・接尾) 使…飛，使飛起；（風等）吹起，吹跑；飛濺，濺起 (類) 飛散させる（使飛散）△友達に向けて紙飛行機を飛ばしたら、先生にぶつかっちゃった。／把紙飛機射向同學，結果射中了老師。

とぶ【跳ぶ】 (自五) 跳，跳起；跳過（順序、號碼等）△お母さん、今日ね、はじめて跳び箱8段跳べたよ。／媽媽，我今天練習跳箱，第一次成功跳過八層喔！

ドライブ【drive】 (名・自サ) 開車遊玩；兜風 △気分転換にドライブに出かけた。／開車去兜了風以轉換心情。

ドライヤー【dryer・drier】 (名) 乾燥機，吹風機 △すみません、ドライヤーを貸してください。／不好意思，麻煩借用吹風機。

トラック【track】 (名)（操場、運動場、賽馬場的）跑道 △競技用トラック。／比賽用的跑道。

ドラマ【drama】 (名) 劇；連戲劇；戲劇；劇本；戲劇文學；（轉）戲劇性的事件 (類) 芝居（戲劇）△このドラマは、役者に加えてストーリーもいい。／這部影集演員好，而且故事情節也精彩。

トランプ【trump】 (名) 撲克牌 △トランプを切って配る。／撲克牌洗牌後發牌。

どりょく【努力】 (名・自サ) 努力 (類) 頑張る（努力）△努力が実って、N3に合格した。／努力有了成果，通過了N3級的測驗。

トレーニング【training】 (名・他サ) 訓練，練習 (類) 練習（練習）△もっと前からトレーニングしていればよかった。／早知道就提早訓練了。

ドレッシング【dressing】 (名) 調味料，醬汁；服裝，裝飾 (類) ソース（辣醬油）；調味料（調味料）△さっぱりしたドレッシングを探しています。／我正在找口感清爽的調味醬汁。

トン【ton】 (名)（重量單位）噸，公噸，一千公斤 △一万トンもある船だから、そんなに揺れないよ。／這可是重達一萬噸的船，不會那麼晃啦。

どんなに (副) 怎樣，多麼，如何；無論如何…也 (類) どれほど（多麼）△どんなにがんばっても、うまくいかない。／不管怎麼努力，事情還是無法順利發展。

どんぶり【丼】 (名) 大碗公；大碗蓋飯 (類) 茶碗（飯碗）△どんぶりにご飯を盛った。／我盛飯到大碗公裡。

なナ

N3-045

ない【内】［漢造］內，裡頭；家裡；內部 △お降りの際は、車内にお忘れ物のないようご注意ください。／下車時，請別忘了您隨身攜帶的物品。

ないよう【内容】［名］內容 ［類］中身(內容) △この本の内容は、子どもっぽすぎる。／這本書的內容，感覺實在是太幼稚了。

なおす【直す】［接尾］(前接動詞連用形) 重做… △私は英語をやり直したい。／我想從頭學英語。

なおす【直す】［他五］修理；改正；治療 ［類］改める(修正) △自転車を直してやるから、持ってきなさい。／我幫你修理腳踏車，去把它騎過來。

なおす【治す】［他五］醫治，治療 ［類］治療(治療) △早く病気を治して働きたい。／我真希望早日把病治好，快點去工作。

なか【仲】［名］交情；(人和人之間的) 聯繫 △あの二人、仲がいいですね。／他們兩人感情可真好啊！

ながす【流す】［他五］使流動，沖走；使漂走；流(出)；放逐；使流產；傳播；洗掉(汙垢)；不放在心上 ［類］流出(流出)；流れるようにする(流動) △トイレットペーパー以外は流さないでください。／請勿將廁紙以外的物品丟入馬桶內沖掉。

なかみ【中身】［名］裝在容器裡的內容物，內容；刀身 ［類］内容(內容) △そのおにぎり、中身なに？／那種飯糰裡面包的是什麼餡料？

なかゆび【中指】［名］中指 △中指にけがをしてしまった。／我的中指受了傷。

ながれる【流れる】［自下一］流動；漂流；飄動；傳布；流逝；流浪；(壞的) 傾向；流產；作罷；偏離目標；瀰漫；降落 ［類］流動する(流動) △日本で一番長い信濃川は、長野県から新潟県へと流れている。／日本最長的河流信濃川，是從長野縣流到新潟縣的。

なくなる【亡くなる】［自五］去世，死亡 ［類］死ぬ(死亡) △おじいちゃんが亡くなって、みんな悲しんでいる。／爺爺過世了，大家都很哀傷。

なぐる【殴る】［他五］毆打，揍；草草了事 ［類］打つ(打) △彼が人を殴るわけがない。／他不可能會打人。

なぜなら(ば)【何故なら(ば)】［接續］因為，原因是 △どんなに危険でも私は行く。なぜなら、そこには助けを求めている人がいるからだ。／不管有多麼危險我都非去不可，因為那裡有人正在求救。

なっとく【納得】［名·他サ］理解，領會；同意，信服 ［類］理解(理解) △なんで怒られたんだか、全然納得がいかない。／完全不懂自己為何挨罵了。

ななめ【斜め】 名·形動 斜，傾斜；不一般，不同往常 類 傾斜（傾斜）△絵が斜めになっていたので直した。／因為畫歪了，所以將它調正。

なにか【何か】 連語·副 什麼；總覺得 △内容をご確認の上、何か問題があればご連絡ください。／內容確認後，如有問題請跟我聯絡。

なべ【鍋】 名 鍋子；火鍋 △お鍋に肉じゃがを作っておいたから、あっためて食べてね。／鍋子裡已經煮好馬鈴薯燉肉了，熱一熱再吃喔。

なま【生】 名·形動（食物沒有煮過、烤過）生的；直接的，不加修飾的；不熟練，不到火候 類 未熟（生的）△この肉、生っぽいから、もう一度焼いて。／這塊肉看起來還有點生，幫我再煎一次吧。

なみだ【涙】 名 淚，眼淚；哭泣；同情 △指をドアに挟んでしまって、あんまり痛くて涙が出てきた。／手指被門夾住了，痛得眼淚都掉下來了。

なやむ【悩む】 自五 煩惱，苦惱，憂愁；感到痛苦 類 苦悩（苦惱）；困る（困擾）△あんなひどい女のことで、悩むことはないですよ。／用不著為了那種壞女人煩惱啊！

ならす【鳴らす】 他五 鳴，啼，叫；（使）出名；嘮叨；放響屁 △日本では、大晦日には除夜の鐘を 108 回鳴らす。／在日本，除夕夜要敲鐘一百零八回。

なる【鳴る】 自五 響，叫；聞名 類 音が出る（發出聲音）△ベルが鳴ったら、書くのをやめてください。／鈴聲一響起，就請停筆。

ナンバー【number】 名 數字，號碼；（汽車等的）牌照 △犯人の車は、ナンバーを隠していました。／嫌犯作案的車輛把車號遮起來了。

に ニ

N3-046

にあう【似合う】 自五 合適，相稱，調和 類 相応しい（適合）；釣り合う（相襯）△福井さん、黄色が似合いますね。／福井小姐真適合穿黃色的衣服呀！

にえる【煮える】 自下一 煮熟，煮爛；水燒開；固體融化（成泥狀）；發怒，非常氣憤 類 沸騰する（沸騰）△もう芋は煮えましたか。／芋頭已經煮熟了嗎？

にがて【苦手】 名·形動 棘手的人或事；不擅長的事物 類 不得意（不擅長）△あいつはどうも苦手だ。／我對那傢伙實在是很感冒。

にぎる【握る】 他五 握，抓；握飯團或壽司；掌握，抓住；（圍棋中決定誰先下）抓棋子 類 掴む（抓住）△運転中は、車のハンドルを両手でしっかり握ってください。／開車時請雙手緊握方向盤。

にくらしい【憎らしい】(形) 可憎的，討厭的，令人憎恨的 對 可愛らしい(可愛) △うちの子、反抗期で、憎らしいことばっかり言う。／我家孩子正值反抗期，老是說些惹人討厭的話。

にせ【偽】(名) 假，假冒；贗品 類 偽物(贗品) △レジから偽の1万円札が5枚見つかりました。／收銀機裡發現了五張萬圓偽鈔。

にせる【似せる】(他下一) 模仿，仿效；偽造 類 まねる(模仿) △本物に似せて作ってありますが、色が少し違います。／雖然做得與真物非常相似，但是顏色有些微不同。

にゅうこくかんりきょく【入国管理局】(名) 入國管理局 △入国管理局に行って、在留カードを申請した。／到入境管理局申請了居留證。

にゅうじょうりょう【入場料】(名) 入場費，進場費 △動物園の入場料はそんなに高くないですよ。／動物園的門票並沒有很貴呀。

にる【煮る】(自五) 煮，燉，熬 △醤油を入れて、もう少し煮ましょう。／加醬油再煮一下吧！

にんき【人気】(名) 人緣，人望 △あのタレントは人気がある。／那位藝人很受歡迎。

ぬ ヌ

ぬ

N3

N3-047

ぬう【縫う】(他五) 縫，縫補；刺繡；穿過，穿行；(醫) 縫合(傷口) 類 裁縫(裁縫) △母親は、子どものために思いをこめて服を縫った。／母親滿懷愛心地為孩子縫衣服。

ぬく【抜く】(自他五·接尾) 抽出，拔去；選出，摘引；消除，排除；省去，減少；超越 △この虫歯は、もう抜くしかありません。／這顆蛀牙已經非拔不可了。

ぬける【抜ける】(自下一) 脫落，掉落；遺漏；脫；離，離開，消失，散掉；溜走，逃脫 類 落ちる(落下) △自転車のタイヤの空気が抜けたので、空気入れで入れた。／腳踏車的輪胎已經扁了，用打氣筒灌了空氣。

ぬらす【濡らす】(他五) 浸濕，淋濕，沾濕 對 乾かす(曬乾) 類 濡れる(濕潤) △この機械は、濡らすと壊れるおそれがある。／這機器一碰水，就有可能故障。

ぬるい【温い】(形) 微溫，不冷不熱，不夠熱 類 温かい(暖和) △電話がかかってきたせいで、お茶がぬるくなってしまった。／由於接了通電話，結果茶都涼了。

ね

ねネ

N3-048

ねあがり【値上がり】(名·自サ) 價格上漲，漲價 對 値下がり（降價）類 高くなる（漲價）△近頃、土地の値上がりが激しい。／最近地價猛漲。

ねあげ【値上げ】(名·他サ) 提高價格，漲價 對 値下げ（降價）△たばこ、来月から値上げになるんだって。／聽說香菸下個月起要漲價。

ネックレス【necklace】(名) 項鍊 △ネックレスをすると肩がこる。／每次戴上項鍊，肩膀就酸痛。

ねっちゅう【熱中】(名·自サ) 熱中，專心；酷愛，著迷於 類 夢中になる（著迷於）△子どもは、ゲームに熱中しがちです。／小孩子容易沈迷於電玩。

ねむる【眠る】(自五) 睡覺；埋藏 對 目覚める（睡醒）類 睡眠（睡眠）△薬を使って、眠らせた。／用藥讓他入睡。

ねらい【狙い】(名) 目標，目的；瞄準，對準 類 目当て（目的）△家庭での勉強の習慣をつけるのが、宿題を出すねらいです。／讓學童在家裡養成用功的習慣是老師出作業的目的。

ねんし【年始】(名) 年初；賀年，拜年 對 年末（年底）類 年初（年初）△お世話になっている人に、年始の挨拶をする。／向承蒙關照的人拜年。

ねんせい【年生】(接尾) …年級生 △出席日数が足りなくて、3年生に上がれなかった。／由於到校日數不足，以致於無法升上三年級。

ねんまつねんし【年末年始】(名) 年底與新年 △年末年始は、ハワイに行く予定だ。／預定去夏威夷跨年。

のノ

N3-049

のうか【農家】(名) 農民，農戶；農民的家 △農林水産省によると、日本の農家は年々減っている。／根據農林水產部的統計，日本的農戶正逐年遞減。

のうぎょう【農業】(名) 農耕；農業 △10年前に比べて、農業の機械化はずいぶん進んだ。／和十年前相較，農業機械化有長足的進步。

のうど【濃度】(名) 濃度 △空気中の酸素の濃度を測定する。／測量空氣中的氧氣濃度。

のうりょく【能力】(名) 能力；（法）行為能力 類 腕前（能力）△能力とは、試験で測れるものだけではない。／能力這東西，並不是只有透過考試才能被檢驗出來。

のこぎり【鋸】(名) 鋸子 △のこぎりで

板を切る。／用鋸子鋸木板。

のこす【残す】 (他五) 留下，剩下；存留；遺留；(相撲頂住對方的進攻) 開腳站穩 (類) 余す (剩下) △好き嫌いはいけません。残さずに全部食べなさい。／不可以偏食，要把飯菜全部吃完。

のせる【乗せる】 (他下一) 放在高處，放到…；裝載；使搭乘；使參加；騙人，誘拐；記載，刊登；合著音樂的拍子或節奏 △子どもを電車に乗せる。／送孩子上電車。

のせる【載せる】 (他下一) 放在…上，放在高處；裝載，裝運；納入，使參加；欺騙；刊登，刊載 (類) 積む (裝載)；上に置く (裝載) △新聞に広告を載せたところ、注文がたくさん来た。／在報上刊登廣告以後，結果訂單就如雪片般飛來了。

のぞむ【望む】 (他五) 遠望，眺望；指望，希望；仰慕，景仰 (類) 求める (盼望) △あなたが望む結婚相手の条件は何ですか。／你希望的結婚對象，條件為何？

のち【後】 (名) 後，之後；今後，未來；死後，身後 △今日は晴れのち曇りだって。／聽說今天的天氣是晴時多雲。

ノック【knock】 (名·他サ) 敲打；(來訪者) 敲門；打球 △ノックの音が聞こえたが、出てみると誰もいなかった。／雖然聽到了敲門聲，但是開門一看，外面根本沒人。

のばす【伸ばす】 (他五) 伸展，擴展，放長；延緩(日期)，推遲；發展，發揮；擴大，增加；稀釋；打倒 (類) 伸長(伸長) △手を伸ばしてみたところ、木の枝に手が届きました。／我一伸手，結果就碰到了樹枝。

のびる【伸びる】 (自上一) (長度等) 變長，伸長；(皺摺等) 伸展；擴展，到達；(勢力、才能等) 擴大，增加，發展 △中学生になって、急に背が伸びた。／上了中學以後突然長高不少。

のぼり【上り】 (名) (「のぼる」的名詞形) 登上，攀登；上坡(路)；上行列車(從地方往首都方向的列車)；進京 (對) 下り (下坡) △まもなく、上りの急行電車が通過いたします。／上行快車即將通過月台。

のぼる【上る】 (自五) 進京；晉級，高昇；(數量) 達到，高達 (對) 下る (下去) (類) 上がる (上升) (比) 有意圖的往上升、移動。△足が悪くなって階段を上るのが大変です。／腳不好爬樓梯很辛苦。

のぼる【昇る】 (自五) 上升 (比) 自然性的往上方移動。△太陽が昇るにつれて、気温も上がってきた。／隨著日出，氣溫也跟著上升了。

のりかえ【乗り換え】 (名) 換乘，改乘，改搭 △電車の乗り換えで意外と迷った。／電車轉乘時居然一時不知道該搭哪一條路線。

のりこし【乗り越し】 名·自サ （車）坐過站 △乗り越しの方は精算してください。／請坐過站的乘客補票。

のんびり 副·自サ 舒適，逍遙，悠然自得 對 くよくよ（耿耿於懷）類 ゆったり（舒適）；呑気（悠閒）△平日はともかく、週末はのんびりしたい。／先不說平日是如何，我週末想悠哉地休息一下。

はハ

N3-050

バーゲンセール【bargain sale】 名 廉價出售，大拍賣 類 安売り（賤賣）；特売（特別賤賣）補 略稱：バーゲン △デパートでバーゲンセールが始まったよ。／百貨公司已經開始進入大拍賣囉。

パーセント【percent】 名 百分率 △手数料が３パーセントかかる。／手續費要三個百分比。

パート【part time之略】 名 （按時計酬）打零工 △母はスーパーでレジのパートをしている。／家母在超市兼差當結帳人員。

ハードディスク【hard disk】 名 （電腦）硬碟 △ハードディスクはパソコンコーナーのそばに置いてあります。／硬碟就放在電腦展示區的旁邊。

パートナー【partner】 名 伙伴，合作者，合夥人；舞伴 類 相棒（夥伴）△彼はいいパートナーでした。／他是一個很好的工作伙伴。

はい【灰】 名 灰 △前を歩いている人のたばこの灰が飛んできた。／走在前方那個人抽菸的菸灰飄過來了。

ばい【倍】 名·漢造·接尾 倍，加倍；（數助詞的用法）倍 △今年から、倍の給料をもらえるようになりました。／今年起可以領到雙倍的薪資了。

はいいろ【灰色】 名 灰色 △空が灰色だ。雨になるかもしれない。／天空是灰色的，說不定會下雨。

バイオリン【violin】 名 （樂）小提琴 △彼は、ピアノをはじめとして、バイオリン、ギターも弾ける。／不單是彈鋼琴，他還會拉小提琴和彈吉他。

ハイキング【hiking】 名 健行，遠足 △鎌倉へハイキングに行く。／到鎌倉去健行。

バイク【bike】 名 腳踏車；摩托車（「モーターバイク」之略稱）△バイクで日本のいろいろなところを旅行したい。／我想要騎機車到日本各地旅行。

ばいてん【売店】 名 （車站等）小賣店 △駅の売店で新聞を買う。／在車站的販賣部買報紙。

バイバイ【bye-bye】 寒暄 再見，拜拜 △バイバイ、またね。／掰掰，再見。

ハイヒール【high heel】(名) 高跟鞋 △会社に入ってから、ハイヒールをはくようになりました。／進到公司以後，才開始穿上了高跟鞋。

はいゆう【俳優】(名)（男）演員 △俳優といっても、まだせりふのある役をやったことがない。／雖說是演員，但還不曾演過有台詞的角色。

パイロット【pilot】(名) 領航員；飛行駕駛員；實驗性的 類 運転手（司機）△飛行機のパイロットを目指して、訓練を続けている。／以飛機的飛行員為目標，持續地接受訓練。

はえる【生える】(自下一)（草，木）等生長 △雑草が生えてきたので、全部抜いてもらえますか。／雜草長出來了，可以幫我全部拔掉嗎？

ばか【馬鹿】(名・接頭) 愚蠢，糊塗 △ばかなまねはするな。／別做傻事。

はく・ぱく【泊】(接尾) 宿，過夜；停泊 △3泊4日の旅行で、京都に1泊、大阪に2泊する。／這趟四天三夜的旅行將在京都住一晚、大阪住兩晚。

はくしゅ【拍手】(名・自サ) 拍手，鼓掌 類 喝采（喝采）△演奏が終わってから、しばらく拍手が鳴り止まなかった。／演奏一結束，鼓掌聲持續了好一段時間。

はくぶつかん【博物館】(名) 博物館，博物院 △上野には大きな博物館がたくさんある。／很多大型博物館都座落於上野。

はぐるま【歯車】(名) 齒輪 △機械の調子が悪いので、歯車に油を差した。／機器的狀況不太好，因此往齒輪裡注了油。

はげしい【激しい】(形) 激烈，劇烈；（程度上）很高，厲害；熱烈 類 甚だしい（甚）；ひどい（嚴重）△その会社は、激しい価格競争に負けて倒産した。／那家公司在激烈的價格戰裡落敗而倒閉了。

はさみ【鋏】(名) 剪刀；剪票鉗 △体育の授業の間に、制服をはさみでずたずたに切られた。／在上體育課的時間，制服被人用剪刀剪成了破破爛爛的。

はし【端】(名) 開端，開始；邊緣；零頭，片段；開始，盡頭 對 中（中間）類 縁（邊緣）△道の端を歩いてください。／請走路的兩旁。

はじまり【始まり】(名) 開始，開端；起源 △宇宙の始まりは約137億年前と考えられています。／一般認為，宇宙大約起源於一百三十七億年前。

はじめ【始め】(名・接尾) 開始，開頭；起因，起源；以…為首 對 終わり（結束）類 起こり（起源）△こんな厚い本、始めから終わりまで全部読まなきゃなんないの？／這麼厚的書，真的非得從頭到尾全部讀完才行嗎？

はしら【柱】(名・接尾)（建）柱子；支柱；（轉）靠山 △この柱は、地震が来た

は

ら倒れるおそれがある。／萬一遇到了地震，這根柱子有可能會倒塌。

はずす【外す】 他五 摘下，解開，取下；錯過，錯開；落後，失掉；避開，躲過 類 とりのける（除掉）△マンガでは、眼鏡を外したら実は美人、ということがよくある。／在漫畫中，經常出現女孩拿下眼鏡後其實是個美女的情節。

バスだい【bus代】 名 公車（乘坐）費 類 バス料金（公車費）△鈴木さんが私のバス代を払ってくれました。／鈴木小姐幫我代付了公車費。

パスポート【passport】 名 護照；身分證 △パスポートと搭乗券を出してください。／請出示護照和登機證。

バスりょうきん【bus料金】 名 公車（乘坐）費 類 バス代（公車費）△大阪までのバス料金は10年間同じままです。／搭到大阪的公車費用，這十年來都沒有漲價。

N3-051

はずれる【外れる】 自下一 脱落，掉下；（希望）落空，不合（道理）；離開（某一範圍）對 当たる（命中）類 離れる（背離）；逸れる（走調）△機械の部品が、外れるわけがない。／機器的零件，是不可能會脫落的。

はた【旗】 名 旗，旗幟；（佛）幡 △会場の入り口には、参加する各国の旗が揚がっていた。／與會各國的國旗在會場的入口處飄揚。

はたけ【畑】 名 田地，旱田；專業的領域 △畑を耕して、野菜を植える。／耕田種菜。

はたらき【働き】 名 勞動，工作；作用，功效；功勞，功績；功能，機能 類 才能（才能）△朝ご飯を食べないと、頭の働きが悪くなる。／如果不吃早餐，腦筋就不靈活。

はっきり 副・自サ 清楚；直接了當 類 明らか（明朗）△君ははっきり言いすぎる。／你說得太露骨了。

バッグ【bag】 名 手提包 △バッグに財布を入れる。／把錢包放入包包裡。

はっけん【発見】 名・他サ 發現 類 見つける；見つけ出す（發現）△博物館に行くと、子どもたちにとっていろいろな発見があります。／孩子們去到博物館會有很多新發現。

はったつ【発達】 名・自サ （身心）成熟，發達；擴展，進步；（機能）發達，發展 △子どもの発達に応じて、おもちゃを与えよう。／依小孩的成熟程度給玩具。

はつめい【発明】 名・他サ 發明 類 発案（提議）△社長は、新しい機械を発明するたびにお金をもうけています。／每逢社長研發出新型機器，就會賺大錢。

はで【派手】 名・形動 （服裝等）鮮艷的，華麗的；（為引人注目而動作）誇張，做作

對 地味（樸素）類 艶やか（艷麗）△いくらパーティーでも、そんな派手な服を着ることはないでしょう。／就算是派對，也不用穿得那麼華麗吧。

はながら【花柄】 名 花的圖樣 類 花模様（花卉圖案）△花柄のワンピースを着ているのが娘です。／身穿有花紋圖樣的連身洋裝的，就是小女。

はなしあう【話し合う】 自五 對話，談話；商量，協商，談判 △今後の計画を話し合って決めた。／討論決定了往後的計畫。

はなす【離す】 他五 使…離開，使…分開；隔開，拉開距離 對 合わせる（配合）類 分離（分離）△混雑しているので、お子さんの手を離さないでください。／目前人多擁擠，請牢牢牽住孩童的手。

はなもよう【花模様】 名 花的圖樣 類 花柄（花卉圖案）△彼女はいつも花模様のハンカチを持っています。／她總是帶著綴有花樣的手帕。

はなれる【離れる】 自下一 離開，分開；離去；距離，相隔；脫離（關係），背離 對 合う（符合）類 別れる（離別）△故郷を離れる前に、みんなに挨拶をして回りました。／在離開故鄉之前，和大家逐一話別了。

はば【幅】 名 寬度，幅面；幅度，範圍；勢力；伸縮空間 類 広狭（寬廣和狹窄）△道路の幅を広げる工事をしている。／正在進行拓展道路的工程。

はみがき【歯磨き】 名 刷牙；牙膏，牙膏粉；牙刷 △毎食後に歯磨きをする。／每餐飯後刷牙。

ばめん【場面】 名 場面，場所；情景，（戲劇、電影等）場景，鏡頭；市場的情況，行情 類 光景（光景）；シーン（場面）△とてもよい映画で、特に最後の場面に感動した。／這是一部非常好看的電影，尤其是最後一幕更是感人肺腑。

はやす【生やす】 他五 使生長；留（鬍子）△恋人にいくら文句を言われても、彼はひげを生やしている。／就算被女友抱怨，他依然堅持蓄鬍。

はやる【流行る】 自五 流行，時興；興旺，時運佳 類 広まる（擴大）；流行する（流行）△こんな商品がはやるとは思えません。／我不認為這種商品會流行。

はら【腹】 名 肚子；心思，內心活動；心情，情緒；心胸，度量；胎內，母體內 對 背（背）類 腹部（腹部）；お腹（肚子）△あー、腹減った。飯、まだ？／啊，肚子餓了……。飯還沒煮好哦？（較為男性口吻）

バラエティー【variety】 名 多樣化，豐富多變；綜藝節目（「バラエティーショー」之略稱）類 多様性（多樣性）△彼女はよくバラエティー番組に出ていますよ。／她經常上綜藝節目唷。

ばらばら（な） 副 分散貌；凌亂，支離

破碎的 類 散り散り（離散）△風で書類が飛んで、ばらばらになってしまった。／文件被風吹得散落一地了。

バランス【balance】 名 平衡，均衡，均等 類 釣り合い（平衡）△この食事では、栄養のバランスが悪い。／這種餐食的營養並不均衡。

はる【張る】 自五·他五 延伸，伸展；覆蓋；膨脹，負擔過重；展平，擴張；設置，布置 類 覆う（覆蓋）；太る（增加）△今朝は寒くて、池に氷が張るほどだった。／今早好冷，冷到池塘都結了一層薄冰。

バレエ【ballet】 名 芭蕾舞 類 踊り（跳舞）△幼稚園のときからバレエを習っています。／我從讀幼稚園起，就一直學習芭蕾舞。

バン【van】 名 大篷貨車 △新型のバンがほしい。／想要有一台新型貨車。

ばん【番】 名·接尾·漢造 輪班；看守，守衛；（表順序與號碼）第…號；（交替）順序，次序 類 順序（順序）、順番（順序）△30分並んで、やっと私の番が来た。／排隊等了三十分鐘，終於輪到我了。

はんい【範囲】 名 範圍，界線 類 区域（區域）△次の試験の範囲は、32ページから60ページまでです。／這次考試範圍是從第三十二頁到六十頁。

はんせい【反省】 名·他サ 反省，自省（思想與行為）；重新考慮 類 省みる（反省）△彼は反省して、すっかり元気がなくなってしまった。／他反省過了頭，以致於整個人都提不起勁。

はんたい【反対】 名·自サ 相反；反對 對 賛成（贊成）類 あべこべ（相反）；否（不）△あなたが社長に反対しちゃ、困りますよ。／你要是跟社長作對，我會很頭痛的。

パンツ【pants】 名 內褲；短褲；運動短褲 類 ズボン（褲子）△子どものパンツと靴下を買いました。／我買了小孩子的內褲和襪子。

はんにん【犯人】 名 犯人 類 犯罪者（罪犯）△犯人はあいつとしか考えられない。／犯案人非他莫屬。

パンプス【pumps】 名 女用的高跟皮鞋，淑女包鞋 △入社式にはパンプスをはいていきます。／我穿淑女包鞋參加新進人員入社典禮。

パンフレット【pamphlet】 名 小冊子 補 略稱：パンフ 類 案内書（參考手冊）△社に戻りましたら、詳しいパンフレットをお送りいたします。／我一回公司，會馬上寄給您更詳細的小冊子。

ひヒ

N3-052

ひ【非】(名·接頭) 非，不是 △そんなかっこうで会社に来るなんて、非常識だよ。／居然穿這樣來公司上班，簡直沒有常識！

ひ【費】(漢造) 消費，花費；費用 △大学の学費は親が出してくれている。／大學的學費是由父母支付的。

ピアニスト【pianist】(名) 鋼琴師，鋼琴家 (類) ピアノの演奏家(鋼琴家) △知り合いにピアニストの方はいますか。／請問你的朋友中有沒有人是鋼琴家呢？

ヒーター【heater】(名) 電熱器，電爐；暖氣裝置 (類) 暖房(暖氣) △ヒーターをつけたまま、寝てしまいました。／我沒有關掉暖爐就睡著了。

ビール【(荷)bier】(名) 啤酒 △ビールが好きなせいか、おなかの周りに肉がついてきた。／可能是喜歡喝啤酒的緣故，肚子長了一圈肥油。

ひがい【被害】(名) 受害，損失 (對) 加害(加害) (類) 損害(損害) △悲しいことに、被害は拡大している。／令人感到難過的是，災情還在持續擴大中。

ひきうける【引き受ける】(他下一) 承擔，負責；照應，照料；應付，對付；繼承 (類) 受け入れる(接受) △引き受けたからには、途中でやめるわけにはいかない。／既然已經接下了這份任務，就不能中途放棄。

ひきざん【引き算】(名) 減法 (對) 足し算(加法) (類) 減法(減法) △子どもに引き算の練習をさせた。／我叫小孩演練減法。

ピクニック【picnic】(名) 郊遊，野餐 △子供が大きくなるにつれて、ピクニックに行かなくなった。／隨著孩子愈來愈大，也就不再去野餐了。

ひざ【膝】(名) 膝，膝蓋 (補) 一般指膝蓋，但跪坐時是指大腿上側。例：「膝枕(ひざまくら)」枕在大腿上。△膝を曲げたり伸ばしたりすると痛い。／膝蓋彎曲和伸直時會痛。

ひじ【肘】(名) 肘，手肘 △テニスで肘を痛めた。／打網球造成手肘疼痛。

びじゅつ【美術】(名) 美術 (類) 芸術(藝術)、アート(藝術) △中国を中心として、東洋の美術を研究しています。／目前正在研究以中國為主的東洋美術。

ひじょう【非常】(名·形動) 非常，很，特別；緊急，緊迫 (類) 特別(特別) △そのニュースを聞いて、彼は非常に喜んだに違いない。／聽到那個消息，他一定會非常的高興。

びじん【美人】(名) 美人，美女 △やっぱり美人は得だね。／果然美女就是佔便宜。

ひたい【額】㊔ 前額，額頭；物體突出部分 ㊫ おでこ（口語用，並只能用在人體）（額頭）△畑仕事をしたら、額が汗びっしょりになった。／下田做農活，忙得滿頭大汗。

ひっこし【引っ越し】㊔ 搬家，遷居 △3月は引っ越しをする人が多い。／有很多人都在三月份搬家。

ぴったり (副·自サ) 緊緊地，嚴實地；恰好，正適合；說中，猜中 ㊫ ちょうど（正好）△そのドレス、あなたにぴったりですよ。／那件禮服，真適合你穿啊！

ヒット【hit】(名·自サ) 大受歡迎，最暢銷；（棒球）安打 ㊫ 大当たり（大成功）△90年代にヒットした曲を集めました。／這裡面彙集了九〇年代的暢銷金曲。

ビデオ【video】㊔ 影像，錄影；錄影機；錄影帶 △録画したけど見ていないビデオがたまる一方だ。／雖然錄下來了但是還沒看的錄影帶愈堆愈多。

ひとさしゆび【人差し指】㊔ 食指 ㊫ 食指（食指）△彼女は、人差し指に指輪をしている。／她的食指上帶著戒指。

N3-053

ビニール【vinyl】㊔（化）乙烯基；乙烯基樹脂；塑膠 △本当はビニール袋より紙袋のほうが環境に悪い。／其實紙袋比塑膠袋更容易造成環境污染。

ひふ【皮膚】㊔ 皮膚 △冬は皮膚が乾燥しやすい。／皮膚在冬天容易乾燥。

ひみつ【秘密】(名·形動) 秘密，機密 △これは二人だけの秘密だよ。／這是只屬於我們兩個的秘密喔。

ひも【紐】㊔（布、皮革等的）細繩，帶 △靴のひもがほどけてしまったので、結び直した。／鞋子的綁帶鬆了，於是重新綁了一次。

ひやす【冷やす】(他五) 使變涼，冰鎮；（喻）使冷靜 △冷蔵庫に麦茶が冷やしてあります。／冰箱裡冰著麥茶。

びょう【秒】(名·漢造)（時間單位）秒 △僕は100mを12秒で走れる。／我一百公尺能跑十二秒。

ひょうご【標語】㊔ 標語 △交通安全の標語を考える。／正在思索交通安全的標語。

びようし【美容師】㊔ 美容師 △人気の美容師さんに髪を切ってもらいました。／我找了極受歡迎的美髮設計師幫我剪了頭髮。

ひょうじょう【表情】㊔ 表情 △表情が明るく見えるお化粧のしかたが知りたい。／我想知道怎麼樣化妝能讓表情看起來比較開朗。

ひょうほん【標本】㊔ 標本；（統計）樣本；典型 △ここには珍しい動物の標本が集められています。／這裡蒐集了一些罕見動物的標本。

ひょうめん【表面】 名 表面 類 表(表面) △地球の表面は約7割が水で覆われている。／地球表面約有百分之七十的覆蓋面積是水。

ひょうろん【評論】 名·他サ 評論，批評 類 批評(批評) △雑誌に映画の評論を書いている。／為雜誌撰寫影評。

びら 名 (宣傳、廣告用的) 傳單 △駅前で店の宣伝のびらをまいた。／在車站前分發了商店的廣告單。

ひらく【開く】 自五·他五 綻放；開，拉開 類 開ける(打開) △ばらの花が開きだした。／玫瑰花綻放開來了。

ひろがる【広がる】 自五 開放，展開；(面積、規模、範圍) 擴大，蔓延，傳播 對 挟まる(夾) 類 拡大(擴大) △悪い噂が広がる一方だ。／負面的傳聞，越傳越開了。

ひろげる【広げる】 他下一 打開，展開；(面積、規模、範圍) 擴張，發展 對 狭まる(變窄) 類 拡大(擴大) △犯人が見つからないので、捜査の範囲を広げるほかはない。／因為抓不到犯人，所以只好擴大搜查範圍了。

ひろさ【広さ】 名 寬度，幅度，廣度 △その森の広さは3万坪ある。／那座森林有三萬坪。

ひろまる【広まる】 自五 (範圍) 擴大；傳播，遍及 類 広がる(拓寬) △おしゃべりな友人のせいで、うわさが広まってしまった。／由於一個朋友的多嘴，使得謠言散播開來了。

ひろめる【広める】 他下一 擴大，增廣；普及，推廣；披漏，宣揚 類 普及させる(使普及) △祖母は日本舞踊を広める活動をしています。／祖母正在從事推廣日本舞蹈的活動。

びん【瓶】 名 瓶，瓶子 △缶ビールより瓶ビールの方が好きだ。／比起罐裝啤酒，我更喜歡瓶裝啤酒。

ピンク【pink】 名 桃紅色，粉紅色；桃色 △こんなピンク色のセーターは、若い人向きじゃない？／這種粉紅色的毛衣，不是適合年輕人穿嗎？

びんせん【便箋】 名 信紙，便箋 類 レターペーパー(信紙) △便箋と封筒を買ってきた。／我買來了信紙和信封。

ふ フ

N3-054

ふ【不】 接頭·漢造 不；壞；醜；笨 △不老不死の薬なんて、あるわけがない。／這世上怎麼可能會有長生不老的藥。

ぶ【部】 名·漢造 部分；部門；冊 △君はいつもにこにこしているから営業部向きだよ。／你總是笑咪咪的，所以很適合業務部的工作喔！

ぶ【無】（接頭·漢造）無，沒有，缺乏 △無遠慮な質問をされて、腹が立った。／被問了一個沒有禮貌的問題，讓人生氣。

ファストフード【fast food】（名）速食 △ファストフードの食べすぎは体によくないです。／吃太多速食有害身體健康。

ファスナー【fastener】（名）（提包、皮包與衣服上的）拉鍊 類 チャック（拉鍊）；ジッパー（拉鏈）△このバッグにはファスナーがついています。／這個皮包有附拉鍊。

ファックス【fax】（名·サ変）傳真 △地図をファックスしてください。／請傳真地圖給我。

ふあん【不安】（名·形動）不安，不放心，擔心；不穩定 類 心配（擔心）△不安のあまり、友達に相談に行った。／因為實在是放不下心，所以找朋友來聊聊。

ふうぞく【風俗】（名）風俗；服裝，打扮；社會道德 △日本各地には、それぞれ土地風俗がある。／日本各地有不同的風俗習慣。

ふうふ【夫婦】（名）夫婦，夫妻 △夫婦になったからには、一生助け合って生きていきたい。／既然成為夫妻了，希望一輩子同心協力走下去。

ふかのう（な）【不可能（な）】（形動）不可能的，做不到的 對 できる（能）類 できない（不能）△1週間でこれをやるのは、経験からいって不可能だ。／要在一星期內完成這個，按照經驗來說是不可能的。

ふかまる【深まる】（自五）加深，變深 △このままでは、両国の対立は深まる一方だ。／再這樣下去，兩國的對立會愈來愈嚴重。

ふかめる【深める】（他下一）加深，加強 △日本に留学して、知識を深めたい。／我想去日本留學，研修更多學識。

ふきゅう【普及】（名·自サ）普及 △当時は、テレビが普及しかけた頃でした。／當時正是電視開始普及的時候。

ふく【拭く】（他五）擦，抹 類 拭う（擦掉）△教室と廊下の床は雑巾で拭きます。／用抹布擦拭教室和走廊的地板。

ふく【副】（名·漢造）副本，抄件；副；附帶 △町長にかわって副町長が式に出席した。／由副鎮長代替鎮長出席了典禮。

ふくむ【含む】（他五·自四）含（在嘴裡）；帶有，包含；瞭解，知道；含蓄；懷（恨）；鼓起；（花）含苞 類 包む（包）△料金は、税·サービス料を含んでいます。／費用含稅和服務費。

ふくめる【含める】（他下一）包含，含括；囑咐，告知，指導 類 入れる（放入）△東京駅での乗り換えも含めて、片道約3時間かかります。／包括在東京車站換車的時間在內，單程大約要花三個小時。

ふくろ・ぶくろ【袋】 名 袋子；口袋；囊 △買ったものを袋に入れる。／把買到的東西裝進袋子裡。

ふける【更ける】 自下一（秋）深；（夜）闌 △夜が更けるにつれて、気温は一段と下がってきた。／隨著夜色漸濃，氣溫也降得更低了。

ふこう【不幸】 名 不幸，倒楣；死亡，喪事 △夫にも子供にも死なれて、私くらい不幸な女はいない。／死了丈夫又死了孩子，天底下再沒有像我這樣不幸的女人了。

ふごう【符号】 名 符號，記號；（數）符號 △移項すると符号が変わる。／移項以後正負號要相反。

ふしぎ【不思議】 名・形動 奇怪，難以想像，不可思議 類 神秘（神秘）△ひどい事故だったので、助かったのが不思議なくらいです。／因為是很嚴重的事故，所以能得救還真是令人覺得不可思議。

ふじゆう【不自由】 名・形動・自サ 不自由，不如意，不充裕；（手腳）不聽使喚；不方便 類 不便（不便）△学校生活が、不自由でしょうがない。／學校的生活令人感到極不自在。

ふそく【不足】 名・形動・自サ 不足，不夠，短缺；缺乏，不充分；不滿意，不平 對 過剰（過剩）類 足りない（不足）△ダイエット中は栄養が不足しがちだ。／減重時容易營養不良。

ふた【蓋】 名（瓶、箱、鍋等）的蓋子；（貝類的）蓋 對 中身（內容）類 覆い（套子）△ふたを取ったら、いい匂いがした。／打開蓋子後，聞到了香味。

ぶたい【舞台】 名 舞台；大顯身手的地方 類 ステージ（舞台）△舞台に立つからには、いい演技をしたい。／既然要站上舞台，就想要展露出好的表演。

ふたたび【再び】 副 再一次，又，重新 類 また（又）△この地を再び訪れることができるとは、夢にも思わなかった。／作夢都沒有想過自己竟然能重返這裡。

ふたて【二手】 名 兩路 △道が二手に分かれている。／道路分成兩條。

ふちゅうい（な）【不注意（な）】 形動 不注意，疏忽，大意 類 不用意（不小心）△不注意な言葉で妻を傷つけてしまった。／我脫口而出的話傷了妻子的心。

ふちょう【府庁】 名 府辦公室 △府庁へはどのように行けばいいですか。／請問該怎麼去府廳（府辦公室）呢？

ぶつ【物】 名・漢造 大人物；物，東西 △飛行機への危険物の持ち込みは制限されている。／禁止攜帶危險物品上飛機。

ぶっか【物価】 名 物價 類 値段（價格）△物価が上がったせいか、生活が苦しいです。／或許是物價上漲的關係，生活很辛苦。

ぶつける 他下一 扔，投；碰，撞，（偶然）碰上，遇上；正當，恰逢；衝突，矛盾 類 打ち当てる（碰上）△車をぶつけて、修理代を請求された。／撞上了車，被對方要求求償修理費。

N3-055

ぶつり【物理】 名（文）事物的道理；物理（學）△物理の点が悪かったわりには、化学はまあまあだった。／物理的成績不好，但比較起來化學是算好的了。

ふなびん【船便】 名 船運 △船便だと一ヶ月以上かかります。／船運需花一個月以上的時間。

ふまん【不満】 名·形動 不滿足，不滿，不平 對 満足（滿足）類 不平（不滿意）△不満そうだな。文句があるなら言えよ。／你好像不太服氣哦？有意見就說出來啊！

ふみきり【踏切】 名（鐵路的）平交道，道口；（轉）決心 △車で踏切を渡るときは、手前で必ず一時停止する。／開車穿越平交道時，一定要先在軌道前停看聽。

ふもと【麓】 名 山腳 △青木ヶ原樹海は富士山の麓に広がる森林である。／青木原樹海是位於富士山山麓的一大片森林。

ふやす【増やす】 他五 繁殖；增加，添加 對 減らす（減少）類 増す（增加）△LINEの友達を増やしたい。／我希望增加LINE裡面的好友。

フライがえし【fry返し】 名（把平底鍋裡煎的東西翻面的用具）鍋鏟 類 ターナー（鍋鏟）△このフライ返しはとても使いやすい。／這把鍋鏟用起來非常順手。

フライトアテンダント【flight attendant】 名 空服員 △フライトアテンダントを目指して、英語を勉強している。／為了當上空服員而努力學習英文。

プライバシー【privacy】 名 私生活，個人私密 類 私生活（私生活）△自分のプライバシーは自分で守る。／自己的隱私自己保護。

フライパン【frypan】 名 平底鍋 △フライパンで、目玉焼きを作った。／我用平底鍋煎了荷包蛋。

ブラインド【blind】 名 百葉窗，窗簾，遮光物 △姉の部屋はカーテンではなく、ブラインドを掛けています。／姊姊的房間裡掛的不是窗簾，而是百葉窗。

ブラウス【blouse】 名（多半為女性穿的）罩衫，襯衫 △お姉ちゃん、ピンクのブラウス貸してよ。／姊姊，那件粉紅色的襯衫借我穿啦！

プラス【plus】 名·他サ（數）加號，正號；正數；有好處，利益；加（法）；陽性 對 マイナス（減號）類 加算（加法）△アルバイトの経験は、社会に出てからきっとプラスになる。／打工時累積的經驗，在進入社會以後一定會有所助益。

プラスチック【plastic•plastics】 ㊔（化）塑膠，塑料 △これはプラスチックをリサイクルして作った服です。／這是用回收塑膠製成的衣服。

プラットホーム【platform】 ㊔ 月台 (補) 略稱：ホーム △プラットホームでは、黄色い線の内側を歩いてください。／在月台上行走時請勿超越黃線。

ブランド【brand】 ㊔（商品的）牌子；商標 (類) 銘柄（商標）△ブランド品はネットでもたくさん販売されています。／有很多名牌商品也在網購或郵購通路上販售。

ぶり【振り】 (造語) 樣子，狀態 △彼は、勉強ぶりの割には大した成績ではない。／他儘管很用功，可是成績卻不怎麼樣。

ぶり【振り】 (造語) 相隔 △人気俳優のブルース・チェンが5年ぶりに来日した。／當紅演員布魯斯·陳時隔五年再度訪日。

プリペイドカード【prepaid card】 ㊔ 預先付款的卡片（電話卡、影印卡等）△これは国際電話用のプリペイドカードです。／這是可撥打國際電話的預付卡。

プリンター【printer】 ㊔ 印表機；印相片機 △新しいプリンターがほしいです。／我想要一台新的印表機。

ふる【古】 (名·漢造) 舊東西；舊，舊的 △古新聞をリサイクルに出す。／把舊報紙拿去回收。

ふる【振る】 (他五) 揮，搖；撒，丟；（俗）放棄，犧牲（地位等）；謝絕，拒絕；派分；在漢字上註假名；（使方向）偏於 (類) 振るう（揮動）△バスが見えなくなるまで手を振って見送った。／不停揮手目送巴士駛離，直到車影消失了為止。

フルーツ【fruits】 ㊔ 水果 (類) 果物（水果）△10年近く、毎朝フルーツジュースを飲んでいます。／近十年來，每天早上都會喝果汁。

ブレーキ【brake】 ㊔ 煞車；制止，控制，潑冷水 (類) 制動機（制動閘）△何かが飛び出してきたので、慌ててブレーキを踏んだ。／突然有東西跑出來，我便緊急地踩了煞車。

ふろ（ば）【風呂（場）】 ㊔ 浴室，洗澡間，浴池 (類) バス（浴缸）(補) 風呂：澡堂；浴池；洗澡用熱水。△風呂に入りながら音楽を聴くのが好きです。／我喜歡一邊泡澡一邊聽音樂。

ふろや【風呂屋】 ㊔ 浴池，澡堂 △家の風呂が壊れたので、生まれてはじめて風呂屋に行った。／由於家裡的浴室故障了，我有生以來第一次上了大眾澡堂。

ブログ【blog】 ㊔ 部落格 △このごろ、ブログの更新が遅れがちです。／最近部落格似乎隔比較久才發新文。

プロ【professional之略】(名) 職業選手，專家 (對) アマ（業餘愛好者）(類) 玄人（專家）△この店の商品はプロ向けです。／這家店的商品適合專業人士使用。

ぶん【分】(名·漢造) 部分；份；本分；地位 △わーん！お兄ちゃんが僕の分も食べたー！／哇！哥哥把我的那一份也吃掉了啦！

ぶんすう【分数】(名)（數學的）分數 △小学4年生のときに分数を習いました。／我在小學四年級時已經學過「分數」了。

ぶんたい【文体】(名)（某時代特有的）文體；（某作家特有的）風格 △漱石の文体をまねる。／模仿夏目漱石的文章風格。

ぶんぼうぐ【文房具】(名) 文具，文房四寶 △文房具屋さんで、消せるボールペンを買ってきた。／去文具店買了可擦拭鋼珠筆。

N3-056

へいき【平気】(名·形動) 鎮定，冷靜；不在乎，不介意，無動於衷 (類) 平静（平靜）△たとえ何を言われても、私は平気だ。／不管別人怎麼說，我都無所謂。

へいきん【平均】(名·自サ·他サ) 平均；（數）平均值；平衡，均衡 (類) 均等（均等）△集めたデータの平均を計算しました。／計算了彙整數據的平均值。

へいじつ【平日】(名)（星期日、節假日以外）平日；平常，平素 (對) 休日（假日）(類) 普段（平日）△デパートは平日でさえこんなに込んでいるのだから、日曜日はすごいだろう。／百貨公司連平日都那麼擁擠，禮拜日肯定就更多吧。

へいたい【兵隊】(名) 士兵，軍人；軍隊 △祖父は兵隊に行っていたとき死にかけたそうです。／聽說爺爺去當兵時差點死了。

へいわ【平和】(名·形動) 和平，和睦 (對) 戦争（戰爭）(類) 太平（和平）；ピース（和平）△広島で、原爆ドームを見て、心から世界の平和を願った。／在廣島參觀了原爆圓頂館，由衷祈求世界和平。

へそ【臍】(名) 肚臍；物體中心突起部分 △おへそを出すファッションがはやっている。／現在流行將肚臍外露的造型。

べつ【別】(名·形動·漢造) 分別，區分；分別 △お金が足りないなら、別の方法がないこともない。／如果錢不夠的話，也不是沒有其他辦法。

べつに【別に】(副)（後接否定）不特別 (類) 特に（特別）△別に教えてくれなくてもかまわないよ。／不教我也沒關係。

べつべつ【別々】㊫ 各自，分別 類 それぞれ（各自）△支払いは別々にする。／各付各的。

ベテラン【veteran】㊔ 老手，內行 類 達人（高手）△たとえベテランだったとしても、この機械を修理するのは難しいだろう。／修理這台機器，即使是內行人也感到很棘手的。

へやだい【部屋代】㊔ 房租；旅館住宿費 △部屋代は前の月の終わりまでに払うことになっている。／房租規定必須在上個月底前繳交。

へらす【減らす】（他五）減，減少；削減，縮減；空（腹）對 増やす（增加）類 削る（削減）△あまり急に体重を減らすと、体を壊すおそれがある。／如果急速減重，有可能把身體弄壞了。

ベランダ【veranda】㊔ 陽台；走廊 類 バルコニー（陽台）△母は朝晩必ずベランダの花に水をやります。／媽媽早晚都一定會幫種在陽台上的花澆水。

へる【経る】（自下一）（時間、空間、事物）經過，通過 △終戦から70年を経て、当時を知る人は少なくなった。／二戰結束過了七十年，經歷過當年那段日子的人已愈來愈少了。

へる【減る】（自五）減，減少；磨損；（肚子）餓 對 増える（增加）類 減じる（減少）△運動しているのに、思ったほど体重が減らない。／明明有做運動，但體重減輕的速度卻不如預期。

ベルト【belt】㊔ 皮帶；（機）傳送帶；（地）地帶 類 帯（腰帶）△ベルトの締め方によって、感じが変わりますね。／繫皮帶的方式一改變，整個感覺就不一樣了。

ヘルメット【helmet】㊔ 安全帽；頭盔，鋼盔 △自転車に乗るときもヘルメットをかぶった方がいい。／騎自行車時最好也戴上安全帽。

へん【偏】（名・漢造）漢字的（左）偏旁；偏，偏頗 △衣偏は、「衣」という字と形がだいぶ違います。／衣字邊和「衣」的字形差異很大。

へん【編】（名・漢造）編，編輯；（詩的）卷 △駅には県観光協会編の無料のパンフレットが置いてある。／車站擺放著由縣立觀光協會編寫的免費宣傳手冊。

へんか【変化】（名・自サ）變化，改變；（語法）變形，活用 類 変動（變動）△街の変化はとても激しく、別の場所に来たのかと思うぐらいです。／城裡的變化，大到幾乎讓人以為來到別處似的。

ペンキ【(荷)pek】㊔ 油漆 △ペンキが乾いてからでなければ、座れない。／不等油漆乾就不能坐。

へんこう【変更】（名・他サ）變更，更改，改變 類 変える（改變）△予定を変更することなく、すべての作業を終えた。／一路上沒有更動原定計畫，就做完了所有的工作。

べんごし【弁護士】㊔ 律師 △将来は弁護士になりたいと考えています。／我以後想要當律師。

ベンチ【bench】㊔ 長凳，長椅；（棒球）教練、選手席 ㊫ 椅子（椅子）△公園には小さなベンチがありますよ。／公園裡有小型的長條椅喔。

べんとう【弁当】㊔ 便當，飯盒 △外食は高いので、毎日お弁当を作っている。／由於外食太貴了，因此每天都自己做便當。

ほ ホ

N3-057

ほ・ぽ【歩】（名·漢造）步，步行；（距離單位）步 △友達以上恋人未満の関係から一歩進みたい。／希望能由目前「是摯友但還不是情侶」的關係再更進一步。

ほいくえん【保育園】㊔ 幼稚園，保育園 ㊫ 保育所（托兒所）㊍ 保育園：通稱。多指面積較大、私立。保育所：正式名稱。多指面積較小、公立。△妹は2歳から保育園に行っています。／妹妹從兩歲起就讀育幼園。

ほいくし【保育士】㊔ 保育士 △あの保育士は、いつも笑顔で元気がいいです。／那位幼教老師的臉上總是帶著笑容、精神奕奕的。

ぼう【防】（漢造）防備，防止；堤防 △病気はできるだけ予防することが大切だ。／盡可能事前預防疾病非常重要。

ほうこく【報告】（名·他サ）報告，匯報，告知 ㊫ 報知（通知）；レポート（報告）△忙しさのあまり、報告を忘れました。／因為太忙了，而忘了告知您。

ほうたい【包帯】（名·他サ）（醫）繃帶 △傷口を消毒してガーゼを当て、包帯を巻いた。／將傷口消毒後敷上紗布，再纏了繃帶。

ほうちょう【包丁】㊔ 菜刀；廚師；烹調手藝 ㊫ ナイフ（刀子）△刺身を包丁でていねいに切った。／我用刀子謹慎地切生魚片。

ほうほう【方法】㊔ 方法，辦法 ㊫ 手段（手段）△こうなったら、もうこの方法しかありません。／事已至此，只能用這個辦法了。

ほうもん【訪問】（名·他サ）訪問，拜訪 ㊫ 訪れる（訪問）△彼の家を訪問したところ、たいそう立派な家だった。／拜訪了他家，這才看到是一棟相當氣派的宅邸。

ぼうりょく【暴力】㊔ 暴力，武力 △親に暴力をふるわれて育った子供は、自分も暴力をふるいがちだ。／在成長過程中受到家暴的孩童，自己也容易有暴力傾向。

ほお【頬】㊔ 頰，臉蛋 ㊫ ほほ（臉頰）△この子はいつもほおが赤い。／這孩子的臉蛋總是紅通通的。

ボーナス【bonus】㊔特別紅利，花紅；獎金，額外津貼，紅利 △ボーナスが出ても、使わないで貯金します。／就算領到獎金也沒有花掉，而是存起來。

ホーム【platform之略】㊔月台 類 プラットホーム（月台）△ホームに入ってくる快速列車に飛び込みました。／趁快速列車即將進站時，一躍而下（跳軌自殺）。

ホームページ【homepage】㊔網站，網站首頁 △詳しくは、ホームページをご覧ください。／詳細內容請至網頁瀏覽。

ホール【hall】㊔大廳；舞廳；（有舞台與觀眾席的）會場 △新しい県民会館には、大ホールと小ホールがある。／新落成的縣民會館裡有大禮堂和小禮堂。

ボール【ball】㊔球；（棒球）壞球 △東日本大震災で流されたサッカーボールが、アラスカに着いた。／在日本三一一大地震中被沖到海裡的足球漂到了阿拉斯加。

ほけんじょ【保健所】㊔保健所，衛生所 △保健所で健康診断を受けてきた。／在衛生所做了健康檢查。

ほけんたいいく【保健体育】㊔（國高中學科之一）保健體育 △保健体育の授業が一番好きです。／我最喜歡上健康體育課。

ほっと（副·自サ）嘆氣貌；放心貌 類 安心する（安心）△父が今日を限りにたばこをやめたので、ほっとした。／聽到父親決定從明天起要戒菸，著實鬆了一口氣。

ポップス【pops】㊔流行歌，通俗歌曲（「ポピュラーミュージック」之略稱）△80年代のポップスが最近またはやり始めた。／最近又開始流行起八〇年代的流行歌了。

ほね【骨】㊔骨頭；費力氣的事 △風呂場で滑って骨が折れた。／在浴室滑倒而骨折了。

ホラー【horror】㊔恐怖，戰慄 △ホラー映画は好きじゃありません。／不大喜歡恐怖電影。

ボランティア【volunteer】㊔志願者，志工 △ボランティアで、近所の道路のごみ拾いをしている。／義務撿拾附近馬路上的垃圾。

ポリエステル【polyethylene】㊔（化學）聚乙稀，人工纖維 △ポリエステルの服は汗をほとんど吸いません。／人造纖維的衣服幾乎都不吸汗。

ぼろぼろ（な）（名·副·形動）（衣服等）破爛不堪；（粒狀物）散落貌 △ぼろぼろな財布ですが、お気に入りのものなので捨てられません。／我的錢包雖然已經變得破破爛爛的了，可是因為很喜歡，所以捨不得丟掉。

ほんじつ【本日】㊔本日，今日 類 今日

ま

(今天) △こちらが本日のお薦めのメニューでございます。／這是今日的推薦菜單。

ほんだい【本代】㊔ 買書錢 △一ヶ月の本代は3,000円ぐらいです。／我每個月大約花三千日圓買書。

ほんにん【本人】㊔ 本人 類 当人(本人) △本人であることを確認してからでないと、書類を発行できません。／如尚未確認他是本人，就沒辦法發放這份文件。

ほんねん【本年】㊔ 本年，今年 類 今年(今年) △昨年はお世話になりました。本年もよろしくお願いいたします。／去年承蒙惠予照顧，今年還望您繼續關照。

ほんの 連體 不過，僅僅，一點點 類 少し(少許) △お米があとほんの少ししかないから、買ってきて。／米只剩下一點點而已，去買回來。

ま マ

N3-058

まい【毎】 接頭 每 △子どものころ毎朝牛乳を飲んだ割には、背が伸びなかった。／儘管小時候每天早上都喝牛奶，可是還是沒長高。

マイク【mike】㊔ 麥克風 △彼は、カラオケでマイクを握ると離さない。／一旦他握起麥克風，就會忘我地開唱。

マイナス【minus】 名·他サ (數) 減，減法；減號，負數；負極；(溫度) 零下 對 プラス(加) 類 差し引く(減去) △この問題は、わが社にとってマイナスになるに決まっている。／這個問題，對我們公司而言肯定是個負面影響。

マウス【mouse】㊔ 滑鼠；老鼠 類 ねずみ(老鼠) △マウスを持ってくるのを忘れました。／我忘記把滑鼠帶來了。

まえもって【前もって】 副 預先，事先 △いつ着くかは、前もって知らせます。／會事先通知什麼時候抵達。

まかせる【任せる】 他下一 委託，託付；聽任，隨意；盡力，盡量 類 委託(委託) △この件については、あなたに任せます。／關於這一件事，就交給你了。

まく【巻く】 自五·他五 形成漩渦；喘不上氣來；捲；纏繞；上發條；捲起；包圍；(登山) 迂迴繞過險處；(連歌，俳諧) 連吟 類 丸める(捲) △今日は寒いからマフラーを巻いていこう。／今天很冷，裹上圍巾再出門吧。

まくら【枕】㊔ 枕頭 △ホテルで、枕が合わなくて、よく眠れなかった。／旅館裡的枕頭睡不慣，沒能睡好。

まけ【負け】㊔ 輸，失敗；減價；(商店送給客戶的）贈品 對 勝ち（勝利）類 敗（失敗）△今回は、私の負けです。／這次是我輸了。

まげる【曲げる】 他下一 彎，曲；歪，傾斜；扭曲，歪曲；改變，放棄；（當舖裡的）典當；偷，竊 類 折る（折疊）△膝を曲げると痛いので、病院に行った。／膝蓋一彎就痛，因此去了醫院。

まご【孫】 名・造語 孫子；隔代，間接 △孫がかわいくてしょうがない。／孫子真是可愛極了。

まさか 副（後接否定語氣）絕不…，總不會…，難道；萬一，一旦 類 いくら何でも（總不會）△まさか彼が来るとは思わなかった。／萬萬也沒料到他會來。

まざる【混ざる】 自五 混雜，夾雜 類 混入（混入）比 混合後沒辦法區分出原來的東西。例：混色、混音。△いろいろな絵の具が混ざって、不思議な色になった。／裡面夾帶著多種水彩，呈現出很奇特的色彩。

まざる【交ざる】 自五 混雜，交雜，夾雜 類 交じる（夾雜）比 混合後仍能區分出各自不同的東西。例：長白髮、卡片。△ハマグリのなかにアサリが一つ交ざっていました。／在這鍋蚌的裡面摻進了一顆蛤蜊。

まし（な） 形動（比）好些，勝過；像樣 △もうちょっとましな番組を見たらどうですか。／你難道不能看比較像樣一些的電視節目嗎？

まじる【混じる・交じる】 自五 夾雜，混雜；加入，交往，交際 類 混ざる（混雜）△ご飯の中に石が交じっていた。／米飯裡面摻雜著小的石子。

マスコミ【mass communication 之略】 名（透過報紙、廣告、電視或電影等向群眾進行的）大規模宣傳；媒體（「マスコミュニケーション」之略稱）△マスコミに追われているところを、うまく逃げ出せた。／順利擺脫了蜂擁而上的採訪媒體。

マスター【master】 名・他サ 老闆；精通 △日本語をマスターしたい。／我想精通日語。

ますます【益々】 副 越發，益發，更加 類 どんどん（連續不斷）△若者向けの商品が、ますます増えている。／迎合年輕人的商品是越來越多。

まぜる【混ぜる】 他下一 混入；加上，加進；攪，攪拌 類 混ぜ合わせる（混合）△ビールとジュースを混ぜるとおいしいです。／將啤酒和果汁加在一起很好喝。

まちがい【間違い】 名 錯誤，過錯；不確實 △試験で時間が余ったので、間違いがないか見直した。／考試時還有多餘的時間，所以檢查了有沒有答錯的地方。

まちがう【間違う】 他五・自五 做錯，搞錯；錯誤 類 誤る（錯誤）△緊張のあまり、字を間違ってしまいました。／太過緊張，而寫錯了字。

まちがえる【間違える】 他下一 錯；弄錯 △先生は、間違えたところを直してくださいました。／老師幫我訂正了錯誤的地方。

まっくら【真っ暗】 名·形動 漆黑；（前途）黯淡 △日が暮れるのが早くなったねえ。もう真っ暗だよ。／太陽愈來愈快下山了呢。已經一片漆黑了呀。

まっくろ【真っ黒】 名·形動 漆黑，烏黑 △日差しで真っ黒になった。／被太陽晒得黑黑的。

N3-059

まつげ【まつ毛】 名 睫毛 △まつ毛がよく抜けます。／我常常掉睫毛。

まっさお【真っ青】 名·形動 蔚藍，深藍；（臉色）蒼白 △医者の話を聞いて、母の顔は真っ青になった。／聽了醫師的診斷後，媽媽的臉色變得慘白。

まっしろ【真っ白】 名·形動 雪白，淨白，皓白 對 真っ黒（漆黑）△雪で辺り一面真っ白になりました。／雪把這裡變成了一片純白的天地。

まっしろい【真っ白い】 形 雪白的，淨白的，皓白的 對 真っ黒い（漆黑）△真っ白い雪が降ってきた。／下起雪白的雪來了。

まったく【全く】 副 完全，全然；實在，簡直；（後接否定）絕對，完全 類 少しも（一點也（不））△ facebook で全く知らない人から友達申請が来た。／有陌生人向我的臉書傳送了交友邀請。

まつり【祭り】 名 祭祀；祭日，廟會祭典 △祭りは今度の金・土・日です。／祭典將在下週五六日舉行。

まとまる【纏まる】 自五 解決，商訂，完成，談妥；湊齊，湊在一起；集中起來，概括起來，有條理 類 調う（達成）△みんなの意見がなかなかまとまらない。／大家的意見遲遲無法整合。

まとめる【纏める】 他下一 解決，結束；總結，概括；匯集，收集；整理，收拾 類 調える（辦妥）△クラス委員を中心に、意見をまとめてください。／請以班級委員為中心，整理一下意見。

まどり【間取り】 名 （房子的）房間佈局，採間，平面佈局 △このマンションは、間取りはいいが、日当たりがよくない。／雖然這棟大廈的隔間還不錯，但是採光不太好。

マナー【manner】 名 禮貌，規矩；態度舉止，風格 類 礼儀（禮貌）△食事のマナーは国ごとに違います。／各個國家的用餐禮儀都不同。

まないた【まな板】 名 切菜板 △プラスチックより木のまな板のほうが好きです。／比起塑膠砧板，我比較喜歡木材砧板。

まにあう【間に合う】 自五 來得及，趕得上；夠用；能起作用 類 役立つ（有益）△タクシーに乗らなくちゃ、間に合わないですよ。／要是不搭計程車，就來不及了唷！

まにあわせる【間に合わせる】 連語 臨時湊合，就將；使來得及，趕出來 △心配いりません。提出締切日には間に合わせます。／不必擔心，我一定會在截止期限之前繳交的。

まねく【招く】 他五（搖手、點頭）招呼；招待，宴請；招聘，聘請；招惹，招致 類 迎える（聘請）△大使館のパーティーに招かれた。／我受邀到大使館的派對。

まねる【真似る】 他下一 模效，仿效 類 似せる（模仿）△オウムは人の言葉をまねることができる。／鸚鵡會學人說話。

まぶしい【眩しい】 形 耀眼，刺眼的；華麗奪目的，鮮豔的，刺目 類 輝く（閃耀）△雲の間から、まぶしい太陽が出てきた。／耀眼的太陽從雲隙間探了出來。

まぶた【瞼】 名 眼瞼，眼皮 △まぶたを閉じると、思い出が浮かんできた。／闔上眼瞼，回憶則一一浮現。

マフラー【muffler】 名 圍巾；（汽車等的）滅音器 △暖かいマフラーをもらった。／我收到了暖和的圍巾。

まもる【守る】 他五 保衛，守護；遵守，保守；保持（忠貞）；（文）凝視 類 保護（保護）△心配いらない。君は僕が守る。／不必擔心，我會保護你。

まゆげ【眉毛】 名 眉毛 △息子の眉毛は主人にそっくりです。／兒子的眉毛和他爸爸長得一模一樣。

まよう【迷う】 自五 迷，迷失；困惑；迷戀；（佛）執迷；（古）（毛線、線繩等）絮亂，錯亂 對 悟る（領悟）類 惑う（困惑）△山の中で道に迷う。／在山上迷路。

まよなか【真夜中】 名 三更半夜，深夜 類 夜（夜間）對 真昼（正午）△大きな声が聞こえて、真夜中に目が覚めました。／我在深夜被提高嗓門說話的聲音吵醒了。

マヨネーズ【mayonnaise】 名 美乃滋，蛋黃醬 △マヨネーズはカロリーが高いです。／美奶滋的熱量很高。

まる【丸】 名・造語・接頭・接尾 圓形，球狀；句點；完全 △テスト、丸は三つだけで、あとは全部ばつだった。／考試只寫對了三題，其他全都是錯的。

まるで 副（後接否定）簡直，全部，完全；好像，宛如，恰如 類 全く（完全）△そこはまるで夢のように美しかった。／那裡簡直和夢境一樣美麗。

まわり【回り】 名・接尾 轉動；走訪，巡迴；周圍；周，圈 類 身の回り（身邊衣物）△日本の回りは全部海です。／日本四面環海。

まわり【周り】 名 周圍，周邊 類 周囲

み

(周圍) △周りの人のことは気にしなくてもかまわない。／不必在乎周圍的人也沒有關係！

マンション【mansion】㊔ 公寓大廈；(高級) 公寓 △高級マンションに住む。／住高級大廈。

まんぞく【満足】(名·自他サ·形動) 滿足，令人滿意的，心滿意足；滿足，符合要求；完全，圓滿 對 不満 (不滿) 類 満悦 (喜悅) △社長がこれで満足するわけがない。／總經理不可能這樣就會滿意。

み ミ

N3-060

みおくり【見送り】㊔ 送行；靜觀，觀望；(棒球) 放著好球不打 對 迎え (迎接) 類 送る (送行) △彼の見送り人は50人以上いた。／給他送行的人有 50 人以上。

みおくる【見送る】(他五) 目送；送行，送別；送終；觀望，等待 (機會) △私は彼女を見送るために、羽田空港へ行った。／我去羽田機場給她送行。

みかける【見掛ける】(他下一) 看到，看出，看見；開始看 △あの赤い頭の人はよく駅で見かける。／常在車站裡看到那個頂著一頭紅髮的人。

みかた【味方】(名·自サ) 我方，自己的這一方；夥伴 △何があっても、僕は君の味方だ。／無論發生什麼事，我都站在你這邊。

ミシン【sewingmachine之略】㊔ 縫紉機 △ミシンでワンピースを縫った。／用縫紉機車縫洋裝。

ミス【Miss】㊔ 小姐，姑娘 類 嬢 (小姐) △ミス・ワールド日本代表に挑戦したいと思います。／我想挑戰看看世界小姐選美的日本代表。

ミス【miss】(名·自サ) 失敗，錯誤，差錯 類 誤り (錯誤) △どんなに言い訳しようとも、ミスはミスだ。／不管如何狡辯，失誤就是失誤！

みずたまもよう【水玉模様】㊔ 小圓點圖案 △娘は水玉模様が好きです。／女兒喜歡點點的圖案。

みそしる【味噌汁】㊔ 味噌湯 △みそ汁は豆腐とねぎのが好きです。／我喜歡裡面有豆腐和蔥的味噌湯。

ミュージカル【musical】㊔ 音樂劇；音樂的，配樂的 類 芝居 (戲劇) △オペラよりミュージカルの方が好きです。／比起歌劇表演，我比較喜歡看歌舞劇。

ミュージシャン【musician】㊔ 音樂家 類 音楽家 (音樂家) △小学校の同級生がミュージシャンになりました。／我有位小學同學成為音樂家了。

N3

みょう【明】(接頭)（相對於「今」而言的）明 △明日はどういうご予定ですか。／請問明天有什麼預定行程嗎？

みょうごにち【明後日】(名) 後天 (類) 明後日（後天）△明後日は文化の日につき、休業いたします。／基於後天是文化日（11月3日），歇業一天。

みょうじ【名字・苗字】(名) 姓，姓氏 △日本人の名字は漢字の2字のものが多い。／很多日本人的名字是兩個漢字。

みらい【未来】(名) 將來，未來；（佛）來世 △未来は若い君たちのものだ。／未來是屬於你們年輕人的。

ミリ【(法)millimetre之略】(造語・名) 毫，千分之一；毫米，公厘 △1時間100ミリの雨は、怖く感じるほどだ。／一小時下一百公釐的雨量，簡直讓人覺得可怕。

みる【診る】(他上一) 診察 △風邪気味なので、医者に診てもらった。／覺得好像感冒了，所以去給醫師診察。

ミルク【milk】(名) 牛奶；煉乳 △紅茶にはミルクをお入れしますか。／要為您在紅茶裡加牛奶嗎？

みんかん【民間】(名) 民間；民營，私營 △民間でできることは民間にまかせよう。／人民可以完成的事就交給人民去做。

みんしゅ【民主】(名) 民主，民主主義 △あの国の民主主義はまだ育ちかけだ。／那個國家的民主主義才剛開始萌芽。

むム

N3-061

むかい【向かい】(名) 正對面 (類) 正面（正面）△向かいの家には、誰が住んでいますか。／誰住在對面的房子？

むかえ【迎え】(名) 迎接；去迎接的人；接，請 (對) 見送り（送行）(類) 歓迎（歡迎）△迎えの車が、なかなか来ません。／接送的車遲遲不來。

むき【向き】(名) 方向；適合，合乎；認真，慎重其事；傾向，趨向；（該方面的）人，人們 (類) 方向（方向）△この雑誌は若い女性向きです。／這本雜誌是以年輕女性為取向。

むく【向く】(自五・他五) 朝，向，面；傾向，趨向；適合；面向，著 (類) 対する（對於）△下を向いてスマホを触りながら歩くのは事故のもとだ。／走路時低頭滑手機是導致意外發生的原因。

むく【剥く】(他五) 剝，削，去除 (類) 薄く切る（切片）△りんごをむいてあげましょう。／我替你削蘋果皮吧。

むける【向ける】(自他下一) 向，朝，對；差遣，派遣；撥用，用在 (類) 差し向ける

（派遣）△銀行強盗は、銃を行員に向けた。／銀行搶匪拿槍對準了行員。

むける【剥ける】 自下一 剝落，脫落 △ジャガイモの皮が簡単にむける方法を知っていますか。／你知道可以輕鬆剝除馬鈴薯皮的妙招嗎？

むじ【無地】 名 素色 類 地味（樸素）△色を問わず、無地の服が好きだ。／不分顏色，我喜歡素面的衣服。

むしあつい【蒸し暑い】 形 悶熱的 類 暑苦しい（悶熱的）△昼間は蒸し暑いから、朝のうちに散歩に行った。／因白天很悶熱，所以趁早晨去散步。

むす【蒸す】 他五·自五 蒸，熱（涼的食品）；（天氣）悶熱 類 蒸かす（蒸）△肉まんを蒸して食べました。／我蒸了肉包來吃。

むすう【無数】 名·形動 無數 △砂漠では、無数の星が空に輝いていた。／在沙漠裡看天上，有無數的星星在閃爍。

むすこさん【息子さん】 名（尊稱他人的）令郎 對 お嬢さん（令嬡）類 令息（令郎）△息子さんのお名前を教えてください。／請教令郎的大名。

むすぶ【結ぶ】 他五·自五 連結，繫結；締結關係，結合，結盟；（嘴）閉緊，（手）握緊 對 解く（解開）類 締結する（締結）△髪にリボンを結ぶとき、後ろだからうまくできない。／在頭髮上綁蝴蝶結時因為是在後腦杓，所以很難綁得好看。

むだ【無駄】 名·形動 徒勞，無益；浪費，白費 類 無益（無益）△彼を説得しようとしても無駄だよ。／你說服他是白費口舌的。

むちゅう【夢中】 名·形動 夢中，在睡夢裡；不顧一切，熱中，沉醉，著迷 類 熱中（入迷）△ゲームに夢中になって、気がついたらもう朝だった。／沉迷於電玩之中，等察覺時已是早上了。

むね【胸】 名 胸部；內心 △あの人のことを思うと、胸が苦しくなる。／一想到那個人，心口就難受。

むらさき【紫】 名 紫，紫色；醬油；紫丁香 △腕のぶつけたところが、青っぽい紫色になった。／手臂撞到以後變成泛青的紫色了。

めㄨ

N3-062

めい【名】 名·接頭 知名… △東京の名物を教えてください。／請告訴我東京的名產是什麼。

めい【名】 接尾（計算人數）名，人 △三名一組になって作業をしてください。／請三個人一組做作業。

めい【姪】 名 姪女，外甥女 △今日は姪の誕生日です。／今天是姪子的生日。

めいし【名刺】 (名) 名片 類 名刺入れ（名片夾）△名刺交換会に出席した。／我出席了名片交換會。

めいれい【命令】 (名・他サ) 命令，規定；（電腦）指令 類 指令（指令）△プロメテウスは、ゼウスの命令に反して人間に火を与えた。／普羅米修斯違抗了宙斯的命令，將火送給了人類。

めいわく【迷惑】 (名・自サ) 麻煩，煩擾；為難，困窘；討厭，妨礙，打擾 類 困惑（困惑）△人に迷惑をかけるな。／不要給人添麻煩。

めうえ【目上】 (名) 上司；長輩 對 目下（晚輩）類 年上（長輩）△目上の人には敬語を使うのが普通です。／一般來說對上司（長輩）講話時要用敬語。

めくる【捲る】 (他五) 翻，翻開；揭開，掀開 △彼女はさっきから、見るともなしに雑誌をぱらぱらめくっている。／她打從剛剛根本就沒在看雜誌，只是有一搭沒一搭地隨手翻閱。

メッセージ【message】 (名) 電報，消息，口信；致詞，祝詞；（美國總統）咨文 類 伝言（傳話）△続きまして、卒業生からのメッセージです。／接著是畢業生致詞。

メニュー【menu】 (名) 菜單 △レストランのメニューの写真は、どれもおいしそうに見える。／餐廳菜單上的照片，每一張看起來都好好吃。

メモリー・メモリ【memory】 (名) 記憶，記憶力；懷念；紀念品；（電腦）記憶體 類 思い出（回憶）△メモリが不足しているので、写真が保存できません。／由於記憶體空間不足，所以沒有辦法儲存照片。

めん【綿】 (名・漢造) 棉，棉線；棉織品；綿長；詳盡；棉，棉花 類 木綿（木綿）△綿100パーセントの靴下を探しています。／我正在找百分之百棉質的襪子。

めんきょ【免許】 (名・他サ)（政府機關）批准，許可；許可證，執照；傳授秘訣 類 ライセンス（許可）△学生で時間があるうちに、車の免許を取っておこう。／趁還是學生有空閒，先考個汽車駕照。

めんせつ【面接】 (名・自サ)（為考察人品、能力而舉行的）面試，接見，會面 類 面会（會面）△優秀な人がたくさん面接に来た。／有很多優秀的人材來接受了面試。

めんどう【面倒】 (名・形動) 麻煩，費事；繁瑣，棘手；照顧，照料 類 厄介（麻煩）△手伝おうとすると、彼は面倒くさげに手を振って断った。／本來要過去幫忙，他卻一副嫌礙事般地揮手說不用了。

も モ

N3-063

もうしこむ【申し込む】 (他五) 提議，提出；申請；報名；訂購；預約 類 申し入れる（提議）△結婚を申し込んだが、断られた。／我向他求婚，卻遭到了拒絕。

もうしわけない【申し訳ない】 (寒暄) 實在抱歉，非常對不起，十分對不起 △上司の期待を裏切ってしまい、申し訳ない気持ちでいっぱいだ。／沒能達到上司的期待，心中滿是過意不去。

もうふ【毛布】 (名) 毛毯，毯子 △うちの子は、毛布をかけても寝ている間に蹴ってしまう。／我家孩子就算蓋上毛毯，睡覺時也會踢掉。

もえる【燃える】 (自下一) 燃燒，起火；（轉）熱情洋溢，滿懷希望；（轉）顏色鮮明 類 燃焼する（燃燒）△ガスが燃えるとき、酸素が足りないと、一酸化炭素が出る。／瓦斯燃燒時如果氧氣不足，就會釋放出一氧化碳。

もくてき【目的】 (名) 目的，目標 類 目当て（目的）△情報を集めるのが彼の目的に決まっているよ。／他的目的一定是蒐集情報啊。

もくてきち【目的地】 (名) 目的地 △タクシーで、目的地に着いたとたん料金が上がった。／乘坐計程車抵達目的地的那一刻又跳錶了。

もしかしたら (連語・副) 或許，萬一，可能，說不定 類 ひょっとしたら（也許）△もしかしたら、貧血ぎみなのかもしれません。／可能有一點貧血的傾向。

もしかして (連語・副) 或許，可能 類 たぶん（大概）；ひょっとして（也許）△さっきの電話、もしかして伊藤さんからじゃないですか。／剛剛那通電話，該不會是伊藤先生打來的吧？

もしかすると (副) 也許，或，可能 類 もしかしたら（也許）；そうだとすると（也許）；ひょっとすると（也許）比 もしかすると：可實現性低的假定。ひょっとすると：同上，但含事情突發性引起的驚訝感。△もしかすると、手術をすることなく病気を治せるかもしれない。／或許不用手術就能治好病情也說不定。

もち【持ち】 (接尾) 負擔，持有，持久性 △「気は優しくて力持ち」は男性の理想像です。／我心目中理想的男性是「個性體貼又身強體壯」。

もったいない (形) 可惜的，浪費的；過份的，惶恐的，不敢當 類 殘念（可惜）△これ全部捨てるの？もったいない。／這個全部都要丟掉嗎？好可惜喔。

もどり【戻り】 (名) 恢復原狀；回家；歸途 △お戻りは何時ぐらいになります

か。／請問您大約什麼時候回來呢？

もむ【揉む】 他五 搓，揉；捏，按摩；（很多人）互相推擠；爭辯；（被動式型態）錘鍊，受磨練 類 按摩（あんま）する（按摩）△おばあちゃん、肩もんであげようか。／奶奶，我幫您捏一捏肩膀吧？

もも【股・腿】 名 股，大腿 △膝（ひざ）が悪（わる）い人は、ももの筋肉（きんにく）を鍛（きた）えるとよいですよ。／膝蓋不好的人，鍛鍊腿部肌肉有助於復健喔！

もやす【燃やす】 他五 燃燒；（把某種情感）燃燒起來，激起 類 焼（も）く（燒）△それを燃やすと、悪（わる）いガスが出（で）るおそれがある。／燒那個的話，有可能會產生有毒氣體。

もん【問】 接尾 （計算問題數量）題 △5問（もん）のうち4問（もん）は正解（せいかい）だ。／五題中對四題。

もんく【文句】 名 詞句，語句；不平或不滿的意見，異議 類 愚痴（ぐち）（抱怨）△私（わたし）は文句（もんく）を言（い）いかけたが、彼（かれ）の目（め）を見（み）て言葉（ことば）を失（うしな）った。／我本來想抱怨，但在看到他的眼神以後，就不知道該說什麼了。

やャ

● N3-064

やかん【夜間】 名 夜間，夜晚 類 夜（よる）（夜）△夜間（やかん）は危険（きけん）なので外出（がいしゅつ）しないでください。／晚上很危險不要外出。

やくす【訳す】 他五 翻譯；解釋 類 翻訳（ほんやく）する（翻譯）△今（いま）、宿題（しゅくだい）で、英語（えいご）を日本語（にほんご）に訳（やく）している最中（さいちゅう）だ。／現在正忙著做把英文翻譯成日文的作業。

やくだつ【役立つ】 自五 有用，有益 類 有益（ゆうえき）（有益）△パソコンの知識（ちしき）が就職（しゅうしょく）に非常（ひじょう）に役立（やくだ）った。／電腦知識對就業很有幫助。

やくだてる【役立てる】 他下一 （供）使用，使…有用 類 利用（りよう）（利用）△これまでに学（まな）んだことを実社会（じっしゃかい）で役立（やくだ）ててください。／請將過去所學到的知識技能，在真實社會裡充分展現發揮。

やくにたてる【役に立てる】 慣 （供）使用，使…有用 類 有用（ゆうよう）（有用）△少（すこ）しですが、困（こま）っている人（ひと）の役（やく）に立（た）ててください。／雖然不多，希望可以幫得上需要的人。

やちん【家賃】 名 房租 △家賃（やちん）があまり高（たか）くなくて学生向（がくせいむ）きのアパートを探（さが）しています。／正在找房租不太貴、適合學生居住的公寓。

やぬし【家主】 名 房東，房主；戶主 類 大家（おおや）（房東）△うちの家主（やぬし）はとてもいい人です。／我們房東人很親切。

やはり・やっぱり 副 果然；還是，仍然 類 果たして（果然）△やっぱり、あなたなんかと結婚しなければよかった。／早知道，我當初就不該和你這種人結婚。

やね【屋根】 名 屋頂 △屋根から落ちて骨を折った。／從屋頂上掉下來摔斷了骨頭。

やぶる【破る】 他五 弄破；破壞；違反；打敗；打破（記錄）類 突破する（突破）△警官はドアを破って入った。／警察破門而入。

やぶれる【破れる】 自下一 破損，損傷；破壞，破裂，被打破；失敗 類 切れる（砍傷）△上着がくぎに引っ掛かって破れた。／上衣被釘子鉤破了。

やめる【辞める】 他下一 辭職；休學 △仕事を辞めて以来、毎日やることがない。／自從辭職以後，每天都無事可做。

やや 副 稍微，略；片刻，一會兒 類 少し（少許）△スカートがやや短すぎると思います。／我覺得這件裙子有點太短。

やりとり【やり取り】 名·他サ 交換，互換，授受 △高校のときの友達と今でも手紙のやり取りをしている。／到現在仍然和高中時代的同學維持通信。

やるき【やる気】 名 幹勁，想做的念頭 △彼はやる気はありますが、実力がありません。／他雖然幹勁十足，但是缺乏實力。

ゆュ

N3-065

ゆうかん【夕刊】 名 晚報 △うちでは夕刊も取っています。／我家連晚報都訂。

ゆうき【勇気】 形動 勇敢 類 度胸（膽量）△彼女に話しかけるなんて、彼にそんな勇気があるわけがない。／說什麼和她攀談，他根本不可能有那麼大的勇氣。

ゆうしゅう【優秀】 名·形動 優秀 △国内はもとより、国外からも優秀な人材を集める。／別說國內了，國外也延攬優秀的人才。

ゆうじん【友人】 名 友人，朋友 類 友達（朋友）△多くの友人に助けてもらいました。／我受到許多朋友的幫助。

ゆうそう【郵送】 名·他サ 郵寄 類 送る（郵寄）△プレゼントを郵送したところ、住所が違っていて戻ってきてしまった。／將禮物用郵寄寄出，結果地址錯了就被退了回來。

ゆうそうりょう【郵送料】 名 郵費 △速達で送ると、郵送料は高くなります。／如果以限時急件寄送，郵資會比較貴。

ゆうびん【郵便】 ㊔ 郵政；郵件 △注文していない商品が郵便で届き、代金を請求された。／郵寄來了根本沒訂購的商品，而且還被要求支付費用。

ゆうびんきょくいん【郵便局員】 ㊔ 郵局局員 △電話をすれば、郵便局員が小包を取りに来てくれますよ。／只要打個電話，郵差就會來取件喔。

ゆうり【有利】 形動 有利 △英語に加えて中国語もできれば就職に有利だ。／除了英文，如果還會中文，對於求職將非常有利。

ゆか【床】 ㊔ 地板 △日本では、床に布団を敷いて寝るのは普通のことです。／在日本，在地板鋪上墊被睡覺很常見。

ゆかい【愉快】 名·形動 愉快，暢快；令人愉快，討人喜歡；令人意想不到 類 楽しい（愉快）△お酒なしでは、みんなと愉快に楽しめない。／如果沒有酒，就沒辦法和大家一起愉快的享受。

ゆずる【譲る】 他五 讓給，轉讓；謙讓，讓步；出讓，賣給；改日，延期 類 与える（給予）△彼は老人じゃないから、席を譲ることはない。／他又不是老人，沒必要讓位給他。

ゆたか【豊か】 形動 豐富，寬裕；豐盈；十足，足夠 對 乏しい（缺乏）類 十分（充足）△小論文のテーマは「豊かな生活について」でした。／短文寫作的題目是「關於豐裕的生活」。

ゆでる【茹でる】 他下一 （用開水）煮，燙 △この麺は3分ゆでてください。／這種麵請煮三分鐘。

ゆのみ【湯飲み】 ㊔ 茶杯，茶碗 類 湯呑み茶碗（茶碗）△お茶を飲みたいので、湯飲みを取ってください。／我想喝茶，請幫我拿茶杯。

ゆめ【夢】 ㊔ 夢；夢想 對 現実（現實）類 ドリーム（夢）△彼は、まだ甘い夢を見続けている。／他還在做天真浪漫的美夢！

ゆらす【揺らす】 他五 搖擺，搖動 類 動揺（動搖）△揺りかごを揺らすと、赤ちゃんが喜びます。／只要推晃搖籃，小嬰兒就會很開心。

ゆるす【許す】 他五 允許，批准；寬恕；免除；容許；承認；委託；信賴；疏忽，放鬆；釋放 對 禁じる（禁止）類 許可する（許可）△私を捨てて若い女と出て行った夫を絶対に許すものか。／丈夫拋下我，和年輕女人一起離開了，絕不會原諒他這種人！

ゆれる【揺れる】 自下一 搖晃，搖動；躊躇 類 揺らぐ（搖晃）△大きい船は、小さい船ほど揺れない。／大船不像小船那麼會搖晃。

よ

よョ

N3-066

よ【夜】㊔夜、夜晚 △夜が明けて、東の空が明るくなってきた。／天剛破曉，東方的天空泛起魚肚白了。

よい【良い】㊒好的，出色的；漂亮的；(同意) 可以 △良い子の皆さんは、まねしないでください。／各位乖寶寶不可以做這種事喔！

よいしょ㊖(搬重物等吆喝聲) 嘿咻 △「よいしょ」と立ち上がる。／一聲「嘿咻」就站了起來。

よう【様】(造語·漢造) 樣子，方式；風格；形狀 △N１に合格して、彼の喜び様はたいへんなものだった。／得知通過了N１級測驗，他簡直喜不自勝。

ようじ【幼児】㊔學齡前兒童，幼兒 (類) 赤ん坊 (嬰兒) △幼児は無料で利用できます。／幼兒可免費使用。

ようび【曜日】㊔星期 △ごみは種類によって出す曜日が決まっている。／垃圾必須按照分類規定，於每週固定的日子幾丟棄。

ようふくだい【洋服代】㊔服裝費 (類) 衣料費 (服裝費) △子どもたちの洋服代に月２万円もかかります。／我們每個月會花高達兩萬日圓添購小孩們的衣物。

よく【翌】(漢造) 次，翌，第二 △酒を飲みすぎて、翌朝頭が痛かった。／喝了太多酒，隔天早上頭痛了。

よくじつ【翌日】㊔隔天，第二天 (類) 明日 (明天) (對) 昨日 (昨天) △必ず翌日の準備をしてから寝ます。／一定會先做好隔天出門前的準備才會睡覺。

よせる【寄せる】(自下一·他下一) 靠近，移近；聚集，匯集，集中；加；投靠，寄身 (類) 近づく (靠近) △皆様のご意見をお寄せください。／請先彙整大家的意見。

よそう【予想】(名·自サ) 預料，預測，預計 (類) 予測 (預測) △こうした問題が起こることは、十分予想できた。／完全可以想像得到會發生這種問題。

よのなか【世の中】㊔人世間，社會；時代，時期；男女之情 (類) 世間 (世間) △世の中の動きに伴って、考え方を変えなければならない。／隨著社會的變化，想法也得要改變才行。

よぼう【予防】(名·他サ) 防犯…，預防 (類) 予め (預先) △病気の予防に関しては、保健所に聞いてください。／關於生病的預防對策，請你去問保健所。

よみ【読み】㊔唸，讀；訓讀；判斷，盤算 △この字の読みは、「キョウ」「ケイ」の二つです。／這個字的讀法有「キョウ」和「ケイ」兩種。

よる【寄る】(自五) 順道去…；接近 (類) 近寄る (靠近) △彼は、会社の帰りに飲みに寄りたがります。／他下班回家時總喜歡順道去喝兩杯。

よろこび【喜び】㊔高興，歡喜，喜悅；喜事，喜慶事；道喜，賀喜 ㊟悲しみ（悲傷）㊫祝い事（喜慶事）△子育ては、大変だけれど喜びも大きい。／養育孩子雖然辛苦，但也相對得到很多喜悅。

よわまる【弱まる】（自五）變弱，衰弱 △雪は、夕方から次第に弱まるでしょう。／到了傍晚，雪勢應該會愈來愈小吧。

よわめる【弱める】（他下一）減弱，削弱 △水の量が多すぎると、洗剤の効果を弱めることになる。／如果水量太多，將會減弱洗潔劑的效果。

らラ

N3-067

ら【等】（接尾）（表示複數）們；（同類型的人或物）等 △君ら、まだ中学生だろ？たばこなんか吸っていいと思ってるの？／你們還是中學生吧？以為自己有資格抽香菸什麼的嗎？

らい【来】（接尾）以來 △彼とは10年来の付き合いだ。／我和他已經認識十年了。

ライター【lighter】㊔打火機 △ライターで火をつける。／用打火機點火。

ライト【light】㊔燈，光 △このライトは暗くなると自動でつく。／這盞燈只要周圍暗下來就會自動點亮。

らく【楽】（名・形動・漢造）快樂，安樂，快活；輕鬆，簡單；富足，充裕 ㊫気楽（輕鬆）△生活が、以前に比べて楽になりました。／生活比過去快活了許多。

らくだい【落第】（名・自サ）不及格，落榜，沒考中；留級 ㊟合格（合格）㊫不合格（不合格）△彼は落第したので、悲しげなようすだった。／他因為落榜了，所以很難過的樣子。

ラケット【racket】㊔（網球、乒乓球等的）球拍 △ラケットを張りかえた。／重換網球拍。

ラッシュ【rush】㊔（眾人往同一處）湧現；蜂擁，熱潮 ㊫混雑（混雜）△28日ごろから帰省ラッシュが始まります。／從二十八號左右就開始湧現返鄉人潮。

ラッシュアワー【rushhour】㊔尖峰時刻，擁擠時段 △ラッシュアワーに遇う。／遇上交通尖峰。

ラベル【label】㊔標籤，籤條 △警告用のラベルを貼ったところで、事故は防げない。／就算張貼警告標籤，也無法防堵意外發生。

ランチ【lunch】㊔午餐 △ランチタイムにはお得なセットがある。／午餐時段提供優惠套餐。

らんぼう【乱暴】（名・形動・自サ）粗暴，粗魯；蠻橫，不講理；胡來，胡亂，亂打人 類 暴行（施暴）△彼の言い方は乱暴で、びっくりするほどだった。／他的講話很粗魯，嚴重到令人吃驚的程度。

りリ

N3-068

リーダー【leader】 名 領袖，指導者，隊長 △山田さんは登山隊のリーダーになった。／山田先生成為登山隊的隊長。

りか【理科】 名 理科（自然科學的學科總稱）△理科系に進むつもりだ。／準備考理科。

りかい【理解】 名・他サ 理解，領會，明白；體諒，諒解 對 誤解（誤解）類 了解（了解）△彼がなんであんなことをしたのか、全然理解できない。／完全無法理解他為什麼會做出那種事。

りこん【離婚】 名・自サ（法）離婚 △あんな人とは、もう離婚するよりほかない。／和那種人除了離婚以外，再也沒有第二條路了。

リサイクル【recycle】 名・サ変 回收，（廢物）再利用 △このトイレットペーパーは牛乳パックをリサイクルして作ったものです。／這種衛生紙是以牛奶盒回收再製而成的。

リビング【living】 名 起居間，生活間 △伊藤さんのお宅のリビングには大きな絵が飾ってあります。／伊藤先生的住家客廳掛著巨幅畫作。

リボン【ribbon】 名 緞帶，絲帶；髮帶；蝴蝶結 △こんなリボンがついた服、子供っぽくない？／這種綴著蝴蝶結的衣服，不覺得孩子氣嗎？

りゅうがく【留学】 名・自サ 留學 △アメリカに留学する。／去美國留學。

りゅうこう【流行】 名・自サ 流行，時髦，時興；蔓延 類 はやり（流行）△去年はグレーが流行したかと思ったら、今年はピンクですか。／還在想去年是流行灰色，今年是粉紅色啊？

りょう【両】 漢造 雙，兩 △パイプオルガンは、両手ばかりでなく両足も使って演奏する。／管風琴不單需要雙手，還需要雙腳一起彈奏。

りょう【料】 接尾 費用，代價 △入場料が高かった割には、大したことのない展覧会だった。／這場展覽的門票儘管很貴，但是展出內容卻不怎麼樣。

りょう【領】 名・接尾・漢造 領土；脖領；首領 △プエルトリコは、1898年、スペイン領から米国領になった。／波多黎各從一八九八年起，由西班牙領土成了美國領土。

りょうがえ【両替】 名·他サ 兌換，換錢，兌幣 △円をドルに両替する。／日圓兌換美金。

りょうがわ【両側】 名 兩邊，兩側，兩方面 類 両サイド（兩側）△川の両側は崖だった。／河川的兩側是懸崖。

りょうし【漁師】 名 漁夫，漁民 類 漁夫（漁夫）△漁師の仕事をしていると、家を留守にしがちだ。／如果從事漁夫工作，往往無法待在家裡。

りょく【力】 漢造 力量 △集中力がある反面、共同作業は苦手だ。／雖然具有專注力，但是很不擅長通力合作。

るル

N3-069

ルール【rule】 名 規章，章程；尺，界尺 類 規則（規則）△自転車も交通ルールを守って乗りましょう。／騎乘自行車時也請遵守交通規則。

るすばん【留守番】 名 看家，看家人 △子供が留守番の最中にマッチで遊んで火事になった。／孩子單獨看家的時候玩火柴而引發了火災。

れレ

N3-070

れい【礼】 名·漢造 禮儀，禮節，禮貌；鞠躬；道謝，致謝；敬禮；禮品 類 礼儀（禮貌）△いろいろしてあげたのに、礼も言わない。／我幫他那麼多忙，他卻連句道謝的話也不說。

れい【例】 名·漢造 慣例；先例；例子 △前例がないなら、作ればいい。／如果從來沒有人做過，就由我們來當開路先鋒。

れいがい【例外】 名 例外 類 特別（特別）△これは例外中の例外です。／這屬於例外中的例外。

れいぎ【礼儀】 名 禮儀，禮節，禮法，禮貌 類 礼節（禮節）△部長のお子さんは、まだ小学生なのに礼儀正しい。／總理的孩子儘管還是小學生，但是非常有禮貌。

レインコート【raincoat】 名 雨衣 △レインコートを忘れた。／忘了帶雨衣。

レシート【receipt】 名 收據；發票 類 領収書（收據）△レシートがあれば返品できますよ。／有收據的話就可以退貨喔。

れつ【列】 名·漢造 列，隊列，隊；排列；行，列，級，排 類 行列（行列）△ずいぶん長い列だけれど、食べたいんだから並ぶしかない。／雖然排了長長

一條人龍，但是因為很想吃，所以只能跟著排隊了。

れっしゃ【列車】(名) 列車，火車 類 汽車（火車）△列車に乗ったとたんに、忘れ物に気がついた。／一踏上火車，就赫然發現忘記帶東西了。

レベル【level】(名) 水平，水準；水平線；水平儀 類 平均（平均）、水準（水準）△失業して、生活のレベルを維持できない。／由於失業而無法維持以往的生活水準。

れんあい【恋愛】(名·自サ) 戀愛 類 恋（戀愛）△同僚に隠れて社内恋愛中です。／目前在公司裡偷偷摸摸地和同事談戀愛。

れんぞく【連続】(名·他サ·自サ) 連續，接連 類 引き続く（連續）△うちのテニス部は、３年連続して全国大会に出　場している。／我們的網球隊連續三年都參加全國大賽。

レンタル【rental】(名·サ変) 出租，出賃；租金 △車をレンタルして、旅行に行くつもりです。／我打算租輛車去旅行。

レンタルりょう【rental料】(名) 租金 類 借り賃（租金）△こちらのドレスのレンタル料は、５万円です。／擺在這邊的禮服，租用費是五萬圓。

ろロ

N3-071

ろうじん【老人】(名) 老人，老年人 類 年寄り（老人）△老人は楽しそうに、「はっはっは」と笑った。／老人快樂地「哈哈哈」笑了出來。

ローマじ【Roma字】(名) 羅馬字 △ローマ字入力では、「を」は「wo」と打つ。／在羅馬拼音輸入法中，「を」是鍵入「wo」。

ろくおん【録音】(名·他サ) 錄音 △彼は録音のエンジニアだ。／他是錄音工程師。

ろくが【録画】(名·他サ) 錄影 △大河ドラマを録画しました。／我已經把大河劇錄下來了。

ロケット【rocket】(名) 火箭發動機；（軍）火箭彈；狼煙火箭 △火星にロケットを飛ばす。／發射火箭到火星。

ロッカー【locker】(名)（公司、機關用可上鎖的）文件櫃；（公共場所用可上鎖的）置物櫃，置物箱，櫃子 △会社のロッカーには傘が入れてあります。／有擺傘在公司的置物櫃裡。

ロック【lock】(名·他サ) 鎖，鎖上，閉鎖 類 鍵（鑰匙）△ロックが壊れて、事務所に入れません。／事務所的門鎖壞掉了，我們沒法進去。

ロボット【robot】㊔ 機器人；自動裝置；傀儡 △家事をしてくれるロボットがほしいです。／我想要一個會幫忙做家事的機器人。

ろん【論】(名･漢造･接尾) 論，議論 △一般論として、表現の自由は認められるべきだ。／一般而言，應該要保障言論自由。

ろんじる・ろんずる【論じる・論ずる】(他上一) 論，論述，闡述 ㊞ 論争する（爭論）㊟ サ行変格活用 △国のあり方を論じる。／談論國家的理想樣貌。

わワ

N3-072

わ【羽】(接尾)（數鳥或兔子）隻 △{早口言葉} 裏庭には２羽、庭には２羽、鶏がいる。／{繞口令} 後院裡有兩隻雞、院子裡有兩隻雞。

わ【和】㊔ 日本 △伝統的な和菓子には、動物性の材料が全く入っていません。／傳統的日式糕餅裡完全沒有摻入任何動物性的食材。

ワイン【wine】㊔ 葡萄酒；水果酒；洋酒 △ワインをグラスにつぐ。／將紅酒倒入杯子裡。

わが【我が】(連體) 我的，自己的，我們的 △何の罪もない我が子を殺すなんて、許せない。／竟然殺死我那無辜的孩子，絕饒不了他！

わがまま(名･形動) 任性，放肆，肆意 ㊞ 自分勝手（任性）△わがままなんか言ってないもん。／人家才沒有要什麼任性呢！

わかもの【若者】㊔ 年輕人，青年 ㊞ 青年（青年）㊖ 年寄り（老人）△最近、若者たちの間で農業の人気が高まっている。／最近農業在年輕人間很受歡迎。

わかれ【別れ】㊔ 別，離別，分離；分支，旁系 ㊞ 分離（分離）△別れが悲しくて、涙が出てきた。／由於離別太感傷，不禁流下了眼淚。

わかれる【分かれる】(自下一) 分裂；分離，分開；區分，劃分；區別 △意見が分かれてしまい、とうとう結論が出なかった。／由於意見分歧，終究沒能做出結論。

わく【沸く】(自五) 煮沸，煮開；興奮 ㊞ 沸騰（沸騰）△お湯が沸いたから、ガスをとめてください。／水煮開了，請把瓦斯關掉。

わける【分ける】(他下一) 分，分開；區分，劃分；分配，分給；分開，排開，擠開 ㊞ 分割する（分割）△５回に分けて支払う。／分五次支付。

わずか【僅か】(副･形動)（數量、程度、價值、時間等）很少，僅僅；一點也（後加否定）類 微か（略微）△貯金があるといっても、わずかなものです。／雖說有儲蓄，但只有一點點。

わび【詫び】名 賠不是，道歉，表示歉意 類 謝罪（道歉）△丁寧なお詫びの言葉をいただいて、かえって恐縮いたしました。／對方畢恭畢敬的賠不是，反倒讓我不好意思了。

わらい【笑い】名 笑；笑聲；嘲笑，譏笑，冷笑 類 微笑み（微笑）△おかしくて、笑いが止まらないほどだった。／實在是太好笑了，好笑到停不下來。

わり【割り・割】造語 分配；（助數詞用）十分之一，一成；比例；得失 類 パーセント（百分比）△いくら４割引きとはいえ、やはりブランド品は高い。／即使已經打了六折，名牌商品依然非常昂貴。

わりあい【割合】名 比例；比較起來 類 比率（比例）△一生結婚しない人の割合が増えている。／終生未婚人口的比例愈來愈高。

わりあて【割り当て】名 分配，分擔 △仕事の割り当てをする。／分派工作。

わりこむ【割り込む】自五 擠進，插隊；闖進；插嘴 △列に割り込まないでください。／請不要插隊。

わりざん【割り算】名（算）除法 類 掛け算（乘法）△小さな子どもに、割り算は難しいよ。／對年幼的小朋友而言，除法很難。

わる【割る】他五 打，劈開；用除法計算 △卵を割って、よくかき混ぜてください。／請打入蛋後攪拌均勻。

わん【湾】名 灣，海灣 △東京湾にも意外とたくさんの魚がいる。／沒想到東京灣竟然也有很多魚。

わん【椀・碗】名 碗，木碗；（計算數量）碗 △和食では、汁物はお椀を持ち上げて口をつけて飲む。／享用日本料理時，湯菜類是端碗就口啜飲的。

MEMO

【日檢大全19】

精修版

新制日檢！絕對合格 N3,N4,N5 必背單字大全

[25K +MP3]

■ 發行人／林德勝

■ 著者／吉松由美、田中陽子、西村惠子、小池直子

■ 出版發行／山田社文化事業有限公司

地址　臺北市大安區安和路一段112巷17號7樓

電話　02-2755-7622

傳真　02-2700-1887

■ 郵政劃撥／19867160號　大原文化事業有限公司

■ 總經銷／聯合發行股份有限公司

地址　新北市新店區寶橋路235巷6弄6號2樓

電話　02-2917-8022

傳真　02-2915-6275

■ 印刷／上鎰數位科技印刷有限公司

■ 法律顧問／林長振法律事務所　林長振律師

■ 書＋MP3／定價　新台幣399元

■ 初版／2017年 5 月

© ISBN : 978-986-246-468-7

STS
山田社

STS
山田社

STS
山田社

STS
山田社